L'incendie de Copenhague

Gilles Lapouge

L'incendie de Copenhague

ROMAN

Albin Michel

IL A ÉTÉ TIRÉ DE CET OUVRAGE
TRENTE EXEMPLAIRES
SUR VÉLIN BOUFFANT DES PAPETERIES SALZER
DONT VINGT EXEMPLAIRES NUMÉROTÉS DE 1 À 20
ET DIX HORS COMMERCE NUMÉROTÉS DE I À X

© Éditions Albin Michel S.A., 1995
22, rue Huyghens, 75014 Paris

ISBN BROCHÉ 2-226-07581-X
ISBN LUXE 2-226-07956-4

Chapitre I

L E *Valdemar II* mit à la voile le 20 juin 1702. Il était chargé de froment, de légumes secs, d'eau-de-vie, de salaisons et d'une vingtaine de passagers parmi lesquels le docteur Pétursson, Eggert Pétursson. À Copenhague, M. Pétursson était illustre. Longtemps, il avait régné sur les archives de Christian V, les « archives obscures » comme on disait, et à présent il enseignait les antiquités danoises à l'université. Il était long et découragé. Ses élèves l'appelaient l' « érudit ». Ils l'aimaient bien.

Le navire avait levé l'ancre au début du jour. Une brume dorée aveuglait la rade. Le *Valdemar II* allait à tâtons. Longer les rives du Dragør, puis virer au plus près de l'île d'Amager demanda un temps infini. Vers midi, le ciel changea. Les brouillards se défaisaient. On voyait la mer et les couleurs de la mer. Le bateau remonta l'Øre Sund à petite allure. Les oriflammes rouge et blanc dont il s'était empanaché pour honorer la mission royale de M. Pétursson pendaient le long des mâts. Le vent était flasque.

Sur la droite défilaient les forêts de la Scanie. Le capitaine Stanhup cracha car il crachait tout le temps,

L'incendie de Copenhague

et dit au docteur Pétursson que ces forêts si belles appartenaient maintenant à la Suède, depuis la paix de Roskilde. Le docteur Pétursson dit : « C'est un très grand chagrin », et ses yeux étaient comme des pierres grises. Les lumières lisses, un peu sorcières, de cette lente après-midi d'été effaçaient les eaux. De loin en loin, on apercevait des petits châteaux bariolés, blottis dans les bouleaux et les pins. Ils semblaient inhabités ou plutôt abandonnés. Leurs fenêtres étaient ouvertes.

Le capitaine Stanhup avait dû faire de la toile pour attraper un rien de brise. C'était un homme rengorgé, tout en viande et en poils, rouge, et qui aimait les grosses houles. Le lendemain, au sortir du Kattegat, il fit serrer le grand perroquet. On entrait dans la mer la plus sauvage du monde et le capitaine se frottait les mains. Les temps de chien lui donnaient du plaisir. Il y voyait occasion de secouer le sang des mousses et de dire que les marins étaient des loustics, mais il fut dépité. Les vents étaient morts. M. Stanhup mugit. Les gabiers grimpèrent dans les haubans et déployèrent toute la voilure.

Le deuxième soir, le docteur Pétursson s'établit dans l'entrepont, non loin du four à pain. Il se façonna un nid dans une couverture de chanvre. Le crépuscule était tiède et les cabines, même celles des notables, empestaient le goudron, la vieille cire et la paille. Le docteur préférait les odeurs de la mer. Il dormit comme un plomb. À l'aube, il ouvrit les yeux avant que le soleil se lève. Les étoiles s'enfonçaient dans le ciel. Elles laissaient des marques, des meurtrissures blanches et le docteur avait le vertige. Vers l'est, des clartés violet et jaune faisaient la roue. La mer brûlait.

Chaque matin, après que l'homme de quart avait piqué les six coups à la cloche de bord, l'assistant

L'incendie de Copenhague

juridique du docteur Pétursson, M. Jørgen Bodelsen, qui s'était logé avec ses deux scribes dans la cabine réservée aux passagers de condition, sous la dunette de commandement, venait présenter ses devoirs à son chef. En général, il n'avait pas fermé l'œil à cause du grignotement des rats et les gréements avaient grincé toute la nuit. Jørgen Bodelsen versait sa bile puis il s'asseyait commodément sur un rouleau de cordages et tirait d'un sac de peau une petite pipe et une boule de pain avec quelques barres de lard.

Les premiers jours, Jørgen Bodelsen était mal à l'aise. Il ne connaissait le chef de la mission royale que de réputation et cette réputation était flatteuse mais intimidante. Dans les salons de Copenhague, le docteur Eggert Pétursson passait pour guindé, solitaire et de mœurs réglées. Une bouche sèche et droite coupait sa figure en deux. Il ressemblait à un cheval à cause d'un menton très long et de ses dents plates et jaunes. Comme il était osseux, sans beaucoup de cheveux, et qu'il mettait souvent sa perruque à bas, certains le comparaient à un crâne.

Jørgen le dévisageait en douce. Les yeux du docteur Pétursson étaient introuvables à cause de ses paupières fatiguées et, quand il changeait de posture, c'était une entreprise. Il était mal agencé, avec des articulations approximatives. On admirait que ses bras et ses jambes se bougent ensemble. Avant chaque mouvement, il réfléchissait comme pour deviner sur quels muscles et sur quels nerfs il lui revenait d'agir. Il ne devait pas être doué pour le combat à l'épée, les exercices d'équitation ou les figures de l'amour. Pourtant, il avait de la gaieté, de la malice même. Il riait comme on renâcle, le menton dans son collet. Ensuite il se pinçait le nez entre deux doigts. À ce moment-là, on apercevait des yeux tendres.

L'incendie de Copenhague

Jørgen Bodelsen taillait un bout de pain, le mâchonnait en manière de préambule et parlait de la mission du roi Frédérik IV. Il flairait un mystère. À qui ferait-on croire que le meilleur connaisseur du royaume en matière d'antiquités danoises, le docteur Pétursson en personne, avait été expédié en Islande, par Sa Majesté, aux seules fins de régler des problèmes de bornage ou d'adultère ? Aussi Jørgen s'employait à tirer les vers du long nez de M. Pétursson mais M. Pétursson était un rusé. À toutes les indiscrétions de son adjoint, il opposait des banalités, des facéties ou des évidences.

Jørgen Bodelsen s'interrogeait si son chef était un roublard ou un innocent. Il faisait des questions de plus en plus hardies. Il éprouvait le docteur. Il s'étonnait benoîtement que l'archéologue de la Cour ait échangé ses archives, ses bibliothèques, ses parchemins, ses codex et une haute position auprès du roi Frédérik IV pour une aventure peut-être séduisante mais osée et qui l'écartait de ses chers parchemins.

Le docteur Pétursson fit son hennissement. Il expliqua que la Cour ne lui avait pas laissé le choix. Le roi Frédérik IV souhaitait mettre de l'ordre dans les procès, les cadastres et la justice de l'Islande car ce pays allait à vau-l'eau, et nul ne discute, dit le docteur Pétursson avec une mine résignée, une décision du Conseil du royaume.

Ce Conseil du royaume permit à Jørgen Bodelsen de marquer un avantage sur son chef. Il bourra sa petite pipe et se moqua respectueusement : on ne parlait plus de Conseil du royaume depuis belle lurette, depuis que le roi Frédérik III avait choisi la monarchie absolue, cela faisait un bail, un demi-siècle...

Le docteur Pétursson était d'humeur bonasse, ce matin-là. Il se moucha et dit que, pour lui, il n'avait

L'incendie de Copenhague

jamais accepté la suppression du Conseil du royaume car c'était un épisode bien noir de l'histoire du Danemark : le roi de Suède, Charles X Gustave, avait franchi à pied sec les glaces des Belts et manqué de prendre Copenhague et, après, il y avait eu le traité de Roskilde. Le Danemark avait perdu la Scanie et le Blekinge et c'est alors que Sa Majesté Frédérik III avait décrété la monarchie absolue. Voilà pourquoi le docteur Pétursson s'obstinait à parler du Conseil du royaume, même si celui-ci n'existait plus.

Jørgen fit une moue. Le docteur Pétursson reconnut de bonne grâce que son esprit était un peu périmé. Il était plus familier de Ptolémée, d'Aristote ou de Knud le Grand que du temps qui court. Pour un homme tel que lui, infecté des choses du passé, les années étaient des bulles de savon : elles lui avaient éclaté à la figure et à présent il avait quarante ans et il ne comprenait pas pourquoi il avait quarante ans. Il se leva et s'adossa au bastingage.

— Monsieur Bodelsen, dit-il d'une voix sérieuse, je vais vous surprendre : je me sens bien sur ce vaisseau. Il était temps que j'ouvre les fenêtres. Vous savez, j'ai passé vingt ans dans la compagnie de papiers moisis et de la flamme des chandelles. Vous avez devant vous, monsieur, un homme éreinté de solitude. Il fallait que je me refasse des horizons. J'étais plein de poussière. Si l'on m'avait mis tête en bas, monsieur Bodelsen, je gage qu'il serait tombé du salpêtre, ou des crottes de cafard, je ne sais pas, moi, des vélins, des plumes d'oie, du sable à saupoudrer les encres... Alors, voilà, mon ami, je m'époussette.

Il tapota comiquement la manche de sa redingote, feignit de souffler sur un nuage de cendres et tendit la main vers la proue car le jour était là. Le soleil traçait

L'incendie de Copenhague

un chemin sur la mer. De chaque côté de l'étrave, les eaux giclaient et retombaient en écume. De gros ronds de bave filaient à reculons sur des vagues de verre. Contre la coque, la houle clapotait avec des bruits de râpe.

— Est-ce que je dois comprendre, dit Bodelsen en hésitant, que vous en aviez assez de vos parchemins ?

— Je ne peux pas dire ça. J'étais très bien dans mes parchemins, non vraiment, c'est autre chose... Des fois, quand je me promène sur une route de campagne, je songe à toutes les routes que je ne prends pas, et qui sont là et que je ne prendrai jamais et alors je pense à la mort. C'est à peu près ça.

— Ah, dit Jørgen Bodelsen.

Des odeurs montaient de la mer, des odeurs vertes, vastes, musquées. Le docteur Pétursson respira ces odeurs. Il cita l'évêque Olof Magnus qui parlait du « parfum de gouffre » des grands fonds. Jørgen ne connaissait pas cet évêque-là et Pétursson dit :

— Mgr Olof Magnus était un familier des mers du Septentrion et il pensait qu'on éprouve mieux la terreur de la mer dans ses calmes que dans ses débordements.

Jørgen dit qu'il ne fréquentait pas les gouffres. Pétursson dit :

— Et vous avez bien raison ! Mais cette nuit, je pensais à ces choses-là. Vous savez, les nuits sont longues, n'en parlons plus !

Ensuite, il eut un geste insouciant, assez cocasse, car il semblait balayer de la main les gouffres de l'évêque Olof Magnus. Il revint sur la mission royale.

— Monsieur Bodelsen, dit-il, vous êtes surpris que je me trouve harnaché en magistrat, en « récitent des lois » comme on dit en Islande, au lieu de continuer à classer mes archives de peau de veau et mes livres. Eh

L'incendie de Copenhague

bien, voyez-vous, je serais en droit de m'étonner à mon tour : je me demande bien pourquoi vous avez eu, vous, l'idée de m'accompagner dans ce cul du monde. Après tout, monsieur, vous êtes comme moi, un homme de cabinet, de paperasses. Et encore j'ai une excuse : je suis islandais, l'Islande est ma maison, je retourne dans ma maison. Mais vous ? Le château de Rosenborg m'a parlé de vous comme d'un des bons juristes de la capitale. Quelle mouche vous aura piqué ?

Jørgen qui s'était couché sur le dos, à même le pont, pour suivre les gesticulations des mousses dans les gréements, dans le soleil, se redressa.

— Juriste ? dit-il en s'étirant. Mon Dieu, c'est vrai. On peut dire ça. Je suis juriste, j'allais oublier, je l'oublie tout le temps.

Il fit des manières, tordit les pointes retroussées de sa moustache, comme les jeunes officiers font avant un duel pour montrer qu'ils sont arrogants et désinvoltes.

— Juriste, dit-il, si l'on veut, je suis juriste, je ne vais pas le nier, mais alors, je suis un juriste d'occasion, par raccroc. Autant vous le confesser tout de suite, monsieur, c'est en soldat que je vous accompagne. Un soldat qui entend un peu le droit... et savez-vous pourquoi j'ai échangé l'art de la guerre contre les balances de Thémis ? Vous voyez cette jambe ?

Il se leva en geignant, agrippa de la main une de ses cuisses et fit quatre pas dans la coursive pour montrer qu'il boitait assez bas. Il n'était pas grand, moins grand que le docteur Pétursson, très blond dans son costume de velours noir, le nez impertinent, et comme il était jeune ! Sa démarche démolie avait de l'élégance.

— Ils auraient pu vous en aviser, à Rosenborg, dit-il.

Non, le château n'avait pas parlé de la jambe folle de Bodelsen, ni de son état d'officier. Le château avait à

L'incendie de Copenhague

peine laissé entendre que M. Bodelsen n'avait pas trop de mœurs, que les femmes les mieux retranchées lui résistaient une heure et qu'il faudrait lui tenir la bride courte. Jørgen fut flatté :

— Une heure, monsieur Pétursson, ils vous ont raconté ça ? Les femmes me résistent une heure ! Bah, c'est peut-être vrai mais comment je le saurais ? Moi, je ne leur résiste pas plus d'une demi-heure. Alors, les femmes et moi, nous ne nous croisons jamais.

Le docteur Pétursson fit son hennissement, se pinça le nez. Jørgen était rose de fierté. Il observa son genou d'un air mécontent et lui envoya une légère tape.

— C'est ce genou, dit-il, qui m'a introduit aux études de droit. Pauvre vieux, il ne sait plus du tout comment s'y prendre pour se plier. Franchement, monsieur, si j'étais une rotule et que je sois moins souple qu'un balai, je ne ferais pas le matamore, je serais très humilié ! Est-il rien de plus ridicule quand on est une rotule ? Enfin, je suis mauvaise langue, le genou n'est pas vraiment coupable. Le coupable, c'est un Biscaïen qui a croisé ma route dans le Jylland voilà deux ans ; j'étais cornette, je servais au 8e dragons. Après, on m'a balancé dans un fourgon, et que faites-vous dans un fourgon, si votre genou est rompu ? C'est bien connu : vous apprenez les lois. Voilà, monsieur, comme je suis devenu juriste.

Pétursson compta sur ses doigts.

— Il y a deux ans ? dit-il. Voyons, monsieur Bodelsen, il y a deux ans le royaume de Danemark ne faisait la guerre à personne, si ma mémoire est bonne. Et vous vous êtes débrouillé pour rencontrer un obus dans le pays le plus paisible du monde ?

— Ma foi, dit Jørgen, ce n'est pas sorcier. Je vais vous fournir la recette. L'accident a eu lieu durant des

L'incendie de Copenhague

manœuvres et quand je fais un exercice, je suis du genre consciencieux. Mon colonel me dit de m'entraîner et je m'entraîne — je m'entraîne même à recevoir des blessures, ça peut être utile le jour où vous ramasserez une balle dans une vraie guerre...

— Vous voulez dire, répondit le docteur Pétursson du même ton badin, qu'on devrait faire toutes les manœuvres avec de vrais morts, de vraies blessures. Oui, c'est une idée, mais alors, quelle différence avec la guerre ? On mélangerait tout. On ne saurait plus à quoi se fier. Je n'aime déjà pas tellement la guerre. Si en plus elle ressemble à la paix ! Il faudrait détester la paix ?

Il regarda le jeune homme avec curiosité, puis il conclut d'une voix amicale, chaude :

— Trêve de plaisanterie, monsieur Bodelsen. J'ai besoin d'un juriste, pas d'un soldat.

— J'aimais beaucoup le service des armées, dit Jørgen.

— Nous n'allons pas à la guerre, monsieur Bodelsen.

Bodelsen se tourna vers la mer.

— Qui sait ? dit-il sans regarder le docteur Pétursson. Notre mission s'en va je ne sais où, en Islande si l'on veut, mais je suis d'une nature méfiante. Vous savez, les missions sont retorses. Elles ont souvent un double fond. Peut-être nous allons au diable, allez savoir !

— Vous n'avez pas confiance en moi, monsieur Bodelsen ?

Jørgen pivota et planta ses yeux dans les yeux de l'érudit.

— Docteur Pétursson, dit-il lentement, dites-moi le vrai motif de la mission, et alors, alors seulement, je vous ferai confiance.

— Monsieur Bodelsen, dit le docteur Pétursson,

puisque vous êtes tant informé, qu'allons-nous faire en Islande ?

— Aucune idée, monsieur, mais je sais une chose... Je sais que toute votre vie vous vous êtes occupé de parchemins.

Pétursson prit le jeune homme par les épaules et le força à se retourner. Il ne plaisantait plus du tout.

— Monsieur Bodelsen, dit-il avec colère, nous allons en Islande pour en redresser le cadastre, c'est simple ! Nous allons remettre en état les procédures de la justice, le fonctionnement de l'Althing. Vous vous trompez, monsieur : les missions ne sont pas retorses. En tout cas la nôtre n'est pas retorse ! Qu'est-ce que vous me racontez là ? Je ne comprends pas du tout ce que vous voulez dire. En revanche, je vous saurais gré de comprendre ce que je vous dis. Nous sommes d'accord ?

Les deux hommes firent silence. Après un long moment, Jørgen dit que la mer était couverte d'étincelles.

*

Quand on fut au large des Féroé, le ciel se froissa. Une suie monta au-dessus des îles et la mer fut une grande houle noire. Le capitaine Stanhup, son tricorne galonné contre la poitrine, rendit visite à ses deux passagers de marque. Il jubilait : les orages d'été, dans ces mers, étaient terribles et Stanhup aimait le terrible. Il fallait s'attendre à du grabuge. On allait remuer les mousses, les gabiers, les pilotins, les maîtres d'équipage, tout le fourbi, tout ça allait gicler dans les vergues et sur les hunes, dit-il à Pétursson avec un rire carnassier.

Il cracha des jets de tabac et décida de fuir au vent,

L'incendie de Copenhague

mais le vent était partout, le vent était une rose des vents. Le bateau plongeait dans les ombres. Il sautait comme un loup et retombait au fond des trous. Les filins se tendaient. Certains claquèrent avec un bruit de mitraille. Des fûts arrimés aux balustres roulèrent dans le passavant en écrasant tout sur leur passage. Des cageots et des caisses explosèrent. Les légumes, les poissons, les quartiers de viande se répandirent dans la poulaine et même dans la grand-rue. Ils furent balayés par des blocs de mer. Le mât d'artimon, épais comme un bœuf et cerclé d'acier, cassa net. Les agrès s'effondrèrent sur les marins. Un petit canon arraché à son affût fila vers la cambuse et se coinça contre la bordure.

Cette fois, la mer exagérait. Le capitaine vociférait. Il avait ôté sa perruque et la passait machinalement sur ses cheveux. Il se fit attacher au mât de misaine, après avoir revêtu son grand uniforme pour le cas d'un coup de chien et orné sa figure d'un air fatal, comme dans les chroniques de naufrage. Il hurlait mais la mer faisait un bruit de forge. Il réussit à faire abattre presque toutes les voiles et l'on courut sous le foc seul. Le maître d'équipage poussa les passagers dans les soutes et les marins verrouillèrent les écoutilles.

Les quatre gendarmes danois qui formaient l'escorte du docteur Pétursson — son bras armé, avait ironisé Jørgen Bodelsen l'autre jour, sur le quai du Dragør, en découvrant leur maigre mine — dégringolèrent et trouvèrent abri dans un redan de la cale traditionnellement réservé au roi, non point à la personne royale qui ne quittait jamais ses châteaux mais aux impôts dont ses commis écrabouillaient les Islandais. Les deux chefs de la mission royale se replièrent dans la cabine des notables, sous la dunette, avec leurs quatre scribes. Le fracas des vagues redoubla et les six hommes s'emmê-

L'incendie de Copenhague

laient les uns aux autres. Un coup de mer creva un panneau. Des torrents d'eau s'engouffrèrent.

Le *Valdemar II*, si majestueux quelques jours plus tôt quand il louvoyait sur les lames de l'Øre Sund, avec ses allures languissantes, ses hautes mâtures, ses oriflammes rouges à croix blanche et, sur les vergues, ses gabiers bien astiqués, était en loques. Il était très petit dans les immensités.

Le docteur Pétursson dit qu'il préférait mourir trempé comme une soupe mais à l'air libre. Il sortit de la cabine et rampa jusqu'à la lisse à laquelle il s'accrocha. Jørgen Bodelsen le rejoignit. Il s'approcha du docteur et se demanda s'il existait encore une terre. Pétursson lui conseilla de se fier à la Providence, elle savait ce qu'elle faisait, c'est même pourquoi on la nomme Providence, et Jørgen dit :

— Vous voulez signifier, monsieur, que le Déluge, c'est déjà fait et que l'Éternel ne va pas perdre son temps à en monter un nouveau tous les cinq mille ans ?

Pétursson montra son oreille, il n'entendait rien dans ces charivaris.

— Ça ne fait rien, hurla Bodelsen, j'ai voulu vous faire rire. Parfois je dis des petites bêtises ! et il était content car son chef avait oublié sa colère de la veille.

Le plus jeune des scribes jaillit de la cabine mais il ne put atteindre la lisse. Il se cogna contre le canon descellé qu'il embrassa. Il vomissait tout en essayant de se signer, entre deux hoquets, à toute vitesse.

L'orage dura jusqu'au matin. Au milieu de la nuit, un mousse que le capitaine avait expédié dans les haubans fut emporté. On aperçut son corps, dans la flamme d'un éclair. Il s'éleva bras écartés, flotta et s'écrasa sur les sculptures de l'arrière. Il cria, c'était abominable. Le capitaine, rivé au mât dans son grand

L'incendie de Copenhague

uniforme dégoulinant, lançait des ordres dans son porte-voix mais personne n'en tenait compte. La mer avait pris les choses en main, le foc s'effilochait et le gouvernail était inerte.

Un peu avant l'aube, le vent tomba d'un seul coup. Il y eut un grand silence. La mer calmit par degrés, comme un corps, après l'agonie, se repose. Il restait de petites vagues, des friselis. Très haut, des nuages comme des plumes se promenaient. Les eaux étaient transparentes, un peu tuméfiées par endroits. On allait sur du vide. Les passagers sortaient un à un de leurs soutes. Ils étaient blancs. Ils sentaient la vomissure.

Le capitaine se fit détacher et regagna sa dunette. Les marins rafistolèrent tant bien que mal les voilures dépenaillées, tendirent les cordages et le *Valdemar II* vira de bord par un très petit vent debout. Il reprit sa marche mais péniblement. La mer était comme un désert. Le docteur Pétursson dit :

— Il y a des déserts dans la mer.

Le capitaine en second, qui n'avait pas les frénésies de son chef, priait le Dieu des chrétiens que l'accalmie continue jusqu'au port car une autre tempête eût envoyé les débris du vaisseau par le fond. A la fin de la soirée, le vent assena quelques coups de bélier contre la coque. Le capitaine fit tendre toute la toile mais elle était en haillons et le bateau n'en faisait qu'à sa guise. Au matin, un bon frais arrière s'établit et poussa l'épave vers le nord. La route se tenait seule. Le second dit :

— Avez-vous remarqué, monsieur Stanhup, chaque fois que nous faisons route sur l'Islande, il faut qu'il y ait une tempête ?

M. Stanhup, après avoir changé d'uniforme, descendit l'échelle de coupée et vint solliciter les compliments du docteur Pétursson. Le docteur Pétursson s'informa

L'incendie de Copenhague

sur le mousse qui s'était fracassé. Le capitaine eut des phrases rassurantes : on basculerait le cadavre dans la mer, enveloppé dans une voile, on rendrait les honneurs à ce brave. À ce moment, le maître d'équipage vint annoncer que deux autres gabiers manquaient à l'appel et le capitaine eut un geste insouciant. On ne pourrait pas célébrer leurs funérailles.

Il tint l'incident pour fâcheux et clos, et s'inquiéta car la cargaison de froment avait peut-être souffert. Le cornette Bodelsen se raidit. Il dit que la cargaison était sûrement avariée dès le départ :

— Quelques charançons de plus ou de moins, monsieur Stanhup, quelle importance !

Le capitaine trouva la remarque amusante.

*

Après deux semaines, un groupe de mouettes repéra le *Valdemar II*. Elles poussaient des cris hargneux. Sans doute elles étaient ravies d'avoir trouvé un bateau ; mais les mouettes, même quand elles sont de bonne humeur, sont toujours irritées. L'homme de hune les avait signalées vers le crépuscule. À l'aube la terre fut comme un nuage posé sur l'eau.

C'était le matin, le matin irréel des étés du Nord. Un gros soleil roulait sous des nuages blonds, d'aspect glacé. Des falaises sortaient de la mer, tout humides. L'île était nette et miroitante, très proche et comme en exil. Le navire ne bougeait pas. Toute la journée, il fut à la vue des côtes.

Les deux juges s'appuyaient au bastingage. Ce matin-là, le docteur Pétursson était bavard. Il avait

L'incendie de Copenhague

quitté l'Islande depuis si longtemps et maintenant elle était là, on l'aurait touchée de la main, et il répéta plusieurs fois, en fermant les yeux :

— Je suis parti il y a si longtemps...

Puis il dit :

— Je crois que vous aimerez cette terre, monsieur Bodelsen, cela me ferait plaisir que vous l'aimiez. Vous verrez. Il y a beaucoup de baies sauvages, il y a des airelles, des sorbiers d'oiseleur, il y a des myrtilles. C'est en été qu'elles sont mûres. L'été, c'est plein de fleurs et d'oiseaux, des grives, des eiders, des bergeronnettes. Des pluviers aussi. On les appelle les pluviers dorés. Ils ont un cri un peu triste. Il y a des guillemots, des macareux blancs, et des noirs, ah oui, on entend des cris d'oiseaux ! L'été, si vous saviez l'été, avec tous ces piaillements et ces gazouillis ! Savez-vous, monsieur le cornette, pourquoi j'aime cette terre ? C'est à cause des myrtilles et des cris d'oiseaux, il n'y a que ça ici, mais c'est ça que j'aime, enfin, je crois que c'est ça.

— Nous avons des myrtilles au Danemark, dit Jørgen.

— Oui, dit Eggert Pétursson, mais ici l'été est si rapide, si rapide !

En fin d'après-midi, une brise s'éleva. Les voiles gonflèrent et le dragon de proue se redressa. Le capitaine ouvrit la chambre où étaient rangés les manœuvres, les poulies et les espars. Il fit hisser le grand pavois. Le *Valdemar II* était pimpant, déguenillé mais pimpant. On évita deux récifs noirs que des centaines d'oiseaux picoraient, ils étaient comme de l'or. La mer brisait dans un jaillissement de vapeurs et le port d'Eyrarbakki apparut tout d'un coup, comme dans un théâtre.

L'incendie de Copenhague

Les marins lancèrent leurs bonnets en l'air bien que le port fût désolé — quelques huttes de terre, des maisons ensevelies sous leur toit d'herbes vertes, un bâtiment de bois et une longue bâtisse rébarbative entourée d'entrepôts à demi éventrés. On voyait quelques champs cultivés le long des grèves et des pentes pelées. On voyait des montagnes brunes et, plus loin, elles étaient blanches et tout près du ciel.

Les opérations d'accostage commencèrent. Des barques et une chaloupe vinrent se frotter au bordage. Le docteur Pétursson et sa troupe s'y casèrent tant bien que mal. Ils ne payaient pas de mine car leurs habits étaient décolorés et crasseux, mais ils étaient excités et quand on aborda au quai, Pétursson demanda le soutien du cornette Bodelsen pour se hisser à terre. Il était maladroit.

— À mon âge! dit-il.

Les deux magistrats assistèrent au déchargement. Le jour n'en finissait pas. Les sacs de farine sentaient mauvais mais les négociants, qui étaient tous danois, en prirent livraison sans maugréer. Ils s'en fichaient. Ils se félicitaient que leurs barriques et leurs caisses n'aient pas naufragé. Cette année-là, la détresse de l'île, après les froids du printemps précédent, quand les glaces du Groenland avaient dérivé vers le sud, était si grande qu'on pouvait écouler n'importe quoi.

Un paysan sur quatre avait péri de famine ou de variole. Les survivants s'étaient enfoncés dans la terre, comme des vermines dans les haricots. Les enfants étaient rabougris, avec des têtes de rat. L'Islande avait tout le temps faim et les transitaires se congratulaient : pourquoi se donner du mal pour des Pygmées et des mourants ? Ils tenaient le peuple de l'île pour un ramas de pouilleux, de mendiants, de scrofuleux et de putains.

L'incendie de Copenhague

N'était-il pas plus économique de les nourrir de vers et de cafards plutôt que de céréales ?

Le capitaine Stanhup écoutait avec bienveillance.

— Et en avant, cria un homme jovial qui commandait les opérations. Allez-y, tas de fainéants ! Encore une louche de moisi ! Et un rabiot de vermoulu !

Il regarda le capitaine en clignant de l'œil.

— Même un sac de poussière, monsieur Stanhup, ils s'étriperaient pour le manger. Ils y ajouteraient un peu d'huile de baleine et ils en feraient leur hiver.

Le capitaine remit sa perruque en place et se tourna en rigolant vers le docteur Pétursson :

— Je vous souhaite bonne fortune, monsieur l'érudit, chez les sauvages !

Pétursson le regarda froidement et dit qu'il était lui-même islandais ; il était né dans le district de Dale, à Ovenbecke, et son père avait occupé longtemps la cure de Kvennabrekka. M. Stanhup se racla la gorge. Jørgen Bodelsen s'avança vers lui, l'air rogue et lissant sa moustache avec le pouce. Il accentuait sa boiterie, c'était mauvais signe, mais il fut distrait par le bruit d'un charroi : les envoyés du bailli venaient accueillir la mission du roi Frédérik IV et organiser son hébergement. Autour d'une carriole tirée par deux mulets enrubannés, des domestiques jouaient de la trompette, comme dans une foire. Des enfants faisaient les fous autour du cortège.

Le docteur Pétursson et Jørgen Bodelsen furent dirigés sur la maison la plus convenable du port, cette longue bâtisse grise qu'ils avaient aperçue entre les brisants. L'officier de district donna ses instructions pour le lendemain : six conducteurs se tiendraient à la disposition des assesseurs et de leurs commis, avec leurs charrettes. Il y avait une bonne traite, deux journées,

L'incendie de Copenhague

trois peut-être, jusqu'à Bessastadir où Son Excellence le gouverneur Henrik Unquist les recevrait solennellement. Les scribes furent conduits vers un hangar désaffecté. Les gendarmes s'installèrent dans une étable où d'autres hommes disputaient leurs litières à deux vaches. Bodelsen et Pétursson dormirent mal. Ils n'avaient pas l'habitude de ces nuits pâles.

Chapitre II

Les marins du *Valdemar II* travaillèrent longtemps pour vider les soutes puis mirent le cap sur un trou recouvert de tourbe. On appelait ce trou la « nuit des pêcheurs » car il était toujours noir, même dans les soleils des nuits de juin. Une femme s'affairait autour d'un brasier qui produisait une suie grasse. La cheminée n'était pas percée à la verticale du foyer mais dans un coin de la pièce, de manière à protéger le feu en cas de pluie ou de neige, si bien que la fumée s'enroulait à la recherche d'une issue.

Les marins s'en accommodaient. Ils toussaient et ils crachaient des glaires, mais ils étaient heureux de voir des filles. Ils se firent un festin de bières et d'asni, de morue séchée, de tranches de requin et d'une soupe de fèves. Ils se remplissaient, débitaient des grossièretés horribles et posaient les mains sur les serveuses qui leur envoyaient des bourrades. Elles n'étaient pas farouches.

Un bonhomme court et massif, la tête plantée directement dans le torse, coiffé d'un tricorne de Suède, modèle guerre de Trente Ans, et vêtu d'un justaucorps gris très long et un peu évasé vers le bas, aidait les taverniers à passer les pichets. Les filles renouvelaient

L'incendie de Copenhague

sans arrêt son pot à bière. Son visage était fripé comme si les os s'étaient rétrécis et qu'il y eût trop de peau pour une seule figure. De temps en temps, il se frottait le nez en soufflant et s'envoyait un nouveau pot de bière. Une femme saoule le harcelait.

— Où c'est que tu l'as cueillie, une tête pareille ? C'est pas une tête, c'est un gribouillis !

Elle fit semblant de la défroisser.

— On peut même pas le lire, ton gribouillage. T'es même pas une figure. T'es une rature, Vieux Gunnarr !

Vieux Gunnarr vida son pot sans perdre son sang-froid. Il ne se vexa pas, il avait l'habitude. Il se contenta de protester qu'il n'était pas si vieux que ça. Une femme tout en os et en articulations lui ébouriffa la tignasse et répéta qu'il était vieux. L'homme fit savoir qu'il allait sortir de son habit, et solennellement encore, un document de paroisse attestant qu'il n'avait pas trente ans, mais il avait beaucoup bu et eut un geste dégoûté. Il annonça qu'il allait changer de tactique et assura qu'il ne détestait pas son sobriquet de Vieux Gunnarr car les vieillards appellent le respect et il est réconfortant d'être respecté.

— Demoiselle Snaefrid, dit-il d'une voix pédante, je décèle une malveillance dans vos caquetages et je vous accorde que je n'ai pas réussi grand-chose jusqu'à ce jour, encore que j'aie mon grade de théologien et que j'aie coutume de siéger dans des sociétés choisies.

— Choisies chez les poivrots...

— Et voyez-vous, demoiselle Snaefrid, si ce soir je ne parlais pas à une compagnie d'ignorants, je me ferais une gourmandise de m'exprimer en latin.

— Exprime !

— *Candida me docuit nigras odisse puellas*, dit-il.

— C'est du latin, ça ? Et mon œil, c'est du latin !

L'incendie de Copenhague

— Et sais-tu seulement, grosse ignorante, pourquoi je n'ai pas trop bien réussi ? Ce n'est pas que ma cervelle soit mauvaise.
— Non ?
— Non ! C'est que je suis un lent. Un lent !
— Je dis pas que tu es un lent. Je dis que tu es un vieux.

Gunnarr se tut. La femme s'assit sur un banc, jambes écartées, mains sur le ventre, et fit signe aux autres filles de se rapprocher, on allait s'amuser. Gunnarr sauta sur une table et se posa sur la pointe du derrière.

Il expliqua que dans son enfance, il était toujours le dernier à la course car ses jambes étaient courtes et même brèves. La belle affaire ! Il faudrait donc tirer gloire d'avoir la jambe longue ?

— Si vous êtes boiteux, interrogea-t-il à la ronde, est-ce que ça veut dire que votre jambe longue est plus intelligente que votre jambe courte ? Est-ce que la jambe longue va mépriser la jambe courte ? Ah ! tu n'avais jamais pensé à ça, Snaefrid !

Demoiselle Snaefrid tambourina sur son ventre, en signe d'allégresse. Gunnarr en conclut qu'il avait son public en main, fit un furtif salut de reconnaissance, avala une rasade. Il continua son histoire : à l'école de la paroisse, à Selfoss, il avait beaucoup peiné pour enregistrer les lettres de l'alphabet. Ensuite, il était allé à l'école épiscopale de Skálholt et ç'avait été pire : apprendre les poésies anciennes, l'*Edda poétique,* les strophes de Pontus, les *rimur* et même les Evangiles, un chemin de croix ! Sa cervelle était percée mais une cervelle percée est déjà une cervelle en détresse, faudrait-il ajouter à son chagrin en la ridiculisant ? Il fit une rapide génuflexion et poussa son avantage.

— Les maîtres de Skálholt, demoiselle Snaefrid, soit

dit sans me vanter, ils étaient enragés contre moi, continua-t-il vaniteusement, mais c'étaient des dindons, les maîtres, ils manquaient de vue et savez-vous pourquoi ils étaient stupides ? Parce que, tout tranquillement, avec mes jambes de rien du tout, j'ai rattrapé les autres au tournant. Ça vous épate, hein, mais je vais vous donner le truc : c'est que, voyez-vous, pour oublier, je suis également plus lent que les autres et vous ne pouvez pas imaginer tout ce que j'ai réussi à entasser là-dedans, là-dedans, sous ce chapeau, et en plus j'ai tout conservé. D'ailleurs, chères dames, si vous voulez, si vous m'implorez, je vous récite la saga de Njáll le Brûlé et si vous avez besoin d'une rasade de Bible, je suis votre homme...

La femme n'avait pas besoin de Bible, ce qui ne fit pas reculer Gunnarr. Il entreprit de réciter le livre des Proverbes, qui était son préféré avec les textes oraculaires. Malheureusement, la bière empâtait sa langue. Il abandonna et argua que la Bible, il la maîtrisait mieux le matin. Le soir était plus propice à l'*Edda poétique*, après quoi il revint à son pot de bière et au problème de l'âge. À ce sujet, il avait une déclaration capitale à faire à la compagnie.

— Voyez-vous, demoiselle Snaefrid, il y a au moins une chose pour laquelle j'ai été bien plus dégourdi que mes camarades, et j'en reviens par ce biais à ce sobriquet de Vieux Gunnarr dont vous prétendez m'humilier. Eh bien, là où j'ai battu tous les autres, c'est justement pour vieillir. Tout jeune encore, je me suis tout de suite mis à mon établi et je n'ai pas cessé de perfectionner mon art. Je peux vieillir de deux ans en une seule saison, si je m'y applique, et je m'y applique.

Il promena un regard victorieux sur les filles pour mesurer son effet. Tout le monde gigotait. Gunnarr se

L'incendie de Copenhague

pavanait. Il inclina la tête avec modestie et ajouta qu'il s'était constitué une philosophie à la gloire des vénérables et des Mathusalems, de Sarah aussi qui était devenue mère à l'âge de cent ans dans la Bible, il ne fallait jamais l'oublier, de sorte qu'à un âge très tendre, dès sa première année à l'école épiscopale de Skálholt, car nul ne devait négliger, répéta-t-il avec l'énergie obtuse des ivrognes, qu'il avait le grade de théologien, Gunnarr s'était colleté avec le problème de l'âge.

Ce soir, il se proposait de raconter son histoire puisque demoiselle Snaefrid y tenait tant et puis, malgré la nuit blanche, malgré les crépitements de l'âtre, la salle était noire comme un cul de mulet, et puante pareillement, autant passer le temps en s'instruisant un peu.

Il s'éclaircit la voix et commença. À l'époque, et même en ce temps-là, comme on dit, il avait douze ans peut-être. Un matin, il était entré au réfectoire de l'école épiscopale sous les hourvaris de la classe à laquelle il servait de souffre-douleur à cause, bien entendu, de sa taille médiocre. Or, ce jour-là, il en avait eu assez. Il avait attendu que les sifflements et les cris d'animaux s'apaisent et demoiselle Snaefrid ne devinerait jamais ce qu'il avait dit à la bande des galopins. Est-ce que demoiselle Snaefrid devinait ?

— Ça fait cent fois que tu me le dis, Vieux Gunnarr, mais j'oublie toujours !

— Je leur ai dit : « Ça y est, je suis vieux ! Depuis cette nuit, je suis vieux ! Voilà une chose dont je n'aurai plus à m'occuper. » Et j'ai dit aussi : « Tandis que vous autres, vous êtes des billes de bois, des graines de malotrus, et ça vous avance à quoi : vous passez votre temps à ne pas vieillir, ça vous prend

L'incendie de Copenhague

toutes vos journées, ce souci-là, et il ne vous reste pas une minute pour vivre... »

De ce jour-là, Gunnarr avait saisi la vieillesse « par les cornes », de sorte qu'il allait pouvoir être vieux bien plus longtemps que quiconque, ergo on le cajolerait à l'infini. Les autres, que ce soit les hommes ou les femmes, quand ils arrivent enfin à être vieux, ils n'en profitent pas, ils sont au bout du rouleau et ils ne savent même pas comment se dépêtrer de leur grand âge parce qu'ils ne se sont jamais préparés à cette besogne. Il n'y a qu'à les voir : ils rabâchent, ils crachent, ils bavent, ils marchent avec trois cannes, ce sont des reliques et puis, pfft, ils crèvent, mais lui, Vieux Gunnarr, il en avait pour un bail, il était vieux alors qu'il était à peine au milieu du chemin de la vie, et demoiselle Snaefrid soupçonnait-elle ce qu'il y avait de pire dans la vieillesse ?

Vieux Gunnarr jeta un œil sur Snaefrid. Il laissa passer un peu de temps car la femme lapait son gobelet, puis il fit connaître son verdict, en détachant chaque syllabe :

— C'est que dans la vieillesse, vous êtes vieux !

Les femmes vociférèrent. Demoiselle Snaefrid posa un doigt sur sa tempe.

— Tu es fou, Vieux Gunnarr, fou comme un lapin !

— Premièrement, chère Snaefrid, les lapins ne sont pas fous et ensuite, ne me coupe pas tout le temps. Tu me permets de conclure ? Je peux placer un mot de temps à autre ? Moi, mon avantage, c'est que je suis vieux et pourtant je suis en pleine jeunesse, tu connais beaucoup de vieillards aussi jeunes que moi ? Voilà le travail !

Il plastronnait. Quand ses histoires plaisaient, il ne se tenait plus de joie. Il plongeait en avant, son chapeau à

L'incendie de Copenhague

la main, la tête penchée sur la droite et un œil fermé. Il guettait les acclamations car ses histoires constituaient son gagne-pain. Sa nature aimable, ses vanités, ses paradoxes, ses colères de paille et ses citations latines lui tenaient lieu de petit métier. Il se soutenait des reliefs qu'il recevait en retour de ses bouffonneries.

Pourtant, il était scrupuleux. Il tenait une comptabilité tatillonne de ses histoires et de leur réussite. Comme il était vertueux, il mettait son honneur à en donner pour les piécettes ou pour les victuailles qu'il grappillait. Quand il avait conscience de n'avoir pas rempli honnêtement son office, il s'interdisait de toucher à la soupe qu'on lui versait. Il la laissait refroidir dans son écuelle en la fixant de son gros œil congestionné et se lançait dans une nouvelle improvisation tout en surveillant la réaction des auditoires.

Il ne détestait pas cela, c'était une manière de prolonger ses bavardages et il adorait raconter des histoires. Pour interrompre ses discours, le public faisait alors mine de s'extasier, même quand ses drôleries étaient pauvres. Gunnarr n'était pas dupe, mais un peu d'admiration, disait-il en plongeant de nouveau en avant comme s'il avait recueilli des bravos, c'était bon à prendre.

Pour l'heure, il avait la conscience en paix. Son numéro sur la vieillesse était au point. Il marchait à tous coups : les filles qui le connaissaient par cœur, et qui même précisaient les détails qu'il avait omis, les marins du *Valdemar II* qui ne l'avaient jamais entendu, exultaient. Aussi, il considéra qu'il pouvait avaler son brouet, entassa quelques pots de bière par-dessus avec un sourire béat et s'endormit, la tête sur la table.

*

L'incendie de Copenhague

Le lendemain, il se réveilla assez tard et insulta l'aubergiste à qui il demanda où étaient passés les messieurs venus de Copenhague à bord du *Valdemar II*. L'aubergiste ferraillait dans son foyer et marmonna qu'il avait été réveillé par un fracas de sabots et de roues, quelques heures plus tôt, pour voir une cavalcade encombrer le sentier, suivie de deux chariots de malles et de ballots.

— Et tu ne m'as pas appelé! cria Gunnarr.

— Je t'ai tapé sur la tête, Gunnarr. Tu étais saoul comme un pichet de bière! J'aurais tapé encore, ta tête cassait!

— Et c'étaient les messieurs d'hier, tu jures?

— C'étaient les messieurs d'hier. Je ne les ai pas reconnus mais c'étaient eux. Ils avaient meilleure façon que sur le quai, crois-moi. Il y en avait deux, surtout, des messeigneurs, un grand dans un pourpoint mauve et bleu, avec des poches, des poches immenses, un tricorne de prince, des gants à crispin et une écharpe de soie au col. Et puis un autre, plus petit, mais avec un habit comme j'ai jamais vu, bleu et jaune, et un gros baudrier, on aurait dit un militaire, et une jambe raide, une jambe tout le temps raide si tu vois ce que je veux dire.

— Je vois.

— Et il se tient cambré, comme à la parade, c'est le petit qui se tient cambré. L'autre, le long, il est pas cambré du tout. Je veux dire, il est cambré, mais dans l'autre sens, si tu vois, c'est pas qu'il est bossu, non, il est tordu, il est penché, penché, on croirait qu'il tombe et il tombe pas et on voit pas ses yeux. Il a un drôle de rire, un cheval.

Gunnarr se prit la tête entre les deux mains et poussa

L'incendie de Copenhague

un juron. Ces deux messieurs n'étaient pas rien ! L'aubergiste se rendait-il compte qu'il avait vu défiler devant son trou les envoyés du roi de Danemark en chair et en os et le plus grand, le voûté, le tricorne de prince, c'était le très digne et très honoré et très puissant érudit Eggert Pétursson, academicus, archéologue, épigraphiste et bibliothécaire de Sa Majesté Frédérik IV, cosmographe ordinaire de la Cour et gouverneur des « archives obscures » du royaume, rien que ça !

L'aubergiste renversa son pot à feu dans une bassine et soupira :

— Ah bon ! Et qu'est-ce que tu veux que j'en fasse, d'un cosmographe ? Tu veux que je te dise : je préfère le cul d'une dame. Mes archives obscures à moi, c'est le cul des dames !

Gunnarr eut un haut-le-corps. La grossièreté de l'aubergiste le chagrinait, mais il n'avait pas de temps à perdre. Il préféra s'apitoyer sur lui-même. Il n'avait pas de chance : non seulement il était très vieux mais encore il avait couvert cette longue trotte jusqu'à Eyrarbakki pour aviser les ministres de Sa Majesté et il les avait laissés filer. La peste soit de ces femelles lubriques qui l'avaient rempli de leurs breuvages pourris, la veille. D'ailleurs les Pères de l'Eglise l'avaient déjà remarqué. Ils pensaient que les femmes sont des monceaux d'entrailles.

L'aubergiste dit qu'il était d'accord avec les Pères de l'Eglise. Il ajouta même qu'une femme sans entrailles, il ne voyait pas à quoi ça pouvait servir. Puis il tira un tabouret et le cala sous ses fesses, il avait l'intention de rire.

— Tu as couvert une longue trotte ? Tu me dis ça à moi, Vieux Gunnarr ? Mais je te connais : tu n'as pas de

L'incendie de Copenhague

maison. Tu es un errant, mon pauvre vieux. Comment ferais-tu une trotte? Pour faire une trotte, tu sais ce qu'il faut? Il faut deux choses : tu dois arriver de quelque part et tu dois aller quelque part. Logique? Et toi, tu viens de nulle part et tu vas nulle part. Alors, ta longue trotte... Tu es toujours en chemin... Et en plus, qu'est-ce qu'ils viennent foutre en Islande, tes messeigneurs?

— Mes messeigneurs? Tu veux que je te dise? Apprends, mon brave, que ces nobles hommes viennent remettre sur ses pieds le cadastre de l'Islande, le cadastre et toute la justice de l'Islande... Ne me demande pas comment je le sais. Je le sais!

— Le cadastre? Et alors? Je suis dans mon trou, ici. On ne va pas faire un cadastre avec des trous...

— Ecoute ce que je vais te dire et ne le répète pas à âme qui vive, chuchota Gunnarr d'une voix étrange en se collant contre l'aubergiste comme pour déposer ses mots dans son oreille, je vais te dire : le cadastre, la justice, c'est la mission officielle. Et moi, je dis qu'il y a anguille sous roche. Moi, je dis : est-ce que cette mission ne recouvre pas une autre mission cachée, une mission, je ne sais pas, moi, clandestine? C'est comme ça, les missions. Et tu ne trouves pas bizarre que le docteur Pétursson régisse justement les « archives obscures » de Sa Majesté. Alors? Tu me suis?

L'aubergiste s'essuya les mains dans un chiffon :

— Non, Gunnarr, je te suis pas et je m'en fiche. D'ailleurs, si! Je comprends à demi-mot, je comprends, je suis pas si bête, et je vais te la dire, ta mission obscure comme tu dis : ton roi des Danois Frédérik veut vendre l'Islande aux commerçants de Hambourg, ça je le sais, tout le monde le sait ici, et tes deux messieurs viennent préparer la vente, voilà le vrai, tes messeigneurs sont

L'incendie de Copenhague

des charognards, ils nous vendent à Hambourg. Mais qu'est-ce que tu veux que ça me fasse ? Moi, je suis dans un trou. Et mon trou, qu'il appartienne au malandrin de Copenhague, à ton Frédérik IV, ou bien aux charognes de Hambourg... c'est pour ça que je dis : mon cul...

— Tu es un malappris et en plus tu ne respectes pas ton roi, mais figure-toi, mon gros, que la vente aux gens de Hambourg, c'est fini. Sa Majesté a tranché. On ne vend pas.

— Bon ! On vend pas. Et alors ? Crache-le, ton boniment, puisque tu veux tellement me le dire : qu'est-ce que c'est, leur mission obscure, à tes chevaliers ?

— Ah non ! dit Gunnarr d'une voix aigre. Tu permets ? Tu aimerais que je te dise ce qu'ils viennent faire ici, les messieurs du *Valdemar II*. Et moi, je te réponds : secret du roi ! Et je suis tenu au secret, moi aussi ! Qu'est-ce que c'est que ces façons de me poser des questions sur la mission de M. Pétursson ?

— Je te pose pas de questions. C'est toi, Gunnarr... Moi, je m'en tamponne de ton secret du roi...

— C'est ça, c'est ça ! Je te vois avec tes grands souliers ! Eh bien, non ! Je ne dirai rien. Et je te serais obligé de ne pas insister.

L'aubergiste haussa les épaules. Ce va-nu-pieds l'exaspérait. Il se retourna, son tisonnier à la main, et demanda méchamment ce qu'un clochard comme Vieux Gunnarr pouvait bien raconter à ces deux nobles chevaliers qui portaient perruques de soie, panaches de plumes, gants à crispin et qui avaient franchi la grande mer froide sur ordre du roi.

Gunnarr s'emporta. Avec les femmes, il était complaisant mais il ne supportait pas qu'un homme le raille, surtout, dit-il, un aubergiste, et surtout si cet

L'incendie de Copenhague

aubergiste était gras comme un phoque et davantage encore si cet aubergiste gras vivait dans une gargote infecte qu'il avait appelée la « Nuit des Pêcheurs ».

— Monsieur le tavernier, dit-il, je t'accorde que je n'avais rien à dire à ces chevaliers.

— Parfait, Gunnarr : ça tombe à pic puisque tu ne leur as rien dit. Ils t'ont même pas vu. Ils te connaissent même pas.

— C'est ça ! Fais le goguenard ! Mais, suppose, si ta cervelle est encore en marche, suppose que Sa Grandeur Eggert Pétursson et son honorable adjoint, eux, aient quelque chose à me dire... Je ne peux pas me permettre de manquer à ces messieurs...

— Parce qu'ils ont quelque chose à te dire ?

— Je ne sais pas. Comment je le saurais ? Je les ai même jamais vus, je me tue à te le dire mais... mais, on ne sait jamais.

Il bondit sur ses pieds, se gratta une oreille, pencha la tête sur la droite et se disposa à faire son plongeon en balayant le sol de la pointe de son chapeau pour recueillir les ovations mais l'aubergiste avait repoussé son tabouret et fourrageait dans l'âtre en marmonnant.

Gunnarr ramassa son bâton, enfonça son tricorne sur sa tête et sortit sans un mot, digne et amer. Toute la journée, il battit la campagne et finit par repérer un cheval solitaire, maussade, qui paissait dans un écart. Il s'approcha à pas de loup et lui passa une corde à l'encolure. Le cheval parut contrarié et fut au moment de hennir. Gunnarr lui posa la main sur les naseaux et la bête se caressa à sa manche. Gunnarr avait un peu de remords. Il n'aimait pas voler le bien d'autrui mais il possédait déjà beaucoup de remords car il empruntait beaucoup de chevaux. Il n'allait pas se torturer à chacune de ses fautes. Ses repentirs, il les examinerait

L'incendie de Copenhague

un jour, tous ensemble, à tête reposée, il avait tout son temps.

Il avait une philosophie pour chaque circonstance de la vie. Par exemple, il en avait une pour les vols de chevaux et il la révisa paresseusement, pour lui-même, tout en poussant son larcin dans des chemins ensoleillés, loin des gendarmes, des exempts et des miliciens. Il tenait pour légitime que les voleurs de chevaux, dans un pays aussi démuni, aussi exploité que l'Islande, soient châtiés sans pitié, un poing coupé, une lettre d'infamie à l'épaule ou même le gibet, selon la robustesse du cheval, car il était passionnément épris de la loi. Sur ce point, Vieux Gunnarr n'avait jamais transigé : un pays sans règles ni justice et ni prison et ni gibet serait un pays informe, aussi affreux qu'un *kraken*, qu'un tas de poussière, que des entrailles de femme, qu'un marécage ou une charogne.

La loi, selon Vieux Gunnarr, avait un autre avantage : elle prenait en charge les péchés des autres. Dans un pays sans justice, expliquait-il quand il avait un auditoire — mais aujourd'hui il n'avait que les oreilles molles de son cheval qui montaient et descendaient sur la prairie brillante —, il n'aurait jamais eu le front de prendre un cheval. Pourtant, puisque l'Islande, Dieu merci, était un pays civilisé et doté de juges et de constitution tant il est vrai, songeait-il mélancoliquement, que c'était là la seule production de l'Islande, les lois et les règlements, les prétoires et les chicanes de justice, les perruques de juges et les collerets d'huissiers, les archives et les procédures, oui, c'était la seule production de l'Islande, eh bien, il avait par conséquent toute licence de chaparder des chevaux car il refilait ainsi, lui, Vieux Gunnarr, sa faute aux magistrats de l'Althing qui n'avaient qu'à se débrouiller tout seuls et

L'incendie de Copenhague

qui étaient pensionnés pour cela. Chacun son office, concluait-il quand il estimait que son auditoire était réceptif : les uns volent et les autres jugent, mais si les voleurs jugeaient et si les juges volaient, où irions-nous, il se permettait de poser la question.

Dans ses moments d'inspiration, et si son public était favorable, Gunnarr poussait ses raisonnements très loin : il utilisait la même stratégie pour justifier l'existence de Dieu. Son analyse était limpide : au cas où Dieu n'eût pas existé — encore que ce cas fût improbable en vérité puisque Gunnarr était un ancien prêtre, et que, si Dieu n'existait pas, comment Dieu eût-il eu l'idée de créer des prêtres, preuve foudroyante, selon Gunnarr, de l'existence de Dieu, car ce qui n'existe pas — c'est-à-dire Dieu — n'eût jamais pu créer ce qui existait, c'est-à-dire les prêtres, même si le grand saint Thomas n'y avait point songé — dans ce cas-là, par conséquent, le malheureux humain eût été réduit à organiser lui-même, à chaque instant, son propre Jugement dernier, ce qui serait très fatigant car il faudrait trouver de grandes trompettes, ce qui occasionnerait au surplus des pertes de temps, alors que la présence implacable et même invincible de Dieu vous dispensait de cette nécessité, de cette corvée disait Gunnarr non sans audace, et c'est ainsi, concluait-il le plus souvent, que, de la même façon que les prêtres forment preuve de l'existence de Dieu, l'existence de Dieu, à son tour, commande, si l'on y réfléchit, la liberté de l'homme.

Ainsi songeait Vieux Gunnarr en enfonçant les talons dans les côtes du cheval. Il abritait même dans ses réserves une troisième théorie, encore plus hardie, et qui concernait le diable mais, comme il n'avait point de compagnie dans cette campagne déserte, il préféra

L'incendie de Copenhague

s'économiser et suspendit son soliloque. Du reste il était pressé. Le Thing s'ouvrait dans cinq jours et ce cheval était un fainéant, ce qui n'était pas pour déplaire à Gunnarr car le vol d'un mauvais cheval était moins répréhensible que celui d'un étalon, de sorte que son péché, comme la punition qu'il méritait, s'en trouvait diminué et c'est bien pourquoi il s'appliquait toujours à chiper des chevaux cagneux, enrhumés ou hors d'âge.

Par bonheur, les journées étaient sans fin et les nuits suaves, et les nuits illuminées. Vieux Gunnarr trottait. Il traversait des solitudes, des mélancolies, les lueurs rousses des beaux soirs en perdition, et le bonheur allait avec lui. Il avait le cœur calme. Le cheval manquait de vaillance, mais l'herbe était tendre à ses sabots et il faisait des petits bonds, comme un mouton. De temps en temps, il s'arrêtait pour mâcher un chardon et il s'endormait. Vieux Gunnarr le réveillait en sifflant.

Chapitre III

A quelques lieues de Bessastadir, le docteur Pétursson décida d'une halte car il s'était embarrassé dans ses chemins et la troupe avait passé deux fois par les mêmes ravines, ou bien trois fois, elles se ressemblaient. Les hommes titubaient. Ils trottaient depuis douze heures. Ils avaient suivi des sentiers à moutons, des sentiers de gravier et parfois il n'y avait plus de sentiers, il y avait des corniches, des fourrures de lichens de toutes couleurs, de grandes plaines suppliciées, des rocailles, des mousses et des à-pic. Les chevaux s'étaient avancés le long des gouffres en renâclant, ils avaient patouillé dans des marécages et des sables gris, ils s'étaient enfoncés jusqu'au garrot dans les prairies rouges de l'été.

La veille, quand le soir était descendu ou plutôt quand le soleil avait effleuré les escarpements qui bordent à l'ouest la vallée de la Hvitá pour se relever en gloire après un semblant de pénombre, les hommes avaient mis pied à terre et croqué quelques biscuits de froment, mais le docteur Pétursson avait proposé de reprendre aussitôt la route car il craignait de faire faux

L'incendie de Copenhague

bond à la réception du gouverneur, à Bessastadir, le lendemain et le ciel étincelait.

La terre était paisible. Elle dormait sous une poussière scintillante. Il n'y avait plus d'aurore et plus de crépuscule. Une nuit fantôme avait chassé le jour. Des lumières luxueuses, funèbres, laiteuses, enduisaient les visages.

On était au premier moment de la Bible. Dieu n'avait pas encore procédé à l'inauguration du monde, il n'avait pas divisé les ténèbres de l'éclat. Le temps n'était pas en route, il attendait son commencement. Des draperies de velours et de soie avaient remplacé les montagnes. Dans le fond des vallons, on voyait monter une géographie inconnue. La terre défaillait, et l'on découvrait le dedans de la terre. Ce n'était pas la nuit et pas le jour. Une nuit sorcière. L'ombre et la lumière ensemble hallucinées et le ciel comme un somnambule. Un caprice du vent en eût déchiré les voilages. Au loin, des vapeurs moelleuses dessinaient le réseau des vallées et des lacs, le vent les poussait insensiblement et tout le paysage tournoyait.

Les maisons, les prés, les contreforts déchiquetés d'Ingólltsjall qui surplombaient les méandres de la rivière resplendissaient. Des vagabonds surgissaient tout d'un coup. Ils fixaient les étrangers de leurs yeux de chouette, ils défilaient dans un silence terrible. Vers le nord, des glaciers crépitaient. « Le Langjökull », dit Pétursson et, à un autre moment, il dit : « Ces nuits d'été ont les mêmes couleurs que la neige », et il dit encore : « Regardez nos ombres, monsieur Bodelsen, elles sont très noires et elles miroitent. »

Beaucoup plus tard, on devina vers le nord les eaux tranquilles du Thingvallavatn. C'est à ce moment que le docteur Pétursson avait parlé d'une pause et le cornette avait suggéré de gravir un tertre couronné d'un

L'incendie de Copenhague

bosquet de bouleaux, des buissons à peine, tordus et si malingres que les chevaux les piétinaient. Les gendarmes se répandirent entre les pattes des bêtes, bras en croix, avec des ronflements de porcs. Un fil de vent tremblait dans les herbes. Le plus vieux des scribes alluma une pipe de porcelaine et l'odeur du tabac et celle de la terre faisaient penser à des choses douces. Un autre écrabouillait des myrtilles sur sa figure, elles étaient encore un peu aigres et il léchait le jus du bout de la langue. Les autres scribes riaient.

Jørgen Bodelsen bouchonnait le ventre de son cheval avec une poignée d'herbes. La tête dans le flanc de la bête, il ronchonnait. Ces gendarmes vautrés et ce scribe fardé de rouge lui donnaient de l'humeur. Il voulut faire le militaire. Il les querella et cravacha le scribe aux myrtilles. La mission devait soigner son apparence. Elle représentait Sa Majesté Frédérik IV. Dans quelques heures, on piquerait des deux, à la vue du palais de Bessastadir, et chacun aurait à l'honneur de rectifier sa position, de bomber le torse et de se tenir droit en selle, comme à la parade, comme à la bataille.

Le docteur Pétursson sommeillait. Les criailleries de son adjoint le réveillèrent. Il se redressa, se frotta les reins un long moment et demanda béatement à Bodelsen, entre deux bâillements, s'il avait l'intention de prendre d'assaut la résidence du gouverneur et de capturer la garnison de Bessastadir et qu'avait-il fait de ses couleuvrines et de son armure ? Bodelsen rougit, tortilla sa moustache, se mâchouilla les lèvres et sauta sur son cheval qui disparut au galop d'esquive.

Les gendarmes rigolaient. Pétursson se leva et posa calmement le derrière sur sa selle. La troupe s'ébranla au pas de promenade. Elle rejoignit le cornette Bodelsen qui faisait le pied de grue au bas du tertre. Il était

L'incendie de Copenhague

penaud. Pétursson lui demanda où il avait entreposé ses prisonniers et comme Jørgen se raidissait encore, il posa gentiment une main sur son épaule. Jørgen s'amadoua, choisit de rire :

— Suis-je enfant, monsieur l'assesseur ! Je me crois toujours au 8e dragons !

Et Pétursson avait répondu :

— Je ne sais pas si vous m'aimez, monsieur Jørgen Bodelsen, mais nous sommes collés ensemble. Nous ne pouvons plus nous séparer. (Il réfléchit.) Moi, je vous aime bien.

Ils reprirent leur marche. Ils évitèrent le lac de Thingvallavatn pour se replier légèrement vers le sud et foncer vers la presqu'île d'Alftanes. Les sabots des chevaux tonnaient sur des plates-formes de lave et Eggert encouragea ses hommes :

— Nous voici rendus. Vous voyez ces champs de lave : on les appelle les « laves du gibet ». Les gouverneurs ont toujours aimé avoir les gibets à portée. Bessastadir est là, de l'autre côté des gibets.

Le cornette demanda si l'Islande continuait à pendre.

— Beaucoup moins que jadis, dit Eggert, mais c'est plein de corneilles, elles ne doivent pas être au courant, elles continuent à chercher des orbites à picorer.

Bodelsen dit :

— Je veux bien que votre île fasse beaucoup de myrtilles, docteur, mais elle ne sait même plus produire des orbites. Pénurie d'orbites !

Le palais de Bessastadir surgit, très loin, au-delà des monticules de Klein Wick. A travers les déchirures d'un nuage, un long rayon de soleil enflamma la Résidence. Le palais était comme de l'or, comme un lingot d'or posé sur la mer. Pétursson pointa le doigt

L'incendie de Copenhague

sur cet or et prit une voix grandiloquente mais peut-être il plaisantait :

— Je vous présente la Jérusalem céleste !

Les cavaliers lancèrent leurs bêtes au galop. Ils poussèrent des hourras et au milieu de la matinée, comme ils étaient tout proches maintenant de Bessastadir, ils découvrirent, à la place de la citadelle d'or, un chaos de bâtiments entourés d'eaux claires, et de plus en plus délabrés à mesure de la course tonitruante des chevaux. Les créneaux de la muraille étaient à demi démolis. Le palais s'effritait sous leurs yeux, à toute allure, et quand enfin ils débouchèrent, au sud de la baie des Fumées, sur un tas de bâtisses en ruine entourées de la mer, Jørgen, qui avait retrouvé sa bonne humeur, se retourna sur sa selle et cria à l'adresse du docteur :

— C'est toujours comme ça, les Jérusalems célestes, monsieur Pétursson, elles sont surfaites. Elles ne supportent pas le regard des hommes. Elles se recroquevillent.

Pétursson mit les mains en porte-voix :

— Encore heureux que nous arrivions, monsieur Bodelsen : nous galopions cinq siècles encore et nous ne trouvions qu'un tas de cendres.

Une trompette salua l'arrivée de la mission. Le palais était sur le qui-vive : le gouverneur Henrik Unquist, le receveur général, les fonctionnaires de la Cour synodale et ceux de la Cour d'appel, une rangée d'hermines et de justaucorps, quelques dames attifées de cérémonie et une théorie d'officiers rebondis guettaient les étrangers sous le grand portail. Une dame d'allure grandiose, emmitouflée d'écarlate, s'appuyait langoureusement au bras du gouverneur Unquist. Elle était entourée de demoiselles avenantes et bavardes. Elle les dominait de

L'incendie de Copenhague

toute sa taille. Sa beauté défaisait toutes les autres femmes.

— Les envoyés de Sa Majesté, dit-elle, nous feront l'amitié de loger à la Résidence.

Le docteur Pétursson dit sa gratitude et la femme le reprit sans égards :

— Gardez vos ronds de jambe, monsieur l'assesseur. Ici, les ronds de jambe, nous ne savons plus qu'en faire. Nous en avons de tous les modèles et pour tous les goûts. Nos greniers en sont bourrés : nous pourrions tenir mille ans.

Des rires fusèrent dans la rangée des courtisans. La femme s'avança vers le docteur Pétursson :

— Voyez-vous, monsieur l'academicus, il y a dix siècles que l'Islande se morfond, il y a dix siècles qu'elle vous attend. Il se passe si peu de chose à Bessastadir. Le premier venu est une friandise, nous en faisons un festin, et vous n'êtes pas, monsieur, le premier venu, encore que vous n'ayez pas choisi le bon moment.

— Sa Majesté Frédérik IV a choisi le moment pour nous, dit le docteur Pétursson en s'inclinant.

— Sa Majesté aura eu une distraction. Voyez-vous, si vous aimez qu'on vous câline, il eût été plus adroit de débarquer dans trois mois. L'hiver, nous dormons, on nous prend au nid, dans l'ombre, comme des marmottes, et nous donnons des fêtes de marmottes, est-ce que vous aimez ces fêtes-là ? L'été, nous sommes un peu tête en l'air. Plusieurs de nos amis sont absents du palais. Ils font la tournée de leurs parentèles ou connaissances dans les domaines voisins.

Le gouverneur branlait la tête. Ses yeux caressaient son épouse. La femme lui frôla la main, tendrement, et pria un majordome de conduire les deux assesseurs à leurs appartements, dans l'aile droite du palais, un

L'incendie de Copenhague

bâtiment de brique rougeâtre entre la grosse tour centrale et l'église. Les scribes seraient pris en charge par le département des archives. Les envoyés de Sa Majesté étaient sans doute vannés. Une collation les attendait dans leurs chambres.

Le lendemain, en fin de matinée, le docteur Pétursson fut reçu en audience par le gouverneur. Un officier l'introduisit dans un bureau tout en longueur et encombré de commodes de palissandre, de tables de marqueterie, de fauteuils à oreilles. Eggert n'avait jamais vu des menuiseries d'une telle finesse, ou bien dans les hôtels des seigneurs de la Suède ou de l'Italie, quand il faisait ses recherches de manuscrits avec Thomas Bartholin.

Le gouverneur Unquist n'était point à sa table. Il se prélassait sur un divan de cuir, à portée d'une grande fenêtre qui donnait vue sur des champs d'orge et de froment et plus loin sur des laves éventrées de minuscules cratères. Dans les carreaux verdâtres, des paysans maigres et noirs rentraient les dernières récoltes de l'année. Ils étaient un peu déformés et comme liquides à cause des boursouflures du verre. Deux femmes piochaient. Elles avaient des gestes saccadés, comme si elles avaient formé le projet de s'ensevelir avant les pluies.

Le gouverneur Henrik Unquist était un homme imposant, au visage beau et indolent. Il était vêtu avec grâce, un pourpoint de camelot violet entrelacé de passementeries d'argent. Il portait un air de grandeur à cause de ses lèvres rouges et épaisses, de ses yeux d'un bleu violent. Il avait la pâleur d'un marbre, avec deux pastilles de poudre mauve aux pommettes, et cet homme, pensa Eggert, pouvait mourir à tout moment, non point d'une fièvre cérébrale ou d'une apoplexie,

L'incendie de Copenhague

mais parce que le sang serait arrivé au bout de son programme.
Le gouverneur agita un mouchoir devant sa bouche.
Une odeur de musc et de ciboulette flotta dans la pièce.
Henrik Unquist sollicita la liberté de demeurer allongé sur la banquette car il avait eu une mauvaise nuit, toutes ses nuits étaient mauvaises, et il souhaita à son hôte fortune et prospérité.
— Vous avez reçu une belle et enviable tâche. Je ne suis pas certain que vous en ayez mesuré les périls.
Il étouffa une toux grasse dans le mouchoir au musc.
— Nous vous attendions avec impatience, dit-il. La justice de notre île ressemble à ces paysages que vous avez traversés depuis Eyrarbakki : superbes, oui... mais tout ça est cul par-dessus tête, si, si, je suis bien placé pour en connaître, les montagnes sont cassées, les vallées ont perdu leurs rivières, les volcans changent de place, leurs cratères s'éboulent, et les glaciers grignotent, avancent, écrasent, et mes gens trépassent. Amusant... vous avez des affaires vermoulues qui roupillent dans les rouleaux d'archives depuis un siècle et qui sont toutes mélangées... Bon courage, monsieur, si vous voulez débrouiller la pelote. Je n'appelle pas cela une justice, j'appelle cela un méli-mélo.
Le mot méli-mélo lui plaisait. Il le répéta et ajouta que l'Islande n'était pas un pays. L'Islande était un souvenir. Henrik Unquist n'était pas le gouverneur de l'Islande. Il était le gouverneur de la mort et comme il était hostile à la mort, il avait déclaré la guerre à cet inconvénient. Dès qu'il apercevait un malheur, il épaulait et il l'abattait. Sa tactique était de mimer le faste des cours de l'Allemagne.
— J'ai tout un fourniment, dit-il, j'ai dix musiciens, une bande de courtisanes, un orchestre, trois peintres et

L'incendie de Copenhague

trois sculpteurs, deux géants du Hanovre, quelques curés et huit nains, mais attention, monsieur l'assessor consistori, les nains, je les ai sous la main. L'Islande ne produit pas grand-chose, mis à part des paperasses et des procès de justice, mais les nains, mes manufactures de nains tournent à plein régime et chaque épidémie, chaque sécheresse, chaque disette m'usine une nouvelle fournée. Ha! ha! voilà qui est bien affligeant, n'est-ce pas? Savez-vous à quoi je pense? Je pense que le jour où tous mes administrés seront des nains, eh bien, il n'y aura plus de nains du tout, ou bien il faudra usiner une variété de nains encore plus nains que les autres? Ha! ha! ha!... C'est que ça n'en finirait jamais! J'ai aussi des lévriers, trois lévriers, et j'ai une mouche.

Il eut un rire mièvre et regarda son hôte. Eggert s'obligea à sourire. Cet homme l'intriguait. Il parlait laborieusement, avec de la bave dans la gorge, il semblait toujours oublier ce qu'il était en train de dire.

— Oui, j'ai même une mouche, continua le gouverneur. Mais pour quoi faire, grands dieux? Qu'est-ce vous voulez que j'espionne? Pour dire le vrai, je ne suis même pas sûr que cet homme soit une mouche. On me le garantit mais comment m'en assurer? Je ne vais pas le lui demander et puis il ne me le dira jamais, ou bien il me racontera des mensonges : les espions mentent, c'est leur office, c'est ce qu'on m'a enseigné. Conséquence : s'il me dit la vérité, ce sera une mauvaise mouche, alors que faire? Ce serait un comble : un espion qui se dénoncerait lui-même comme espion? Oui, ce serait le monde à l'envers!

Encore ce rire frêle, désespéré, et M. Unquist se pencha en avant pour redresser une fleur de linaigrette dans un vase d'opaline.

L'incendie de Copenhague

— Pardonnez-moi, dit-il, la poitrine est en poudre. Je suis dans une cruelle incertitude.

Il fit un geste vague vers sa tabatière. Eggert la lui tendit. Le gouverneur la dévissa et la revissa. Prenant son temps, faisant des bruits de ventouse avec sa bouche, il signala que pour compliquer les choses, l'espion venait rarement au palais et il remplissait aussi le rôle de bouffon.

— Toutes les cours d'Allemagne ont leur bouffon, dit-il, pourquoi en serais-je privé ? Et notez que j'économise les deniers de Sa Majesté puisque la même personne me tient lieu de bouffon et d'espion... C'est un bon bouffon. Il s'appelle Gunnarr et nous l'appelons Vieux Gunnarr, mais c'est comme les mouches, est-il sûr que ce bouffon est un bouffon ou bien il me donne le change ? N'en parlons plus. L'essentiel est qu'il me sache distraire. Du reste, il est rarement présent ici, sauf durant les sessions du Thing. Peut-être l'apercevrez-vous quand vous ouvrirez la session solennelle de l'Althing, rappelez-moi la date de l'Althing...

— Sa Majesté Frédérik IV a exprimé le souhait que la session solennelle se tienne dans les premiers jours de juillet.

— Allons-y pour juillet... Ah, cette session ! Je m'en passerais bien. Comme si je n'avais pas assez d'affaires à régler !

Ensuite, il enfonça un doigt dans la poitrine du docteur Pétursson et dit qu'outre ses lévriers, ses nains et son bouffon, il possédait également une baronne danoise, la baronne Margrethe Blexen.

— C'est une douairière. Elle est maigre et même très maigre. Elle a tenu l'office de dame d'honneur de l'épouse d'un autre gouverneur, voici trente années de cela, mais voilà, un jour, sa maîtresse est partie en

L'incendie de Copenhague

oubliant la baronne et la baronne s'est incrustée à Bessastadir. Nous l'aimons bien, savez-vous. Elle ne vieillit pas, on peut dire. Il y a une espèce de couche d'ambre ou d'argent, je ne sais pas, vous me direz ce que vous en pensez, qui s'est déposée sur sa figure, une figure de fruit confit, mais avec le temps elle a pris son exil en haine. On vous en a probablement touché un mot au château de Rosenborg.

Non. Eggert Pétursson ignorait l'existence de cette personne et le gouverneur se rembrunit. Il invita Eggert à s'approcher de son canapé car il avait le souffle court et cette conversation devait demeurer confidentielle. Cette baronne Blexen, Margrethe Blexen, avait une idée fixe. Tout le temps, elle parlait du pays de sa naissance, le Danemark, et de sa ville natale de Helsingør, comme d'un livre d'images et elle avait envie de se réfugier dans les pages de ce livre mais comment la rapatrier ? Sa tête n'était point bonne et toute sa famille avait disparu.

— Mais vous connaissez les vieilles personnes : ce sont des mules, docteur Pétursson. La baronne Blexen s'entête. Chaque jour, mon épouse Greta ou moi-même, nous essuyons ses jérémiades. Elle me supplie de lui rendre sa cité de Helsingør avant le « grand passage », comme elle dit. Pardonnez-moi, monsieur Pétursson, je vous ennuie, mais croyez-vous pas que cette histoire m'ennuie aussi, eh bien, puisque vous faites tête de bois, cher ami, n'en parlons plus.

Pétursson se leva. Le gouverneur tendit une main molle pour lui dire de demeurer dans son bureau et Pétursson se rassit. Les grands yeux luisants de Henrik Unquist étaient collés sur lui.

— Vous connaissez bien ce pays, dit le gouverneur.
— Mon Dieu, je suis né dans le district de Dale,

L'incendie de Copenhague

Excellence, mon père y avait sa cure. C'est mon pays. Voyez-vous, Excellence, j'ai beau demeurer à Copenhague depuis vingt années, je ne l'ai jamais oublié.

— Vingt années, docteur Pétursson ? Mais dites-moi, ami, n'êtes-vous pas revenu chez nous voici cinq ans, je ne me trompe pas ?

Il compta sur ses doigts.

— Six ans, oui, oui, c'était avant l'éruption de l'Hekla, et vous vous souvenez sûrement qu'à l'époque, vous cherchiez des vélins... Quelle histoire, docteur Pétursson...

— Je ne vois là rien d'extraordinaire, dit Pétursson nerveusement. J'avais ce devoir. A l'époque, Excellence, je m'occupais de manuscrits.

— Et aujourd'hui vous venez poursuivre vos recherches ?

— Aujourd'hui, Excellence, je ne m'occupe pas de manuscrits mais de justice. Je pense que Sa Majesté vous l'aura fait savoir.

— Sa Majesté m'a informé.

— Sa Majesté m'a confié la mission de restaurer la machine judiciaire.

— Sans doute, sans doute, dit le gouverneur nonchalamment.

Il plongea la main dans sa poche, en tira deux pièces d'or qu'il fit rouler sous ses doigts tout en continuant à parler.

— J'ai beaucoup entendu parler de votre père. C'était un saint homme. D'ailleurs, les prêtres ont intérêt à être des saints hommes ou bien gare ! Et il était plus saint qu'un autre, d'après ceux qui l'ont connu, mais on dit par ici qu'il a été châtié pour une affaire d'adultère. Vous avez dû en souffrir. C'est votre grand-père qui vous a élevé ?

L'incendie de Copenhague

— Je vois que Son Excellence est bien renseignée, dit Eggert sèchement. Votre mouche n'est pas si paresseuse que ça.

Le gouverneur eut un geste vague.

— Ce n'est pas la mouche. Tout le monde sait ça, par ici, mais rappelez-moi plutôt, cher ami, le nom de cet érudit, vous savez bien, celui qui est venu farfouiller dans nos parchemins, il y a quoi, vingt ans, trente ans. J'étais à Copenhague, dans les services du protocole. Mais si, ah, ma tête s'en va...

— Vous pensez à Hannes Porleifsson ?

— Hannes Porleifsson ! Et des vélins, il en a trouvé, des brassées de vélins. Je me demande pourquoi cette affaire me revient brusquement, et voyez l'ironie des choses... sur le chemin du retour, son bateau fait naufrage et tout ce qu'il avait sauvé repose au fond de la mer... Et lui avec... pauvre homme... Pauvre homme !

Le gouverneur se laissa aller dans ses oreillers. Il joua avec ses deux pièces d'or et en fit tomber une, on aurait dit à dessein, sous le canapé. Eggert esquissa le geste de la ramasser.

— Laissez, mon ami. Laissez.

Puis, fixant intensément le docteur Pétursson :

— A quelque chose malheur est bon : ils dorment au fond de la mer, les vélins de Porleifsson. Personne ne pourra plus les tripoter. Ceux-là au moins sont à l'abri... Fin du chapitre...

Il eut un rire très gai.

— Mais, voilà la question, docteur : diriez-vous que la main de Dieu y fut pour quelque chose ? Diriez-vous que le malheureux Hannes Porleifsson a été châtié par les Puissances ? Dieu aurait-il voulu signifier que nul n'a le droit de porter la main sur les vélins ? Mon excellente épouse, Greta Sorrenssondóttir, n'est pas loin

L'incendie de Copenhague

de le croire, mais enfin, elle est islandaise. Moi, non, moi, je n'ai point d'opinion, je ne crois pas à ces calembredaines et les Puissances...

Ainsi parlait le gouverneur Unquist, dans la longue pièce ensoleillée, dans la torpeur de cette fin de matinée, et le docteur Pétursson se tenait crispé sur sa chaise, les yeux à l'affût, sous ses grosses paupières de cuir, comme s'il avait écouté les battements de son propre cœur alors que c'était l'autre cœur, celui de cet homme aux lèvres rouges et au teint de cire, qui menaçait de passer.

Le gouverneur ferma les yeux.

— Mais vous n'avez pas envie de savoir comment s'est terminée l'histoire de la baronne Margrethe ? Eh bien, j'ai imaginé un stratagème : j'ai dirigé la bonne vieille dame sur le port de Höfn où deux marins l'ont installée dans une chaloupe puis hissée sur une embarcation qui a navigué trois jours au large de l'Islande avant de mouiller dans un autre port de l'Islande.

On entendait le craquement des boiseries et aussi, dans le corps du palais, des bruits familiers, des bruits de pas, et les gémissements d'un chien, de temps à autre. Et toujours, dans les carreaux de la fenêtre, les paysans arc-boutés à leurs fourches et Eggert croyait apercevoir des figurines collées de l'autre côté des vitres coloriées et le soleil luisait d'un éclat égal.

— Pourquoi trois jours sur son bateau ? Je ne voulais pas que la chère baronne décèle la supercherie. Eh bien, ma manœuvre, notre manœuvre plutôt puisque mon épouse était de mèche, a réussi : la baronne a cru qu'elle était débarquée dans sa ville de Helsingør, au Danemark. Remarquez : je ne jurerais pas qu'elle l'ait cru. Les baronnes sont comme les mouches, elles ont beaucoup de vice et peu importe : le tout était qu'elle fasse semblant de le croire, qu'elle fasse tellement

L'incendie de Copenhague

semblant qu'elle finisse en effet par le croire, m'approuvez-vous, monsieur l'academicus ?

Eggert approuvait et le gouverneur dit que cela se passait l'année précédente. Les mois qui avaient suivi le soi-disant retour au Danemark de la baronne, la vieille dame s'était claquemurée dans sa chambre de Bessastadir. Sans doute soupçonnait-elle qu'elle était toujours en Islande, ou bien que sa ville de Helsingør n'était pas là, n'existait plus, s'était évaporée et dissoute ou même qu'il n'y avait jamais eu une ville de ce nom. Mais la baronne était rassérénée, n'était-ce pas l'essentiel ? Elle était contente. Elle savait qu'elle se trouvait — ou bien elle affectait de croire qu'elle s'y trouvait — à l'endroit même où jadis, dans les temps anciens, dans les temps de l'enfance, la cité de Helsingør avait régné.

Le gouverneur ne voulait pas cacher au docteur Pétursson qu'il y avait eu des incidents désagréables. Il était arrivé par exemple qu'un des hôtes du palais de Bessastadir parle étourdiment de l'Islande à la baronne et, dans ces cas-là, la baronne avait un sourire compréhensif. Elle répondait qu'elle avait résidé dans ce pays, en effet, de longues années, jadis, jadis, mais elle n'avait pas souhaité y finir car, disait-elle, les humains sont faits pour mourir dans leur berceau de manière que leur destin soit rond comme un œuf — et le gouverneur forma un cercle à l'aide de son pouce et de son index — et elle était résolue à décéder dans le grand lit clos où étaient nées et mortes sa propre mère, et la mère de sa mère et toutes les femmes de sa lignée, radotait la baronne, qui était redevenue sereine car, disait le gouverneur Unquist, elle avait ainsi l'assurance qu'elle ne trépasserait jamais puisqu'elle serait à la fois sa propre mère, sa grand-mère, son arrière-grand-mère et même la fille que le sort ne lui avait pas accordée.

L'incendie de Copenhague

Le gouverneur regarda le docteur Pétursson comme s'il avait parlé dans son sommeil, ou qu'il ait parlé non point à quelqu'un mais à lui-même ou bien à personne, ou encore, comme s'il n'avait rien dit. Dans la fenêtre, les paysans avaient posé leurs fourches et leurs râteaux, et une des deux femmes s'était redressée, elle battait des mains et elle ouvrait la bouche, probablement elle chantait, mais Pétursson n'en était pas certain. Le son de la voix ne parvenait pas à travers les carreaux de verre.

— Puis-je vous mettre à contribution? dit Henrik Unquist. Auriez-vous l'obligeance de me prêter le bras, j'aimerais jeter un coup d'œil sur la lande. On appelle ça la « lande du gibet ».

Il se dirigea à petit pas vers la fenêtre, s'arrêta pour reprendre force et dit qu'il avait l'intention d'honorer le docteur Pétursson d'une médaille en hommage au travail que la mission allait accomplir pour remettre la justice en état.

— Je pense souvent à cela, dit-il. Le plus souvent, un homme est fêté après qu'il est mort. Je trouve cela injuste. Je préférerais décorer les hommes pour les prouesses que peut-être ils accompliront car ainsi, au cas où ils ne feraient pas de prouesse, ils auront au moins leur croix du Danebrog. Et puis supposons que vous trouviez la mort dans l'exercice de votre mission, on ne sait jamais, n'est-ce pas? Vous serez déjà décoré, et, pour moi, cela fera une cérémonie de moins.

Il entrouvrit la fenêtre et dit :

— Je l'avoue, toutes ces cérémonies m'assomment, réunion des baillis, bavardages avec mon contrôleur des finances, synodes et conclaves, et n'oubliez pas l'Althing, ce fléau de l'Althing. J'avais d'autres ambi-

L'incendie de Copenhague

tions, jadis. Et puis, passer le grand cordon au cou d'un cadavre, pouah !

Une bouffée d'air frais s'engouffra dans la pièce et chassa les odeurs de tabac et de musc, les écœurantes odeurs de tisanes et de poudres d'apothicaire. Le gouverneur se retourna vers Eggert :

— Nous avons les abeilles les plus rapides du monde, dit-il. Elles n'ont que deux mois pour sucer leurs fleurs. Alors, elles se gavent. Mais, voyez-vous, je crois que je n'aime pas du tout l'été. Ici, mon épouse, les suivantes de mon épouse, les courtisans haïssent l'hiver mais l'hiver, monsieur Pétursson, je tiens que l'hiver est une bénédiction de Dieu. Rien ne bouge, est-ce que vous comprenez cela ?

— Je vous approuverais, Excellence, si l'été devait durer dix mois, mais ici, l'été, à peine on le voit et il est ailleurs.

— Ta ta ta ! Si j'en avais le pouvoir, croyez-moi ou non, je supprimerais l'été. L'été, tout s'en va. Chaque jour est nouveau et je me méfie des jours nouveaux : un matin, vous apercevez une fleur qui n'était pas là la veille, ou bien un oiseau s'est fabriqué en sourdine pendant la nuit, et d'ailleurs il n'y a pas de nuit, ou encore la couleur des prairies s'assombrit. L'été, tout pourrit, tout change et ce qui change, c'est ce qui se défait, oui je prendrais volontiers un arrêté pour mettre l'été hors la loi, et instaurer la nuit ininterrompue, la nuit et la neige, sans fin, sans fin, mais une telle réforme, cher, j'en ai parlé au synode, déborde de très loin les attributions d'un gouverneur... Ha ! ha ! ha ! C'est un comble : je suis gouverneur, j'ai tous pouvoirs et je ne peux rien contre l'été.

Pétursson se rejeta en arrière. Il était de plus en

L'incendie de Copenhague

plus mal à l'aise. Le gouverneur le prit par le bras et manœuvra en direction du canapé.

— Je me moque, dit-il, mais observez seulement mes lévriers. Ce sont de belles bêtes, oui, mais elles ont la fièvre sans discontinuer, elles ne tiennent pas en place, elles bavent, elles mangent, elles défèquent... Je vais vous faire un aveu : je n'aime pas beaucoup mes lévriers. Enfin, je préfère ceux que les ateliers de Vérone ont brodés sur les tapisseries de la grande salle du Conseil, ceux-là au moins ne tremblotent pas, vous verrez...

Il se soutint à son fauteuil et s'allongea sur le divan en geignant.

— Et tous ces courtisans qui remplissent le palais ! Vous ne pensez pas qu'ils seraient plus supportables s'ils étaient, je ne sais pas, moi, des peintures, ou des tapisseries, ou même des sculptures. Des sculptures, tiens, c'est ce qu'il y a de mieux... Enfin, il faut accepter l'inévitable : personne n'est parfait. Ils respirent, ils meurent... C'est d'ailleurs leur seul avantage, leur seule vertu : oui, comme ça, à force de respirer, ils finissent par mourir, ils s'en vont un beau jour, tandis que s'ils étaient de pierre, ah mon Dieu... des courtisans de pierre !

Le gouverneur remonta la collerette de son pourpoint et annonça que l'audience avait pris fin. Pétursson regagna son appartement. Il se demandait ce que cet homme avait voulu dire. Peut-être l'avait-il menacé, ou bien il l'avait mis en garde contre son épouse, et sans doute faudrait-il plusieurs mois pour que Pétursson comprenne ce que le gouverneur Unquist avait en tête, plusieurs années même, et Pétursson aurait quitté l'Islande.

Chapitre IV

La session solennelle de l'Althing s'ouvrit le 12 juillet. Il faisait beau. La veille, le gouverneur Unquist eut une attaque de goutte. Il annonça qu'à son regret il garderait la chambre. Le directeur du synode fut désigné pour présider les cérémonies à sa place.

Les jeunes dames de Bessastadir et les officiers les plus fringants de la Cour en profitèrent pour se dissiper mais les messieurs vénérables observèrent leur devoir et Eggert accueillit, sur le seuil de la Maison de justice, une charrette de courtisans périmés. On mesurait leur âge à leurs culottes qui étaient vastes et plissées en jupes, égayées de bouclettes de rubans cramoisis et de volants de dentelle. On appelait ces culottes des rhingraves. Elles revenaient du siècle de Christian III.

Les bâtiments de la Lögrétta s'élevaient au pied de la formidable falaise de l'Almannagja qui borne la douce et large, paisible vallée de l'Öxará. Ils avaient été restaurés dix ans plus tôt, avait-on dit à Pétursson, mais les travaux avaient été bâclés sans doute et les deux juges pénétrèrent dans une étable à moutons, malodorante et obscure. Elle était couverte d'une toile de vathmál et habitée des vents. Elle semblait réchappée

L'incendie de Copenhague

d'une tornade, elle semblait attendre la prochaine tempête. Les dossiers et les rouleaux de papier s'empilaient au hasard sur des tabourets, sur de petites tables de pierre, parfois sur le sol de terre battue.

La salle était lugubre. Le soleil du matin n'y arrivait pas car la Maison de justice était coincée contre le mur de basalte noir du Lögberg. La longue falaise rocheuse fermait la terre. Elle était composée d'un nombre infini de fanons verticaux entre lesquels couraient des fissures d'où sortait une rumeur d'abîme. Sa crête touchait au ciel.

Le docteur Pétursson avait souvent vanté la majesté de la justice de l'Islande et l'excellence de la constitution de l'année 930. Le cornette Bodelsen considéra l'étable et fit l'insolent. Il saurait désormais, dit-il à Pétursson, que les cabanes de bergers, en Islande, sont des lieux de majesté, pourvu qu'elles empestent la crotte de brebis.

Eggert Pétursson fit l'éloge de son pays : dans les âges héroïques, les plaideurs gravissaient la falaise occidentale, à minuit, et se juchaient sur le « rocher de la loi », sur le Lögberg. Là, ils présentaient leurs requêtes et, si l'on en croyait les antiques chroniques, leurs voix, par une magie de l'acoustique, allaient se fracasser dans les fonds. Elles se multipliaient merveilleusement et elles retombaient à la fin, comme une colère, dans le creux de la gorge, sur la foule des colons épouvantés et Jørgen ricana, et Jørgen dit qu'elles s'étaient tant fracassées, ces voix, qu'elles étaient devenues des couinements de souris, à peine, et Eggert dit :

— C'était le temps des géants, monsieur Bodelsen.

Quand les greffiers et une dizaine de vieilles culottes eurent pris place sur de gros blocs de basalte enrobés de peaux de mouton, le docteur Eggert Pétursson abattit le

L'incendie de Copenhague

marteau de la loi sur la table, déclara la session ouverte et rappela les volontés de Sa Majesté Frédérik IV : tous les citoyens de l'Islande étaient conviés à présenter leurs doléances. Ils seraient entendus avec bienveillance. Une fois la session close, la mission prendrait la route et visiterait la plus humble ferme. Un état des domaines serait dressé. Les droits de chacun seraient réparés. Les propriétaires félons seraient châtiés. Un nouvel inventaire de l'île remplacerait le gribouillage qu'on appelait cadastre.

Eggert parlait d'une voix plate. Il s'aperçut que Jørgen Bodelsen, assis à son côté, étouffait des bâillements. Aussi, il voulut soigner sa péroraison. Pour se donner force, il se représenta l'apparat des assemblées primitives de l'Althing et ces récitateurs de la loi médiévale qui fulminaient jadis leurs verdicts dans le ciel. Cette idée réveilla ses énergies et sa voix enfla, comme s'il avait été juché sur le Lögberg :

— Nous sommes émus, hurla-t-il, nous sommes charmés que le Seigneur se montre clément à nos ambitions et nous regardons ce noble soleil de juillet, dont les paillettes tout à l'heure moiraient les petits lacs qui étincellent dans la plaine de l'Öxará, comme métaphore de la justice !

Jørgen Bodelsen, quand il entendit ces vociférations, coupa net son bâillement, gratta sa perruque et posa sur son chef des yeux rigoleurs. Le docteur Pétursson se sentit ridicule et étrangla sa conclusion. Les courtisans ne demandèrent pas leur reste : ils se levèrent. Ils papotèrent un instant par courtoisie, puis les officiers remontèrent sur leurs bidets, les vieillards et leurs grandes culottes grimpèrent dans leur carriole, et en avant !

Pétursson et Bodelsen s'attardèrent dans l' « étable

L'incendie de Copenhague

de justice », comme disait Jørgen. Ils furetèrent avec l'aide du chef des greffiers dans les rouleaux de papier à demi effrités qui composaient les archives de la Lögrétta et Bodelsen dit :
— Le temps des géants, docteur Pétursson ! Vous ne trouvez pas qu'ils sont petits, vos géants ! Nous sommes des poux, monsieur, accrochés dans la tignasse des géants.

Le greffier se félicitait que les deux représentants de Copenhague puissent mesurer le désordre des installations de justice. Il ramassa dans un coin de la bâtisse une liasse de documents.

— Tenez, docteur Pétursson, ceci s'appelle un procès-verbal. Que contient-il ? Mystère ! Quand a-t-il été rédigé ? Mystère ! L'humidité a tout grignoté. Je puis seulement attester, monsieur, que le jour où il a été dressé, il pleuvait.

Il réfléchit et éclata d'un rire idiot. Il sautillait, se cassait en deux, saisissait d'une main furibonde un dossier, en éparpillait les feuilles.

— Et ça, disait-il, c'était jour de tempête ! Toutes les feuilles sont emmêlées. Je vous présente, monsieur l'academicus, les archives de notre beau pays ! Tel jour il y avait de la pluie et tel jour une bourrasque : de mille années, voilà tout ce qu'il reste. Et les rares documents que la pluie n'a pas effacés ne sont point lisibles : dix actes de justice ont été rédigés sur la même feuille, pénurie de papier. Des archives, monsieur ? De la charpie !

Il s'assit sur un tabouret et se tint droit dans son habit noir, comme un enfant à l'école. Il pleura.

— Après tout, dit-il en se frottant les yeux, l'Islande, c'est peut-être ça, c'est peut-être ça, son histoire : la bataille des neiges avec le vent, les tempêtes, les

L'incendie de Copenhague

éruptions de volcans, la nuit, voilà tout ! Le reste, ce qui est advenu aux hommes, les varioles et les lèpres, les disettes, les combats, les plaintes des pauvres, une moire, monsieur, une illusion. Notre histoire, monsieur le réciteur des lois ? C'est une géologie, notre histoire, une géologie ! Pardonnez mon émotion, monsieur l'épigraphiste du roi, je suis très malheureux.

*

Le lendemain, dès le milieu de la matinée, les deux assesseurs qui s'étaient installés pour le temps de la session à une lieue à peine de Thingvellir, dans une ferme, au bord du Thingvallavatn, reçurent les premiers plaideurs. Ils prononcèrent des arrêts. Le cornette Bodelsen frappait comme un forgeron. Il épargnait les pauvres et punissait tout ce qui portait éperons d'or, culottes de rhingraves et escarboucles d'émeraudes. Comme il se souvenait du capitaine Stanhup et de la voracité des mandataires du port d'Eyrarbakki, il ordonna de jeter dans la mer mille sacs de froment mangé des vers. Dans les salons de Bessastadir, les négociants pleurnichèrent. On rapporta que la femme du gouverneur avait froncé ses beaux sourcils.

Ces sourcils tourmentèrent le docteur Pétursson. Il chapitra son jeune assistant juridique. Un matin, comme ils trottaient côte à côte dans la vallée de l'Öxará, sur le chemin de l'Althing, il lui parla des junkers, des sacs de froment et des sourcils de Greta Sorrenssondóttir. Bodelsen retint son cheval :

— Monsieur l'assessor consistori, dit-il brusquement, si la belle Greta Sorrenssondóttir a envie de nous faire une fièvre chaude, nous lui appliquerons des sangsues.

L'incendie de Copenhague

— Je vous mets en garde, monsieur Bodelsen, dit Pétursson. L'épouse du gouverneur Unquist est une fille Sorrensson. Sorrensson tient tout le commerce de l'île et c'est un homme féroce. Dans cette famille-là, on est avide de père en fils et de mère en fille, d'oncle à neveu et de grand-père à petit-fils, ces gens sont avides dès leur berceau, comme d'autres ont deux jambes. L'avarice se transmet par héritage : chaque fois qu'un chef de famille trépasse, son avarice est répartie en lots et distribuée, devant tabellion, à ses enfants.

Jørgen toisa son chef et remit son cheval au pas :

— Bravo, monsieur, très drôle, je savais déjà que vous ne manquiez pas d'esprit, mais je vous comprends mal : vous êtes l'homme le plus vertueux du royaume, monsieur Pétursson. Vous recelez dans vos poches des tonnes de vertu. Quand vous serez décédé, votre testament répartira également non pas votre ladrerie mais votre vertu entre vos différents héritiers. Et ce serait un tel homme qui composerait avec les coquins de Bessastadir !

Pétursson haussa les épaules. Il secoua ses rênes et encouragea sa monture d'un claquement de langue. Les deux hommes marchèrent, sans un mot, le long de la calme rivière, au pied des hautes murailles qui étouffaient le ciel. Les pierres chaudes grognaient. À de certains moments, une plaque de roche explosait et toute la falaise gémissait. On entendait de longs soupirs, des fuites de bestioles, des roucoulements et des plaintes et, très haut, à la verticale du « rocher de la loi », les aigles surveillaient leur domaine en miaulant. Pétursson dit que ces oiseaux étaient toujours à l'affût de charognes mais ils maigrissaient car l'Islande avait mangé tous ses moutons.

L'incendie de Copenhague

— Il leur reste des charognes de bébés, dit Jørgen sombrement.

Un peu plus tard, quand les deux hommes furent installés dans leurs sièges de juges, perruque en tête et hermine au cou, dans l'attente des premiers plaignants, Pétursson fit encore une charge ou deux.

— Monsieur Bodelsen, dit-il d'une voix hésitante, ce que je vais vous demander vous choquera mais après tout, nous sommes collés, n'est-ce pas... Je sollicite une faveur. Pour certaines raisons, j'ai besoin de résider en Islande un peu de temps, je ne peux me permettre de troubler nos relations avec le palais.

— Tiens donc, dit Jørgen avec colère. Qu'est-ce que c'est que ce conte-là ? Pour certaines raisons, dites-vous... Quelles raisons ? J'avais cru comprendre que notre mission était claire : restaurer la justice...

Pétursson se pinça le nez. Il se pencha pour vérifier le niveau de l'encre dans sa fiole. Bodelsen frappa la table du poing :

— En somme, monsieur, j'accomplis une mission et je ne connais pas l'objet de cette mission ?

Le docteur Pétursson dit :

— Et vous croyez que je suis mieux informé que vous ?

— Je vous en prie, monsieur Pétursson ! Pas de comédie ! J'ai le droit de savoir. Je vais à l'aveugle. Vous m'avez dit l'autre jour que nous étions dans la même guimbarde et je vous réponds aujourd'hui que je peux très bien descendre de cette guimbarde. À moins que... à moins que vous ne me fournissiez des explications. Un peu de sérieux !

— Je suis un homme très sérieux, dit Eggert Pétursson. C'est une de mes spécialités, le sérieux, même s'il arrive que je rie.

L'incendie de Copenhague

— Rions, monsieur Pétursson !
— Parfois, c'est en accomplissant une mission que l'on découvre cette mission.
— Vous avez les instructions de notre souverain ! cria le jeune homme.
— J'ai les instructions, dit le docteur Pétersson, et vous les connaissez mais... mais, les instructions... Pensez-vous que le grand Alexandre, quand il s'est mis en branle, s'était donné la mission de trouver là-bas, dans l'Égypte, une ville nommée Alexandrie ?

Jørgen parut décontenancé. Il regarda Eggert.
— Je dois savoir, dit-il d'une voix changée, je dois savoir, docteur. Je vous en supplie !
— Vous me suppliez ? dit Pétursson avec douceur. Non, Jørgen, non, ce n'est pas vous qui me suppliez, c'est moi qui vous supplie. Je sollicite un peu de patience... quelques jours... Faites-moi confiance. C'est tout. Un peu de patience. Je vous le demande en grâce.

Jørgen serra les lèvres et fit introduire le premier plaideur.

Chapitre V

Ils revirent le gouverneur Unquist après quelques jours. La goutte avait déguerpi et Greta Sorrenssondóttir offrait une réception en l'honneur de la mission royale. Vers les dix heures, les deux assesseurs pénétrèrent dans l'enfilade des salons du deuxième étage. La nuit était bleue. Des éclairs craquaient au ras de l'horizon. Ils ouvraient le ciel.

Sur les tables et sur les coffres du grand salon vert décoré de tapisseries aux teintes fades, des candélabres brasillaient. Eggert Pétursson jeta un coup d'œil curieux puis se pencha vers le cornette, lui tira la manche et chuchota :

— Doit-on dire que la belle Greta Sorrenssondóttir a mis les petits plats dans les grands ou bien qu'elle a mis les Grands dans de petits plats ?

Du menton, il montrait les Grands, écroulés dans leurs fauteuils, le gouverneur, ses officiers, un évêque, des courtisans et des dames.

Greta Sorrenssondóttir conduisit les deux juges vers Mgr Halldór Arsson. Mgr Arsson était le coadjuteur du célèbre évêque de Skálholt, Mgr Jón Vídalin, homme très saint, très inspiré et légèrement apocalyptique qui

L'incendie de Copenhague

terminait tous ses sermons en hurlant : « La haine est la foudre de Satan. » Halldór Arsson, lui, ne fréquentait pas beaucoup l'apocalypse. Il préférait les divertissements de Greta car les soirées d'été, celles de l'hiver aussi, étaient fastidieuses dans l'évêché et le prélat craignait la solitude. Greta le taquina sur sa frivolité. L'évêque fit le geste de la bénir :

— Madame, chère madame, j'ai passé tant d'années à prier dans les stalles de mon église que je n'ai plus beaucoup d'oraisons dans mes magasins. Il m'en reste quelques douzaines. Je les serre de côté pour mes extrémités. Alors, en attendant, pour que se fatigue le temps, je fais seller un cheval et je vais où donnent le ton les jolies femmes.

Il ajouta à sa coquetterie quelques gloussements. C'était un évêque colossal, au visage fourré de poils roussâtres, jovial, impudent et agressif. Il avait une allure de marin, une voix épaisse et un ventre comme un sac de blé qui coulait sur la droite ou sur la gauche, sous son pourpoint, au moindre tumulte de ses humeurs, et qu'il remettait alors en place en l'attrapant à pleines mains.

À la suite, Jørgen et Eggert défilèrent devant la compagnie. Ils présentèrent leurs hommages au gouverneur Unquist qui enlaçait la taille de son épouse, comme toujours, puis ils saluèrent les autres fauteuils : quelques prêtres assez négligés, le bailli du district de l'Oostlendiga, le contrôleur des dépenses, les cinq camérières de Greta Sorrenssondóttir qui étaient comme des bijoux et les messieurs de la Cour synodale. Ils avisèrent encore deux hommes avec des têtes de tabellions ou de prévôts.

Dans le fond d'ombre du salon, près d'un poêle de faïence, siégeait une dame entortillée de châles violets et

L'incendie de Copenhague

si menue dans ses atours, ses guipures et ses passementeries qu'on doutait si elle avait un corps. Son petit derrière se trémoussait dans un siège démesuré. Sa main droite était cramponnée à l'accoudoir, elle en grattait le bois du bout des ongles et la cuisse posait de biais.

Elle releva les boucles mauves de sa perruque avec les gestes révérencieux d'un prêtre romain au moment de dévoiler le tabernacle. Une figure enluminée de fards gris, bistre et bleus apparut. Cette figure, à cause de deux yeux ronds et brillants, semblait perplexe comme si elle venait de choir dans ce fauteuil par mégarde. Le gouverneur prit Eggert par le coude et le guida vers la vieille dame. Il lui fit des recommandations :

— Je vous ai touché un mot de la baronne Margrethe, vous vous souvenez, cher, Helsingør... Eh bien, vous avez le privilège de la contempler en chair et en os, enfin, on devrait dire en chair et en ossements, pardonnez-moi, je l'aime bien, c'est une petite vilenie que je dis, rien de cruel, mais c'est vrai qu'il ne subsiste pas beaucoup de chair dans cette carcasse-là, et rappelez-vous, cher ami, elle croit qu'elle réside en Danemark, non en Islande. Gardez-vous d'abîmer son roman, elle en est à l'épilogue...

La douairière fit des gracieusetés aux deux juges et répondit à leurs salutations comme s'ils étaient de ses familiers. Elle se réjouissait. Elle formait le vœu que les représentants de Sa Majesté consentent à quitter Copenhague pour quelques heures et la visitent à Helsingør.

— Vous verrez, dit-elle, c'est une ville un peu vétuste mais elle a des beautés et enfin nous ne sommes pas tout neufs non plus. Je parle pour moi : je ne suis pas toute neuve. M. Jørgen Bodelsen, lui, est tout neuf. Laissons

L'incendie de Copenhague

que passe un peu de temps, voulez-vous : Copenhague est aimable en cette saison d'été, elle est tout en fleurs, je m'en voudrais de vous en distraire. Vous prendrez le coche de Helsingør dans quelques mois, aux premières neiges. L'hiver, même en Danemark, l'hiver est un grand trou qu'il faut remplir avec des amusettes. Vous accepterez de me servir d'amusettes ? Cela me bouchera bien une heure...

Elle avait un rire candide et qui s'effilochait entre ses dents, peu de dents.

*

Au signal de Greta, la compagnie se disposa autour d'une table dressée dans un petit salon voisin et richement garnie d'argenteries, de couteaux, de cristalleries et de nourritures : saumons et têtes de moutons bouillis, crèmes de lait suri, chocolats, hydromel, fruits à la glace, liqueurs de bruyère et bières moussues, gâteaux luisant de miel.

Le coadjuteur, la barbe éparpillée sur son collet, s'était tout de suite mis à parler. Il volait la parole à chacun, au gouverneur même :

— Excellence, clama-t-il, rien qu'à considérer vos pâtisseries, on croirait qu'on entend le bourdonnement des abeilles qui ont manufacturé ce miel.

Henrik Unquist dit :

— Nous avons les abeilles les plus rapides du monde, monseigneur.

Et Eggert Pétursson, qui était à la droite du gouverneur, s'interrogea si celui-ci rabâchait ou bien s'il se moquait, mais le prélat rejeta la tête en arrière pour ouvrir passage au rire.

— Plût au ciel, dit-il, que nous n'entendions pas le

L'incendie de Copenhague

hurlement des moutons égorgés quand nous mâcherons leurs têtes !

Le gouverneur sursauta et porta la main à son cou avant de réprimer ostensiblement une nausée. Pour marquer son irritation, il agita son mouchoir au musc. Puis il tourna franchement le dos à Mgr Arsson et entreprit le docteur Pétursson. Il fit allusion aux premiers verdicts arrêtés par le juriste Jørgen Bodelsen.

Le docteur Pétursson était sur des œufs. Tout en chipotant du bout des doigts dans ses viandes, il fit le diplomate. Il plaida que son adjoint juridique, le docteur Jørgen Bodelsen, était un magistrat méritant mais d'une vertu un peu raide, il était si jeune, un poulain au pré, et Pétursson veillerait à rabaisser son zèle. Le gouverneur était conciliant. Il tranquillisa le magistrat : pour tout dire, il trouvait salubre, et même divertissant, qu'une poignée de polissons, le plus souvent danois, soient tenus de vomir l'argent qu'ils avaient ingurgité.

— Il y a un conte, dit-il, je crois qu'il est allemand, vous savez, c'est l'histoire d'un âne qui fait des pièces d'or. Le Danemark contient beaucoup d'ânes. Tirez-leur la queue, vous aurez des écus !

Pétursson se tenait sur ses gardes. Ces civilités lui mettaient la puce à l'oreille.

— Mon Dieu, ajouta Henrik Unquist en caressant amoureusement la main de sa femme à travers la table, je blâme les Danois et savez-vous la raison ? C'est que mon excellente épouse de laquelle je suis le dévot serviteur ouvre ses oreilles. Et qu'elle n'est pas danoise. Elle est islandaise. Je m'en voudrais de la blesser mais, avouons-le, les Danois n'ont pas le monopole des canailles. L'Islande en recèle aussi de séduisants spécimens. On en produit dans les meilleures familles...

L'incendie de Copenhague

Eggert coula un regard intrigué vers Greta Sorrenssondóttir. Greta écoutait. Elle était sans expression. Elle fit un effort et ajouta un peu d'ennui, une couleur indiscernable, à sa beauté. Ses yeux rêvaient.

*

Le repas fut un brouhaha. Il n'était pas commode de caqueter et de s'empiffrer en même temps. Quand chacun fut plein de lait, de miel, de mouton et d'hydromel, on revint dans le grand salon vert. L'évêque s'empara du docteur Pétursson. Penché vers son hôte, il avançait la lèvre inférieure comme il l'avait fait, quelques minutes auparavant, pour piquer son œil de mouton au bout du couteau : « Il va me gober comme un œil de mouton », pensa Eggert et cela lui fit une distraction.

— Cher monsieur Pétursson, dit l'évêque, Son Excellence, mon ami Henrik Unquist, me dit que vous vous consacrez aux antiques procès de notre terre, vous appelez ça les « procès fantômes », c'est joli, si, si, très joli, mais vos études scripturaires ne vous ont pas rompu aux disciplines juridiques, j'en jurerais...

L'évêque avait une voix tonitruante. Il comprenait Eggert et même il appréciait son ardeur mais n'était-ce pas jeter sa poudre aux moineaux ?

— Pourquoi diriger votre lunette sur ce vieux fumier ? conclut l'évêque.

— Sa Majesté Frédérik IV, dit le docteur Pétursson, m'a donné ordre de redresser le cadastre de l'Islande. Je m'incline à sa volonté, Monseigneur.

— Taratata... Entre nous, et loin des oreilles augustes de Sa Majesté, consentez, monsieur, que la justice a suffisamment de pain sur la planche avec les forfaits du jour sans aller pelleter dans les immondices du passé !

Eggert acquiesça. Oui, il consentait et pourtant...

— Pourtant ? dit l'évêque d'un ton de menace en poussant un bout de tarte à travers sa barbe.

— Pourtant, Éminence, si nous voulons rétablir le droit, ne sommes-nous pas condamnés à solder d'abord tous ces vieux procès ? Il faut nettoyer.

— Nettoyer ? Nettoyer quoi, grands dieux ?

— Nettoyer justement ces immondices du passé dont nous sommes étouffés, Éminence.

— Nous vivons aujourd'hui, docteur Pétursson. Nous ne vivons pas hier. Enfin, je le suppose... C'est ce qu'on m'a toujours enseigné, en tout cas. Ou bien j'aurais été trompé ? Nous vivrions la veille du jour où nous sommes ? Je n'en étais point informé, monsieur l'érudit. Voyez comme nos cervelles sont engourdies, voyez comme nous sommes attardés, nous autres, Islandais !

— Nous vivons aujourd'hui ? dit Pétursson. Êtes-vous sûr, Éminence, que nous vivions seulement aujourd'hui ? Êtes-vous sûr que le passé est passé ?

— Allons bon, de la philosophie ! cria l'évêque en essuyant sa barbe d'une main excédée.

Il se souleva dans son fauteuil en tenant son ventre, appuya la nuque au dossier et glapit à la cantonade :

— Taratata... Huhuhuhu...

L'ululement de l'évêque secoua la baronne Margrethe Blexen qui saisit le bras d'un porteur de flambeau fiché à côté du poêle de faïence et lui donna des ordres, réduisant le jeune homme à se baisser vers elle. La flamme palpita et peinturlura de cuivre les paysannes et les laboureurs qui dansaient une gavotte sur les tapisseries tendues aux murs. Le laquais souleva

L'incendie de Copenhague

le fauteuil de la vieille dame et le déposa au centre du salon. Margrethe Blexen referma ses besicles, les jeta dans son réticule de velours. La perruque de guingois, les yeux enflammés, elle ressemblait à un oiseau ébouriffé. Elle leva le nez vers l'évêque.

— Halldór Arsson, dit-elle, tu m'as réveillée avec ta fanfare... Je crois comprendre que ces vieux procès te déplaisent. Eh bien moi, vois-tu, je m'en pourlèche les babines. Ils font mon agrément. Mais toi tu dis « Taratata » et tu te permets d'ajouter « Huhuhuhu »...

— Ma chère Margrethe, cria l'évêque en s'assurant que toute la société était pendue à ses lèvres, sais-tu que le docteur Pétursson vient de me communiquer une nouvelle renversante ? Je tiens à ce que toute notre compagnie profite du secret bouleversant que vient de me confier notre assesseur : messieurs, le passé n'est pas passé... Gageons que monsieur le professeur fait partie des *laudatores temporis acti*...

La baronne Blexen souffla comme un chat.

— Et alors, mon vieil Halldór, ça te fatigue la cervelle ? C'est un peu compliqué pour une tête de coadjuteur ? Mais réfléchis un peu, Halldór ! Et Jésus-Christ, gros mécréant, il est passé, Jésus-Christ ?

L'évêque fut désarçonné. L'irruption de Jésus-Christ le prenait à rebours. Il gagna du temps en donnant des chiquenaudes sur les bribes de tabac éparses sur son rabat.

— Jésus-Christ ! prononça-t-il à la fin. Mais, vois-tu, chère Margrethe, je ne pense pas que notre assesseur envisage de rejuger Barrabas et le mauvais larron. Cela n'est pas inscrit dans la mission que le roi Frédérik IV lui a confiée. Est-ce que je me trompe, docteur ?

L'incendie de Copenhague

Quelques ricanements agitèrent le groupe de jeunes femmes qui escortaient Greta Sorrenssondóttir. L'évêque se pavana. Il perfectionna sa victoire :

— Ce serait, ma foi, une entreprise ! dit-il. Il faudrait se procurer un Hérode, réunir le Sanhédrin, trouver des clous d'une longueur inhabituelle, trouver aussi un âne et un bœuf et nous n'avons plus de bœufs par chez nous, les bœufs sont morts, les moutons sont morts, tout est mort dans cette île, croyez-moi, nous en aurions pour des lustres. Et la croix... N'oublie pas la croix, Margrethe. Notre pauvre pays n'a plus de forêts ou bien il faudrait monter à des hauteurs vertigineuses, et encore ! Tu as vu nos pins ? Ils ne supporteraient pas le poids d'un corps...

Margrethe sortit la langue, la passa sur ses lèvres mais le prélat la précéda et attaqua de nouveau :

— Alors, docteur Pétursson, dit-il, si vous ne rejugez pas Barrabas, vous jugez quoi ?

— Du tout-venant, monseigneur.

— Je vous pose une question, monsieur l'épigraphiste du roi ! Je vous saurais gré de répondre à votre évêque : vous jugez des affaires du jour ou bien de la veille ? Vous êtes chez nous en qualité de juge ou bien d'archéologue ? Archéologue ! Feriez-vous l'archéologie de nos crimes ?

— Mon Dieu, Éminence !

— Mon Dieu ? Ce n'est pas une réponse. J'insiste, docteur, vous jugez quoi ? J'attends. Je suis tout ouïe !

Et il s'enfonça un doigt dans l'oreille, avec une grimace fielleuse, comme s'il s'employait à la déboucher.

— Voyez, professeur, toutes nos dames pétillent !

Eggert n'osa pas défier l'évêque. Il se sentit réduit à répondre, le fit de mauvais cœur :

L'incendie de Copenhague

— Eh bien, puisque vous insistez, monseigneur...
— J'insiste. Dites-nous donc votre dernière affaire ! J'attends !
— La dernière, oh, ce n'est pas grand-chose, monseigneur... Hier matin, j'ai enregistré la plainte d'un certain Thor Gilsson. C'est un pauvre diable. Il réclame un rocher appartenant à sa famille depuis trois cents ans.
— Thor Gilsson, connais pas ! Et trois cents ans... Enfin ! Poursuivez !
— C'est un homme de l'Isafjarardjup, tout près de l'Horn. Mon devoir est d'entendre tout le monde, même les plus humbles sujets de Sa Majesté, vous me l'accorderez, Sa Majesté m'a enjoint...
— Oui, oui, Sa Majesté, nous savons... Alors, ce Thor ?
— L'objet du litige est un rocher situé à quelques encablures du rivage. Rien du tout. Un caillou, du lichen. Une colonie de pétrels, c'est tout, mais pour ce Thor, c'est une dette d'honneur et de piété familiale. Ce qu'il raconte, vous verrez, ce qu'il raconte vaut la peine, si j'ai bien saisi du moins car ce Thor est un grand bafouilleur...
— Bafouillons, docteur, bafouillons !
— Est-ce bien nécessaire, Éminence ?
— Bafouillez, monsieur : je bois vos bafouillis.
— Mon Dieu... À l'époque, deux familles se disputaient la propriété de l'îlot. Un juge est constitué et rend son verdict : les deux adversaires armeront chacun une embarcation et feront rame vers l'îlot. Et l'îlot reviendra au premier qui touchera le rivage.

L'évêque leva les bras en l'air.

— Et c'est une pareille justice, dit-il, que vous prétendez appliquer. Ce n'est pas une justice, monsieur,

L'incendie de Copenhague

c'est une sornette ! Je me tourne vers votre assistant juridique : docteur Bodelsen, que pensez-vous d'une telle procédure ?

Jørgen rapprocha son fauteuil.

— Je n'ai pas à penser, dit-il aigrement. C'était une justice, elle est abracadabrante, mais c'était leur justice et je prétends la chose suivante, monseigneur : la justice est toujours juste. Ou plutôt, la justice n'a pas à être juste. Elle a à juger, c'est tout.

— Ah, en voilà d'une autre ! hurla l'évêque. Ingénieux, très ingénieux, monsieur Bodelsen ! Décidément, je meuble mon esprit, aujourd'hui. À l'instant, on m'informait que le passé n'est pas passé. Et voici plus fort : la justice n'a pas à être juste. Mais dites-moi, monsieur Bodelsen, pourquoi s'arrêter en si beau chemin ? Pourquoi ne pas soutenir que la justice n'est justice que si elle est injuste ! Amusant ! Les cervelles de ces messieurs de Copenhague sont mieux équipées que la mienne. Je ne comprends pas mais je dis : « Amusant ! »

Jørgen Bodelsen passa deux doigts sur sa moustache. Eggert était sur des braises. Il craignait un éclat. Greta Sorrenssondóttir, qui était appuyée à une console, avança de deux pas. Elle tenta d'arracher le jeune juriste aux griffes de l'évêque. Elle caressa son collier, fit couler les perles entre ses doigts. Les suivantes interrompirent leurs pépiements. La femme du gouverneur allait parler :

— Docteur Bodelsen, susurra-t-elle, ne craignez-vous pas de ruiner les piliers de la vie morale ? Je veux dire : si la justice n'a pas à être juste, serait-ce que la faute n'existe pas ?

— Madame, dit Jørgen Bodelsen, la faute est énoncée par la loi : changez la loi et la faute change aussi.

L'incendie de Copenhague

— Ah, dit l'épouse du gouverneur d'un ton doucereux, une main à la poitrine, j'aime assez cette idée. Vous m'ôtez d'un souci, monsieur Bodelsen. Selon notre sage législation, une dame ne doit pas tromper son mari. Bien. J'approuve cette règle. Mais dans le cas que vous dites, et si je suis la proie de mes sens, Dieu m'en préserve, je n'ai qu'à élire une terre où la loi dit autre chose et je peux aimer à mon plaisir, c'est bien cela, n'est-ce pas?

— Je n'irais peut-être pas jusque-là, dit Bodelsen.

— Mais, dites-moi, monsieur l'assesseur, vous allez encourager les dames à déménager à perpétuité, à changer de pays à tout bout de champ... Les postes et les vaisseaux seront encombrés... Il faudra construire des bateaux, former des quantités de postillons !

Les femmes de Greta Sorrenssondóttir buvaient du lait. Des rires fous voletaient sur leurs lèvres, vibraient dans les lustres, retombaient en pluie. Elles plongeaient le nez dans leurs dentelles, dans leurs châles et leurs prétintailles, et jetaient des regards frondeurs sur la personne du gouverneur. Le gouverneur était paisible. Il n'écoutait pas. Il faisait le galant auprès d'une jeune femme belle et grasse.

L'évêque grogna. Il tolérait mal que la conversation lui échappe, il la reprit en main.

— Notre chère Greta nous moque, dit-il. Nous savions déjà qu'elle ne déteste pas la taquinerie, faut-il dire le sacrilège? Mais le sacrilège n'est pas à la portée de tous, il y faut le concours du diable et, si le diable était de la partie, j'en serais informé, le diable est un des plus assidus clients de l'Église, je le tiens à l'œil, croyez-vous pas? Soyons sérieux : je dis, moi, que la loi des hommes, et même la noble constitution de Thingvellir, n'est que la servante, la docile servante de la loi de Dieu

L'incendie de Copenhague

et je gage que M. Pétursson est de cette opinion. Monsieur Pétursson ?

Eggert se déroba. Il ne s'entendait point à la théologie et prit le parti de boire une coupe de bière. Il fut sauvé par le gouverneur qui dépaysa la conversation. Henrik Unquist aurait bien aimé connaître comment s'était conclu le litige du rocher.

— Le rocher de Thor ou plus justement de son aïeul, un certain Ragnarr, dit le docteur Pétursson avec soulagement ! Vous avez raison, Excellence, car l'imbroglio se complique. Le jour du jugement, les deux embarcations arrivent, selon Thor Gilsson, à peu près au même instant à portée du récif. Et ce Ragnarr est très légèrement en retrait.

— C'est tout ? dit l'évêque. Docteur Pétursson, vous nous mettez l'eau à la bouche mais cette eau ne désaltère pas beaucoup.

Eggert se tourna vivement vers l'évêque.

— Puis-je dire la suite, monseigneur ? Ou plutôt puis-je vous faire une question : qu'eussiez-vous fait, à la place du bonhomme ?

Le prélat glissa une main sous sa barbe et la fit gonfler, passa en revue son auditoire puis il dit :

— Ce que j'aurais fait, docteur ? Ma foi, c'est tout simple : je serais arrivé le premier !

Il remonta son ventre et haussa la voix.

— Je serais arrivé le premier !

Le docteur Pétursson était exaspéré :

— Je n'en doute point, monseigneur, mais ce Ragnarr était un nigaud sans doute. Il n'a pas eu cette idée. Et il est arrivé bêtement le dernier. Mais il a réparé sa bévue.

— Il a réparé ? Vite, monsieur, la recette ! Je grille de curiosité !

L'incendie de Copenhague

— Ragnarr, Éminence, a pris sa hache, s'est tranché la main gauche et l'a jetée sur le rocher. L'île était à lui.
— Mon Dieu ! dit Greta Sorrenssodóttir.
Mme Blexen, qui était retournée auprès de son poêle, voulait placer un mot. Personne ne lui prêtait attention. Le gouverneur s'en rendit compte. Il étendit la main pour faire silence et demanda au laquais d'aller chercher le fauteuil de la baronne et de le placer devant l'évêque.
— Halldór Arsson, dit la vieille dame, l'histoire de monsieur le docteur Pétursson te fait tordre de rire. Et tu as tort. Tu tournes tout à ridicule. Eh bien, sache, mon pauvre Halldór, que cette histoire est exacte.
— Ma bonne Margrethe ! claironna l'évêque, tu connaissais cette histoire merveilleuse et tu ne m'as jamais fait profiter d'une si savoureuse friandise ? Quelle cachottière tu fais, Margrethe !
— Épargne-nous tes perfidies, Halldór, fais-en un ballot et va les noyer dans le port de Höfn avec les futailles de farine pourrie de tes paroissiens. Et en attendant, tu écoutes, pour une fois, tu écoutes !
— J'écoute.
— Je répète que cette histoire est exacte. Enfin, pas tout à fait exacte : le fond est juste mais les choses ne se sont pas passées du tout comme le raconte ce Thor.
— Ah, il y aurait une erreur quelque part ? Entendez-vous, monsieur Pétursson ?
— Premièrement, dit Margrethe, l'affaire n'a pas eu lieu en Islande comme ce Thor Gilsson le raconte, mais ici même au Danemark et tu peux me faire confiance : le rocher était au large de Helsingør, à deux pas d'ici, dans l'Øre Sund.
— Ici même, au Danemark ? dit l'évêque, dans l'Øre Sund ? Ah, c'est vrai, Margrethe, j'oublie toujours, où

ai-je la tête : nous sommes au Danemark ! Nous sommes à Helsingør ! Messieurs, tenez compte que nous nous trouvons au Danemark. Suis-je écervelé ! Je me crois toujours en Islande !

La baronne lui donna un petit coup d'éventail sur le bras.

— Mon bon Halldór, dit-elle avec indulgence, si tu te crois toujours en Islande, c'est que tu perds la mémoire ! Tu n'es pas tellement vieux, pourtant, tu t'y prends un peu tôt, mais ne t'inquiète pas : dans ton cas, si la mémoire s'en va, ce n'est pas une grosse perte.

— Donc, dit l'évêque, c'était ici, dans l'Øre Sund !

— Ici, dans l'Øre Sund, mais ce n'est pas tout ! Il y a autre chose : l'ancêtre de notre homme ne s'est pas coupé la main. Pas du tout, et c'est ça le plus beau : le frère de ce Ragnarr se trouvait auprès de lui dans la barque et quand Ragnarr a vu qu'il perdait la course, qu'est-ce qu'il a fait, je te le donne en mille, Halldór ! Il est allé au plus urgent : il a coupé la tête de son frère, il l'a lancée sur le rocher.

— Ah, dit l'évêque avec un gros rire, ça change tout ! Tu permets, Margrethe, que je récapitule : donc, il suffit de couper la tête de son frère, de la lancer assez fort et l'on devient propriétaire d'un rocher, c'est bon à savoir...

Mme Blexen porta ses besicles à son nez, dévisagea l'évêque en secouant la tête d'un air de pitié. Puis elle donna une bourrade au laquais pour lui signifier qu'elle entendait rallier sa place auprès du poêle de faïence. Elle se désintéressait, mais autour de l'évêque, chacun y allait de son mot. Le gouverneur demanda sur quels documents s'appuyait la requête de ce Thor Gilsson.

L'incendie de Copenhague

— Comment voulez-vous qu'il possède des papiers ? dit Pétursson, il ne sait même pas en quel siècle ça s'est passé. C'est pour cela que Sa Majesté...

— Qu'est-ce que vient faire Sa Majesté dans ce fourbi ? dit l'évêque. Ce sont des histoires de bonne femme. Aucun fondement juridique. Même dans la justice singulière de M. Bodelsen, une légende ne fait pas preuve, enfin, je le suppose.

Et, pointant le doigt sur Eggert, il s'emporta. Il ne se possédait plus.

— Docteur Pétursson, je redoute fort qu'à procéder de la sorte, votre mission, loin de restaurer nos cadastres, n'aboutisse à les mettre cul par-dessus tête. Croyez-moi, docteur Pétursson, ne touchez pas au passé : le passé est passé. Je n'ai point confiance dans votre justice de spectres.

— Je crains, dit Eggert, que vous ne m'entendiez mal : je veux précisément purger cette île d'un passé qui l'épuise. Le passé, dans cette île, est un vampire.

— Cessez de jargonner, monsieur, et supposez, trancha l'évêque, qu'on apprenne tout soudain que Cicéron n'a jamais existé. Va-t-on réécrire toute l'histoire des Romains avec ce trou monumental, j'entends la place désoccupée de Cicéron, en son milieu ? Non ! Non ! Je garde Cicéron. J'interdis, entendez-vous, j'interdis qu'on m'enlève Cicéron !

Eggert ne voyait pas le rapport.

— Le rapport, monsieur Pétursson, le rapport, c'est que le passé de l'Islande est clos. Emballé. Intouchable. Comme tous les passés ! C'est même la spécialité du passé d'être passé ! Ha ! ha ! ha !

— À moins que..., dit le docteur Pétursson.

— Il n'y a pas de « à moins que »... L'histoire est une vieille personne, malingre, vacillante, fourbue. Elle

L'incendie de Copenhague

claque des dents. Elle a déjà du mal à se tenir debout. Je vous en conjure, respectez ses derniers moments. N'insultez pas à son agonie !

Il fit une espèce de pirouette, un doigt barrant les lèvres.

— Chut ! Chut ! Ne la réveillez pas, cette vieille Clio ! Voyez-vous, professeur, c'est la différence avec ces traductions de grec ou de latin dans lesquelles nous savons que vous excellez : vous faites des brouillons, vous supprimez, vous ajoutez, vous raturez. Eh bien, l'histoire des hommes, c'est peut-être un brouillon, une interminable rature, mais cette rature est aussi la version définitive. C'est pourquoi elle est tragique. I-na-lié-nable. Im-per-fec-tible ! In-chan-geable ! É-ter-nelle.

Mme Margrethe fit une embardée dans son fauteuil, remonta son foulard de soie sur les épaules et se fit transporter pour la troisième fois par le laquais du Hanovre vers le centre de la pièce.

— Je pressens que nous allons avoir droit à une nouvelle révélation, dit l'évêque.

— Et tu pressens bien, Halldór. J'ai connu un jésuite, commença la baronne, quand j'habitais à Rome, où feu mon mari était membre du corps diplomatique et décéda d'un catarrhe, ou peut-être d'un sang vicié car il mangeait tout le temps des grives et que les grives picorent les raisins et que son foie était engorgé d'urée, mon premier mari, bien entendu, car mon deuxième mari est trépassé d'une fistule en Seeland où il redessinait les jardins de Sa Majesté au château de Frederiksborg et rien, vraiment rien n'est plus douloureux qu'une fistule bien que le château fût très grandiose, dessiné même par un architecte de la Bohême, Adrien de Vies, il se nommait Adrien de Vies. C'est ensuite seulement que j'ai accompagné en Islande la femme du gouver-

L'incendie de Copenhague

neur Lakness qui était une personne très distinguée et d'une culture étendue, mais l'Islande, l'Islande, toute cette neige, toutes ces nuits, ah! chaque jour, je me félicite de l'avoir quittée, pour me réinstaller dans mes meubles au Danemark... Eh bien, ce jésuite de Rome était un érudit et il m'a dit une chose que je n'ai jamais oubliée... jamais.

Elle observa un répit, le temps de raccommoder sa perruque qu'elle avait dérangée pendant sa prise de bec avec Mgr Arsson. Ensuite, elle se demanda ce que lui avait dit ce jésuite de Rome.

— Permettez, dit-elle joyeusement, j'ai oublié ce qu'il m'a dit, ce jésuite et le plus fort, c'est que j'avais même oublié que j'avais oublié.

Elle pouffait de rire dans son mouchoir en répétant :

— J'oublie l'oubli mais comment sait-on qu'on oublie si on oublie l'oubli...

Le gouverneur la considérait avec tendresse. Eggert attendait, une joue posée sur la main. Mme Blexen, quand elle eut repris ses esprits, agita les doigts dans sa direction, elle avait retrouvé le fil et elle poursuivit son discours, sur le ton de la confidence mais d'une voix aiguë, de manière que chacun en fasse profit, « une confidence de Stentor » dira Jørgen le lendemain à Eggert quand les deux assesseurs se remémoreront la soirée, sur le chemin de l'Öxará, en tirant par la bride leurs chevaux au passage d'un éboulis.

— Ça y est, cria Mme Blexen, ça me revient. Ce jésuite, je me souviens, je me souviens ! Il disait que les astrolabes et les mappemondes, on tient qu'ils reproduisent les configurations du ciel et de la terre. Eh bien, que pensait-il, ce révérend père-là ? Il pensait à rebours. Il disait : c'est le Créateur qui copie la mappemonde. Il disait : c'est le ciel qui imite les astrolabes. Bardini... Il

L'incendie de Copenhague

se nommait ainsi : Bardini, ou Contini... Ma tête... Mais son nom ne change rien. Par exemple, comment Jésus s'y serait-il pris pour tenir son rôle sur la croix s'il n'avait pas lu les Évangiles ? Tiens, c'est assez rigolo, je n'avais jamais pensé à ça... Mon Dieu, pourquoi donc est-ce que je raconte tout ça ? Langue au chat... Tant pis pour vous...

Eggert dodelinait de la tête en caressant son long nez. Le laquais ramena la baronne à sa place. Le gouverneur faisait sauter sa tabatière d'une main à l'autre et s'éloigna vers le fond du salon où folâtraient les femmes de son épouse. Greta Sorrenssondóttir fixait Eggert de ses yeux dorés. Il était tard. Le vent faisait un peu de bruit. L'évêque inclina la tête, comme on le fait à la messe, et dit qu'il se perdait dans ces niaiseries. Il passa le dos de la main sur sa bouche pour chasser les miettes du repas et s'essuya le front au passage. Il tapotait les poches de son justaucorps pour montrer qu'il allait décamper. Il prit congé de la compagnie.

*

Un des pasteurs, le plus âgé, approcha d'Eggert Pétursson, il avait un visage rond, rose, semé de taches brunes, et Jørgen, le lendemain, dira à Pétursson que ce brave homme ressemblait à un œuf de cygne et que sa culotte était graisseuse.

— Monsieur le professeur Pétursson, dit le prêtre avec la rudesse des timides, le jésuite dont nous entretient la baronne Blexen n'avait pas la langue dans sa poche. Ou je me trompe fort, ou il eût été brûlé par l'Inquisition des papistes. Giordano Bruno a rôti pour de plus petites peccadilles. Et pourtant, selon moi...

L'incendie de Copenhague

L'évêque, qui était à la porte se ravisa, pivota et fonça vers le prêtre.

— Todor, hurla-t-il, pas de blasphème ! Je te connais, Todor Rikardsson ! Tu attendais que j'aie tourné les talons pour débiter tes bêtises ! Eh bien, je ne tourne pas les talons, je te prends au nid, Todor.

Le prêtre se courba, il était comme un linge.

— Je ne blasphème pas, Éminence. Pardonnez-moi, Éminence. L'Ancien Testament ne parle pas autrement. Les mots sont les événements et les événements les mots ! Puis-je ? Au commencement le Verbe et à la fin, le Verbe, et entre, la Création, voilà toute l'histoire. Mais vous connaissez les inconvénients : *Verba volant*. Et oserai-je, monseigneur, énoncer la question que je me disposais à faire à notre illustre érudit ? Êtes-vous certain, monsieur Pétursson, que cette histoire de Thor Gilsson, ce rocher, je veux dire, ne figure dans aucun livre ? Je ne mets pas en doute, docteur, votre science. Votre réputation a gagné notre petit pays si épris des belles-lettres mais enfin, quel homme peut se flatter de connaître tout ce qui fut écrit ?

Eggert flaira que la colère de l'évêque allait écrabouiller le gros prêtre. Il voulut détourner le coup.

— Parfois, dit-il avec un léger rire, je me demande si Dieu lui-même a le temps de lire tout ce qui a été griffonné par les hommes depuis l'origine des temps.

L'évêque fut bouche bée. Il poussa son ventre vers Eggert Pétursson. Il parla d'hérésie. Il dit que Dieu ne lit point. Dieu laisse ces besognes aux humains. Dieu ne lit point parce que Dieu connaît. Au paradis terrestre, il n'y avait point les plombs et les casses de ce M. Gutenberg et c'est la misère des hommes qui les oblige à lire. Celui qui lit, c'est le Serpent, le Serpent lit, ou bien l'ange Gamaël, mais l'Éternel les maudit : Gamaël

L'incendie de Copenhague

tombe dans la géhenne et quant au Serpent, l'Éternel l'enferme dans des troupeaux de cochons. La lecture, les manuscrits, les vélins, les imprimeries, c'est l'autre nom du péché originel !

Mgr Arsson était hors de lui. Eggert se replia avec perte. Il rectifia : c'était une boutade, à peine une boutade. L'évêque se radoucit et fit un signe de croix pour manifester que l'incident était clos. Malheureusement, ce signe de croix rendit audace au pasteur Todor Rikardsson. D'une voix saccadée, les mots se chevauchant et s'échappant en brèves explosions, il s'adressa au seul Pétursson.

— Savez-vous docteur... que dans cette lande, dans ces vallées et dans ces montagnes, des mots se promènent... Des milliers de mots... il y a des mots par monts et par vaux dans cette lande... Je veux dire des mots écrits et personne ne les a jamais lus, si ce n'est Dieu, mais Monseigneur l'a bien marqué, Dieu n'a pas besoin de lire parce que Dieu connaît, et qu'est-ce que c'est, un mot, s'il n'est pas lu, est-ce un mot, je veux dire... Enfin, j'affirme : aucun humain ne les a jamais lus, ces mots. Ou plutôt, non. Pas personne. Il y a très longtemps, on les a lus, mais maintenant, ils sont où ? Ce sont, comment dire, ce sont des mots perdus... Vous me suivez...

— Non, tonna l'évêque qui était revenu à la porte, non ! monsieur Todor, nous ne vous suivons pas. Et nous n'avons aucunement l'intention de vous suivre ! Prends garde, Todor Rikardsson. Je connais les balivernes que tu colportes. Prends garde, ta paroisse... je la briserai, je l'écraserai comme une coquille d'escargot, ta paroisse, Todor !

— Monsieur Pétursson, insista héroïquement le prêtre, puis-je vous confier un secret que connaissent

L'incendie de Copenhague

quelques pasteurs et quelques vieux paysans seulement ?

— Non, monsieur Todor, vous ne le pouvez pas ! dit l'évêque.

Le gouverneur, que ce tintamarre horripilait, délaissa la jeune femme grasse. Les mains enfoncées dans les poches de sa redingote, les pieds traînant au sol, il se dirigea vers le gros prêtre, le visage crispé, comme pour le bousculer :

— Quand j'ai un secret, monsieur Todor, dit-il durement, savez-vous comment je m'y prends ? Je l'enferme à double tour ou bien je l'étouffe et je le jette à la mare aux noyades, voilà ce que je fais des secrets ! Alors, et je vous prie de mesurer que je parle sérieusement, et je suis votre gouverneur, votre histoire de mots perdus, je vous donne le conseil de l'étouffer parce que si je dois noyer votre secret dans la mare aux noyades... vous pourriez couler avec...

Il se rassit et contempla ses doigts, comme pour vérifier s'ils étaient au complet. Quand il s'en fut convaincu, il s'apaisa et dit bizarrement :

— Enfin, sait-on jamais ?

Ce « sait-on jamais ? » ranima le prêtre. Il y vit une approbation et même un encouragement. Ou bien pensa-t-il qu'au point où il était rendu, son sort était scellé, il était perdu, autant périr dans une dernière charge.

— Sait-on jamais ? reprit-il. Justement, Excellence, vous l'avez fort bien dit : sait-on jamais ? C'est justement ce que je voulais exprimer... Et même, saura-t-on jamais ? Ce que je veux exprimer, c'est que les gens de ce pays n'ont plus de bois pour se chauffer... Les gens de ce pays n'ont plus de cuir pour se vêtir. Ils meurent de froid mais il y a les parchemins, ah oui, les parchemins

L'incendie de Copenhague

de nos sagas, nos immortelles sagas, et les parchemins sont du cuir... Savez-vous que les sagas peuvent être retaillées et devenir des chausses, des souliers, des vestes, des...

— Taisez-vous, Todor, cria l'évêque. Vous n'allez pas recommencer, monsieur, avec vos racontars et vos fables. Je connais tout cela par cœur, bêtises, billevesées ! Je ne m'incline qu'à la vérité !

— La vérité, dit le prêtre d'une toute petite voix, je prétends que la vérité... monsieur le docteur Pétursson, les sagas de l'Islande ne reposent plus dans les archives...

— Silence ! Plus un mot !

Le prêtre ouvrait et fermait la bouche. Il fit le signe de la croix, comme pour se protéger des courroux de l'évêque. Un instant, il parut sur le point d'éclater en pleurs ; sa figure, cramoisie maintenant, était boursouflée. Il se dirigea vers le fond du grand salon. A ce moment, la baronne Margrethe cria d'une voix aiguë :

— Non, Halldór Arsson, M. Todor ne se taira pas. M. Todor parlera. Je vous écoute, Todor, nous vous écoutons...

Le gros pasteur s'ébroua. Il hésita, regarda la baronne puis se jeta à l'eau, d'une voix ferme à présent et d'une seule traite :

— Le secret, madame la baronne, c'est que les sagas de notre pays se promènent et pourrissent sur le dos de nos paysans, qu'est-ce que notre pauvre, pauvre Islande ? Monsieur Pétursson, j'ai le devoir sacré de vous dire que votre venue parmi nous... Sachez, monsieur Pétursson, que l'Islande est ce pays qui s'habille avec sa propre bibliothèque. Voilà... Voilà... J'ai dit ce que je devais dire... Mon devoir était de

L'incendie de Copenhague

vous informer, docteur Pétursson... Voilà... Advienne que pourra ! Et j'ajoute...

Il n'ajouta rien car l'épouse du gouverneur le fixait de ses yeux jaunes, insondables. Le prêtre recula à petits pas de vieillard. Greta Sorrenssondóttir se drapa dans son étole et avança toutes voiles dehors dans sa direction. On entendit le claquement de ses bracelets. Elle parla. Sa voix était sourde, sa voix était atroce :

— Il suffit, monsieur Todor ! Je m'adresse aussi à ma chère Margrethe : il suffit ! Vous allez ravaler, monsieur Todor, les mots que vous venez de prononcer. Ne vous amusez pas avec les mots. On dit un mot, voyez-vous, et tout change... change à jamais... change pour l'éternité... Alors, vous n'avez rien dit, monsieur Todor, et nul, dans cette assemblée, n'a rien entendu. Il suffit !

Elle se retourna vers le docteur Pétursson.

— Notre ami Pétursson n'a rien entendu. Il n'a rien entendu parce que rien n'a été dit. Il ne se souviendra de rien parce que je ne voudrais pas qu'il se souvienne...

Le prêtre se soutint à une colonne de marbre, près de la porte. Ses lèvres bougeaient. Une petite bulle de salive gonfla au coin de sa bouche et forma un filet de bave sur le menton. Il abaissait doucement le nez et il se tassa comme une poupée de son. Un silence tomba sur le salon. Margrethe était muette. On eût entendu marcher les poux dans les perruques.

Les jeunes femmes de la suite de Greta Sorrenssondóttir se poussaient du coude et l'une d'elles, à la vue de ces mines consternées, eut un rire stupide, c'était cette fille grasse que le gouverneur serrait un peu, tout à l'heure. Elle était pâle. Greta avança vers elle. La jeune femme regarda l'épouse du gouverneur. Elle semblait en rêve. Des ombres épouvantaient ses yeux, des solitudes. Elle tenait à la main un éventail décoré de scènes gaillardes qu'elle était au moment d'ouvrir quand la femme du gouverneur avait poussé son cri. Elle avait oublié son geste. Sa main était suspendue en l'air comme dans un tableau.

Greta Sorrenssondóttir se détourna. Son visage souriait. La jeune femme si pâle reprit vie. Elle acheva de déployer son éventail, avec des lenteurs, et le lendemain matin, Eggert demanda à Jørgen Bodelsen quel était le nom de cette jeune femme. Les deux hommes étaient près de l'écurie, pendant que les palefreniers préparaient leurs bêtes, il faisait frais, et Bodelsen dit : « Quelle jeune femme ? », et Eggert dit : « La jeune femme si belle, la jeune femme très grasse, vous voyez... », et Jørgen fit le signe de l'ignorance et il s'occupa de régler la longueur de ses étriers.

Ensuite, il parla du prêtre qui ressemblait à un œuf de cygne. Il n'avait pas très bien compris ce qu'avait voulu dire ce malheureux et pourquoi l'évêque et la femme du gouverneur étaient furieux.

— Ils étaient comme deux fous, dit-il, et Pétursson se mit à rire.

Jørgen regarda son chef :

— Monsieur Pétursson, dit-il, j'ai repensé à ce que vous m'aviez dit l'autre jour.

— Qu'est-ce que je vous ai dit ? interrogea Pétursson.

— Vous m'avez dit que le grand Alexandre n'avait pas prévu de découvrir une ville qui s'appellerait Alexandrie.

Le docteur Pétursson dit :

— Monsieur Bodelsen, je vous ai demandé quelques jours de patience.

L'incendie de Copenhague

Sa voix tremblait, les bêtes piaffaient et Pétursson s'établit sur sa selle et ils prirent la route de l'Öxará. Les herbes brillaient. Les oreilles des chevaux frémissaient, le vent les chatouillait ou bien la poudre dorée du soleil.

Chapitre VI

Les matins furent froids. Des corbeaux marchaient le long des sillons, ils avaient l'air responsable, se relevaient de quelques pieds et recommençaient à clopiner au sol en s'aidant de leurs ailes. Le matin, des traînées de rouille empoissaient l'horizon. Le vent soufflait de la mer mais très mollement, et le ciel était mort, blanc et mort. Des paysans travaillaient dans les champs. Ils rentraient les charrettes, les pioches, les râteaux, les ânes, les chevaux, ils rentraient tout, comme on met en ordre la maison d'un agonisant, et les pluies commencèrent.

La session spéciale du Thing avançait cahin-caha. Chaque jour, une nouvelle bande de chicaneurs, avec leurs doubles chapeaux pointus, leurs vêtements de peille, leurs fichus bruns, leurs souliers comme de gros pansements sales, s'ameutaient dans le clos à moutons attenant à la tente de la Lögrétta. Ils s'affalaient sur les pierres mouillées, le nez pointé vers les falaises du Lögberg et de la gorge des Anciens. Ils bavardaient, ils se dégourdissaient les jambes, barbotaient dans la boue. Ils roupillaient, ils ronflaient et quand une giboulée passait sur l'esplanade, ils poussaient des cris de basse-cour, des cris de jars.

L'incendie de Copenhague

La foule était tapageuse et dépareillée. Elle était de bric et de broc : des bourgeois dodus et des bourgeois frétillants, des prostituées tremblantes et d'autres joviales, des junkers aux regards indiscernables, des notaires et des fermiers, des visages effarés et des luisants, rouges et altiers, des têtes de rats, des têtes de vers, des guenilles et des charpies, des prêtres aux culottes effilochées, des commerçants et des dames de haute naissance, des chevaux prétentieux comme des rois mages et des mules dont les genoux grelottaient, des ânes, des cochons et des volailles.

Il y avait aussi des mendigots qui sentaient mauvais car ils avaient couvert des dizaines de lieues en poussant devant eux leurs marmailles et la voix sardonique du cornette Bodelsen disait : « En poussant devant eux leurs entrailles, monsieur Pétursson, et le fruit de leurs entrailles sera maudit », et le rire du cornette était semblable à un croassement et les plaideurs s'aplatissaient dans la gadoue quand les deux juges pénétraient dans la Maison de justice.

Les dossiers étaient emberlificotés : plaintes en adultère, dénonciations de fourbes, de jeteurs de sorts et de malfaisants, chapardage de chèvres ou abattage de porcs, vols de cordes et vols de fagots, vols de bois flotté et vente de produits vénéneux.

Les juges rendaient leurs verdicts maussadement, ces bagatelles les empoisonnaient et Jørgen, de sa voix de tête, disait : « Ils finiront par porter plainte contre la peste ou même contre le vent et la pluie et la neige, qui sait, docteur ? Et contre Dieu ? », et Pétursson répondait que ces gens méritaient pitié et qu'ils étaient inconsolés et Jørgen disait : « Ils sont aussi avariés que le froment du *Valdemar II*, monsieur, il faudra les jeter à l'eau dans

L'incendie de Copenhague

le port de Höfn », et Pétursson l'avait regardé et ses yeux étaient gris et incertains.

Un pêcheur exigea après mille génuflexions que lui soit restituée une langue de galets, dans le Sfjalfandi, car elle avait été chipée à son aïeul par l'aïeul d'un autre pêcheur, et Jørgen avait interpellé Eggert :

— Où allons-nous, docteur, si les arrière-grands-pères se mettent à crêper le chignon des arrière-grands-pères, où allons-nous ?

Eggert débouta le pêcheur, faute de preuves. L'homme se prosterna et demanda son pardon. Et comme Jørgen abattait son maillet, un bonhomme, qui intriguait les juges depuis le début de la session car il ne manquait pas une seule audience, se porta en renfort du pêcheur, agressa les deux assesseurs, évoqua la majesté de l'Althing, ôta son chapeau suédois qui avait trois cornes et deux plumes de macareux, et dit d'une voix éclatante :

— *Aedis aedificat dives, sapiens monumentum.*

Eggert était en train de lire un procès-verbal. Ce latin assourdissant l'intrigua. Il noua les cordons de soie de ses binocles. Le latiniste, qui avait de gros bras courts, fit la révérence en caressant le sol de ses deux plumes et s'éclipsa en ondulant, comme on marcherait sur des œufs.

Au-dehors, sous la pluie légère, luisante, sous la pluie comme un voile et chatoyante, la foule prenait fait et cause pour un plaignant ou pour son adversaire. Les gueux lorgnaient les chevaliers, dans l'espérance que les ambassadeurs du roi pussent relever magiquement un patronyme tombé. Ils se persuadaient qu'à l'issue de l'audience les rôles seraient renversés : le junker ou le corrompu perdrait son patronyme, son ascendance et son fief comme on perd une dent gâtée. Les bons juges

L'incendie de Copenhague

de Sa Majesté anéantiraient d'un seul coup de marteau dix ans, cent ans d'iniquités.

Le noble félon serait déshabillé par la foule, par la meute des misérables aux crocs noirs et pointus. Il recevrait l'ordre d'enfiler sur-le-champ les haillons pluvieux de son adversaire et d'emménager dans la masure de celui qu'il avait si longtemps offensé et ce serait grande fête! Le gueux ramasserait la culotte soyeuse de son rival et la passerait voluptueusement sur ses petites fesses racornies, s'introduirait dans le palais du junker, siroterait des hydromels de junker, des bières de junker, se décorerait de cabochons et de diamants, ferait du lard de junker, deviendrait plus grassouillet et plus allègre qu'une musaraigne de junker et même, disaient les plus loustics, aurait licence, aurait devoir de piller le corps immaculé de la dévote, de l'odorante et dédaigneuse épouse du junker puisque le contrat de mariage avait été libellé au nom à présent rétrocédé du plaignant, de sorte que la femme aux parfums et aux seins blancs continuerait de gesticuler sinon sous le même ventre, du moins sous le même patronyme, et se tortillerait de plaisir tout en hurlant le nom de son ancien mari, ce qui allégerait son péché et augmenterait son bonheur. Cette idée faisait hurler de rire.

Et, bien sûr, de mémoire de plaideur, jamais pareil miracle n'avait opéré, mais les espérances et les promesses sont du chiendent au cœur dolent de l'homme et le petit type au torse d'athlète et aux pattes de rat, le petit personnage garni de citations latines qui hantait la Maison de justice avec son chapeau suédois, certifiait qu'au XIVe siècle une famille de journaliers s'était vu restituer à l'Althing le nom et les cassettes d'or usurpés par un malfaisant et, murmurait-on alors dans le parc aux moutons, dans les odeurs de suint et de crottes

L'incendie de Copenhague

humides, sous le ciel chaviré, si la chose est advenue une fois, une seule fois, elle se reproduirait nécessairement, tant il est vrai, expliquait le nabot à la bouche docte, qu'un seul événement n'a eu lieu qu'une seule fois, dans les siècles des siècles, et cet événement fut le supplice de Blanc Christ dont le flanc, depuis le Jour de colère, ne cesse de perdre des flots de sang noir et qui ne serait plus jamais crucifié car les Puissances n'avaient pas prévu un deuxième Golgotha, au lieu que toutes les autres péripéties de l'aventure terrestre se renouvellent, se recopient et s'imitent, se font interminable écho, et cette rabâcheuse prolifération des mêmes douleurs, des mêmes sanies, des mêmes naissances et des mêmes épiphanies, des mêmes crépuscules et des mêmes outrages, ourdit le destin de la race humaine et son indestructible chagrin !

Ainsi pérorait l'homme aux gros bras courts et il livra en pâture à ses admirateurs une autre formule latine :

— *Debita*, vociféra-t-il en frappant du plat de la main un vieux volume aux dorures écaillées, *libertas inveni mihi lege negata reddita perpetua est.*

Après quoi, il s'éventa avec son chapeau.

Des affrontements opposaient les familles. Ces guerres plaisaient beaucoup. On échangeait des insultes grossières et des expressions obscènes. On montait des batailles de manches de pioche. Des arcades sourcilières éclataient. Des mâchoires pourries vouaient aux enfers les mâchoires dorées, mais les puissants n'avaient point de bonté et ils lâchaient des laquais et des chiens de combat et les déshérités étaient écrasés comme des lentilles.

Une fois, le charivari fut tel que les deux juges écartèrent la toile de vermal qui tenait lieu de porte au tribunal. Ils se dressèrent sur le parvis, avec leurs

L'incendie de Copenhague

hermines, leurs perruques frisées et leurs gants à crispin, l'homme grand, voûté, sévère, amical et taquin, mystérieusement friand de paradoxes et de sophismes et son assistant juridique, l'homme si jeune et tellement blond, le costaud et le fiévreux, qui se bougeait à toute vitesse sur sa jambe blessée et qui avait des rires de choucas et une expression cruelle et qui était si tendre cependant. La bataille cessa. Les pauvres s'agenouillèrent dans la boue en marmonnant des regrets et des malédictions. Les riches brossèrent leurs habits maculés.

Les deux juges regagnèrent posément leurs pupitres. L'huissier appela l'homme aux plumes de macareux qui portait un costume de cérémonie à l'ancienne, trop vaste malheureusement. Son nez pointait au milieu de ses cols et du fouillis de ses cravates, de sorte qu'il faisait penser à un soldat embusqué dans sa guérite. Une clique de marchandes de poisson, de paysans, de voleurs et de putains l'escortait. Il était populaire car il faisait le pitre et son érudition impressionnait.

Il citait des versets de la Bible, des passages de *Njáll le Brûlé* ou d'autres sagas, celle de Gísli Súrsson, par exemple, le bandit, le hors-la-loi, ou même l'*Egils Saga Skallagrímssonar*, des *rímur* et des strophes de Pontus, et il connaissait des mots que plus personne ne se rappelait. Il avait une tête cabossée et attirante, une bonne tête. À lui tout seul, dira Eggert tout à l'heure à Jørgen, il ressemblait à toute cette famille de singes que Dürer avait gravée et qui figurait dans les collections du grand-duc Auguste le Fort, à Dresde, le grand-duc de Saxe. Et Jørgen avait dit avec mépris :

— Il tiendrait dans une seule de mes poches !

Jørgen conduisit l'interrogatoire. Le plaignant énuméra ses patronymes. Il se nommait Gunnarr Haflis-

L'incendie de Copenhague

son, d'une antique lignée originaire de Selfoss, sur la rivière Hvíta, dans le Sud, mais il était mieux connu de son surnom « Mille Métiers ». Jørgen lui demanda quel métier il exerçait et il répondit : « Mille, Votre Honneur ! », ce qui déclencha l'enthousiasme de sa suite.

Le juge se fâcha. Les rires continuèrent. Alors, Gunnarr Haflisson se porta à la rescousse des assesseurs et de l'institution judiciaire. Il fit une colère. Il se tourna vers ses admirateurs et les rabroua : ce lieu était sacré. Les vauriens qui faisaient du charivari mesuraient-ils que les deux assesseurs étaient les ministres de Sa Majesté Frédérik IV, notre très gracieux seigneur héréditaire, protecteur des stèles et des finisterres, grand-duc des mers de l'ombre et de la Cimmérie ? Les partisans de Gunnarr baissèrent le nez. Un silence de tombe envahit le prétoire.

— Domicile ? dit Jørgen.

— On me nomme aussi la « puce de prétoire », dit Gunnarr.

— Domicile ? s'énerva Jørgen.

— L'Islande, Votre Grandeur.

— Ce n'est pas le moment des enfantillages !

— Je réside un peu partout, Votre Honneur, entre les mers orientales et les falaises du crépuscule.

Eggert Pétursson était perplexe. Il le fut davantage quand Gunnarr Haflisson exposa sa doléance. L'homme prenait son temps, en familier du lieu. Il chargea une de ses narines d'un gros tabac, dit : « Il y a longtemps... », comme on le fait dans les veillées d'hiver, et Pétursson posa les coudes sur la table. Gunnarr reprit sa blague de cuir, bourra la deuxième narine :

— En ce temps-là, l'Islande était vouée au Dieu de Rome...

L'incendie de Copenhague

Il s'arrêta de nouveau car son nez débordait et il fit un clin d'œil pour solliciter la clémence des juges. Ensuite, il enfouit la tête dans un mouchoir, souffla, regarda le bout de tissu souillé et parla.

En ce temps-là, l'ancêtre de Gunnarr, un noble homme nommé Knut, honorait les dieux païens, bien que l'Althing eût déjà décidé de la conversion au roi des dieux, à Notre-Seigneur Christ, puisque Knut vivait dans les années 1500. Gunnarr attira l'attention de la Cour sur ce point et, certes, il déplorait que son ancêtre Knut fût demeuré dévot des dieux de sang de l'Asgard, mais il ne se sentait pas le droit de déguiser aux magistrats de Sa Majesté une étincelle de la vérité. Au surplus, cette étincelle avait du sens ainsi qu'allait en attester l'épilogue de l'affaire.

Gunnarr Haflisson se moucha de nouveau. En ces années 1500, donc, l'ancêtre de Gunnarr, le bon homme Knut, fut exproprié d'un lopin de son domaine de Selfoss à la demande du curé de Selfoss qui en avait besoin pour agrandir le cimetière.

Jørgen épointait sa plume d'oie. Cette distraction déplut à Gunnarr qui croisa les bras sur sa poitrine. Pétursson l'invita à poursuivre. Gunnarr décroisa les bras de mauvaise grâce et reprit son histoire. Il en était justement au nœud du drame car, lança-t-il d'une voix bien timbrée, son aïeul Knut n'avait pas accepté la décision de la sainte Eglise. Il avait tenu l'expropriation pour nulle et s'était déclaré victime d'une maraude.

Le vieux Knut avait représenté au prêtre que sa terre était pareille à son corps, que sa terre était son corps, et Gunnarr invoqua à ce propos la parole de l'Éternel lui-même car le Dieu des juifs interdisait, si l'on en croit les textes d'Osée, d'exproprier un corps de sa tête, de son foie, de sa peau, de sa vésicule biliaire et même de ses tatouages. Il répéta deux fois, en posant un regard étrange sur les juges :

— Même de ses tatouages !

Ainsi, en cette lointaine année, la plaidoirie du bon homme Knut avait fait long feu. Le curé de Selfoss était resté sourd. Il avait entrepris les travaux de terrassement et bientôt, on avait enterré des cadavres de chrétiens dans le lopin confisqué à Knut.

— Au fait ! dit Jørgen. Au fait, Gunnarr Haflisson ! Nous avons trois cas encore à examiner ce matin.

Gunnarr souffla vers Jørgen d'une manière assez insultante. Il reprit tranquillement son discours.

— Le cher vieux Knut n'a point plié, dit-il. Il a cherché une parade.

Le stratagème de Knut était lumineux et hardi : il s'était solennellement converti à la religion chrétienne, lui le disciple des anciennes Puissances, de manière qu'à son trépas le prêtre fût contraint d'ensevelir sa charogne dans le cimetière de l'Église, c'est-à-dire dans le lopin qui appartenait à Knut, dans cette terre dont l'Église l'avait impitoyablement spolié. Gunnarr renifla, il en était à conclure :

— La sagesse de monsieur l'assesseur Pétursson appréciera. Mon aïeul Knut, bénie soit sa longue et indélébile mémoire, consentait à être chassé de sa propre terre dans le temps illusoire de sa vie terrestre, mais il s'y refusait dans le temps interminable de l'éternité... *felix vocatus, felix vixit cum suis...*

Le docteur Pétursson avait écouté avec beaucoup de constance. Il consulta son assistant du regard, lui souffla quelques mots à voix basse. Jørgen prit la parole :

— Voyons, dit-il avec entrain, votre ancêtre était habile et tout est bien qui finit bien.

L'incendie de Copenhague

Gunnarr remit son chapeau.

— Non, dit-il. Rien n'est bien, Votre Honneur, et rien ne finit. Je précise même : Tout est mal qui finit mal. Et savez-vous pourquoi ? Parce que le Seigneur claque-squelette gardait un dé truqué dans sa manche.

— Le Seigneur claque-squelette ?

— L'ennemi du genre humain, docteur, le grand homme noir, expliqua patiemment Gunnarr. Puis-je conclure ? Que s'est-il donc passé ? Je vous ai dit que Knut s'est converti et le curé l'a baptisé.

— Donc, dit Jørgen, on a pu l'enterrer dans son lopin.

— Non ! Le malheur, monsieur, a voulu que, quelques années plus tard, quand le temps fut venu pour Knut de trépasser, la mort l'a rejoint très loin de son village de Selfoss alors qu'il faisait une tournée de trois jours dans les régions du Septentrion. Et le cher Knut fut inhumé non point dans son propre lopin de Selfoss, à l'ombre pacifiée de la chapelle, mais dans une fosse commune, au diable, c'est le cas de le dire...

Eggert pria Gunnarr d'exposer ses conclusions. Celles-ci étaient tranchantes : le tribunal aurait-il la bonté de faire déterrer les ossements de son aïeul, les ossements, oui, car on ne pouvait plus employer le mot de dépouille et sans doute même fallait-il parler de la boue qu'était devenue la carcasse de Knut, si vieille était cette infamie juridique, et d'inhumer tout ça dans le cimetière de Selfoss, dans le terrain que les papistes avaient chapardé ?

Le docteur Pétursson tirait sur les boucles de sa perruque. Gunnarr sifflotait. Le docteur décréta une suspension d'audience car la matinée allait à sa fin, la pluie avait cessé, des nuages roses illuminaient le ciel. Il rendrait son arrêt dès la reprise des travaux, dans

L'incendie de Copenhague

l'après-midi. Il fit tomber son marteau sur la table et entraîna l'huissier, pour éclairer ce cas difficile, vers le cimetière qui s'étendait, à cinq cents toises du parc à moutons, autour d'une chapelle assez bien entretenue, ce qui n'était pas fréquent dans ce pays où la plupart des temples se défaisaient.

*

La pelouse du cimetière était flétrie. Les rumeurs du parc à moutons ne parvenaient pas jusque-là. Les fleurs de l'été mouraient, des pétales de saxifrages, d'œillets de mer voletaient entre les tombes. Sur les murs, des écheveaux de laine séchaient sous la surveillance des paysannes. Au milieu de l'enclos, une vieille femme était assise contre une stèle de basalte. Elle tenait les jambes serrées sous sa vareuse grise. Elle pleurait tranquillement, sans précipitation, avec négligence et bonne humeur, comme si elle avait une quantité infinie de temps pour consumer sa tristesse.

L'huissier portait un costume sombre avec un collet blanc et de grandes poches bourrées de rouleaux de papier. Il se débrouillait pour avoir une figure longue et boursouflée en même temps car ses joues flasques se gonflaient dans ses moments de réflexion et s'aplatissaient à mesure qu'il parlait. Ses mains soignées tournoyaient autour de sa tête. Eggert grignota un quignon de pain et un hareng salé. Il interrogea l'huissier au sujet de Gunnarr Haflisson.

L'huissier remplit ses joues avec soin, comme s'il se disposait à discourir longtemps, se présenta sous le nom de maître Gustafsson et dit que ce Gunnarr Haflisson était illustre dans toute l'Islande car il ne cessait pas de déambuler, au gré de ses caprices, de ses métiers et de

L'incendie de Copenhague

ses amours. Au terme de cette longue période, les joues du greffier étaient vides mais il les réapprovisionna à l'instant et poursuivit son exposé. Il parlait tout en se rapprochant d'Eggert à le toucher. Eggert se repliait à mesure. Les deux hommes tournaient entre les tombes, l'un allait en avant et l'autre à reculons, à la manière de ces moines qu'Eggert avait jadis observés dans les cloîtres de Rome quand il cherchait, du reste sans succès, le *Codex islandorum*.

Maître Gustafsson avait la parole pâteuse. Les mots étaient soudés les uns aux autres. Eggert n'arrivait pas à couper le flux. Il essaya de se faufiler entre deux virgules mais l'huissier Gustafsson réagit énergiquement et conserva le commandement. Eggert pensa que cette bouche ne s'arrêterait plus jamais de bruire. « Si la colle de poisson savait parler, songea-t-il, elle aurait la voix de cet homme. »

— Voyez-vous, dit l'huissier, il y a un seul point fixe dans les parcours de ce Gunnarr et c'est Thingvellir, justement. Il ne manque jamais à suivre une seule session du tribunal. Je le vois depuis dix ans. Il a l'air âgé, comme ça, mais il n'a pas trente ans et quand on ne l'appelle pas « Mille Métiers », on dit « Vieux Gunnarr ».

— On l'appelle aussi la « puce de prétoire ».

— On prétend qu'il tient l'emploi de « mouche » auprès de Son Excellence le gouverneur Unquist.

— Une mouche, grands dieux ! Mais que voulez-vous faire d'une mouche ?

— C'est ce qui le fait inquiétant, monsieur Pétursson. C'est une mouche mais cette mouche n'a pas d'usage.

Maître Gustafsson marqua une pause mais si brève que Pétursson ne sut pas en profiter.

L'incendie de Copenhague

— J'aime bien que les choses soient en leur place, poursuivit l'huissier, peut-être est-ce une déformation conséquente à mon office ? Peut-on concevoir un bandit qui ne volerait pas, une prostituée pudibonde, un diable qui compatirait aux malheureux ? Ce serait une société informe et même immorale. Ici nous sommes aux prises avec une mouche qui ne fait pas la mouche ! Non, monsieur, je ne mange pas de ce pain-là !

Eggert Pétursson fit une nouvelle tentative pour échapper à cette voix lisse, à ce visage rosâtre collé au sien et sur lequel il distinguait, dans l'agréable soleil de cette après-midi sans pluie, les poils mal rasés d'une barbe blonde. Il s'accroupit sur une sépulture. L'huissier disposa ses dossiers, son écritoire et sa plume d'oie sur une dalle voisine. Il tira de sa besace un rouleau de papier et dit :

— Ne croirait-on pas, docteur, que je m'apprête à déclarer ouvert le Jugement dernier, je veux dire, dans ce cimetière ? Ou bien que j'ai la charge d'enregistrer la résurrection de tous ces morts ?

Eggert crut approprié de rire mais l'autre le fixa avec réprobation.

— Tout cela est sans importance, monsieur Pétursson, Gunnarr n'attache aucun prix à ses sornettes. Ce qu'il vous a corné aux oreilles, monsieur l'assesseur, ce roman de son aïeul Knut s'ajoutera à toutes ces écritures que j'ai serrées, là dans mon sac, puisqu'il nous manufacture chaque année une nouvelle argutie. Mais n'allez pas vous figurer que Gunnarr est un simple ou un perfide. Gunnarr fait le bouffon mais ce bouffon est, comment mieux dire, raisonnable et, oserai-je ajouter, redoutable. L'homme est instruit par je ne sais quel tour de bâton, certains assurent qu'il est théologien ou qu'il le fut. On prétend qu'il a la science du latin et du grec, peut-être de l'araméen ou de l'hébreu, je ne sais pas, mais il est avéré qu'il baragouine les langues. Il connaît mieux que moi les textes de la loi et un nombre infini de poèmes. Avez-vous remarqué le balluchon qu'il trimbale ? Il y serre ses hardes, des têtes de morue, quelques bouts de pain, des chandelles et au milieu, qu'est-ce que vous découvrez ? Un exemplaire de la Bible de Gudbrandur Thorláksson. D'ailleurs, il a un autre surnom.

— J'en connais trois déjà, réussit à dire Eggert.

— Le drôle en fait collection ! Il s'appelle lui-même Lubrucationes, je ne sais pas ce que ça veut dire.

— Lubrucationes, dit Eggert, oui, les Latins désignaient ainsi ceux qui lisent à la lumière des chandelles.

— Vous voyez, il maîtrise le latin. Et tout s'explique, les chandelles de sa besace : il paraît qu'il lit beaucoup, même la nuit, c'est ce qu'on dit.

Entre les falaises, des éperviers décrivaient des cercles et, de temps en temps, certains tombaient à plomb. Le ciel était bleu et blanc. Pétursson surveillait le manège des rapaces du coin de l'œil, mais il eut soudain une crispation de la joue parce que le greffier venait de prononcer le mot de parchemin.

— Les parchemins, dit-il, Gunnarr posséderait des parchemins ?

— On le dit. Je n'en sais rien. Enfin, Gunnarr le dit mais c'est un vantard.

— Ce serait curieux, dit Eggert sans insister.

Le greffier fit un bruit de bouche pour montrer que cette allusion aux parchemins le dépassait. Il précisa que les requêtes de Gunnarr n'étaient jamais retenues et que le bonhomme s'en fichait : dès que sa plainte était rejetée, il se prosternait devant les magistrats et les remerciait, une main sur le cœur. Il prenait congé, avec un mot cérémonieux et des courbettes, avant de marquer rendez-vous pour l'année suivante. Il grimpait sur sa mule et « il allait faire la mouche ailleurs ! ».

— Chaque année, il revient à Thingvellir, monsieur, comme... comme les grues ou les pélicans.

— Comme les pélicans, monsieur Gustafsson ? dit Pétursson.

— Comme les pélicans, confirma Gustafsson. Thingvellir est la résidence de Gunnarr et s'il prétend que sa maison est l'Islande, il ne ment pas complètement parce que Thingvellir est le nombril de l'île.

Eggert avait envie de se lever mais le greffier était soudé à sa tombe et Eggert renonça.

— Gunnarr accorde une importance extrême à l'apparat, disait la voix terne et invaincue du greffier, au protocole. Un jour, il y a bien des années, il m'a confié qu'il avait la tâche d'entretenir les rouages de la loi. Vous avez vu son costume ? Ce n'est pas une farce. Il s'habille à la mode ancienne, comme au temps où la constitution de l'Islande fonctionnait heureusement. Il se donne le devoir d'entretenir les engrenures de la loi en les faisant tourner, pour éviter qu'elles ne grippent. C'est pourquoi ses doléances sont si biscornues, il lui faut sans cesse inventer de nouveaux traquenards juridiques pour mettre la constitution à l'épreuve. Il ne se console pas de n'être pas né jadis, au temps des premiers temps, comme il dit, ou encore il dit « au temps des parchemins », ou même « au temps des géants » et pourtant il n'a rien d'un géant, c'est ce qui donne un tour plaisant à sa formule.

Gustafsson se redressa en se soutenant de son bâton, il respirait avec difficulté mais sur le chemin du retour, il dissertait encore et il envoya quelques coups de pied aux moutons dont les bêlements couvraient sa voix. Il

L'incendie de Copenhague

rapporta qu'une autre année, Gunnarr avait présenté une requête grotesque : n'avait-il pas affirmé qu'un de ses aïeux avait été dépossédé deux siècles plus tôt de son titre de juge, et par qui avait-il été dépossédé ?
  Gustafsson s'arrêta et répéta d'une voix inquiète :
  — M'entendez-vous, docteur ?
  — Je vous entends, maître Gustafsson.
  — Donc, je peux achever : Gunnarr affirmait qu'un homme avait dépossédé de sa charge de juge un aïeul de Gunnarr et je vous pose une devinette, docteur : qui donc, selon vous, avait volé le titre de juge à l'ancêtre de Gunnarr ?
  — Ma foi, maître Gustafsson.
  — Tout simplement, docteur, l'aïeul de ce même juge devant lequel Vieux Gunnarr exigeait réparation. Vous imaginez la figure de ce juge, son amertume et ses maux de tête ! Le cher homme était furibond mais la loi est la loi : il était tenu de recevoir la plainte. Et la tête de Gunnarr est si exercée, si dégourdie dans les imbroglios, si tapissée également de citations, je dis parfois avec un peu d'espièglerie que sa cervelle est tapissée de vélins, de parchemins, de ratures et d'appoggiatures, bref, le juge s'est égaré là-dedans et fut au moment de se condamner lui-même... Excusez-moi, monsieur l'assesseur, je suis d'une manière générale peu favorable au rire mais convenez que, vraiment, vraiment... Je crains d'avoir à rire.
  Gustafsson se raidit pour réprimer sa gaieté mais il échoua et un long rire explosa. Il en parut mécontent. Même, il s'étrangla et dut cracher dans son mouchoir.
  — Et savez-vous le plus beau, continua-t-il d'une voix cassée, le plus beau, c'est que Gunnarr avait tendu au juge une planche de salut. Il lui avait promis qu'au cas où le magistrat se condamnerait lui-même et

perdrait donc son titre de juge, Gunnarr prendrait sa place bien entendu, Gunnarr occuperait l'état de juge, mais le magistrat déchu aurait alors tout loisir de former un recours contre Gunnarr de manière à rentrer dans ses prérogatives, le cas échéant, et si son dossier était bon, Gunnarr en faisait le serment, ce dossier serait examiné avec équanimité, sans rancœur ni préjugé de sorte que, mon Dieu, si le juge l'emportait, Gunnarr lui rétrocéderait sa fonction de magistrat et s'inclinerait devant son propre verdict. Avouez, docteur... avouez...

On arrivait au Thing.

*

Eggert avait hâte de faire comparaître le vieux Gunnarr. Même provocant, le bonhomme était plus distrayant que les négociants, les petits-maîtres ou les paysans qui défilaient à la barre, mais il n'y avait plus de Gunnarr.

Le greffier gonfla ses joues. Eggert eût aimé les dégonfler d'un soufflet. Il serra durement le bras de Gustafsson et s'engouffra dans le tribunal.

La séance fut décevante. On se perdait en futilités et comme Eggert se plaignait, Jørgen explosa.

— De quoi vous lamentez-vous, dit-il à Eggert après qu'un mendiant eut souhaité que son épouse fût noyée dans la mare aux putains pour l'unique raison que « toutes les femmes, selon Tertullien et plusieurs érudits, sont impures », de quoi vous plaignez-vous ? Vous autres, Islandais, vous êtes vaniteux de votre gouvernement du peuple par le peuple. Voilà sept cents ans que vous me rebattez les oreilles avec votre réunion des hommes libres à Thingvellir, sur l'Öxará, ici même, en

L'incendie de Copenhague

l'année... en l'année 930, c'est bien cela, en l'année 930 ! Eh bien, professeur, voici la queue du serpent. Chacun, dans votre Islande, est sa propre autorité. Chacun est son propre gouvernement, son propre gendarme, son propre notaire. Pardonnez-moi, monsieur Pétursson ! J'aime mieux la sévérité de notre monarchie absolue, que les désordres de votre gouvernement par le peuple. Vous en êtes toujours à l'année 930 et moi j'habite dans l'année 1702. Ce pays, monsieur, votre pays, est gouverné par les morts !

— Vous croyez ? dit le docteur Pétursson.

Chapitre VII

Le soir, Pétursson et son assistant lanternèrent sur l'esplanade : des forains faisaient leurs pirouettes. Des hommes-serpents, des acrobates, des jongleurs, des antipodistes, des mangeurs de feu gesticulaient. Un peu à l'écart, un combat de chien et d'ours s'achevait. Le chien était en sang mais il mordait et la foule vociférait. Des femmes proposaient des nourritures noirâtres, des restes de marmite, des têtes de poisson fumé, des rats et des racines. Les prostituées vaquaient à leurs affaires. Des couples s'aimaient dans leurs guenilles, grognaient comme des verrats. Quand ils faisaient trop de tintamarre, on les aspergeait d'un seau d'eau mais ils ne se décollaient pas et Eggert dit qu'ils étaient comme des chiens.

Les deux juges rallièrent l'auberge du Cochon Noir. Ils entrèrent dans une grande salle basse, assez obscure, malgré les nacres de la nuit, car les fenêtres étaient tendues de peaux de requin. Quand ils se furent remplis d'ombre, ils virent surgir des figures, des bouches, des cheveux, des mains. Dans le fond, deux femmes touillaient de grandes marmites de fonte. La fosse à feu lançait des éclairs.

L'incendie de Copenhague

Debout sur la table, un pot de bière à la main et un torchon sur l'épaule, le cabaretier emplissait les pichets de grès ou d'étain. Une femme tapait sans se presser mais avec conviction sur la tête d'un marin danois qui agrippait les pans de sa blouse. Une autre avait le nez luisant et le mouchait dans son bonnet. Elle dégrafa sa chemise et colla deux moutards à ses seins. Un homme chauve prit la tête d'un des enfants, la repoussa et avança la bouche vers le sein. La femme le projeta en l'air d'un tour de reins et replaça l'enfant sur sa poitrine. L'homme chercha un autre sein. L'odeur de graille et de vomi levait le cœur.

Eggert et Jørgen bousculèrent deux vieillards qui se rebiffèrent et brandirent des couteaux. Jørgen leur montra ses insignes de cornette du 8e dragons des armées de Danemark. Les deux hommes piaillèrent sans comprendre. Jørgen les insulta en danois et ils filèrent en couinant. Les juges purent s'asseoir. Le tenancier balança sous leur nez deux tranches de pain avec des bribes de mouton.

Jørgen poussa le coude d'Eggert et dit que le type du matin, ce Gunnarr « Mille Métiers », venait d'entrer dans l'auberge. Il se leva avec l'intention de lui botter le cul. Eggert dit qu'il détestait botter les culs et que Gunnarr était un type assez déconcertant car il était pareil à ces chats que l'on voit dans les maisons heureuses de Copenhague et qui sont là puis ils ne sont plus là. Jørgen n'était pas de cet avis. Gunnarr lui faisait penser à un gnome, plutôt, ou à un lémure, une larve nourrie de terre, mais Eggert s'opiniâtra : Gunnarr procédait comme les chats, il apparaissait sans préambule et un peu plus tard, on le cherchait mais il s'était dissous, et puis il se fabriquait de nouveau, ou même il naissait, mais tout harnaché déjà, avec son équipement de rides arrimées à son gros nez rouge, avec ses yeux en boule, ses yeux fauve et rouge et malicieux.

— Nous allons lui faire place, dit Eggert, et il appela Gunnarr.

Le petit homme ne se le fit pas dire deux fois. Il enjamba des corps, pinça l'épaule d'une femme et se planta devant les deux juges. La mauvaise humeur de Jørgen n'était pas dissipée.

— Nous t'avons attendu toute l'après-midi, au Thing, dit-il d'une voix brève.

Gunnarr rejeta sa besace dans son dos, attrapa sans façon la tranche de pain de Pétursson et jeta des regards circonspects autour de lui. Il esquissa une courbette mais Jørgen l'agrafa par le col et le souleva.

— Pas de génuflexion, cria-t-il, tu n'es déjà pas un géant, je vais t'allonger la taille, moi ! Je t'ai posé une question !

— Permettez dans ce cas que je réponde, monsieur le cornette.

— Tu sais que je suis cornette ?

— Vous n'êtes pas cornette, dit Gunnarr, vous étiez cornette. Mais, comment ne le saurais-je pas ? Supposeriez-vous que l'arrivée de l'illustre cosmographe de Sa Majesté et de son conseiller juridique soit passée inaperçue ? En garde, monsieur le cornette ! L'Islande paraît muette. Elle est plus bavarde qu'une souris, enfin, qu'une souris qui serait bavarde ; oui, l'Islande est bavarde mais on n'entend pas ce qu'elle dit. Mais moi, monsieur Bodelsen, je suis équipé.

Il se pencha en avant, souleva son chapeau et saisit à pleines mains ses deux oreilles qui étaient énormes.

— Avec des outils pareils, dit-il, j'entends tout.

L'incendie de Copenhague

Vous avez entendu parler du dieu Heimdall, mon prince ?
— Heimdall ? Qu'est-ce qu'il vient faire, le dieu Heimdall ?
— L'*Edda* dit qu'il a l'oreille si fine qu'il entend pousser la laine des moutons.
— Tu entends la laine des moutons ?
— Chut, dit Gunnarr. Moi, j'entends rêver les fourmis. Et à mon âge, docteur, on ne chipote pas sur son devoir.

Eggert demanda son âge à Gunnarr. Le petit homme se pavana :
— Qu'est-ce que l'âge, monsieur l'academicus ? Une convention. Vous vous rappelez Lamarr Fergusson ? « Des becs et des serres de l'aigle, le temps avait chu comme une neige... » Et moi je fais collection de cette neige-là.
— Qu'est-ce que c'est que cette charade ? cria Jørgen.

Gunnarr prit son chapeau, l'assujettit sur son crâne, redressa ses deux plumes et ébouriffa les touffes de cheveux roux et rêches qui en dépassaient. Il posa un regard ennuyé sur le cornette.
— Voulez-vous insinuer que j'ai peur de mourir, Excellence ? Eh bien non, c'est raté ! Je ne crains pas la mort. Mais je suis très curieux de ma nature et je ne tiens pas à m'en aller trop vite. Vous voyez bien, j'ai le teint cireux, je tousse comme un volcan, alors je crains d'être frustré de ma vieillesse, voilà toute l'affaire. Je me paie d'avance quelques petites tranches de grand âge, comprenez-vous ?

Il dit de nouveau : « Comprenez-vous ? » et comme Eggert faisait silence, il reprit d'une voix patiente :
— Je veux dire que je n'ai aucune envie de filer avant

L'incendie de Copenhague

d'avoir fait un tour dans les coupe-gorge. Sinon, qu'est-ce qu'il deviendra, mon grand âge, sans moi ? Avez-vous déjà vu un grand âge tout seul, sans son propriétaire ? Croyez-moi, mon prince, c'est à serrer le cœur, un grand âge comme ça, abandonné, qui cherche son vieillard...

Il se leva sans crier gare et se plia en deux, en dorlotant son grand chapeau pour recueillir des applaudissements. Puis il fit quelques pas au milieu des volailles, des cageots et des enfants hurleurs. Il vacillait, il avait cent ans et une voix de chèvre. Il revint à la table.

— Je devine vos pensers, Excellence. Vous pensez que je fais le comédien et vous n'y êtes pas. Je suis vieux quand j'en ai le besoin, voilà le vrai, mais alors, là, je suis vraiment vieux. Dans ces moments, mon cœur est vieux. Est-ce clair ? Je crains que ce ne soit pas clair. Je fais mon possible.

— Et qu'est-ce que ça te fait de devenir vieux de temps en temps ? s'informa Eggert, dont la mansuétude exaspérait Jørgen.

— Savez-vous ce que je professe, mon maître ? Je considère que la vie est un paysage. Et je ne veux pas faire le saut avant d'avoir gravi toutes les collines et toutes les femmes, y compris ces moments où le soleil capote et celui où la mort vous frôle, de ses « ailes de poussière et de nuit » comme dit le scalde, et moi je dirais plus vulgairement comme un chat qui fait dans la braise.

— Tu connais beaucoup de poèmes ?

Gunnarr défit les boutons d'os de son gilet, un après un, sans hâte ; il montra vaniteusement qu'il portait au-dessous un deuxième gilet, brodé de pourpre, et se frappa la poitrine.

L'incendie de Copenhague

— Vous parlez à un ancien de l'école épiscopale de Skálholt.
— Tu es prêtre ?
— J'ai été prêtre, mais ma vocation a mal tourné car en ce temps-là j'étais aussi voleur. Tous les Islandais sont des voleurs et je volais. Pas beaucoup, mais un peu, qu'y puis-je ? J'étais la victime d'un syllogisme inspiré du grand Aristotelês et que j'ai l'honneur de soumettre à Votre Grandeur : tous les Islandais chapardent. Or je suis un Islandais. Donc je chaparde.
— Ce type vous fait danser, docteur Pétursson, hurla Jørgen en tapant du poing sur la table, et il va décamper vite fait.

Gunnarr ne se troubla pas.
— Faut-il préciser, dit-il avec aplomb, que je m'adresse pour l'heure à monsieur l'érudit Pétursson ? Votre tour viendra plus tard, Bodelsen, et alors vous aurez tout loisir de me répondre...

Il tourna carrément le dos à Jørgen et se coula près du docteur Pétursson.
— La vérité est que j'étais dans l'inconfort, docteur. D'un côté, comme Islandais loyal, il m'incombait de chaparder. Mais, comme prêtre, les prêtres ne doivent pas voler. Les textes saints sont formels. Le soir, dans ma sacristie de Kolbeinstas, je me mesurais à ces incompatibles. Je ne tenais pas à être un mauvais prêtre, c'était à rebours de mes principes, mais je ne voulais pas davantage offenser mon pays. J'étais écartelé entre les prescriptions de ma terre et celles du bon Dieu.
— Dans ces cas-là, on choisit le bon Dieu !
— Halte-là, mon prince ! Un beau jour, j'ai trouvé une issue, par le truchement de la philosophie et de la fameuse *disputatio* de maître Abeilard sur la quiddité et

L'incendie de Copenhague

l'accident : je ne pouvais pas changer le lieu de ma naissance puisque ma naissance, c'était déjà fait, c'était emballé, empaqueté ! Je n'allais tout de même pas m'écorcher moi-même, jeter aux orties ma peau d'Islandais, comme on jette une peau de veau, un vélin, et en enfiler une autre comme on enfile un justaucorps...

Il se renversa dans son siège et lâcha un rire victorieux.

— Sed contra, je pouvais défroquer puisque je n'étais pas né prêtre. Il suffisait de quitter mon habit et le tour était joué. Je l'ai quitté. Et j'ai fait la route.

Gunnarr était excité. Il enroulait son boniment. Il se gargarisait de mots. Jørgen se leva en pestant contre le vieil ivrogne mais, comme Eggert ne bougeait pas, il se rassit. Il dit que les jongleurs de la Lögrétta l'amusaient mieux et mordit dans une cuisse de mouton. Gunnarr avait des yeux de renard, deux boules d'un jaune intense, avec des veinules. Dans les ténèbres de l'auberge, avec les flammes pauvres des torches, tout était roux, bronze et grisaille. Le tumulte des mandibules et des couteaux était assourdissant.

— Vous comprendrez à présent pourquoi je connais nombre de poèmes, docteur Pétursson. Révérence gardée, monsieur le réciteur des lois, je sais peut-être plus de poèmes que vous n'en avez jamais lu et savez-vous pour quelle raison ? L'Islande, ce sont des poèmes, des sagas, des textes de loi et de jurisprudence, mais il y a un *hic* et je serais heureux de vous mettre sur la piste du *hic*... Mais il ne faut pas musarder car les *hic*, ça vous glisse entre les mains, c'est des anguilles, les *hic*...

Il invita Pétursson à tendre l'oreille et parla d'une voix presque inaudible, le nez sur sa tranche de pain, de manière que les marins danois, les femmes indécentes, le patron de l'auberge et surtout le cornette Bodelsen ne

L'incendie de Copenhague

pussent l'entendre. Pétursson consentit au jeu. Le petit homme l'intriguait.

— Ne soyons pas parcimonieux, reprit Gunnarr, ce n'est pas seulement le *hic,* c'est aussi le *haec* et le *hoc.* Docteur, ces vieux poèmes, ils s'effacent. Voilà la punition ! La poésie de l'Islande est en train de fondre, je dis bien de fondre, comme un morceau de cassonade dans l'eau.

Jørgen se taillait un ongle de la pointe de son couteau, avec ostentation. Gunnarr posa sans façon une main sur l'épaule de Pétursson :

— Je ne voudrais pas abuser de votre bienveillance, monsieur le juge.

Pétursson écarta durement la main de Gunnarr et la plaqua sur la table.

— Vous auriez dû vous épargner ce geste d'humeur, dit Gunnarr. Vous avez manqué à la civilité. Mon indulgence, monsieur le juge, n'est pas illimitée.

Jørgen bondit.

— Monsieur Pétursson, je ne tolérerai pas plus longtemps que cet individu vous insulte.

— Monsieur le cornette perd son sang-froid, dit Gunnarr. Ce n'est pas de bon augure car vous risquez d'affronter des situations assez âpres. Voyez-vous, monsieur Bodelsen, je ne déteste pas les amusettes, mais chaque chose en son temps. Ce soir, j'ai des choses urgentes à communiquer à monsieur l'assesseur Pétursson. Je vous saurais gré, monsieur Bodelsen, de ne pas troubler notre entretien.

Tout en parlant, l'ancien prêtre avait refermé les doigts sur le poignet de Pétursson et l'attira vers lui avec force. Pétursson se dégagea et se leva en repoussant bruyamment son tabouret.

L'incendie de Copenhague

— Mais qui es-tu, dit-il, pour parler sur ce ton au chef de la mission royale ?

Gunnarr s'était levé à son tour. Il plongea en avant et demanda pardon au juge.

— Vous avez raison, dit-il humblement. Je ne suis rien. Mais monsieur l'assesseur est tributaire de ce rien. Ma thèse est qu'on a grand tort de ne pas prêter attention au rien : car enfin, quelle chose est plus rare que l'or ? Rien. Quelle chose est plus vaste que la mer océane ? Rien. Donc, rien n'est au-dessus du Rien, donc Rien est Tout comme l'a établi M. Johannes Kepler ! Alors, je vous en conjure, écoutez ce que ce Rien vous dit. Il dit : monsieur l'assesseur a la mission de retrouver les parchemins. Monsieur l'assesseur a besoin d'un pilote, il n'a qu'un mot à dire : je suis son homme.

Eggert se disposait à répondre, mais Vieux Gunnarr s'était envolé. Il se taillait un chemin à travers la cohue. De temps en temps, il tournait la tête en arrière et saluait obséquieusement les deux assesseurs. Eggert le rappela mais le brouhaha était tel que sa voix se perdit.

Jørgen jeta violemment son couteau sur la table :

— Nous n'avons pas perdu notre soirée, docteur ! Joli vaurien, votre Gunnarr, mais enfin il est parti, permettez que je m'évente de mon chapeau, un peu d'air, s'il vous plaît. Nous n'avons rien à faire dans ce bouge, ça pue, Vieux Gunnarr pue, et demain l'Althing, monsieur Pétursson, le cadastre et les dénis de justice ! Les choses graves ! La mission ! En route, en route ! Les palefreniers nous attendent.

Le soleil était à demi caché derrière la chaîne du Mossfel, vers la mer. Il était tard. Une buée verte scintillait au-dessus de l'Öxará. Les petits lacs semés dans la cuvette étaient comme des nuits. Les deux hommes prirent le chemin de la Maison de justice. Un

L'incendie de Copenhague

chien sauta autour d'eux en posant ses pattes hirsutes sur leurs jaquettes.

— Drôle de type, dit le docteur Pétursson en repoussant le chien. Savez-vous à qui il me fait penser, Jørgen ? Il me fait penser à cette Madame Margrethe que nous avons vue chez monsieur le gouverneur Unquist.

— Madame Margrethe, tiens donc !

— Madame la baronne Blexen.

— Vous voulez dire : un jeune fou qui fait le vieux et une vieille folle qui fait la jeune ? dit Jørgen.

— Fous ? Je ne sais pas. Non, Jørgen, tout le monde est fou. Vous êtes fou quand vous perdez une jambe parce que vous faites la guerre en temps de paix. Je suis fou parce que j'ai passé vingt ans de ma vie aux chandelles à me crever les yeux sur des manuscrits illisibles... Et je suis fou, derechef, le jour où je troque l'état de scribe, qui me va comme un gant, contre l'état d'aventurier, qui me va comme un nez au milieu d'un derrière. Tout le monde est fou, Bodelsen. Non, ça ne vaut rien, la folie. Et pour ne rien vous cacher, je ne suis pas certain que Vieux Gunnarr soit fou.

— Vieux Gunnarr se moque du monde, dit Jørgen. Parlons d'autre chose, voulez-vous ? Les palefreniers doivent dormir. On ne sait même plus comment les retrouver, dans ce fouillis de lacs.

— On les retrouvera, Jørgen. Le soleil se relève. Dans une heure, on y verra comme en plein midi. Je parlais de la baronne et de ce prêtre — enfin, prêtre ? — et je disais qu'ils sont pareils. Des espèces de jumeaux. Ils sont pareils parce qu'ils sont aussi goinfres l'un que l'autre. Ils sont avides. Inassouvis. Insatiables, Jørgen, deux boyaux vides, deux goulus !

Le cornette n'écoutait pas. Il marchait en furieux

L'incendie de Copenhague

comme s'il avait voulu distancer, ou même égarer le docteur Pétursson. Eggert le perdit de vue. Il mit ses mains en porte-voix et hurla.

— Ils sont pareils, Jørgen, ce sont des bâfreurs ! Ils ne s'accommodent pas du paquetage qu'ils ont reçu dans leur berceau. Ils envient les chats. Ils font les chats : avec une seule vie, ils s'en confectionnent sept. Lui, Gunnarr, fait le vieux pour être sûr qu'il connaîtra la vieillesse même s'il devait mourir jeune. Et la baronne Margrethe, elle voyage sans bouger, elle va en Danemark et pourtant elle réside toujours en Islande... Où êtes-vous passé, Jørgen ? Jørgen !

Jørgen revenait vers son chef. La nuit était tout en odeurs. Le silence, après le tohu-bohu de l'auberge, emplissait la vallée. La campagne s'éveillait. Les buissons étaient pleins d'ailes d'oiseaux.

— Cher Jørgen, dit Eggert, je vais vous donner un secret.

— De grâce, cria Jørgen : un secret, ça se garde.

— Ça se garde mais vous le connaissez déjà, ce secret, comment voulez-vous que je le garde ? Sur le *Valdemar II*, vous m'avez fait des questions à n'en plus finir au sujet de la mission. Je suis resté dans le vague. Pardonnez-moi, je ne pouvais pas répondre à ce moment-là.

— Je pressens, dit Jørgen, qui s'était radouci et qui essayait de faire oublier ses aigreurs, que je n'aimerai pas trop votre secret.

— Notre travail, Jørgen, n'est pas celui que nous prétendons faire. Notre mission, cette histoire de redresser la justice, de régler le cadastre, n'est qu'un masque, un leurre, un transparent sur un autre dessin. Notre mission cache une autre mission, une mission obscure. Vous le saviez ?

L'incendie de Copenhague

— Je le savais, dit Jørgen.

Il se baissa, ramassa une branche de sapin et joua avec le chien aux grosses pattes.

— Je le savais, reprit-il en lançant le bout de bois dans les taillis, je le savais parce que, depuis que nous avons appareillé à Copenhague, vous ne me parlez que de parchemins et de vélins, monsieur, vous ne vous en rendez pas compte mais vous ne parlez que de ça ! Et moi, je ne voulais pas savoir et je vous en conjure, monsieur ! Tout beau, monsieur, tout beau !

— Jørgen...

— Un jour, à Bessastadir, vous m'avez dit que Alexandre n'avait pas prévu de prendre en Orient une ville nommée Alexandrie et j'avais fait mine de rire comme si vous aviez dit une facétie, mais je savais que vous ne plaisantiez pas... Et pourquoi j'ai fait l'idiot ? Vous vous rappelez ce que le gouverneur a dit au gros curé : « Quand j'ai un secret, Todor, je le jette à la mare aux noyades. » Bouche fermée, monsieur ! Je vous implore. Greta Sorrenssondóttir l'a dit aussi. Elle a dit, Greta : on parle, on parle et ensuite, on ne peut plus rattraper les paroles et c'est trop tard, c'est à jamais trop tard et rien n'est plus jamais comme avant...

— Mais Jørgen, c'est pour cela, justement, qu'il faut que je parle. Pour que rien ne soit plus jamais comme avant...

— Non, monsieur, non ! Je remplirai la mission qui m'a été officiellement confiée et rien de plus. Je n'ai pas souscrit à votre mission obscure. Mission obscure ! Pas un jour de plus. Pas une rognure d'ongle, et dans deux mois, trois mois, Copenhague, les tonnelles, les demoiselles de la Vindebrogade...

— Je ne peux pas vous contraindre.

— Docteur Pétursson, j'ai du respect pour vous,

pour mon roi également. Mais vos parchemins, oui, vos parchemins peuvent flamber comme un milliard de tonnerres, ou bien servir de chausses à tous les derrières de cette île, à cinquante mille derrières, ou bien de brodequins à cent mille pieds, qu'est-ce que vous voulez que ça me foute ?

— Les sagas, Bodelsen, c'est le trésor peut-être le plus fastueux du monde !

— Les paysans peuvent le bouffer, votre trésor, je ne bougerai pas un doigt. Je m'en fiche, Eggert, je m'en fiche ! Les mendiants mâchonnent les vélins ? Qu'ils les mâchonnent ! Et allez-y, encore une virgule et encore une syllabe, et un paragraphe entier, bon appétit messieurs les mangeurs de vélins ! Qu'ils les mastiquent et qu'ils les chient, si la chose les distrait. Les poèmes et tous les livres du monde ne sont que cela, monsieur, des excréments. Merci pour l'Islande, monsieur, merci ! Vous m'avez dit que ce pays était beau. Mais je vais vous faire un aveu, docteur Pétursson : je ne trouve pas beaux les enfers.

— Allons, dit Eggert. Nous voici rendus. Pauvres gens ! Ils devaient se demander si nous reviendrions jamais.

Les palefreniers faisaient une partie de dés avec des rotules de moutons. Eggert leur dit de préparer les bêtes puis il se frappa le front, comme s'il avait oublié quelque chose.

— Je vais vous expliquer, dit-il à Jørgen, pourquoi je refuse votre refus : c'est qu'il s'est passé quelque chose, la nuit dernière.

— Il ne s'est rien passé ! cria Jørgen.

— Vous vous rappelez ce gros pasteur que nous avons rencontré chez le gouverneur Unquist ? Vous m'aviez bien fait rire, vous disiez qu'il ressemblait à un

L'incendie de Copenhague

œuf de cygne, vous disiez cela à cause de sa tête ronde et rose pleine de taches brunes. Il avait commencé à parler des parchemins et la femme du gouverneur l'avait fait taire et il était devenu tout blanc, et ensuite cramoisi. Vous vous rappelez ? Et cette jeune femme qui avait eu une espèce de crise de nerfs.

— Et qu'est-ce que vous voulez que ça me fasse, monsieur ?

— Le gros pasteur est mort.

Jørgen fit une flexion de son genou abîmé. Il dit qu'il éprouvait de la peine mais il ne connaissait pas plus que ça ce brave homme et Eggert continuait.

— J'ai appris ça ce matin. On l'a retrouvé, dans le chemin de son presbytère, près de Skálholt. On lui avait fracassé le crâne. Avec une grosse pierre.

— Un crime de rôdeur, dit Jørgen.

— Rien n'a été volé dans le presbytère.

— Alors, dit Jørgen, ce n'est pas un crime de rôdeur. La belle affaire : il est mort, n'est-ce pas ? Allez. En route !

Il sauta sur sa bête, il ne sauta pas, il s'éleva en l'air et c'était comme un miracle. Et comment diable s'y prenait-il avec sa patte cassée ?

Eggert était moins habile que son adjoint. Il embrouillait toujours ses jambes dans ses étriers. Jørgen attendait en s'amusant avec ses rênes. Lorsque le docteur Pétursson eut démêlé ses pieds et ses courroies et qu'il eut son cheval en main, le cornette dit :

— Je reste avec vous.

Eggert dit :

— Vous parlez toujours de ces demoiselles de la Vindebrogade. Comment sont-elles, ces demoiselles ?

— L'été, dit Jørgen, elles se promènent, elles ont des visages un peu ronds, un peu roses, des sortes de lunes, et elles jouent de leurs ombrelles et leurs ombrelles sont comme des masques...

— Vous ne perdrez pas au change, dit Eggert. Vieux Gunnarr nous accompagnera. C'est vrai qu'il n'a pas d'ombrelle.

Jørgen sursauta.

— Gunnarr ? Vous emmenez Vieux Gunnarr ?

— À condition qu'il accepte ! Nous lui poserons la question tout à l'heure au Thing, mais je serais bien étonné qu'il décline notre invite.

— C'est un idiot et un prétentieux.

— Il est prétentieux, oui, mais je ne crois pas qu'il soit idiot.

— Il est arrogant et s'est adressé à vous d'un ton inadmissible !

— J'ai eu l'impression moi aussi qu'il était arrogant mais il arrive qu'on se trompe.

— Monsieur, dit Jørgen, vous allez au danger.

Eggert glissait dans sa selle. Il se rattrapa en agrippant la crinière de son cheval. Puis il regarda aimablement son adjoint de ses yeux gris, un peu ternes toujours, et il dit :

— Vous ai-je jamais laissé entendre, monsieur Bodelsen, que la mission serait sans danger ?

Chapitre VIII

Rien de plus désolé que ce mois de septembre. Des souffles fades infectaient les corridors de la Résidence. Parfois, le temps d'un regret, les nuages se disloquaient, des ciels d'un bleu de fleur badigeonnaient les vitres, et les servantes se pressaient d'étendre les plumasseries et les duvets du palais dans les arrière-cours, mais les soleils étaient furtifs et une autre averse noyait la campagne. Les pâtures fumaient. Des pluies éparses, déchiquetées par le vent, tourbillonnaient sur la mer. Les soubrettes se précipitaient dans la cour pour plier les linges et les édredons.

Le docteur Pétursson enrôla Vieux Gunnarr dans sa troupe. L'ancien prêtre fit un peu de comédie. Il tira sur ses oreilles et affecta de leur confier un secret. Il leur dit de croire à la bonne nouvelle, fit une courbette brève et des phrases longues sous le nez d'un Jørgen renfrogné.

Le même soir Gunnarr déposa ses hardes, son costume de cérémonie, son gilet de broderies rouges, sa Bible de Gudbrandur Thorláksson, ses strophes de Pontus et ses chandelles dans une mansarde du palais. Cette mansarde était collée sous les combles. Aussi,

L'incendie de Copenhague

Vieux Gunnarr cligna de l'œil et dit au valet qui tenait le bougeoir :
— Un peu plus, et j'étais remisé sur le toit et j'étais mouillé comme un canard. A quoi ça tient !

Vieux Gunnarr avait retrouvé son goût des pitreries, ses roublardises, ses enfances. Il agaçait les soubrettes. Ces filles étaient complaisantes, un rien les faisait joyeuses. Quand Vieux Gunnarr feignait de les gronder, elles jetaient des cris d'hirondelles. Vieux Gunnarr les rappelait à la modestie : l'Islande était en train de crever, disait-il avec une parodie de colère, et les femmes ne pensaient qu'aux fredaines ! Il leur distribuait des ordres de pacotille : qu'elles allument de grands feux afin d'assécher la campagne, qu'elles secouent les champs comme on bat les draps !

Les servantes enfouissaient leurs figures sous leurs gros doigts roses. Elles pouffaient toutes ensemble. Une après-midi, comme un soleil caressait les brumes, Vieux Gunnarr les invita à essorer les collines gorgées d'eau, à écoper les maisons, à étancher les laboureurs, à tordre les perruques des officiers, des baillis et de leurs épouses, leurs yeux et même leurs cœurs qui étaient pleins de pluies ! Grisé par sa réussite, il les invita à étendre les averses sur des cordes pour les faire sécher.

Les femmes se tortillaient. Elles dirent que Vieux Gunnarr était trop bête et qu'on allait en profiter pour pendre ses grandes oreilles aux cordes à linge. Le petit bonhomme s'exalta, les servantes formaient un beau public. Vieux Gunnarr attrapa son nez, le malaxa et plongea en avant, façon bonimenteur de foire. Les seins des femmes tressautaient sous les blouses de lin.

Le soir, Vieux Gunnarr prétendit répéter son numéro devant une société plus délicate, dans le salon de conversation où les deux assesseurs se réfugiaient pour

L'incendie de Copenhague

dresser les procès-verbaux de la session du Thing et surtout pour préparer la grande expédition à la recherche des vélins. Vieux Gunnarr n'eut pas de succès. Les juges n'avaient pas l'âme aux balivernes. Jørgen, qui n'avait pas oublié la nuit du Cochon Noir, rabroua le vieux bouffon. Eggert ne leva pas même la tête.

Vieux Gunnarr sonna la retraite et changea de registre. Il ajusta son air curé et dit que les froids ne tarderaient pas. Huit jours encore et ils allaient débouler, durcir le pays, en faire un iceberg, consolider les masures en perdition et même ces résidus de paysans qui claudiquaient dans les chemins et que les pluies effaçaient morceau après morceau, oui, disait Vieux Gunnarr, pas de raison de s'affoler, chaque année, quand vient l'automne, on croit que l'Islande se noie et qu'elle se dissout, ses habitants se décomposent, ils fondent, ils s'évaporent, et au dernier moment, à la dernière minute, quand les pauvres gens ne sont plus qu'une vapeur, un reflet, quand l'Islande glisse au néant, c'est le moment du gel et la terre est sauve.

Quand Vieux Gunnarr évoquait la mission obscure, il adoptait des postures de conspirateur. Même s'il était seul avec les deux juges, il déguisait sa voix tout en promenant des regards sourcilleux aux alentours. Il défendait la thèse que le froid, la neige formeraient leur plus sûr allié : dès que les villageois entreprendraient de claquer des dents, ils seraient bien aises de s'accoutrer des vélins qu'ils avaient dissimulés dans leurs bicoques.

— Vous verrez, disait-il, les rouleaux de parchemin vont sortir de terre. Monsieur l'érudit doit connaître l'adage : « Escargots de la pluie, sagas de la neige ! », et nous n'aurons plus qu'à récolter des culottes, des chausses et des souliers.

Jørgen tempêtait. Vieux Gunnarr se perchait sur un

L'incendie de Copenhague

pied, comme un héron de très petite taille, et tentait d'une autre drôlerie :

— Et les nouveau-nés, docteur Bodelsen, dans ces temps de pénurie ? Est-ce qu'ils sont fabriqués en peau de femme ou bien en peau de veau, les nouveau-nés ?

Le cornette Bodelsen n'aimait pas que l'on traite à la légère la mission obscure. Lui qui avait d'abord raillé le projet d'Eggert et du palais royal, tourné à ridicule cette fable des archives volées et des manuscrits taillés en gilets et en souliers, son impatience à présent était folle. Il piaffait. Il eût bravé les tornades pour planter les ongles dans la gorge des voleurs de vélins.

Pourtant il ne lisait guère, ou bien des manuels de stratégie et des romans de chevalerie. Il connaissait par cœur *Amadis de Gaule* et *La Chanson de Roland,* Chrétien de Troyes même, mais les poèmes et les sagas, il tenait tout cela pour futilités : comment, disait-il certains soirs, comment pouvait-on accorder foi à ces pouilleries ? Mais la mort du pasteur l'avait exalté. Le gros Todor avait parlé des parchemins, un soir, chez l'épouse du gouverneur, l'air de rien. Huit jours plus tard, la foudre l'avait frappé et Jørgen aimait la foudre : son violent esprit était avide de tonnerres, d'éclairs et de vacarmes. Il tenait la guerre pour l'état du monde, la paix pour une étourderie.

Le froid fit faux bond et le départ de la troupe fut retardé. Le ciel continuait à déverser ses eaux. Le palais sentait la vase. Malgré la bonne humeur infatigable de Vieux Gunnarr, qui fouinait partout, des caves aux salles d'apparat, harcelait les valets et les chambrières, distrayait les dames avec ses impertinences, ses gaillardises et ses malices d'ours de foire, les journées étaient des crépuscules.

Les courtisans passaient le temps, se chamaillaient.

L'incendie de Copenhague

Les femmes avaient envie d'amour, leurs yeux étaient des songes. On vivait dans les brumes. On usait les journées. On scrutait les nuées qui roulaient au-dessus des tours d'angle de la Résidence, très haut. Ces énormes bouillonnements de deuil se déchiraient, se cognaient, s'avalaient et s'effilochaient, et la mort était dans les cieux. Chaque jour, de nouveaux convois de nuages accouraient de la mer. Ils s'amoncelaient les uns sur les autres, de plus en plus lugubres, de plus en plus compacts, avec des reflets bleu requin, blanc requin et des aigrettes de soufre. Le ciel s'abaissait. Il étouffa les landes du gibet, au loin, puis les cabanes des paysans et même la pointe ébréchée de la chapelle.

Dans les boudoirs et dans les cabinets, dans les salons, les recluses promenaient leurs doigts sur les cordes de leurs luths, elles les frôlaient, à peine elles faisaient du bruit. D'autres femmes disposaient leurs métiers à broder devant les croisées pour profiter des dernières clartés. Dans la lumière dévastée, elles entrelaçaient leurs fils, leurs rubans, femmes inertes et femmes vulnérables, femmes inconsolées, à l'écoute, eût-on dit, de leurs frissons, des détresses de leurs cœurs. Elles soupiraient pour le bonheur de s'assurer de leur mélancolie.

Les longs cous flexibles s'inclinaient sur les mousselines et les bouches tremblaient un peu. On entendait le craquement des boiseries, des miaulements de chats, le grésillement d'une bûche dans l'âtre et le bruit inchangé des gouttes sur les colombages. On parlait à voix basse. Le chien de la baronne Margrethe criait dans les étages. « C'est un bichon nain de Bologne », disait une demoiselle, et une autre demoiselle répondait, mais bien plus tard, comme si

L'incendie de Copenhague

le son avait dû traverser des déserts : « Ces petites bêtes ont le mal de poitrine. »

Le cornette poussait l'enquête sur le meurtre du prêtre. Il s'était mis en tête que la piste des vélins commençait dans le jardin profané et même à cette pierre ensanglantée qui avait cassé les os du malheureux. Il frétillait : la mission prenait l'allure d'une filature de police et le jeune homme avait de l'expérience. Hier encore, en sa qualité de procureur, il châtiait les voleurs de pommes du Jylland ou les videgoussets de Copenhague. Il aimait ces chasses de l'ombre.

Il se promit d'envelopper dans ses filets l'épouse du gouverneur. Il la soupçonnait d'occuper le centre du complot mais cette femme était une hermine, insaisissable et immaculée. Quand Jørgen évoqua la mort du curé, Greta s'essuya sobrement les yeux. Elle estima que le pauvre homme était parti en martyr, mais elle eût aimé qu'on connût la raison de ce martyre.

Elle posa des yeux clairs et comme extasiés sur le cornette :

— Ce n'est pas le tout de mourir en odeur de sainteté. Encore faut-il savoir pourquoi l'on meurt, n'est-ce pas le vrai, monsieur Bodelsen ?

Et le cornette parla du crâne défoncé et Greta objecta que l'Islande tuait sans raison. A son idée, les Islandais, lassés d'attendre un motif d'assassinat, commençaient par tuer pour passer le temps et ensuite ils s'interrogeaient pourquoi ils avaient tué.

— Ils procèdent à l'envers, dit-elle, et cela n'aide pas à démêler votre paquet. Je suppose que le motif de ce meurtre, non seulement nous ne le pénétrons pas, mais peut-être l'assassin est-il encore en train de le chercher aussi, peut-être fait-il une enquête de son côté ? Et les

L'incendie de Copenhague

assassins sont fainéants, par chez nous, si vous saviez comme ils sont fainéants ! Il faut attendre, monsieur le cornette. Comment voulez-vous déceler la raison du crime si le coupable lui-même en est toujours à la découvrir ? Bah, quelques siècles de plus ou de moins, au point où il en est, pauvre cher curé !

Jørgen fit reproche à l'épouse du gouverneur qui eut un rire rauque. Drapée dans une robe de velours noir lacée d'argent, les paupières à demi closes, elle dit que le curé était au passé et il allait le rester. Greta conservait ses larmes pour de meilleurs clients, pour les vivants, n'était-ce pas sagesse ?

La jeune femme était tout en langueurs et en vanités. Elle lustrait les boucles de ses cheveux blonds et, la nuit, le cornette la voyait en magicienne. Un matin, il s'enhardit et enroula comme par distraction une des mèches dorées de la jeune femme sur son doigt. Greta le querella, elle portait déjà une alliance et elle ne pouvait pas se marier tout le temps, encore que le cornette fût un homme aimable. Elle roucoula. Ses yeux étaient cruels. Elle repoussa la main de Jørgen et Jørgen se dit que la jeune femme le bernait et qu'il n'apprendrait rien. Il changea la disposition de ses bombardes, chercha un gibier moins rusé et pensa au gouverneur.

Le gouverneur avait pris ses cantonnements d'automne. Dès que les pluies arrivaient, chaque année, il se dispensait de faire ses tournées dans le territoire. Quand il ne se cloîtrait pas dans son appartement, il folâtrait auprès des suivantes de son épouse, ou bien il aimait à surprendre dans le salon de conversation les deux magistrats de Copenhague.

Il interrogeait le cornette et le docteur sur les potins de la Cour de Frédérik IV et si Jørgen lui opposait qu'il avait quitté la capitale depuis deux mois et que ses

L'incendie de Copenhague

ragots n'étaient pas très frais, le gouverneur reculait le regard :

— Quand vous aurez passé quelques siècles chez nous, disait-il de sa curieuse voix emmitouflée de glaires, vous aurez appris, cher monsieur, que nous sommes adroits. Si l'on a grand soif, un verre d'eau pure enivre. Un ragot vieux de dix ans, nous le repeignons, nous lui passons une couche de vernis, nous frottons ses marqueteries et ses bronzes, il rajeunit, il sort du four, il nous tient lieu de festin.

Il avait prononcé les derniers mots d'une voix rapide tout en déployant un de ses mouchoirs car il était toujours sous la menace d'une quinte et il se dépêchait d'en finir avec ses périodes, après quoi il se cassait en deux, une main crispée sur la figure. Il passa le linge sur ses lèvres et montra une tache rouge.

— Encore un peu de sang, dit-il victorieusement.

Les gouttes de pluie claquaient sur la verrière.

— C'est pour cela, ajouta-t-il, que nous sommes des menteurs très convaincus ; je veux dire : c'est à cause de la pluie que nous honorons les belles-lettres, si du moins, comme je le pense, rien ne distingue les livres et le mensonge, mais au fait, docteur Pétursson, je parle, je parle, mais considérez-vous comme moi que les livres puisent au mensonge ? Que voulez-vous, nous possédons si peu de choses, il faut bien faire des moulinets.

— Des mensonges ? dit Pétursson, les belles-lettres seraient des mensonges. Vous me prenez au dépourvu, Excellence. Je n'avais pas fait cette découverte.

— Des mensonges... Je vais vous enseigner comment s'y prendre si l'on veut écrire un poème : vous mettez la main sur un père un peu gâteux, un peu mélancolique, et il est recommandé qu'il ait une

L'incendie de Copenhague

grande barbe, eh bien, s'il a trois filles et quelques branches de lilas à portée, c'est tout de suite un roi Lear. Ha! ha!

Le gouverneur goûtait la société d'Eggert car il aimait faire étalage d'érudition. Entre deux fatigues, il citait les *Bucoliques* et Sénèque le père, parlait de M. de Montaigne et de Sidoine Apollinaire, des *Nibelungen*, des sagas.

— Nos vieux clercs procédaient ainsi, poursuivit-il, ils repéraient un pauvre hère dans la lande et pour peu que le soleil enflamme sa crinière, ils en faisaient un roi Harald à la belle chevelure et ils le fourraient dans une saga. Ha! ha! Simple comme bonjour! Vous savez, si vous regardez les hommes de très loin, c'est un jeu d'enfant : de loin, tous les hommes sont des épopées mais approchez-vous un peu et voilà un vaudeville! Ha! ha! C'est là tout le génie des clercs qui ont gribouillé les sagas : ils observaient les choses de très loin. Un enfant faisait ronfler sa fronde et ils vous manufacturaient une bataille des derniers jours avec trompettes et tambours, oui, c'est leur secret et je dirai mieux : c'est le secret des belles-lettres : voir de loin...

Le gouverneur renversa le cou, caressa le satin de sa robe de chambre puis son mouchoir de cou, en lissant du bout de ses doigts translucides les feuilles d'acanthe qui escaladaient ses manches, ouvrit une bonbonnière et déposa une friandise sur sa langue.

— Voir de loin, c'est ça... Tenez, ajouta-t-il en se rengorgeant, ce malheureux pasteur Todor, Dieu l'ait en sa garde, nous lui faisons rendre tout son suc. Il nous fait plus d'usage mort que vivant car, entre nous, et sans offenser sa bonté, il ne servait pas à grand-chose, de son vivant... Et le voilà dans des batailles d'anges et de démons. Il est à point! Ha! ha! Il est mûr pour

L'incendie de Copenhague

figurer dans les belles-lettres. Il suffit de dénicher un clerc et il fourrera le bon Todor, dans... je ne sais pas, dans une légende, un drame, une saga, enfin, à vous de choisir !

Jørgen relança sur le pasteur. Il se crut au moment de toucher au secret mais le gouverneur le désarma en un tournemain : le cornette avait déjà persécuté l'épouse du gouverneur à propos de ce prêtre, c'était une manie, les deux assesseurs seraient mieux avisés de dessiner leur cadastre.

— Monsieur Bodelsen, conclut-il avec une hauteur marquée, j'ignore tout de cette histoire, un rôdeur s'en est pris au malheureux Todor, nous en avons tous éprouvé beaucoup de chagrin mais de grâce, laissez le pauvre homme dormir en paix. Et puis, voulez-vous le fond des choses ? Je tiens votre souci pour futile... Je manque de temps. Je tousse, je tousse : toutes les heures dont je dispose, je les consacre à ma toux et le soir, croyez-le ou non, cher ami, il me reste toujours quelques mucosités que je n'ai pas eu le plaisir d'expulser. Alors, je n'ai pas un instant de libre, comment voulez-vous que je m'occupe de ces vélins ? Tenez, voilà, je tousse, je tousse !

Eggert prit le relais. Il rappela qu'à la réception de Greta Sorrenssondóttir, le gouverneur avait cependant réprimandé très sévèrement le gros curé, au sujet justement des vélins. Le gouverneur s'épanouit :

— Ah, dit-il, vous y avez été sensible ? Vous avez observé ? Je vous ai paru furieux, n'est-ce pas ? Bien, cela ! Très bien !

Il tapota sa tabatière du bout des doigts et s'éclaircit la voix.

— Autant vous le dire, monsieur Pétursson, je n'étais pas furieux du tout.

L'incendie de Copenhague

Il se tordit dans son fauteuil et tisonna le feu.

— Cher ami, reprit-il, je peux vous dire le fin mot, pas de mystères entre nous : que le curé parle des vélins ou non, c'est le cadet de mes soucis. Que les vélins aient disparu ou non, la chose m'indiffère mais soyons francs : il se trouve que mon excellente épouse est islandaise et ces manuscrits soi-disant en lambeaux ou en fuite, ça la turlupine, que voulez-vous que j'y fasse ? Elle détesterait que les sagas quittent sa terre. Elle se sentirait toute nue, a-t-elle dit un jour. Elle préférerait qu'ils pourrissent sur le dos d'une vieille sorcière ou d'un nourrisson. C'est sa lubie. Enfin, je crois que c'est sa lubie car je parle rarement de ces vétilles avec elle, mais ce jour-là, le jour du pasteur Todor, j'ai bien senti que les ragots du prêtre la poussaient hors de son caractère et je suis fait ainsi que je crains les vulgarités, les éclats, et ma femme, monsieur Pétursson, n'est pas une personne facile. Alors, j'ai pris les devants, comprenez-vous, parce que...

Il se laissa aller voluptueusement en arrière, toussa, remonta le pan de sa couverture sous son menton et fixa Eggert en souriant :

— Cette nuit-là, dit-il, j'ai regardé ma chère épouse, j'avais peur, mais sait-on jamais ce qu'une femme pense, monsieur Pétursson, et pourtant, elle pense... Oui, oui... les femmes pensent, je vous en donne l'assurance, et voulez-vous que je vous dise comment je m'en suis avisé ? Ce qui prouve que les femmes pensent, c'est justement cela : on ne sait jamais si elles pensent !

Le docteur Pétursson se tourna vers le gouverneur. Qu'est-ce que c'était que cet homme, si dévot de sa femme et si fielleux en même temps ? Le gouverneur eut un rire de gorge et il dit :

— Les femmes, monsieur, sont des êtres terribles.

L'incendie de Copenhague

Eggert n'insista pas. Le gouverneur mentait mais ses mensonges étaient inutilisables car il mentait sans règle et l'on ne savait jamais quand il disait le vrai. L'épouse du gouverneur mentait aussi, c'était une voluptueuse et une perfide, et le palais, l'Islande, et les courtisans et les maisons, et la pluie et la neige, toutes choses étaient doubles dans ces parages, on était au royaume des miroirs. On n'éluciderait jamais la mort du pasteur et Eggert, le soir, quand il regagna sa chambre en compagnie de Jørgen, dit qu'il était temps de rendre les armes. Jørgen se cabra. Il refusait de capituler. Il allait ouvrir d'autres fronts, renifler d'autres pistes.

— Il n'y a pas d'autres pistes, Jørgen, dit Eggert. Ce n'est pas le coadjuteur de Mgr Jón Vídalin, ce Halldór Arsson, qui parlera. Et quand bien même! Sans doute tous ces gens-là n'ont-ils rien à nous révéler : le secret gîte dans la cervelle du gros prêtre et cette cervelle est pourrie. Et sans doute le gros curé lui-même n'a rien compris.

— Vous abandonnez la mission, cria Jørgen. Il n'y a pas huit jours, vous me parliez de danger. Eh bien, le voilà, le danger! Et vous vous débandez au premier feu!

— Je n'abandonne pas, Jørgen, je n'abandonnerai jamais, mais ce palais est un fantôme. Il est muet. À la première neige, nous prenons la route. Les vélins sont dans la neige, pas dans cette résidence de fripons!

— Monsieur Pétursson, dit Jørgen, je ne vais pas retraiter à la première escarmouche. Je n'ai pas l'habitude d'être un soldat en déroute. Si l'ennemi me pousse au gouffre, je pique, et je dis, monsieur, que si nous avons une chance d'élucider cette mort...

— Même Vieux Gunnarr y perd son latin, Bodelsen.

— Vieux Gunnarr? Vieux Gunnarr est un fourbe... Non, Eggert! Il y a une personne, une seule...

L'incendie de Copenhague

— Une seule?
— La baronne Blexen.
— La baronne? Elle n'a plus sa tête.
— Justement, monsieur, justement. Sa mémoire est en désordre. Si nous farfouillons dans ce désordre, peut-être il y a des merveilles.

Chapitre IX

Eggert Pétursson et Jørgen Bodelsen se firent annoncer chez la baronne. Ils furent accueillis comme des bénédictions, elle était tant délaissée, dans sa grande maison de Helsingør ! Les deux juges furent soumis à interrogatoire : de leur séjour à Copenhague, Margrethe entendait tout connaître et si la chaise de poste n'avait pas cassé leurs reins dans les chemins détrempés du Sjaelland. Elle était pour sa part au désespoir, ce déluge la cloîtrait dans sa chambre, elle eût préféré une bonne gelée.

Elle menaça du doigt ses hôtes mais c'était pour rire :

— Vous n'avez pas suivi mes indications, dit-elle, je vous avais conseillé de prendre la route en hiver. La neige convient mieux à ma chère cité de Helsingør, c'est une cité de Noël, mais enfin, je ne vais pas faire la petite bouche, vous voici et je suis au bonheur !

Eggert posa son chapeau sur un coffre à habits, fit son compliment, félicita la baronne sur sa mine et, quand les civilités furent dites, abruptement il parla du pasteur. La baronne tomba de son haut : elle ne savait pas que M. Todor était mort.

— Comment l'eussé-je appris ? Je suis sans nouvelles

L'incendie de Copenhague

de Bessastadir, dit-elle, les bateaux ne prennent guère la mer en ces saisons et, pour tout vous dire, ils peuvent tous s'étriper là-haut, c'est de l'eau sur les plumes d'un cygne. Je crois bien que l'Islande n'existe plus et je n'en porte point le deuil. J'y ai avalé trop de neiges, trop de vents, trop de nuits... Je vis seule ici, au milieu de mes souvenirs, je suis oubliée et comblée ensemble, j'ai tout mon fourbi à portée.

Du menton, elle montra les portraits de famille, les fanfreluches, les sofas, les ottomanes et les boîtes d'ivoire dont était encombré son boudoir. Le petit chien haletait dans ses coussins. Elle lui tripotait les oreilles. En face de son lit, un tableau monumental occupait tout un mur de la pièce. Il figurait une bâtisse de brique rouge, assez noble, et dont chaque détail était traité avec un soin de miniature, les clochetons, les corbeaux, les linteaux, les corniches.

— Qu'est-ce qu'il y a là d'extraordinaire ? dit-elle. Personne ne me reprend si je commande mon portrait à un artiste. Et je ne pourrais pas lui demander de peindre la maison où j'habite ?

Elle pointa un doigt vers un adversaire imaginaire.

— Ce serait un comble ! dit-elle. Puis elle reprit, d'un ton radouci, un peu guindé : — Messieurs les assesseurs, j'appelle votre attention sur un point. Voyez : la porte d'entrée est entrebâillée. J'ai exigé que le peintre laisse la bâtisse ouverte. J'y attache du prix : quand je passe quelques semaines en Islande, car cela m'arrive, vous savez, je me sens plus tranquille si je sais que ma maison de Helsingør n'est pas close, qu'elle continue à vivre comme si j'étais dedans. Mais vous avez couvert un long chemin depuis Copenhague : accepterez-vous, messieurs, une tasse de thé ?

Elle parla infiniment.

Le jour suivant, une des femmes de la baronne prévint Eggert que la vieille dame désirait de le recevoir avec le cornette. Mme Blexen avait renversé ses projets. Elle s'était tout à coup déterminée à passer l'hiver à Bessastadir où elle venait de débarquer. Les deux juges se précipitèrent. Margrethe se perdit en explications : elle s'était lassée du Danemark et davantage de la cité de Helsingør qui était provinciale et morne, surtout en automne, surtout dans les pluies.

À Helsingør, elle se heurtait tout le temps à des spectres, ceux de son père, de sa mère et de ses deux frères qui passaient leurs journées à sortir et à rentrer dans la maison, au point qu'elle regrettait parfois que la porte cochère fût toujours ouverte. C'était assommant.

— Mais vous savez ce que c'est, dit-elle gaiement, un tableau est un tableau. Je ne peux pas le faire retoucher chaque fois que je voudrais en fermer les issues, d'autant que l'artiste qui l'a peint est mort depuis un demi-siècle au moins puisque c'était un ami de mon cher papa. C'est l'inconvénient de la peinture !

Et certes, ajouta-t-elle, il eût été plus confortable de faire le voyage d'Islande pendant la belle saison plutôt que d'aborder à Eyrarbakki, comme elle l'avait fait, en même temps que ces giboulées et sur le seuil d'un hiver très rude si elle en croyait les pronostics des marins, mais elle professait l'idée qu'un pays, comme du reste un homme ou une femme, doit être saisi dans sa nudité, dans son âpreté, non dans ses artifices et ses falbalas, ce qui supposait, poursuivit-elle tout en surveillant d'un œil la servante occupée à déballer ses vêtements, d'éviter les belles saisons, ces saisons si brèves qu'elles n'existent pas, du moins en Islande, ces saisons plus fantomales, dit-elle en mâchonnant ses lèvres, et plus défuntes que la mémoire de ses deux frères dont les silhouettes brumeuses hantaient les ruelles de Helsingør et qui ne fermaient jamais la porte de la maison dans leurs incessants va-et-vient, petits galopins !

Elle avait débarqué la veille au soir, trempée et même joyeuse, un peu déconcertée toutefois car elle avait retrouvé à Bessastadir les jeunes femmes qu'elle avait fréquentées et aimées vingt ans plus tôt, quand elle était au service de la femme du gouverneur Lakness, chère femme, aujourd'hui rendue à la terre.

La veille, quand elle avait aperçu toutes ces demoiselles, dans le grand salon vert de Greta, à bourdonner comme des abeilles autour de leur reine, elle s'était inquiétée si sa tête n'était pas perdue : le temps avait passé sur les joues de ces belles personnes comme une matinée de printemps, comme une soierie, elles étaient aussi roses que jadis, immuables et lumineuses, des pêches, des pommes, au point que Mme Blexen aurait juré qu'elle les avait quittées la veille et non pas un quart de siècle auparavant, à moins, ajouta-t-elle avec une expression mutine, qu'elles ne fussent en réalité les filles de celles qu'elle avait connues au temps du gouverneur Lakness, oui, le soupçon lui était venu que ces jeunes femmes étaient leurs propres filles et n'était-ce pas comme un vertige ?

— On devient méfiant avec l'âge, vous verrez, vous verrez.

Elle prit sur un sofa une lyre et en tira un son aigrelet.

— C'est comme les cordes de musique, dit-elle. Avez-vous réfléchi aux cordes des lyres, monsieur Eggert, et même vous, monsieur Bodelsen, bien que vous ne réfléchissiez pas tellement ? Je pince une corde

L'incendie de Copenhague

et j'entends un bruit vieux de vingt années. Où était-il passé, le bruit ? Il était là, recroquevillé dans sa corde, bien élevé, timide, effaré, il faisait le mort, comme un insecte, et je donne une pichenette et voilà qu'il se défroisse, comme pour me faire croire, ce bruit, qu'il vient de naître alors qu'il est aussi vermoulu que le cher gouverneur Lakness, c'est bien le mot, vermoulu. Ah, tout cela met ma cervelle à contribution et j'hésite : si on ne se sert pas des gens, est-ce qu'ils ne vont pas imiter ces cordes de musique ? Le temps les laisse en plan. Et puis, vous leur soufflez dessus et ils se remettent à bouger, à éternuer, à bavarder. Mais vous avez le droit de répondre, ajouta-t-elle avec une expression très tendre.

— Je me demande si le pasteur Todor..., commença Eggert.

— Permettez... c'est ce que j'ai pensé hier soir, mon cher professeur, mais savez-vous la nouvelle ? Savez-vous que le pauvre Todor est mort ?

— Madame la baronne, dit prudemment Jørgen, hier encore, madame, vous ne saviez pas que M. Todor était mort.

— Hier ? Monsieur le cornette, nous ne sommes pas hier, nous sommes aujourd'hui, il me semble. À moins que nous ne soyons hier... mais dans ce cas, où serait aujourd'hui, comme dirait mon cher Mgr Halldór ? Ah ! vous avez voulu me faire une niche et vous voilà bien attrapé. Mais je ne vous en veux pas et j'ai des choses importantes à vous dire à propos de Todor. Des choses qui concernent votre mission. Chut !

Eggert et Jørgen se tinrent cois.

— Je m'absente, reprit la voix enfantine et cassée, la voix infatigable, je fais ma saison à Helsingør et tout s'arrête. Tout est suspendu. Je reviens et le temps

L'incendie de Copenhague

grignote de nouveau. C'en est même troublant car voyez-vous, toutes ces petites dindes se remettent à décliner dès que j'apparais. Est-ce pas pourquoi elles me dévisagent avec des yeux, comment dire, déconcertés ? Elles m'aiment bien, je crois qu'elles m'aiment mais je leur fais peur. On croirait qu'elles voient marcher la mort. Non, pas la mort : le temps. Le temps. C'est pire. C'est une question que je voulais vous faire depuis longtemps : est-ce que vous êtes d'avis, docteur, que le temps est pire que la mort ?

Elle disposa ses lèvres en entonnoir pour signifier qu'elle avait spécialement goûté la présence, auprès de son amie Greta Sorrenssondóttir, de cette jeune femme un peu grasse et même très grasse, si belle et légèrement hébétée, mon Dieu, il fallait en convenir, très hébétée même, cette demoiselle qui ressemblait à un bois dormant mais également à une mamelle, ce qui ne l'empêchait pas, ajouta la baronne d'un air gourmand, de poser volontiers les yeux sur monsieur le docteur Eggert.

Eggert protesta qu'il ignorait tout de cette histoire-là. La baronne fit sonner sa langue :

— C'est ça, faites l'ingénu, faites le candide. *Commediante !...* On prend les ours avec du miel... mais les baronnes ne sont pas des ours. Je n'ai pas les yeux dans ma poche et j'ai observé les machinations de ma jeune amie... Et le bout de mon nez me dit que vous les avez observées aussi... Ah ? Vous rougissez... Enfin, si vous aviez une complexion rougissante, vous rougiriez... mais vous êtes un pâle, vous. Vous êtes un érudit, mais pâle...

— Chère madame Margrethe, je n'ai pas même l'idée de la personne que vous me dites.

— Je parle, monsieur, de dame Björk Feyrussdóttir.

L'incendie de Copenhague

Ça ne vous dit rien non plus ? Allons, allons, je vais vous rafraîchir la cervelle : cette jeune femme, elle a des yeux... Ça y est ? Vous y êtes ? Le dîner chez Greta Sorrenssondóttir. La jeune femme qui a été prise d'un rire fou... Elle avait un éventail et elle ne savait plus comment l'ouvrir. Entre nous, cet éventail était peint de scènes fort lestes, mais on m'assure que c'est la mode, ça vient de France, cette mode... et puis, dame Björk, quand elle ne somnole pas, est assez leste. Greta était dans un état, ce jour-là ! Je me demande bien pourquoi Greta était tellement irritée. Vous y êtes ?

— N'était-ce pas à cause de M. Todor, justement ? dit Eggert.

— Ah, encore votre gros pasteur, mais un peu de patience, docteur, ne mélangez pas toujours tout ! Chaque chose en son temps. Vous saurez tout sur le pasteur Todor, j'ai des choses urgentes à vous communiquer à son propos, mais pour l'heure, nous en étions à dame Björk.

— Sincèrement, madame, je ne vois pas. Et puis, cette jeune personne, j'avais le sentiment qu'elle était en galanterie avec le gouverneur Unquist ?

La baronne leva le nez. Le docteur faisait-il la bête ? N'avait-il pas éprouvé que les hommes et les femmes, coincés dans ces lieux étroits, distrayaient leurs journées en faisant mine de s'aimer, mais seulement mine, ils frottaient leurs corps, ils frottaient leurs peaux pour les faire briller comme on fait briller le cul des marmites de cuivre, rien de plus, « le cul, ah, pardonnez, monsieur Pétursson, je n'ai pas voulu dire une gaillardise. Ce sera à cause de l'éventail de dame Björk ! ».

Maintenant, la nuit était descendue et le visage si menu de la baronne formait une tache blême et, sur le tableau de la maison de Helsingør, le couloir jaune était

L'incendie de Copenhague

clair aussi, et il tremblait un peu, comme eût tremblé, dans le rectangle de la porte ouverte, la lueur d'une torche très éloignée, et la baronne parlait sans frein et elle soliloquait dans la pièce saturée d'odeurs de violettes fanées, de chandelles et d'étoffes. Elle dit :

— J'ai l'air de négliger le pauvre Todor, je ne suis pas dupe, vous savez. Vous n'êtes venu me voir que pour le pasteur Todor mais Todor, je le sais, je le sais ! Mais je le tiens à l'œil. Ne craignez pas. Il ne bouge plus, le malheureux, il ne nous échappera pas. Il est dans la coulisse, il s'apprête et d'ailleurs, qui vous dit que je ne suis pas en train de vous parler de Todor ? Vous pouvez faire un bout du chemin, vous aussi ! A Bessastadir les couples se font et se défont. Vous objecterez, Pétursson, qu'il en va partout de même, on ne va pas le nier. Mais, ici, les amours ont une fièvre de cheval. C'est à cause de ces étés en coups de canon. On a des amours de souris. Ce sont des danses de Saint-Guy. À midi, on célèbre des noces d'éphémères et les corps se désenlacent le même soir. Je consens, monsieur, qu'au premier regard, on pourrait poser que les hommes et les femmes de ce palais sont plus libres qu'en d'autres lieux. Et que la jalousie est bannie de Bessastadir. Eh bien non, monsieur, vous n'y êtes point : ce palais fourmille de jalousies ! Mais, comment dire, de la jalousie, nous ne faisons pas la même farine que les Danois ou que les... je ne sais pas, que les Arabes... Dans les neiges, la jalousie est un délice, un fruit passé à la neige... Nous la suçons lentement...

La baronne le déclarait : elle était indulgente aux adultères. À son estime, si les femmes et les hommes apportaient tant d'inconstance à leurs commerces, c'était moins pour jouir des voluptés de la chair, des charmes de la débauche ou des intermittences de l'âme,

L'incendie de Copenhague

qui sont bien surfaits les uns comme les autres, que pour s'embrouiller dans les quiproquos du cœur.

— Il s'agit de s'égarer ! De s'égarer, oui, comme on se perd par exemple dans une forêt ! Mais attention, poursuivit-elle en envoyant une chiquenaude sur la truffe de son petit chien, n'allez pas croire à des jeux cruels ou abjects. Même pas à de l'égoïsme. Tout marche à rebours dans les neiges : c'est par amitié, par passion même, que l'on trompe dans nos climats. On ne prétend point blesser, offenser ou jeter dans les affres. On trompe son époux, ou son amant, écoutez-moi bien, monsieur Pétursson, savez-vous pourquoi on le trompe ? Langue au chat ? Je vous fournis la clef : on le trompe pour lui procurer un émoi, pour que batte son cœur encore un coup, pour lui composer des extases, lui faire croire qu'il est vivant ! Nous n'avons pas de théâtre, dans cette île, pas d'opéra.

— Pourtant, dit Eggert, Greta...

— Greta ! Ah, je m'y attendais à celle-là. Pauvre Greta ! Parce que vous imaginez que la chère femme goûte ces bellâtres qu'elle consomme à l'aveugle ? Je réponds : non ! Et je dis qu'elle se renverse sous le premier officier venu de Copenhague par dévotion à son époux car elle l'aime, savez-vous, elle l'aime de folie, c'est le cas de le dire, et comme il est aux extrémités, avec sa mauvaise poitrine, elle allume des torches autour de son lit de mort. Elle lui procure cet émoi exceptionnel : une jalousie, monsieur Pétursson, et une bonne jalousie, ça vaut de l'or ! Regardez-moi, monsieur Pétursson ! Pensez-vous pas que je voudrais être jalouse, de temps en temps. Je suis recrue de solitude mais jalouse de qui, jalouse de qui ?

Mme Blexen ferma les yeux. Elle dit : « Jalouse de qui ? » et elle porta une main au cou car elle s'épui-

L'incendie de Copenhague

sait, mais elle avait sur les lèvres un sourire, une béatitude.

Le docteur Eggert Pétursson était incertain. Son âme simple se perdait dans ces chemins. Il se leva et disposa une bûche dans la cheminée. Le chien grommela.

— Grands dieux, dit la vieille dame, je m'échappe en banalités et pourquoi faut-il démonter ces mécaniques-là ? C'est un monde, cela. Seriez-vous un lunatique ?

Le mot lunatique l'exalta. Elle montra les dents. La lunatique, c'était elle, la baronne Blexen, et le juge Eggert, au contraire, était un homme contrôlé, vertueux et souverain de ses émotions. Il ne fallait pas intervertir les rôles, tout de même ! La baronne saurait gré à Eggert de respecter la distribution de la pièce et de laisser la baronne dans ses embrouillaminis, faute de quoi le fil s'emmêlerait, et puis, elle arpentait ces mortes-saisons depuis tant d'années, elle y puisait des réconforts, elle pouvait dire ou faire n'importe quoi, tendre ses leurres, farfouiller dans ses plaisirs et se pâmer à son envi, on n'allait pas lui confisquer tout ça !

— Quand on ne bouge plus parce qu'on est devenu un rhumatisme, on actionne des marionnettes, monsieur, on remonte les automates.

Elle parut accablée. Eggert la crut assoupie mais elle ouvrit un œil et leva distraitement une main.

— Je voulais dire : ne vous méprenez pas, docteur... Tout cela est un jeu, un jeu de vertige, comme les toupies, mais le jeu ne vaudrait rien si l'on ne mettait pas les vies dans la cagnotte. Savez-vous qu'on tue beaucoup, sous nos latitudes ?

Elle se consacra ensuite à tremper un biscuit meringué dans sa tasse de thé et le lécha avec des bruits de ventouse assez dégoûtants.

— Regardez le pauvre pasteur Todor, reprit-elle

avec bonhomie, on lui a cassé le crâne mais n'allez pas me faire dire que le pasteur Todor serait mort d'une vengeance, d'une jalousie. Ça n'aurait pas de sens... le pasteur était un saint homme... Pas la moindre dame à l'horizon.

Jørgen se renfonça dans son fauteuil. La baronne conduisait les opérations à son pas, peut-être à son plaisir.

— Voilà. Vous voyez : je vous fournis un indice capital pour vos enquêtes, reprenait monotonement la vieille dame, le curé n'est pas seulement mort. Il a été également assassiné, je dis assassiné ! Je me donne à tâche de vous fournir ce détail. Et là, pas question de jeu. À moins... à moins que cette histoire de parchemins ne soit une illusion. Les parchemins, oui, je dis les parchemins et ne faites pas votre œil de poisson, docteur Bodelsen, tout le monde est au courant. Votre mission obscure, comme on l'appelle ici, c'est la mission de Polichinelle : ces gens-là sont des hypocrites, ils se feraient couper la langue plutôt que d'en convenir, mais ils ne jabotent que de ça. Tous, ils savent que vous vous souciez du cadastre comme d'une prune et que vous n'êtes ici qu'à la chasse aux vélins. Et ils savent aussi que le pasteur en est mort. Car il en est mort ! Ce brave homme connaissait des choses... des choses extraordinaires, voyez-vous. Et ne me demandez pas quelles choses il savait. Je ne vous le dirai pas. Bouche cousue, mon cher.

— Je présume, dit Pétursson, que M. Todor connaissait les cachettes où se trouvent les vélins ? Et il en est mort ?

— Bouche cousue, je viens de vous le dire ! Écoutez, Pétursson, il ne faut pas être trop exigeant : je vous ai communiqué le nom de celui qui a cassé le crâne du

L'incendie de Copenhague

cher Todor, ce n'est pas rien, j'ai accompli mon devoir. Je ne peux pas faire tout moi-même. Je ne peux pas vous mâcher la besogne. Il faut que vous y mettiez un peu du vôtre.

Jørgen était à l'arrêt, comme un chien au gibier. Il fit remarquer que la baronne n'avait pas prononcé le nom du meurtrier, elle croyait l'avoir dit mais elle ne l'avait pas dit, peut-être une distraction, et la baronne dit :

— Ah bon ! Vous êtes sûr ? Alors, je vais vous expliquer...

Elle avait le goût des romances. À Helsingør, il y avait plus d'un enfant dont elle était responsable parce que les vieilles gens comme elle, faute des distractions de la jalousie, se mettent volontiers à la traversée des amours.

— J'appelle ça ma broderie. Je ne gaspille pas mes journées, comme les pécores du palais, y compris votre amoureuse, y compris dame Björk, je ne passe pas mon temps à faufiler des points de croix sur des métiers à guipures, et pour faire quoi, je vous le demande, grands dieux, pour que dans cent ans une petite fille demande à sa mère qui était cette Margrethe Blexen qui avait dessiné un verger avec des cerises et des iris en l'année 1702 ? Pouah, quelle horreur ! Non, je suis mieux dans mes romances. J'aide les couples à se défaire, je les aide, oui, car enfin, quel est-il le but des couples si ce n'est de se défaire, donc, je leur donne un coup de pouce et ensuite je recueille les morceaux et, avec les débris, je confectionne un autre couple, c'est très divertissant. Je favorise des bébés et le plus curieux, c'est que les bébés n'en sauront jamais rien. Je me demande pourtant s'ils n'ont pas une petite idée. Quand je les croise dans leurs landaus, à Helsingør, ou bien ici, au palais, dans les bras de leurs nourrices, ils me dévisagent d'une étrange

L'incendie de Copenhague

sorte et c'est bien pourquoi, mon cher monsieur Eggert, j'ai cru opportun de vous parler des yeux de l'endormie, l'endormie, mais si, vous savez bien, c'est dame Björk, je l'appelle comme ça... une dame jolie et grasse... Elle était paralysée de peur chez Greta Sorrenssondóttir le jour où ce gros prêtre a parlé si sottement des vélins. Et pour ce qui est de la mort du curé... il fait nuit. Nous disons à demain car voyez-vous, je n'oublie rien... Ou peut-être rien ne m'oublie ? Je crois bien que je n'ai jamais rien oublié de toute ma vie... J'aimerais oublier, certains soirs, c'est exténuant, la mémoire... J'ai pas mal de choses à vous dire sur l'assassinat du cher Todor.

Mme Margrethe avait besoin de repos, le voyage en bateau depuis Helsingør l'avait percluse et les deux juges, quand ils furent seuls dans la cour, se demandèrent s'il était vrai qu'elle connût l'assassin du gros pasteur. Pétursson la voyait comme une rouée ou comme une démone ou comme une innocente, et Jørgen disait oui... et Pétursson faisait son hennissement et se mouchait et le lendemain, quand ils furent reçus par la vieille dame, une clarté livide emplissait la chambre et la baronne ouvrit un œil doré et noir, un œil environné de mouches placées au hasard, eût-on dit, jusque sur le front et même sur le nez chargé de trop de blanc d'Espagne et très pointu, et Eggert l'interrogea sur le curé mais elle releva les sourcils et elle parla de son caniche qui n'avait pas cessé de geindre, toute la nuit, car il était souvent incommodé aux changements de saisons.

*

Les deux assesseurs poursuivaient leur besogne. Ils se retrouvaient aux greffes ou bien sous la tente nauséa-

L'incendie de Copenhague

bonde de la Maison de justice. Ils se rendirent à Höfn, au port de Höfn, et là, en présence de négociants et des envoyés du bailli, ils firent jeter à la mer une deuxième cargaison de farine avariée. Les sacs vides furent distribués aux indigents et ce nouveau coup d'éclat fournit de la conversation aux courtisans. Le gouverneur félicita les deux juges. Greta Sorrenssondóttir offrit un banquet en leur honneur mais la Cour ne pardonnerait jamais ce sacrilège.

Pendant le dîner, Eggert observa la jeune femme grasse et indolente dont Mme Blexen l'avait entretenu, il hésitait si elle le voyait et Jørgen ensuite se moqua de son chef quand les deux hommes regagnèrent leur appartement en tenant leur chapeau devant la figure parce que la pluie, ce soir-là, était violente.

— Vous êtes un flegmatique, monsieur Pétursson, dit Jørgen. Je vous admire, monsieur. Moi, si j'avais une caillette pareille à me mettre sous la dent, je sais bien ce que j'en ferais.

— Voilà bien la différence. Moi, je ne sais pas qu'en faire.

Jørgen fit l'incrédule et Eggert eut un rire gêné.

— Voyez-vous, mon cher, on ne croise pas tellement de dames dans les bibliothèques et les cabinets d'estampes. J'ai pris le pli de vivre dans les livres, non dans les ruelles, si bien qu'une femme, je vais vous surprendre, un moine les connaît mieux que moi. Ne raillez pas, monsieur. Une femme, je ne sais même pas comment procéder. Et maintenant, je suis âgé de quarante ans, il est bien tard pour s'instruire, ces choses-là doivent s'apprendre très tôt et rien qu'à l'idée de déshabiller une femme, je suis fourbu, mon vieux...

L'incendie de Copenhague

*

Les pluies perdaient en force. Elles s'espaçaient. Dans les derniers jours d'octobre, elles cessèrent. Le ciel était lisse et les nuits étaient comme de grands trous où passaient les étoiles, puis des écharpes blanches montèrent au-dessus des landes et les soirs étaient comme du lait et les étoiles ne furent plus là. Vieux Gunnarr délaissa sa petite troupe de valets et de soubrettes pour surveiller les crépuscules, acagnardé dans le rebord d'une fenêtre du deuxième étage, pareil à un mousse accroché à la pomme du grand mât et chargé de crier « Neige ! ». Jørgen le secouait :

— Tu nous ferais croire que la neige est un pays vers lequel l'Islande cingle.

Un matin, l'horizon était estompé, il s'était dilué dans une vapeur grise, brillante comme le ventre d'un lépreux. Vers midi, quelques flocons descendirent et le lendemain la neige continuait de tomber et elle tomba les jours suivants, une grosse neige, mais comment parler de jours et de nuits ? Il y avait ce papillonnement scintillant, ces poussières blanches qui tournoyaient dans les vitres et elles éclairaient la nuit et elles aveuglaient les journées. La campagne s'enfonça dans le blanc. Les chemins s'effacèrent. Du spectacle du monde ne demeuraient que les tourelles et les clochetons de la Résidence. Le lit des torrents était comme de l'encre. Les maisons ensevelies des paysans boursouflaient la neige. Après quelques journées, la tempête cessa. Le froid succéda. Le vent venait du nord et Vieux Gunnarr se félicita : la neige était plus dure qu'une cuirasse et quand le soleil réapparut, cette cuirasse miroita. À la nuit, la terre formait un grand miroir. L'expédition se mettrait en marche le lendemain.

L'incendie de Copenhague

La petite troupe, les deux juges, Vieux Gunnarr, les palefreniers, les gendarmes et les quatre scribes, les chevaux, les mules, les charrettes, les traîneaux, tout cela s'ébranla dans une aube rouge. Eggert sortit du palais avec Vieux Gunnarr, avec le cornette Jørgen. Le gouverneur et ses majordomes, quelques dames et les domestiques se tenaient sur le perron pour souhaiter bonne fortune à l'expédition. Eggert pensa fugitivement à la jeune femme et, comme elle ne s'était pas dérangée, Jørgen plaisanta et Eggert eut un geste nonchalant. Les deux hommes traversèrent le vaste espace de la cour pour rejoindre l'auvent sous lequel piaffaient les chevaux.

Au milieu de la cour, Eggert se retourna. Au premier étage brillait une fenêtre ronde. Une main allait et venait, dans un mouvement régulier, taillant dans la buée un cercle très pur, on aurait dit un œil écarquillé et Eggert pensa encore à demoiselle Björk, mais la buée se refermait et la main surgissait et disparaissait tandis que Jørgen ricanait, et Eggert pensa que quelqu'un lui faisait signe mais, à cette distance, comment avoir certitude et même, était-ce demoiselle Björk ou bien une servante dépoitraillée qui passait par là avec ses balais et ses chiffons ; les auteurs des sagas étaient ainsi, ils voyaient les choses de loin, le gouverneur avait dit quelque chose comme cela, l'autre jour. Eggert se jucha sur sa bête, se battit avec ses étriers comme à son habitude « À mon âge ! » dit-il. Il regarda la fenêtre, la main derrière la fenêtre, et Jørgen poussa un cri, les chevaux se mirent au galop, la neige éclatait sous les sabots.

Chapitre X

Ils galopèrent. Ils partagèrent la neige, la splendeur des soleils de l'été, les monotonies de l'ombre. Ils franchirent des montagnes, des vallons et des tornades, des marécages, des chaos de laves brunes, des bas-fonds gluants, des escarpements raclés jusqu'à l'os. Ils frappèrent leurs chevaux, ils caressèrent leurs chevaux et ils les tirèrent des fondrières. Ils poussèrent à en crever sur les roues des charrettes et quand la neige était solide, ils coururent à côté des traîneaux.

Le premier hiver, un gendarme voulut faire le malin. Il se lança sur un lac gelé, au pied du Kjölur, et il s'engloutit. Sa casquette flotta un moment sur l'eau. Ses mains s'agrippèrent à la glace, elles étaient en sang et puis adieu ! Une autre fois, un cheval se brisa la patte dans une pente verglacée. Jørgen Bodelsen l'acheva au pistolet, rendit les honneurs. Ce jour-là, il faisait très beau.

Un soir, un aide-palefrenier disparut. Il était sorti de la masure où Jørgen avait établi le bivouac. C'était un homme chétif et taciturne. Sans doute il avait envie de pisser mais il ne revint pas et l'on ne sut jamais s'il s'était perdu ou échappé et peut-être il avait voulu mourir. Le lendemain, les pas de l'homme étaient découpés dans la neige comme au poignard. Par malchance, les flocons se remirent à tomber et les empreintes s'effaçaient à mesure qu'on remontait la piste, à croire que le palefrenier était devenu de plus en plus malingre, et comme un ange.

Ils explorèrent la moitié de l'île, du cap de Noord, en bordure de la grande mer verte, jusqu'aux rochers décharnés de Myrdalsjökull, dans le Sud, et ils comprirent que l'Islande était une terre maigre et féroce, une terre comme un loup avait dit Jørgen Bodelsen, maigre et écorchée, et Eggert se gratta le crâne et Jørgen dit :

— Oui, une terre... elle me fait penser à ces écorchés que font les peintres italiens, vous savez, ils décollent la peau des cadavres et vous apercevez tout le dedans, tout l'interdit et l'innommable, les poumons et les viscères, et le cœur, et le foie, et aussi le fond des océans et les flammes du fond de la terre... c'est tout à fait pareil, Eggert... Un écorché... Votre Islande, monsieur, c'est une écorchée.

Et ils tournèrent plus d'une semaine autour des pentes de l'Hekla sans rencontrer bête ni homme. Ils virent des grèves, des trébuchets de bois sur lesquels séchait le poisson, des abrupts et des récifs, des gorges pourpres dans les glaces, des forêts maigrichonnes et des landes comme des vagues sur les mers. Ils entendirent le ressac des marées, le marmonnement des volcans, le chuintement des sources chaudes, le volettement des neiges.

Quand ils arpentaient les districts si pauvres du Seydhisfjördhur, et qu'ils étaient éloignés de la résidence du prévôt ou du bailli, ils exhibaient les patentes du roi pour obtenir de s'abriter quelques jours dans les terriers des paysans. Ils se baissaient et même ils se

L'incendie de Copenhague

mettaient à quatre pattes pour en forcer l'entrée et ils ressemblaient à de grosses bêtes blessées. La nuit, la tempête secouait les toits de branches, de tourbe, de boue. Le vent retentissait.

Les nuits ne s'achevaient jamais. Emmaillotés dans leurs fourrures, entassés les uns contre les autres, ils formaient une famille de larves. Leurs peaux étaient rosâtres. Vieux Gunnarr, qui avait à honneur de remplir son rôle de bouffon, affectait de chercher sa jambe, son bras, ou bien de confondre sa barbe avec celle de son voisin, et il tirait sur les favoris de Brøgger qui n'était pas un gendarme badin. Brøgger calottait Vieux Gunnarr et Vieux Gunnarr cherchait d'autres barbes et tous ils avaient des barbes, à présent.

De temps en temps, le gendarme Wamberg disait que le petit aide-palefrenier qui s'était sauvé dans la neige avait sûrement souhaité de mourir et il demandait à Pétursson si ce n'était pas aussi bien et Pétursson disait distraitement : « Oui », et dans les terribles matins de décembre, le docteur grimpait en geignant sur son cheval et disait :

— Ces choses ne sont plus de mon âge !

Ils apprirent à déchiffrer le noir et le bruit. Dans leurs souterrains, ils surent déceler, sous les tintamarres du ciel, des sons minuscules, des miniatures de sons, des ronronnements et des frottements, les sanglots et le babillage des enfants, des chuchotis d'hommes et la supplication des femmes caressées.

Ils cheminèrent de trou en trou, de grotte en grotte, de galerie en galerie car les demeures des pauvres semblaient abouchées les unes avec les autres pour constituer une catacombe, un pays à l'envers, l'ombre d'un autre pays ou bien sa nécropole, et les Islandais étaient pareils à ces insectes des cavernes qui bouffent

L'incendie de Copenhague

tout le temps de la boue et dont les yeux sans soleil sont voilés d'une taie transparente, mais il n'y avait pas matière à s'affoler, disait Vieux Gunnarr, car les premiers chrétiens aussi étaient des chenilles, mystiques et cavernicoles si l'on veut, des chenilles pourtant, et ils avaient fini par jaillir de leurs cloaques dans la lumière compatissante de Dieu et ils avaient chanté « Hosannah ! » et « Alléluia ! ».

Le chef des gendarmes, M. Brøgger, avait répliqué que la nuit ne s'achèverait jamais car elle n'avait jamais commencé, elle s'étendait sur la planète depuis le début des choses et ils finiraient par mourir non pas de froid comme on le dit, mais par mourir de nuit, et si l'azur devait un jour briller de nouveau, il serait bien tard car personne ne serait là pour en saluer la victoire, « et voyez, hurla-t-il quand ils découvrirent à quelques pas d'une cabane où ils avaient dormi le corps d'un deuxième scribe, bleu et recroquevillé sous un enduit de givre, voyez, monsieur l'érudit et voyez monsieur le cornette, nul n'en réchappera, nous y passerons tous ! ».

Ils se réfugièrent dans des trous, parmi des gosses, des femmes, des tantes, des oncles, des nièces. Les hommes à demi nus se frottaient les uns aux autres pour se réchauffer. Les vieillards avaient la peau livide et cassante, avec des cloques. Ils criaient et s'injuriaient, mais ils ne faisaient pas plus de tapage que des volailles car ils n'avaient plus d'espérance. Les jeunes hommes refoulaient les femmes dans les parties froides des grottes et s'entassaient sans vergogne autour du feu. Ils sculptaient des morceaux de bois flotté ou des défenses de morse. Ils ne parlaient pas. Ils marmonnaient. Et les femmes avaient tout le temps froid.

Les deux juges, les gendarmes, les scribes, les palefreniers étaient abasourdis par le cri des cochons et le

L'incendie de Copenhague

caquetage des poules, mais ce charivari, ces odeurs de viandes molles, ces fientes de musaraignes, ces emmêlements de corps et ces impudeurs n'empêchèrent jamais Eggert Pétursson, dans les lumières saccagées du milieu du jour, de déplier ses papiers, d'ébarber ses plumes et de dégourdir sa bouteille d'encre en la caressant de la main et Jørgen le provoquait :

— Pourquoi vous donner ce mal, monsieur l'historiographe du roi ? Vous n'avez qu'à recopier chaque jour la même phrase. Rien n'advient jamais. Dans ces contrées, monsieur l'historiographe, l'histoire est vite dite : cent années occupent une seule ligne ! Et comment voulez-vous dresser, monsieur, le cadastre de la neige ?

Et Pétursson avait répondu de sa voix douce :

— Nous cherchons les vélins, Jørgen.

Les paysans haïssaient les envoyés du roi. Ils se pressaient autour des intrus venus de l'autre côté de la mer et si Eggert farfouillait dans les caisses de bois au fond desquelles gigotaient des enfants infimes, ils avançaient tous ensemble, leurs marteaux et leurs poinçons à la main. Jørgen lâchait ses gendarmes qui assommaient les paysans et les maintenaient pendant que les scribes et Vieux Gunnarr fouillaient les chausses des hommes et les cottes des femmes et c'était un vain combat car jamais ils ne saisirent le moindre parchemin et Jørgen disait que le pillage des archives était un conte, mais Eggert disait avec un sourire très doux de sa grande bouche :

— Quelle importance ? Nous ne sommes pas ici pour trouver des vélins, Jørgen. Nous sommes ici pour remplir une mission.

Ils goûtaient un peu de repos quand ils avaient la chance de trouver une maison de maître, un château ou

L'incendie de Copenhague

une ferme. Ils entraient gauchement. Ils défilaient dans des vestibules vastes comme des manèges de cavalerie et dont les pavements de marbre étaient disjoints. Les murs étaient tendus de tapisseries décolorées mais les junkers avaient exhumé des orfèvreries et des cristalleries et la flamme des torches brasillait. Les seigneurs s'étaient parés de cérémonie. Ils avaient apprêté leurs figures jaunes et planté leurs cous dans des dentelles rapetassées par leurs épouses et leurs cous étaient maigres et ils semblaient des égorgés.

Derrière la longue table d'hôtes, derrière la compagnie d'hommes blêmes et de femmes aux couleurs de cendre, régnaient les portraits des ancêtres, des chevaliers illustres et pimpants, habillés de dorures et de noir, de chausses larges à la mode de Christian III, des jeunes dames voluptueuses, roses, chatoyantes, et les chairs défuntes luisaient d'un éclat invulnérable et c'était comme si la mort avait joué au bonneteau.

Le gel s'était insinué sous leurs peaux, dans leurs os, dans les barbes frisées ou piquantes, blondes ou grises, dans les yeux délavés, dans les rotules aussi et les omoplates, dans les entrailles même et les poumons et quand ils reprenaient la route, ils étaient tassés sur leurs selles comme des sacs. Ils écoutaient le bruissement de leurs cœurs. Ils sautaient à terre. Ils jetaient des couvertures sur le dos de leurs bêtes et ils couraient au hasard pour rétablir les circuits du sang, mais ils étaient plus maladroits que le genou du cornette et c'était étrange que leurs os tiennent ensemble et qu'ils aillent quelque part.

Ils cheminaient. Rien ne changeait, ni les neiges et ni les ténèbres et ni les ciels. Ils transportaient avec eux une espèce de brouillard, la dernière zone respirable, la dernière zone habitable, un cercle bleu qui les suivait

L'incendie de Copenhague

comme une bête collée à sa proie, et il arrivait que l'un d'eux se mette à fuir comme avait fui l'aide-palefrenier et jamais ils ne réussirent à s'évader de la bulle de brume, de givre.

Vieux Gunnarr leur apprit qu'on pouvait dormir dehors et que la neige tient chaud. Ils dégageaient un espace de terre et ils s'entortillaient dans leurs manteaux, après avoir entravé les chevaux pour les empêcher de se coucher et même, ils étendaient de vieux tissus sous les sabots. Le matin, ils étaient dans un cocon transparent, comme des chrysalides.

*

Dans les derniers jours du premier hiver, ils rallièrent le palais de Bessastadir. La baronne Blexen leur fit des compliments. Elle les attira dans sa ruelle et les interrogea sur leurs trouvailles mais elle fut désappointée car Jørgen proclama fièrement que la mission avait fait buisson creux. Il ajouta des détails : le gendarme Wamberg, qui était le plus dégourdi des gendarmes, et Vieux Gunnarr, si habile cependant à plonger sa vieille main de curé dans les goussets, avaient exploré des caves, des greniers, des fumiers, des soupentes, des pigeonniers et des cabanes à outils, des femmes, ils avaient brisé des coffres dans lesquels s'amoncelaient des habits du dimanche, des peaux de renard, des écheveaux de rubans, des rouleaux de ficelles et des jambons, du pain vieux de trois mois que l'on coupait à la hache, quelques rixdales, des cadavres de rats, des réserves de cendre et de crasse, et pas un seul manuscrit, pas la moindre saga n'avait surgi. Jørgen ricana. Mme Blexen ferma le poing mais Jørgen le prit à l'insolence.

L'incendie de Copenhague

— Chère madame, dit-il, ne nous affolons pas : les sagas n'ont jamais été écrites.

— Je vous interdis, monsieur Jørgen...

— Bien, bien... les sagas ont été écrites puisque cela vous chante. Mais dans ce cas, nous avons tout le temps : les vélins attendent depuis six cents ans. Ils patienteront une saison de plus.

Et il termina brusquement :

— Mais moi, je n'ai pas une patience de vélin : dans deux mois, ce sera Copenhague.

Eggert posa un regard triste sur son adjoint.

— Il y a six mois, dit-il, vous avez accepté la mission obscure.

— Il y a six mois ?

— C'était en juillet, monsieur Bodelsen, vous vous rappelez ? Dans cette auberge, le Cochon Noir, près du Thing.

— Six mois, docteur Pétursson, qu'est-ce que vous me dites là ? Il y a cent ans que je patauge dans vos boues et vos glaciers. Je plie bagage. Je rentre à la maison. Les manuscrits ont peut-être existé, puisque madame la baronne insiste, mais ils n'existent plus.

— Vous savez, dit Pétursson, qu'ils existent ou non, les manuscrits, c'est un détail et ce détail n'est pas de notre compétence. J'ai beau chercher, je ne vois vraiment pas que cela nous concerne. Comment puis-je vous expliquer ? Les hommes cherchent Dieu, Jørgen. Les uns rencontrent Dieu et d'autres repèrent la place désoccupée de Dieu. À mon avis, ce ne serait déjà pas si mal si nous découvrions l'endroit où les vélins ne se trouvent pas.

— Dans ce cas, dit Jørgen violemment, notre journée est faite : nous avons repéré le lieu où les sagas sont absentes. Elles sont absentes partout.

L'incendie de Copenhague

La baronne dit qu'elle était bien vieille. Eggert lui prit la main avec une grande tendresse, elle eut une larme mais elle l'essuya car cela la rendait triste, de pleurer, et elle tenait la tristesse pour une perte de temps. Elle avait assez de mal, déjà, à élucider la mort du gros pasteur. Si en plus elle devait s'occuper de la tristesse ! Ensuite, la baronne ouvrit et ferma la bouche plusieurs fois comme elle eût vérifié le bon état de ses mâchoires.

— Ah oui, dit-elle enfin, nous en étions à la mort de ce Todor, c'est la clef de tout, croyez-moi. Élucidez le meurtre de M. Todor et les vélins viennent au jour.

— Élucidons, ricana Jørgen.

La vieille dame jeta de la poudre de cannelle sur un plateau de braises, leva les yeux au ciel.

— Monsieur Jørgen, je n'ai pas de conseils à vous donner mais certaines confidences me font croire que le marquis de Helsingør n'est pas étranger à l'affaire. Ce serait bien dans sa manière.

Eggert balbutia :

— Le marquis de Helsingør ? Mais qu'est-ce c'est que ce marquis de Helsingør, madame ?

— Le marquis de Helsingør est le marquis de Helsingør, monsieur Pétursson, dit Margrethe avec une moue condescendante.

Puis elle s'approcha du coffre sur lequel les deux assesseurs étaient assis. Elle se pencha vers eux, à les toucher, et remonta ses lunettes sur son nez. Elle devait aux deux hommes une explication au sujet du marquis de Helsingør, elle allait la leur fournir.

Auparavant, elle devait parler un peu d'elle, de ses misères : les deux juges avaient-ils remarqué que la vue de la baronne avait baissé ? Elle peinait à distinguer entre les courtisans.

L'incendie de Copenhague

— Vous savez, dit-elle, quand on vieillit beaucoup, la lumière blanchit. C'est comme une longue soirée, la lumière s'écoule on ne sait où et je me surprends à confondre toutes ces personnes qui rôdent dans Bessastadir. Je crois que je visite un Jugement dernier. Des formes se croisent, elles sont impalpables et toutes pareilles. On pourrait les intervertir, cela ne modifierait rien du tout : je peux remplacer un bailli par un pêcheur, une dame par une gourgandine, passez muscade, ils sont les mêmes ! Et les bébés même, ce sont des vieillards... À vrai dire, il en va toujours ainsi, les hommes sont tous identiques. Simplement, quand on est jeune, on ne s'en rend pas compte. Quand on est jeune, on croit qu'ils sont différents. C'est seulement dans les dernières batailles qu'on en est frappé : ils sont semblables. Des milliers de jumeaux. Est-ce bien votre avis ?

— Je n'avais pas pensé...

— Alors, si vous ne pensez pas, laissez-moi penser à votre place. Ne m'interrompez pas sans arrêt, Pétursson !

— Madame Margrethe, insista Eggert, qu'est-ce que c'est que ce marquis de Helsingør ? Ce marquis n'existe pas.

— Il n'existe pas ? Tiens donc !

La baronne donna des éclaircissements. Elle avait pris l'engagement de faire des économies. Elle n'avait pas envie de gaspiller les quelques années qui restaient dans son escarcelle. Elle épargnait. Elle se découvrait parcimonieuse, comme toutes les personnes d'âge. À présent, elle ne consentait qu'aux activités et aux efforts inévitables. Et voilà sa trouvaille : pourquoi utiliser vingt mots, vingt noms de personnes quand un seul nom ferait l'affaire ? N'avait-elle pas expliqué à l'instant

L'incendie de Copenhague

qu'aux yeux d'une personne d'âge comme elle, toutes les femmes, tous les hommes de Bessastadir étaient les mêmes ou presque ? Elle n'avait donc plus la nécessité d'user sa salive et sa mémoire à la fois. Elle procédait à des amalgames. Un seul nom, par exemple celui du marquis de Helsingør, se débrouillait pour désigner dix personnes, vingt personnes même, ce qui facilitait grandement l'identification de l'assassin puisque celui-ci faisait certainement partie des vingt ou des trente personnes qui répondaient désormais au même nom de Helsingør.

— Les policiers, dit-elle en étranglant un rire vaguement prétentieux, n'ont jamais songé à cette tactique : elle les sauverait de bien des tribulations et de quelques bévues au fil de leurs enquêtes.

Eggert fixait la baronne Margrethe. Il avait vraiment peur mais la baronne ne cilla pas. Elle expliqua que le marquis de Helsingør lui avait paru bien adapté à cet office : d'abord, elle n'oublierait pas un nom pareil — et en même temps elle pointait un doigt sur la tableau représentant la maison de sa famille à Helsingør, la grande demeure de brique rouge dont on voyait luire le corridor jaune à travers la porte entrouverte —, elle ne l'oublierait sûrement pas, même si, par un autre tour du destin, elle en venait à perdre la mémoire, encore que sur ce point elle n'eût point de craintes : ses souvenirs étaient frais comme des cerises de printemps, et même, dit-elle, « fringants ». Aussi estimait-elle que les deux juges seraient bien inspirés de rencontrer le marquis de Helsingør.

— Madame la baronne, dit Pétursson d'un ton implorant, vous connaissez le meurtrier ?

— Calmez-vous, Magnusson. Je vous ai déjà dit que je le connaissais.

L'incendie de Copenhague

— Vous devez nous dire son nom !
— Le marquis de Helsingør !
— Helsingør, mais il n'existe pas.
— Ah bien, dit Margrethe avec une ironie proche du mépris, le marquis de Helsingør n'existe pas mais alors, Pétursson, dites-moi comment le pasteur Todor est mort ? Il aurait été tué par quelqu'un qui n'existe pas ? Voyons, Pétursson ! Un peu de sérieux ! Épargnez-moi vos facéties, vos paradoxes...

La vieille dame souriait. Elle prit la main d'Eggert et la tapota tendrement, comme l'avait fait Eggert tout à l'heure avec la sienne.

*

Ils se remirent en selle dans les derniers jours d'un mois de mars. Ils longèrent la côte, dans les parages du Húnaflói. La neige tombait sur la mer. Le gendarme Brøgger avait l'intuition que leur troupe était suivie mais, dans ces lumières chiches, on n'avait point de certitude. On tourna bride pour se porter à la rencontre des inconnus. Il n'y avait pas âme qui vive. Jørgen parla de mirage et de gendarmes qui ont peur de leur ombre.

Le lendemain, la neige avait cessé. La matinée fut nette, un vent soulevait des écharpes blanches. Les falaises étaient dans le ciel. Des nuages, couleur de sang frais, croisaient au-dessus d'un chapelet d'îles brunes. Vieux Gunnarr poussa un cri et montra une dizaine de cavaliers qui escortèrent la mission toute la journée. Le soir, le cornette disposa des sentinelles autour du campement. La nuit passa. On entendit des renards.

Le matin, les inconnus avaient déguerpi mais on les retrouva après quelques lieues. Ils étaient imprudents

L'incendie de Copenhague

et très familiers. Ils portaient de longues houppelandes bleues. Chaque fois qu'Eggert ordonnait une halte, les inconnus s'arrêtaient aussi, comme si Eggert avait commandé aux deux troupes à la fois, celle de la mission et celle des hommes qui traquaient la mission. Les poursuivants ne prenaient pas de précautions. Ils étaient impertinents. À l'heure du soir, on les vit au sommet d'un tertre couronné de buissons enrobés d'un voile de glace, des myrtilles ou des airelles. Ils étaient si près qu'on percevait le cliquettement des gourmettes. Un des longs manteaux mit pied à terre, s'agenouilla posément et une balle claqua. Les gendarmes et les conducteurs sautèrent en l'air. Jørgen Bodelsen aussi.

Jørgen Bodelsen se trouva penaud. Il dégaina son sabre, se dressa sur ses éperons et s'enleva au galop en entraînant les gendarmes. Ces gendarmes étaient variés. Le chef Brøgger était un gros, avec un ventre gonflé, des jambes longues et fluettes et une barbe embroussaillée. Il était suivi de Wamberg qui était court et chauve, d'un rouquin qu'on appelait l'Irlandais et d'un faucon à tête de gendarme. Les cinq hommes poussaient des clameurs.

Les bandits avaient décampé dans un grand fracas mais on releva des piétinements de chevaux, ce n'était pas un mirage et Jørgen se frotta les mains. On allait rire. La traque devint une routine. Quand les longs manteaux avaient perdu la piste, Jørgen faisait grise figure, mais Brøgger triomphait car ses hommes avaient terrorisé les gredins. Quelques jours plus tard, un nouveau coup de feu faisait voler la terre ou la neige aux pieds d'un cheval.

Les tirs étaient bien ajustés et toujours à quelques centimètres de leur cible. Les inconnus appliquaient un plan incompréhensible. Le gendarme roux, celui qu'on

L'incendie de Copenhague

appelait l'Irlandais, suggéra que les brigands n'en voulaient pas à leur vie. Ils avaient à peine la charge d'effaroucher et de ridiculiser les envoyés du roi. Quelque part, un homme s'était mis en tête de faire échec à la mission, de la reconduire, « à coups de pied dans le cul », comme le dit l'Irlandais, au port d'Eyrarbakki ou de Höfn pour purger le pays de ces juristes qui jetaient les sacs de froment dans la mer.

Le docteur Pétursson n'était pas de cet avis. Selon lui, les tireurs invisibles se moquaient des recherches juridiques de la troupe. Un tel déploiement de forces supposait de plus hautes ambitions. C'est aux chasseurs de parchemins que les bandits en voulaient et sans doute ces bandits vêtus de longs manteaux avaient tué le gros pasteur. L'Islande n'acceptait pas de se laisser déshabiller. L'Islande, dit Eggert avec cette emphase ecclésiastique peut-être sardonique, mais allez savoir, qui énervait tant Jørgen, voulait mourir dans son suaire de vélins et Jørgen éclata de rire.

Vieux Gunnarr tendait les mains au feu. Il possédait une information. Jørgen lui dit de se taire au nom du Ciel mais Vieux Gunnarr haussa les épaules.

— Monsieur le réciteur des lois, dit-il, je ne partage pas votre façon de voir. Un bruit court dans le pays : Sa Majesté le roi de Danemark a vendu l'île aux marchands de Hambourg, étiez-vous au courant ?

— Je suis au courant, coupa Eggert, le cornette Bodelsen m'a déjà interrogé sur ce sujet. Rassure-toi, mon Vieux Gunnarr, le projet a été rejeté. C'est vrai que la guilde de Hambourg continue à faire le siège du palais mais la cause est entendue : Sa Majesté ne livrera jamais l'Islande. Ce pays ne sera ni fermé et transplanté avec tous ses habitants au Jylland, comme certains officiers de Rosenborg l'avaient conseillé à Sa Majesté il y a cinq ans, ni cédé aux marchands de Hambourg pour cinq barils d'or comme le bailli du roi l'a proposé l'an passé. L'Islande reste danoise, je me porte garant des intentions du roi.

— Docteur Pétursson, dit Vieux Gunnarr, la question n'est pas là. La question est que les junkers, les négociants croient à la vente de l'île aux voleurs de Hambourg. À leurs yeux, la mission obscure, celle des vélins, cache une deuxième mission encore plus obscure, une mission noire, j'oserais dire, que nous auraient confiée les marchands de Hambourg.

— Je viens de te dire que le roi n'y songe point, dit Eggert avec véhémence.

— Tenez compte, dit Vieux Gunnarr, que Son Excellence le gouverneur Unquist entretient des mouches au palais car il considère qu'une cour sans mouches n'est pas une vraie cour. Et comme ces espions n'ont rien à espionner, ils mordillent cet os à ronger, la vente de l'Islande aux marchands de Hambourg. Et ils répandent dans tout le pays que nous sommes les représentants des marchands de Hambourg et que nous explorons notre nouveau domaine. Voilà le vrai !

— Monsieur le gouverneur a des mouches ?

— Il a des mouches.

— Et il leur fait faire quoi, à ces mouches ?

— À ces mouches ? Mais rien du tout, mon maître, dit Vieux Gunnarr en lançant son chapeau en l'air pour le rattraper entre deux doigts. Rien du tout. Rien.

— Silence, hurla Jørgen. J'en ai assez, de tes bêtises !

— Je dis le vrai, dit Vieux Gunnarr.

Jørgen cria. Cette discussion était inepte : que les inconnus tirent sur les réformateurs du cadastre, sur les chercheurs de vélins ou sur les envoyés de Hambourg, le sûr était qu'ils tiraient de vrais coups d'escopette et

L'incendie de Copenhague

Jørgen leur en était reconnaissant. Il aimait que la guerre se dégourdisse, après sa longue hibernation. Il déplorait à peine qu'elle fût, cette guerre, un peu pataude et impropre à monter de véritables batailles mais enfin, on n'avait que ça à se mettre sous la dent, on n'allait pas faire les délicats, et puis les guerres s'améliorent, se patinent à l'usage et l'on pouvait compter sur Jørgen pour attiser le brandon, et les jeunes guerres, à la fin, deviennent de vieilles guerres, qui sont les meilleures.

De ce jour, Jørgen s'employa à provoquer les ennemis. Dès qu'une silhouette défilait, il piquait des deux, pistolet chargé et bras tendu. Il tombait sur un paysan, une femme avec ses lardons ou bien sur une charrette chargée de tonneaux ou de grains, sur des errants, sur des lépreux ou des abandonnés. Il tirait son coup en l'air. Les paysans jetaient des regards mornes sur ce cavalier ahuri. Ils ne s'arrêtaient pas même. Ils avançaient. Ils continuaient à marcher, irrémédiablement, mais sans hâte puisqu'ils ne savaient pas où ils allaient. Ils marchaient.

Vieux Gunnarr orientait la troupe. Il était de première force. Le soir il se guidait aux étoiles et il disait que la neige dévoilait la nuit, ou bien il tendait l'oreille aux vents. Il flairait les odeurs de la pluie, du froid, de la mer comme on repère les golfes et les presqu'îles sur les portulans. Sans Vieux Gunnarr, on serait allés au gouffre. On aurait mélangé l'ouest avec l'est. On aurait foncé dans les solitudes et on serait morts. Les chevaux s'en doutaient. Dans les moments de désarroi, ils se serraient autour de celui de Vieux Gunnarr.

L'ancien prêtre profitait de chaque halte pour lire ses livres saints. Les après-midi de printemps, il s'installait dans une flaque de soleil, contre un talus ou dans un hangar et déballait ses petits volumes, tout en se flattant que tous les Islandais savent lire alors que tous les Danois sont des ignorants et des mal élevés. Il utilisait aussi les crépuscules de l'été. La Voie lactée miroitait comme une méduse. En automne, quand on recommença à se tapir dans les maisons enterrées il sortait une chandelle de son sac et il lisait.

— *Lubrucationes,* disait-il fièrement.

Eggert Pétursson était exaspéré par le long échec et par ces bandits qui disparaissaient durant des semaines et les canardaient tout d'un coup comme s'ils avaient eu science de leur itinéraire. Peut-être, avait-il ajouté, les tireurs étaient-ils renseignés par les mouches du gouverneur et il avait fixé Vieux Gunnarr avec insistance. Vieux Gunnarr avait refermé le volume qu'il feuilletait et il avait répondu que le Seigneur Christ, à suivre les Évangiles, avait tracé des lettres dans la poussière de Samarie mais Dieu n'avait pas perdu son sang-froid. Il avait expédié une brise et les lettres griffonnées par le Fils de Dieu furent emportées et jamais, jamais l'on ne pourrait connaître le seul écrit du Seigneur Christ.

Eggert avait tripoté la longue barbe qui lui confectionnait maintenant, après un an de chevauchées, une tête de prophète roux et avait dit :

— Et alors, Vieux Gunnarr ?

Et Vieux Gunnarr avait expliqué sentencieusement que les paroles du Christ, puisqu'elles avaient été écrites sur le vent, rien jamais ne pourrait plus les effacer et par conséquent elles étaient indélébiles.

— Tu veux dire, avait interrogé Eggert d'une voix effrayée, tu veux dire que les manuscrits des sagas...

— Oui, avait répondu Vieux Gunnarr, c'est exactement ce que je veux dire.

On parcourut une région riante, une série de cuvettes

L'incendie de Copenhague

rondes, non loin de Breidhafjördhur, elle était indemne des fléaux des années 1700, inondations, véroles, pestes et laves. La troupe traversa des villages complets et munis de tout leur nécessaire, une place, une église, des puits, des maisons, quelques arcades ou une volée d'escaliers, des échoppes, du ciel bleu et des margelles de fer. Des femmes sortaient sur le pas de leur porte et saluaient les cavaliers en s'essuyant les mains à leur tablier. Un forgeron frappait son enclume. Les fermiers revenaient des champs avec leurs troupeaux de chèvres ou de moutons et l'on avait envie de toucher ces hommes et ces femmes.

Après les nuits de glace et la Saint-Olafr, on piqua vers le nord dans les entours du Myvatn, on pénétra dans une terre où s'enchevêtraient des lacs de couleur, des vapeurs chaudes, des cratères et des amoncellements de rochers aigus. L'automne fut humide, il était temps de rentrer au bercail mais Bessastadir était à trois jours de marche. Les chevaux s'enfonçaient dans la pluie comme pour la trouer de leur poitrail.

Eggert manquait de forces, il était perclus et intraitable. Il soulageait son cheval dans les passes dangereuses et bondissait ensuite sur sa selle, avec un cri de fou, en repliant ses longues jambes. Il disait : « À mon âge ! » et il s'occupait de chacun. Le gendarme roux disait : « Mon pauvre cul ! » Vieux Gunnarr toussait à se déchirer l'âme. Eggert l'enveloppait dans ses bras et chuchotait à son oreille. Ses paroles s'en allaient dans le tohu-bohu de l'averse mais Vieux Gunnarr le regardait avec amour.

Ils durent descendre dans la vallée de Blanda. De gros blocs de pluie tombaient à la verticale et la terre avait beaucoup d'odeurs. Les sabots des bêtes glissaient dans la boue mais ce fut bien pire une fois rendus au bas de la pente. La vallée était noyée sous les eaux brunes. Les bêtes s'enlisaient jusqu'au jarret et les gendarmes regrettaient les grands chevaux danois qui auraient franchi les tourbillons en dansant sur leurs pattes d'insectes. Des souches d'arbres, des buissons de ronces, des débris de toitures éventrées fonçaient sur la troupe dans des giclements d'écume.

Une vingtaine de moutons crevés débouchèrent de l'ouest et défilèrent lentement. Ils flottaient entre deux eaux à cause du poids de leurs toisons. Un chien nageait auprès d'eux. Il aboyait et plantait les crocs ici et là, dans une cuisse, dans une gorge, pour rassembler son troupeau et le former en cercle. Les charognes de moutons filaient, le chien les rattrapait et les remorquait jusqu'au troupeau, mais un autre cadavre était enlevé par un remous. Le chien abandonna et grimpa péniblement sur la berge. Il s'assit sur son derrière.

Le troisième soir, le docteur Pétursson ne réussit pas à descendre de son cheval. Il se tortillait sur sa selle avec des plaintes et des jurons. Jørgen se porta à sa rescousse et lui dit qu'il avait de la chance car on était en vue d'un village. Deux gendarmes prirent le long corps souffrant sous les aisselles et par les pieds et le transportèrent jusqu'à la maison du bailli.

Ils allongèrent le fardeau sur une paillasse. La femme du bailli disposa sur une chaise deux bols de vin chaud. Eggert s'obligea à boire et s'endormit. Jørgen se prépara une couche de foin aux côtés de son chef.

Vers les minuit, le docteur Pétursson se réveilla et demanda ce qu'il faisait là. Il prétendit se lever pour enfiler ses chausses, mais il trébucha et Jørgen l'adjura de s'aliter. L'aube était loin et puis, quand même on eût perdu une journée dans la maison du bailli, mon Dieu ! on courait depuis des années et les vélins, disait Jørgen,

L'incendie de Copenhague

étaient une légende ! Eggert écarta poliment Jørgen, sa main était brûlante, il fouilla ses propres chausses car il craignait d'y avoir caché un vélin à son insu.

— Rien, dit-il sans s'énerver, rien ! Pas un vélin. C'est décourageant. En route, mon vieux, en selle...

— Buvez, monsieur Pétursson, buvez, il ne manquerait plus que ça que vous attrapiez le mal de la mort.

— Mais vous voyez bien, Jørgen, j'ai retourné tous mes habits et il n'y pas un seul vélin dedans. Alors ? Qu'est-ce que vous voulez que je vous dise ?

— Peut-être que vous les avez cachés ailleurs ? dit Jørgen.

— Et si les mouches du gouverneur avaient vu juste ? dit Eggert avec une expression malicieuse. Et si nous avions la charge, non pas de retrouver les vélins dans la doublure de mes habits, comme le château de Rosenborg me l'a fait croire, mais plutôt de préparer l'installation des négociants de Hambourg dans l'île ? Avez-vous considéré cette hypothèse, Jørgen ?

— Nous le saurions, dit Jørgen, nous nous en serions doutés, monsieur Pétursson.

Eggert releva la tête.

— Ne le répétez pas, mon vieux, mais ce sont des choses qui arrivent, dit-il. Vous croyez que vous faites quelque chose et c'est tout le contraire que vous faites.

Il eut un rire niais et, comme la fièvre retroussait ses lèvres sur ses gencives enflammées, il avait la physionomie d'un innocent de village.

— Par exemple, vous croyez que vous n'aimez pas un compagnon et en vérité, vous l'aimez beaucoup. Ah ! vous voyez, Jørgen, vous êtes pris ! Ou bien le contraire : vous croyez adorer un copain et c'est une erreur, au fond vous ne l'aimez pas ! Ou encore, monsieur le cornette, vous êtes persuadé que rien n'est

L'incendie de Copenhague

plus important que de retrouver les sagas et vous vous en fichez complètement, des sagas. Méfiance, Jørgen, prudence ! Je comprends que M. Unquist utilise toutes ces mouches. Nous autres, nous manquons de mouches, voilà tout. Et puis pensez à Hannibal.

— J'y pense, dit Jørgen.

— Il se met en branle pour envahir la Cyrénaïque, Hannibal, avec tous ses éléphants. Et puis, il remarque que le pays est montagneux et plein de neige parce qu'il est en train d'envahir les Alpes au lieu de la Cyrénaïque et il ne sait plus que faire de ces éléphants. Mais c'est trop tard pour rebrousser chemin, et comme il faut bien les utiliser, ces éléphants, il écrase les Romains sous ses éléphants et il boit du vin à Capoue. Vous voyez, Jørgen Bodelsen, je vous le disais bien !

Jørgen prit le pot à feu et alluma une chandelle. Eggert le congratula. Il se tortilla sur sa couche et disserta sur la curieuse fonction de messager.

— Au fond, dit-il, le messager est un homme qui n'a aucune idée du message qu'il a la charge de divulguer, c'est même étonnant, vous ne croyez pas ? Et la mouche, même chanson !

Il eut un rire désenchanté.

— J'en sais quelque chose, monsieur Jørgen. Et comme je n'ai même pas de pli à transporter, comment voulez-vous que je sache ce que je transporte ? Ah ! c'est un monde ! Heureusement, il y a des fuites. Prenez mon cas : si Vieux Gunnarr n'avait pas parlé étourdiment l'autre jour, j'en serais toujours à penser que je cherche des vélins alors que je suis au service de ces marchands de Hambourg qui sont des gens ignobles pour préparer leur installation dans l'île. Avouez tout de même que le palais royal aurait pu, sinon me le dire, du moins me le faire comprendre, je ne sais pas, moi, des allusions, des demi-mots, des quarts de mots... J'en ferai rapport au roi si j'ai le bonheur de revoir Sa Majesté !

Il souffla la chandelle en recommandant à Jørgen de l'appeler le lendemain dès l'aube, mais il continua à parler dans le noir.

— Mon idée est que chacun de nous, quand il vient au monde, reçoit un message. Et l'on s'escrime à trouver la personne à qui on doit le remettre. Et après bien des errances, on découvre que ce message, il vous était destiné à vous. Et savez-vous ce qu'il prescrit, ce message : il prescrit de vous mettre vous-même à mort, oui, Jørgen, nous portons tous dans notre barda l'ordre de nous mettre à mort. Le tout, c'est de le remettre à soi-même le plus tard possible. C'est bien pourquoi je ne me hâte pas de le délivrer, mon message. Ah, je ne suis pas si bête !

Il conclut d'une voix claironnante : « Un point c'est tout ! » et se leva. La chambre était pleine de lueurs. Il commença à enfiler ses chausses puis les rejeta à terre. Il était malheureux car il ne pouvait pas se présenter aux messieurs de Hambourg dans une tenue négligée. Jørgen le prit par les épaules et l'obligea à s'allonger. Eggert répondit qu'à Rome, les consuls gravaient les ordres qu'ils expédiaient aux centurions dans le cuir chevelu d'un esclave :

— Pas sots, les consuls ! Est-ce qu'on peut lire son propre crâne, Jørgen, je vous le demande.

Le bailli était un homme âgé qui se piquait de connaître les herbes. Il abreuva Eggert de décoctions dont l'aspect écœurait. Après quarante-huit heures de délire, la fièvre tomba et Eggert se résigna à partir.

*

L'incendie de Copenhague

Ainsi allaient les jours, jours semblables et jours oubliés, jours de colère et jours de chagrin, jours funèbres et charniers des jours et nuits comme les jours, et quand la mission reprenait force au palais de Bessastadir, au mitan de l'hiver ou bien pour de brèves escales de printemps, d'été ou d'automne, les cavaliers étaient heureux de voir de nouveaux visages, des fonctionnaires tout neufs, astiqués, gras et costauds et d'autres distingués et chatoyants, débarqués de Copenhague par le dernier bateau.

Chaque fois que montait, au-dessus des landes du gibet, la flèche de la chapelle, Eggert avait une pensée pour demoiselle Björk et serait-elle à sa broderie, la jeune femme, ou bien n'aurait-elle pas quitté le palais pour rejoindre son époux, cet homme imprécis dont lui avait parlé la baronne Blexen, cet homme âgé qui gérait une grande ferme à quelques lieues de Borgarnes et dont demoiselle Björk ou plutôt dame Björk ne pouvait supporter la chaude présence, à moins, pensait Eggert en serrant la bride, à moins qu'elle n'eût choisi de gagner le continent et d'étaler sa beauté blême, grasse et inerte dans les salons à la mode de Copenhague, de Francfort ou d'Amsterdam mais la jeune dame était là, dans son même coin de fenêtre, inchangée et aimable. Elle posait sur les juges son regard loyal et savait-elle, au moment de saluer Eggert et ses compagnons, savait-elle qu'ils étaient demeurés absents de si longues semaines, de si longues neiges ?

Elle les complimentait avec courtoisie et reprenait ses travaux d'aiguille. Ses hanches étaient larges et ses seins étaient larges. Elle se penchait sur son métier, dans les silences laiteux de novembre ou bien dans les étincellements de mai ou encore dans les crépuscules d'août, et elle ajoutait un point à son canevas et ce

L'incendie de Copenhague

canevas était immuable, soit que la main aux doigts un peu boudinés fût demeurée en l'air, languide et désintéressée, tandis qu'Eggert et Jørgen caracolaient dans les nuits, soit qu'elle brodât désespérément le même motif. Eggert prêtait l'oreille aux soupirs de la jeune femme, regardait les seins à demi nus se soulever comme d'une assoupie. Quand il était enfant, il aimait bien avoir un peu de fièvre car il n'allait pas à l'école épiscopale ces jours-là, sa grand-mère s'asseyait sur une chaise auprès de lui et commençait un ouvrage de tricot, elle ne parlait jamais et jamais le ciel ne bougeait parce qu'il était pris dans les givres de la fenêtre. La pièce était tiède et le bonheur n'avait pas de fin.

Chapitre XI

Greta était friande de fêtes. Les divertissements lui renversaient la tête mais elle choisissait ses dates : ses plaisirs étaient multipliés quand une cérémonie chrétienne se blottissait dans un événement célébré par les anciennes religions. Les jaloux en faisaient des gorges chaudes : ils flairaient une coquetterie. Ils assuraient que l'épouse du gouverneur, si la chose l'eût faite intéressante, eût baisé le nombril du dieu des Zoulous.

Il est vrai qu'elle tirait de son goût des rites germaniques de beaux effets. Elle disait d'une voix de confidence :

— Les dieux sont tous un peu tricheurs, un peu lâches. Ils se camouflent les uns derrière les autres, ils marchent à la queue leu leu, mais si vous arrachez leurs bandelettes, vous apercevez quoi, à la fin ? Je vais vous le dire : vous découvrez Hel et Surtr, le serpent Midgard. Retirez encore un voile et vous tombez sur Urd, la norne de la source, et sur l'arbre Yggdrasill, sur les Puissances. Votre Seigneur Christ est bien honnête et de bonne volonté, je ne manque pas ses offices mais c'est un lève-tard. Il arrive après la bataille.

Les courtisans devaient accepter, ajoutait-elle avec

L'incendie de Copenhague

son sourire si beau, qu'elle appréciât la Saint-Jean car la Saint-Jean commémore l'ascension du soleil au zénith.

— Dans ce zénith, disait-elle en abaissant les paupières, vos chrétiens se sont faufilés comme des intrus, comme des bernard-l'ermite. C'est la stratégie des coucous : les chrétiens font leurs œufs dans le nid des autres.

Cette année-là, toute la société de Bessastadir fut invitée, la nuit du solstice, sur les terrasses de Klein Wick. On appelait ces terrasses le « belvédère » car elles surplombaient la rivière et elles regardaient, par-dessus la vallée, dans la direction de la mer. Les vents soufflaient de l'est, on entendait au loin le battement des vagues et la femme du gouverneur réclama un silence :

— Écoutez, dit-elle, les marins *feigir* se lamentent, ils ont dû tomber dans les filets de Ran. Écoutez !

Elle se tourna vers ses dames de compagnie. Le soleil planait. La terre était ivre, et ivres les papillons et les insectes et les abeilles, ivres les fleurs. Vers minuit, les montagnes scintillèrent. Les crêtes du Grinde Wick tracèrent une brisure verte. Une lumière coula sur la prairie. Il y eut un moment de ténèbres et le soleil se releva. Il avait rebondi nonchalamment sur l'invisible mer. Il était pareil à une grosse goutte de miel.

La baronne Blexen ne manquait jamais le bal. Chaque fois, elle étrennait de nouveaux falbalas. Une de ses camérières avait imaginé une construction de taffetas, de soieries et de satin. Des rubans faufilés dans une perruque violette voltigeaient autour de sa petite figure. Elle avait enduit ses joues de bistre et de rose, avec des paillettes d'or et comme elle était juchée sur une chaise à porteurs et qu'elle était grosse comme une

L'incendie de Copenhague

poupée, le gouverneur Henrik Unquist la compara à une impératrice de la Chine assistant à un service de funérailles. « Assistant à ses propres funérailles », dit la baronne et le gouverneur voulut réparer son indélicatesse mais la baronne était joyeuse comme un chevalier gambette, elle balançait les pieds, et toute la compagnie était joyeuse et le ciel était joyeux car il était bleu et on ne voyait pas les étoiles.

Jørgen Bodelsen avait choisi un uniforme fantasque, un dolman vert soutaché d'écarlate et envahi de brandebourgs, de franges et de toute une argenterie d'aiguillettes. Il miroitait. Quand il se joignait aux danses, son sabre lançait des étincelles.

Dès que le soleil eut repris sa course, le cornette s'avança sur la corniche, le long du précipice, une main d'aveugle en avant et forçant sur sa boiterie, mais c'était un jeu de bamboche. Les domestiques avaient dressé des couffins de victuailles et disposé, sur des nappes frappées de la couronne danoise, des vaisselles de Dresde aux motifs polissons — des femmes nues avec des pampres et des satyres — et des flacons d'eau-de-vie, de vin, de bière et d'hydromel.

Le cornette s'était tout de suite appliqué à boire. Il faisait le fou, c'était un jeune officier très charmant, avide de vie et d'amours et il débitait des compliments de guimauve à toutes les dames, à toutes les demoiselles des parages. Il chargea un long fusil au canon gravé de scènes de chasse, ajusta le soleil, tira, rata, les dames tressaillirent et Greta Sorrenssondóttir le gronda aimablement.

— Monsieur le cornette, seriez-vous pas écervelé ? dit-elle. Nous n'avons pas beaucoup de soleils, nous avons dû utiliser celui de l'an dernier, voyez comme il est pâle et si vous le cassez, avec vos machines à poudre,

L'incendie de Copenhague

qu'est-ce que nous allons devenir ? Comment nous y prendrons-nous, l'an prochain ? Il est déjà inespéré qu'il consente à se relever, à ressusciter, comme disaient les *godar,* chaque année. Je vous saurais gré de ne point l'ébrécher.

Jørgen s'inclina cérémonieusement. Il s'engagea à épargner l' « astre étincelant ». Il ne tirerait plus que sur les orages et sur les neiges. Sur les lièvres aussi, mais il n'y avait pas de lièvres dans ce pays, pas de moustiques, et comment s'y prendre ? Du reste, il avait seulement voulu confectionner un nuage, dit-il en montrant la bulle de fumée blanche qui montait en se dandinant dans le ciel calme.

— *Sol invictus...,* dit Greta.

Le coadjuteur de Skálholt, commodément assis sur une grosse pierre moussue, admira que la femme du gouverneur, qui regrettait tellement les *godar* et les dieux félons d'Asgard, connût le latin, qui était langue d'Église. Greta fut très contente :

— Ce que je connais, monseigneur, c'est que notre île nageait dans l'opulence aussi longtemps qu'elle rendait hommage aux dieux des Germains. Avez-vous lu les chroniques, les sagas ? Elles s'extasient sur le pays de lait et de miel. Elles décrivent de grandes forêts de chênes et de frênes, il y a des bouleaux et des ormes, il y a des troupeaux de moutons et de veaux sur les pentes de toutes les montagnes et puis, un des vôtres, monseigneur, je ne connais même plus son nom...

— Greta veut faire l'esprit fort, dit l'évêque avec bonhomie ; mon Dieu, si la chose convient à ses humeurs...

— J'aime bien votre Seigneur Christ, monsieur Arsson, il est très miséricordieux ; seulement voilà : ce prélat, ce Mgr Thorgeir de Ljosvatn, se cache trois jours sous sa peau de mouton et toute l'île doit embrasser le Christ.

— Tiens donc, dit l'évêque, voilà que le nom vous revient. Mais Thorgeir de Ljosvatn n'était pas un prélat puisqu'il n'y avait pas encore d'Église. Thorgeir était un *godi,* un de vos prêtres germains, chère Greta ! Quoi qu'il en soit, vous vous rappelez soudain son nom !

— Il me revient de temps en temps, son nom, et puis il s'en va. Et il ferait mieux de ne jamais revenir parce que, monseigneur, vous concéderez que cet évêque-là, avec ses *godar,* a un peu persécuté ceux qui répugnaient à troquer un dieu contre un autre, est-ce que j'invente ?

— Il leur ménageait un raccourci pour accéder à la vie éternelle, madame.

— Bien sûr, monseigneur, bien sûr, et que se passe-t-il, dans la suite, quand toute l'Islande l'a gagnée, votre vie éternelle ? Je vais vous aider : quelques siècles passent et il n'y a plus un arbre dans les parages, plus un mouton, plus un seul veau, et notre pays devient un Golgotha, un ossement, un crâne... et la mort règne, et les enfants se ratatinent. Je consens, monseigneur, que votre Seigneur Christ était bien profilé pour les pays du désert, pour la Sicile et pour l'Estrémadure, et pour l'Égypte, mais chez nous... Oh ! et puis à quoi bon, monseigneur...

L'évêque resta court. L'épouse du gouverneur, par un procédé des cils, salua sa victoire. Eggert Pétursson avait suivi l'échange avec une expression narquoise. Il s'était mis en frais. Pour une fois, il avait soigné sa personne, noué une haute cravate de moire et mis des culottes bouffantes. Il s'était promis d'oublier la neige, le meurtre du pasteur, les sournoiseries de la Cour, deux années de défaite et ces insaisissables parchemins.

L'incendie de Copenhague

Il se montrait espiègle, ce n'était pas dans ses manières et les dames dirent : « Qu'est-il arrivé à notre réciteur des lois ? »

Le juge se dirigea vers le cornette, l'attrapa par les épaules et se tortilla bizarrement au son des violes, en serrant dans la main un gobelet d'eau-de-vie qu'il vidait pour le remplir à mesure. Il levait les jambes très haut, hochait la tête et reniflait en plissant le nez.

L'air était clair, pétillant et frais. Les nuits blanches sont des sorcières. Le ciel est vulnérable, un aigle un peu godiche y eût laissé la trace de ses griffes ou bien l'eût déchiré, les montagnes bougent et frissonnent, et le ciel est pur, le ciel est un grand trou et Greta Sorrenssondóttir répétait un mot qu'elle trouvait charmant :

— De grâce, docteur Pétursson, ne me parlez pas de nuit de la Saint-Jean. Dites « le vide de la Saint-Jean ». Ce soir, voyez-vous, nous jetons un œil dans la fissure qui sépare le jour de la nuit. Le voile s'écarte. Il nous donne à épier les coulisses du théâtre.

Greta Sorrenssondóttir parlait à Eggert mais Eggert était dans des rêves et, quand il retrouva ses esprits, il se dit que la femme du gouverneur l'interrogeait depuis un moment sans doute et il monta en marche dans une phrase opaque. Greta citait une personne qui se piquait de tout expliquer et elle en jugeait sévèrement.

— Elle me fait rire, disait la femme du gouverneur. On bâille déjà pas mal quand on ne comprend rien. S'il fallait en plus tout expliquer, on bâillerait à perpétuité, on finirait par se décrocher la mâchoire, n'est-ce pas votre sentiment, monsieur le juge, et une mâchoire décrochée, merci ! Je vous le dis : si on sait tout, autant réclamer tout de suite son billet de sortie aux dieux ou aux démons...

Elle s'était composé l'allure d'une paysanne de

L'incendie de Copenhague

comédie, avec une jupe ornée de fleurs jaunes et attachée très haut pour allonger la taille. Elle plongeait la main dans une aumônière et lançait dans la prairie des volées de graines à l'intention des oiseaux.

— Ils ne crient pas, dit-elle. Les oiseaux sont des timides. Mettez-vous à leur place : la nuit et le soleil en même temps, c'est beaucoup pour une petite tête de sterne ou de courlis. Ils ne savent plus à quel dieu se vouer, eux non plus, mais ils ne dorment pas. Je crois bien qu'ils ne dorment pas. Vous entendez, il y a des frémissements d'ailes dans les joncs et il y en a dans les bruyères. Ils sont inquiets et enjoués. Écoutez...

— Mais, dit Eggert, quelle est-elle, cette personne qui se pique de comprendre tout ?

— Je ne vous l'ai pas dit ? C'est vrai. Je crois bien que je ne vous l'ai pas dit. C'est une de mes amies très chères, vous ne la connaissez pas. Voyez-vous, si un de vos philosophes, votre Monsieur Galileus ou votre Monsieur Leibniz, m'expliquait pourquoi les falaises, là-bas, de l'autre côté de la vallée, ont la couleur du cuivre et qu'on croit qu'on les câlinerait de la main alors qu'elles sont au loin, vrai, je me boucherais les oreilles, je ferais comme ça, jusqu'à ce que M. Leibniz ferme son bec philosophique... Monsieur Johannes Kepler a usé beaucoup de chandelles à calculer que la neige est formée de cristaux. Jolie trouvaille ! Est-ce qu'on peut aimer les cristaux ? Et puis, pourquoi ne pas dire le contraire ? Serait-ce une faute de dire que les cristaux sont formés de neige ?

Elle avait des yeux effrontés, elle était vaniteuse et provocante et elle jeta du grain aux oiseaux. Puis elle dit que les amours sont des nuits blanches, des nuits de Saint-Jean. Elles sont brèves. Elles donnent le vertige. Mais si on pouvait expliquer les emballements du cœur,

L'incendie de Copenhague

il resterait quoi ? On ne ferait plus l'amour, on n'aurait plus le vertige et une vie sans vertige, ça ne vaut pas un écu.

La jeune femme avait des lèvres très rouges. Par souci de perfection, elle les mordilla pour les meurtrir et qu'elles soient gonflées et impudentes. Dans la suite, elle était un peu perdue et elle suggéra que le cœur de monsieur l'assesseur n'était pas un cœur épris car les assesseurs, à en juger par les ouvrages qui traitent de leurs sentiments, ne sont pas de très bons amoureux.

Eggert rougit. Les femmes l'affolaient, il n'avait pas le goût de parler de lui mais il n'avait pas coutume de boire et cette nuit était rare. Il dit qu'il avait aimé une demoiselle. Il était très jeune, c'était l'époque où il suivait les leçons de l'université au Danemark, il arrivait de son Islande, il se sentait comme un barbare au milieu des dames à zibeline de la capitale et la demoiselle était la fille d'un prévôt du roi. Un jour, dans la Børsgade, elle avait trébuché sur une plaque de neige, c'était l'hiver, Eggert passait par là et il l'avait soutenue. La jeune fille avait souri et s'était sauvée, elle était très confuse. Après, chaque fois qu'Eggert la croisait dans la ville, son cœur se serrait et s'il ne la voyait pas durant quelques semaines, il ne se rappelait jamais la forme de ses lèvres et même pas ses yeux. À quoi cela rime-t-il de vivre si l'on n'a point de souvenir, c'était comme s'il n'avait jamais touché la main de la jeune demoiselle, est-ce que Greta Sorrenssondóttir n'allait pas se moquer de lui ?

Il avait un aveu à faire à Greta : il aurait voulu se nicher dans l'instant où la demoiselle de la Børsgade l'avait remercié d'un sourire, est-ce que Greta Sorrenssondóttir comprenait cela, et Greta Sorrenssondóttir comprenait. L'hiver suivant, la jeune fille de la Børsgade était morte de consomption et Eggert avait été nommé bibliothécaire du Muséum. Son âme était transie et la jeune fille ne passait plus dans les rues, le matin avec son ombrelle, et Eggert oserait-il confesser à quoi il pensait souvent ? Il pensait aux mains de la demoiselle car elles étaient très petites.

Greta releva son étole. Elle n'avait pas froid mais la lumière était de la couleur d'un lac. Elle jetait des regards intrigués à droite et à gauche avec une expression inquiète et Eggert pensa qu'il l'avait mal jugée. Greta avait un maintien altier et dominateur, elle était haute et forte comme une femme des sagas, elle était impérieuse et tyrannique, peut-être cruelle, une jolie femme cruelle, et ses yeux étincelaient, elle était plus coquette qu'une poule faisane et un peu friponne, oui, mais elle parlait comme on parle dans la nuit.

— Mon amie vient d'arriver, souffla-t-elle.

— La dame qui explique tout ?

— Non, dit Greta qui parut soulagée de parler d'autre chose, non, c'est une dame qui n'explique rien, c'est mon amie. Elle s'appelle Björk, Björk Feyrussdóttir. D'ailleurs vous la connaissez bien, elle était chez moi quand le curé Todor a dit ses sornettes, pauvre Todor, elle s'est entichée de vous ce jour-là, et je suis sûre que la baronne Blexen va vous commander de la faire danser. Mme Blexen a des marottes. Elle est fantasque. Ne trouvez-vous pas qu'elle est fantasque ?

— J'aime beaucoup Mme Margrethe.

— Eh bien, qu'attendez-vous ? Invitez mon amie, invitez Björk Feyrussdóttir, puisque, de toute façon, la baronne Margrethe vous prescrira de le faire. La chère dame ! Elle sera bien étonnée. Je la vois déjà,

L'incendie de Copenhague

elle rajustera sa perruque, elle dépliera ses lunettes, elle s'est mis des cheveux violets aujourd'hui, des cheveux violets, je vous demande un peu...

Eggert se sentait plus gourd qu'un forgeron dans cette compagnie de frivoles. Les mots filaient comme des souvenirs, il ne les entendait pas même. Pour masquer ses maladresses, il emprunta un violon à l'un des musiciens. C'était son seul talent de société, autant l'exploiter, les notes de musique feraient écran à son désarroi.

Il mit un genou à terre pour jouer une romance d'Allemagne. Le gouverneur Unquist l'observait, il se tenait cambré, le monocle à l'œil, les pouces dans son gilet, décontenancé, avantageux et bienveillant. Eggert courait après les notes qui se dispersaient comme une bande de renards et il jouait très bien. Le menton collé au violon, il vit que Björk Feyrussdóttir était tout près de lui. Elle accompagnait de la tête les mouvements saccadés de l'archet. Elle avait des souliers de cuir tressé avec des boucles d'argent. Sur son bras on voyait une légère tache brune et Eggert, quand il eut achevé le morceau, s'inclina devant la jeune femme.

La baronne Blexen, dressée dans sa chaise, le cou tendu, enfonça la main dans son jabot duquel elle tira ses besicles. Sa bouche fendillée de cassures violettes était toute ronde. Ses yeux aussi s'arrondirent quand les deux jeunes gens se mêlèrent à la danse, puis elle ferma les yeux.

Demoiselle Björk tournait sur elle-même, on ne la voyait pas tourner car elle était lente et grasse. À la fin de la danse, elle battit des mains ; la prairie scintillait, la prairie si verte, si fraîche, et les soleils de la nuit étaient des caresses et demoiselle Björk dit que la campagne était émerveillée. Eggert la reprit délicatement. Non, la

L'incendie de Copenhague

campagne était merveilleuse, elle n'était pas émerveillée, cela ne pouvait pas se dire, mais Björk répéta que la campagne était émerveillée, éblouie même, et serait-ce que monsieur l'assesseur ne la trouvait pas belle ? Demoiselle Björk, elle, la trouvait belle à pleurer.

Eggert acquiesça, la prairie était émerveillée, oui, c'était bien le mot, cela pouvait se dire, la prairie était même éblouie. D'ailleurs, Eggert rendait grâce à Dieu, il remerciait le Créateur au nom de chaque brin d'herbe et la criaillerie des oiseaux faisait comme un filet aux mailles dorées. La jeune femme réfléchit et dit : « Même au nom des crapauds, vous remerciez le Créateur ? » et Eggert dit : « Même au nom des araignées », et il eût entonné de bon cœur un cantique à la beauté des choses mais demoiselle Björk devait lui pardonner car il avait peur de réveiller en sursaut la terre évanouie et Björk ferma les yeux et elle fit comiquement le signe du silence, un doigt sur les lèvres, mais elle était sans souci car l'été finit toujours par revenir, quoi qu'on en dise, et chaque été est plus beau que tous les étés et ça finirait par le paradis, le paradis...

Demoiselle Björk, tout debout dans la prairie, était blanche et dodue. Ses cheveux lisses coulaient sur sa gorge et Eggert n'avait jamais connu figure si douce et si bel ovale et si bel émail. Les cils étaient longs, passés au noir, ils enténébraient les regards. Quand la musique se tut, la jeune femme tourna encore sur place, elle était craintive et elle parlait comme en silence.

Elle dit :

— Vous savez à quoi je pense, monsieur le réciteur des lois, mais vous n'allez pas me taquiner ? Vous me le promettez, de ne pas me taquiner ? Je pense que ces herbes et ces oiseaux et ces collines, et toutes les choses de la terre, continueront à être là, même quand nous

L'incendie de Copenhague

serons retournés à Bessastadir, même quand nous dormirons au cimetière. C'est ce que je me dis toujours quand je suis au bord de la mer, on dit au bord de la mer comme on dit aussi au bord des larmes, et je me dis que les vagues continuent à faire leur fourbi et leur vacarme même quand il n'y a personne... et aussi quand il n'y aura plus personne du tout. Et de penser à ça, j'ose à peine le dire, de penser à ça, ça me fait comme si nous n'étions pas au monde et ça me donne l'envie de pleurer, pleurer de joie, de reconnaissance...

Le gouverneur réclama une autre danse. Eggert regardait le bras de la jeune femme à cause de la tache brune et Björk détacha l'écharpe blanche nouée à son cou, la tendit à Eggert. Elle aurait aimé lui présenter une hutte toute proche et qui servait jadis aux charbonniers. Elle marcha dans la prairie et comme Eggert tenait un bout de l'écharpe, la jeune femme disait qu'elle le remorquait et cela la faisait rire.

Eggert eut plaisir à fouler les herbes tièdes, toutes mouillées. Chaque pas de la femme soulevait des parfums de paille, de verdure et de pourriture et les hannetons ne chantaient pas. Björk Feyrussdóttir dit que jadis ce promontoire était planté de bouleaux et, l'assesseur l'avait-il remarqué, l'hiver les bouleaux sont invisibles dans la neige, les paysans les avaient coupés pour se chauffer mais il en restait quelques-uns quand même. Elle poussa la porte et s'assit sur un tabouret en étalant sa robe en corolle. Une main sur sa gorge, elle joua avec la dentelle de sa chemise.

— Parfois, dit-elle en hésitant, je doute si monsieur l'assesseur m'a jamais aperçue au palais de Bessastadir.

— Je vous ai souvent vue, dit Eggert, vous étiez à votre broderie.

189

L'incendie de Copenhague

— Oh, dit Björk avec malice, monsieur l'assesseur a une très bonne vue.

Et elle taquina le juge. Il eût été bien empêché de décrire le motif de la broderie mais Eggert se rappelait, il y avait des papillons jaunes, une chaîne de renoncules, des cœurs-de-Marie et deux maisons de poupée. Björk fut reconnaissante, un peu dépitée tout de même car le docteur Pétursson avait oublié le motif principal et Eggert dit que non, il n'avait pas oublié, il dit que Björk avait commencé à dessiner une guirlande de roses mais chaque fois qu'il revenait au palais, la jeune femme faufilait le même pétale.

— Je ne sais pas faire les pétales, dit Björk d'un air contrit. Au pensionnat, j'étais toujours dernière en pétales, mes compagnes étaient toutes premières. Alors, je recommence la même guirlande. Vous croyez que c'est la même tapisserie mais c'est chaque fois une autre. Malheureusement, je ne connais qu'un seul motif.

Elle releva la tête. Ses yeux brillaient car elle était troublée que le juge ait avisé les roses et Eggert lui caressa la joue, si doucement qu'à peine elle le savait, mais il se sentit indiscret et il ouvrit la porte de la cabane. Un peu d'air entra en sifflant. Quelques feuilles de bouleau tombées voletèrent dans la hutte. Björk rangea les feuilles qui étaient très rabougries dans sa bourse de perles.

— Mon Dieu, dit-elle, nous sommes déjà au milieu de la nuit... ou bien au milieu du jour, on ne sait plus...

Et Eggert dit :

— Est-ce que vous ajouterez ces feuilles dans votre prochaine broderie ?

Björk ne savait pas encore, puis elle s'en alla car elle ne voulait pas qu'on jabote sur elle, mais au fond ça lui

L'incendie de Copenhague

était bien égal, elle n'avait pas de fierté. Eggert la regarda courir, elle se balançait comme les petites filles mais elle était grosse et elle n'avait pas de panier à son bras.

Sur le belvédère, Mme Margrethe trônait dans son fauteuil d'osier. Elle pointait sa jumelle vers le fond de la gorge car toute la société avait voulu descendre dans le vallon. Eggert dévala un sentier escarpé. En bas, des herbes, des lichens, des mousses bordaient la rivière. Un groupe de jeunes gens jouaient aux barres. Deux femmes dansaient, paupières baissées, et se chamaillaient par plaisanterie car elles se trompaient de pas. Les musiciens leur vinrent en aide : ils ralentirent le mouvement.

Un peu plus loin, un jeune homme et une jeune dame se penchaient sur l'eau. Ils jouaient à s'embrasser dans leurs reflets. Le courant était vif et leurs figures s'emmêlaient et c'était un bon présage. La femme se redressa, rejeta son chapeau sur la nuque, un ruban de velours noir lui coupait le cou. À cause de ses lèvres ouvertes, elle était vorace et se laissa glisser en arrière, dans l'herbe, en faisant tomber son cavalier, elle l'aimait.

Le docteur ne voyait plus demoiselle Björk et il dansa jusqu'au matin. Jørgen n'était pas là, Jørgen était un enchanteur, il séduisait les dames, peut-être était-il avec demoiselle Björk, cher Jørgen, et Björk n'avait pas de fierté. L'air embaumait. Les oiseaux avaient retrouvé confiance, ils faisaient du chahut, étaient-ce des hirondelles de la mer ? Au loin, dans les lacs de la montagne, s'élevait le cri des plongeons qui était sauvage et malheureux.

Une femme allait à petits pas dans les prés, dans les fleurs. Deux officiers danois l'entouraient. Elle les

L'incendie de Copenhague

embrassait tour à tour. Elle avait une expression consciencieuse, affairée, une ride entre les yeux, comme si elle avait craint de donner plus de plaisir à l'un ou à l'autre de ses servants. Quand le soleil fut à mi-hauteur du ciel, tous les invités échangèrent des fleurs. À cette époque, on échangeait des fleurs.

Eggert escalada le raidillon qui conduisait au belvédère et Mme Blexen, qui était excitée, le fit appeler par un de ses laquais. Elle lui attrapa l'oreille et dit que la jeune dame Björk se consumait d'amour et Eggert dit : « Dame Björk ? » et la baronne dit :

— Elle a été mariée.

Et Eggert dit :

— Je sais, vous m'avez parlé de son mari mais c'est bête, je l'appelle toujours demoiselle Björk.

La baronne avait un œil de lynx, elle avait tout vu et Eggert était un nigaud, Eggert était une bûche, est-ce qu'une dame honnête entraîne un homme dans une cabane de charbonnier sur un belvédère, la nuit de la Saint-Jean, si elle n'a pas une galanterie dans la tête, et même une dame malhonnête ? La vieille dame suça ses dents :

— Mais, dit Eggert, il n'y a qu'une seule nuit de la Saint-Jean par an. Alors, s'il me faut attendre une nouvelle Saint-Jean ! Il me faudra trente années pour nouer une romance ! Et puis, madame la baronne, même les oiseaux sont ivres, aujourd'hui...

— Dame Björk n'est pas un oiseau. Elle est à point, trancha Margrethe avant de frapper du plat de la main le grand front blême d'Eggert, et vous êtes une grosse bête. Je vais vous raconter ce qui arrivera. Une autre dame, plus grossière, aura moins de modestie et vous serez entortillé, docteur Pétursson. Vous n'aimerez pas cette autre dame mais vous l'épouserez. Et chaque fois

L'incendie de Copenhague

que vous apercevrez dame Björk, votre vie défilera devant vous, en chaise de poste. Vous n'êtes pas capable, monsieur Pétursson, de grimper dans votre propre vie !

Et Eggert :

— Ne pensez-vous pas, madame la baronne, qu'on ne monte jamais que dans la chaise de poste d'un autre ?

La baronne accorda un bon point à Eggert. N'avait-elle pas elle-même épousé un homme qu'elle n'aimait pas, mais comment se fût-elle mariée avec celui qu'elle aimait puisque cet homme ne vivait sans doute pas au Danemark mais dans le Tyrol autrichien ou dans les montagnes Carpates, qui sait, et qu'au demeurant, elle ne le connaissait pas ? Elle eut un rire très frais et elle conclut abruptement :

— Raison de plus pour aimer celle qu'on aime.

— Mettez-vous à ma place, dit Eggert, si je n'aime pas Björk Feyrussdóttir, faut-il pourtant que je l'aime ?

Et la vieille dame :

— Parce que vous ne l'aimez pas ?

— Comment voulez-vous que je sache si je l'aime avant de l'aimer ?

— Eh bien, c'est tout facile, monsieur Pétursson. Je vais vous fournir la recette : aimez-la et à ce moment-là vous saurez que vous l'aimez. Il ne faut pas mettre la charrue avant les bœufs, monsieur Pétursson. Il faut être simple. Vous compliquez tout.

Eggert se prit la tête dans les mains, les logiques de la baronne lui avaient toujours donné un peu de mal à la tête. Il changea de terrain.

— Madame la baronne doit tenir compte des circonstances. Dans quelques heures, je reprends la route. Je ne vais pas ouvrir une romance. Je ne peux tout

L'incendie de Copenhague

mener de front, folâtrer dans les prairies de la Saint-Jean et galoper dans la neige.

— Il n'y a pas de neige cette nuit, dit Margrethe.

— L'été est si petit !

— Dites-moi au moins que vous êtes en émoi.

— Ah oui, je suis troublé. Voyez mes mains, madame, mes mains tremblent mais la mission...

— Ça y est, il va encore m'assommer avec ses parchemins !

— Mais, c'est vous qui... Je croyais, au contraire...

— Vous avez raison de croire, oui, c'est moi... j'y tiens beaucoup, aux parchemins, mais parfois, Pétursson, c'est en se laissant distraire... parfois c'est en se trompant de chemin... Supposez par exemple que dame Björk vous conduise aux Helsingør, au marquis de Helsingør et à sa femme ?

— Les Helsingør ? Encore ! Mais, madame, je vous l'ai dit, je ne connais pas les Helsingør. Et les Helsingør, je crois, n'existent pas !

— Libre à vous de ne pas les connaître. Personne n'est irréprochable. Je ne vous fais pas un procès. Je gage pourtant qu'ils ne sont pas étrangers à toute l'histoire. Et dame Björk...

— Parce que Björk est une amie des Helsingør ?

— Tout le monde connaît tout le monde, à Bessastadir.

— Mais si tout le monde connaît les Helsingør, pourquoi dame Björk ?

— Exact, Pétursson ! Pourquoi Björk ? Mais je vous renvoie la balle : pourquoi pas elle ?

Mme Blexen replia ses besicles. Elle avait trouvé intéressante cette Saint-Jean. Pourvu que celle de l'an prochain soit belle ! Pétursson contempla les épaules maigres. C'était une dame légère et invincible. Elle ne déposerait jamais les armes. Margrethe eut un sourire et le juge admira que cette bouche fît des sourires si tendres. Il déposa un baiser sur la joue. La baronne grognassa un peu. Un géant du Hanovre prit son fauteuil à pleins bras et la déposa dans son palanquin.

Chapitre XII

La fête de la Saint-Jean était la gloire de l'été. Dans quelques semaines, à la fin du mois d'août, éclateraient les nuits de fer avec les premières gelées. Ensuite viendraient la Saint-Olafr, l'automne, le clignotement des feux dans la montagne, les tempêtes, les neiges, et les oiseaux de mer continueraient leur vacarme.

La mission reprit la route. Les hommes étaient de belle humeur. Ils errèrent dans le Kirkjubaejarklaustur. Après les cruautés du dernier hiver, la chevauchée dans les prairies pelucheuses, qui s'étendaient entre les derniers promontoires de l'Helka et la mer toute proche, était très agréable. À cette saison, on croisait des prostituées, mais comment parler de prostituées si toutes les femmes de l'Islande étaient des putains, comme le disaient bêtement les Danois ?

Chaque printemps, ces femmes quittaient leurs trous de neige ou leurs cavernes pour établir leur industrie le long des rivières, en été et au début de l'automne aussi. De loin, elles semblaient des dames à la promenade mais elles étaient pauvres. Emballées de torchons de tille, elles laissaient les vagabonds ou les chevaliers

L'incendie de Copenhague

piller leurs corps en échange d'une tripe de mouton ou d'un œuf au lait aigre. Elles avaient toujours faim. Elles grignotaient pendant que les hommes haletaient sur leurs figures mais elles étaient consciencieuses. Elles criaient.

Jørgen Bodelsen disait que ces malheureuses le distrayaient des pimbêches de la Cour. Elles n'avaient pas de fourberie, pas de vanité et elles étaient conciliantes. Les gendarmes, les palefreniers et Vieux Gunnarr, Jørgen même, leur faisaient un brin de cour. Quand ils avaient le temps, ils les aimaient. Le docteur Pétursson se montrait débonnaire. Il fermait les yeux. Il dédaignait ces exercices mais puisque ses compagnons les appréciaient... Ces femmes leur fournissaient de la tendresse. Eggert prenait à peine la précaution de faire monter la garde par un scribe : c'eût été un comble que les longs manteaux bleus attaquent pendant les débauches.

Les brigands étaient envolés. Jørgen Bodelsen les regrettait. Il s'était accoutumé à cette clique de hors-la-loi. Il enrageait d'avoir perdu leur piste. Eggert Pétursson mit les choses au point : le cornette mélangeait les choses :

— Nous ne sommes pas sur la piste des bandits, monsieur Jørgen. Ce sont les bandits qui courent à nos trousses !

Et Jørgen, sarcastique :

— Bien sûr, où ai-je la tête ? Mais convenez que, dans ces solitudes, ils nous tenaient compagnie.

Le jeune homme caressait son fusil. Il aimait bien lâcher son coup, de temps en temps. Il n'y avait pas de lapins à tirer, dans cette terre sans gibier, sans moustiques, sans serpents, sans arbres, sans sagas, sans promesses, sans bonheur, sans rien. Et maintenant les brigands faisaient faux bond, maudite terre !

Le cornette ne perdait pas espoir : quand on faisait le rond, à l'abri d'un rocher ou dans les grottes où jadis avaient vécu les *papars* irlandais, saint Brendam peut-être, au temps de Ketill le Fou, il scrutait les alentours dans l'attente qu'un buisson remue ou qu'une silhouette caracole dans les éboulis. Comme il ne voyait rien, il pestait. La mission avait échoué. Elle n'avait pas déterré un seul parchemin. Et maintenant, elle avait égaré son unique trouvaille, l'escouade des longs manteaux.

— Ils ne nous canardent plus, disait-il aigrement. Ils nous méprisent. Ils ne se fatiguent plus à nous courir après. Nous comptons pour rien, monsieur Pétursson, voilà ce que ça veut dire. Tout le monde nous laisse tomber. Notre roi nous a oubliés depuis un siècle. Le gouverneur et son épouse ne songent qu'à leurs amours, à leurs intrigues, à leurs guipures ou à leurs catarrhes. Quand nous avons débarqué, ils ont fait semblant d'être sur le qui-vive, ils nous ont mis de gros bâtons dans les roues, ils ont pris le soin de tuer un pasteur pour nous flatter, c'était une politesse, un cadeau de bienvenue, monsieur Pétursson, ils voulaient nous amadouer en nous faisant croire qu'en effet il y avait des vélins et que ces vélins valent plus qu'une crotte de chèvre... ou bien simplement pour faire chic...

Eggert regardait sévèrement son jeune adjoint.

— Monsieur Jørgen, disait-il, je n'apprécie pas vos plaisanteries, elles manquent d'élégance. Comment osez-vous insinuer que la mort du pasteur, le gouverneur Unquist et son épouse auraient pu être mêlés à cette infamie... Je vous en prie, monsieur Bodelsen...

L'incendie de Copenhague

— Je ne plaisante pas, glapissait Jørgen. Vous refusez de voir les choses en face : Bessastadir et la Lögrétta même se désintéressent de nous. Et voilà que les brigands à leur tour ont renoncé à nous tirer dessus. Et maintenant, nous sommes seuls ! Comprenez, monsieur Pétursson, si on ne nous canarde plus, nous sommes abandonnés ! La seule preuve de l'existence des vélins, puisque le gros pasteur est mort, c'était justement les hommes aux longs manteaux et les balles de leurs tromblons. Et s'ils ne nous suivent plus, c'est qu'il n'y a pas de sagas ! ou bien que tout le monde se fiche que nous repérions les sagas ou non parce que les sagas... Alors ?

— Monsieur, nous cherchons les sagas... et puisque nous les cherchons, c'est bien la preuve qu'il y a des sagas, s'obstinait Eggert.

Au début du mois d'octobre, ils firent étape dans un hameau en colimaçon accroché au pied d'un volcan à l'ouest de Kaldur. Le ciel était morne, on allait vers l'hiver, le matin les prés étaient beaux à cause du givre. Eggert se ménagea une solitude dans un cagibi étroit que fréquentaient les souris et qui empestait l'urine et l'excrément. Le soir, il étudiait de vieux textes islandais, des chroniques et des mémoires, dans la vue de repérer les lieux où l'on avait chance de débusquer les vélins. Il s'était mis dans la tête que les pilleurs de bibliothèques avaient écoulé leur butin à proximité des *scriptoria* et des couvents où ils les avaient chapardés. Deux régions répondaient à ces exigences : la plaine qui entoure le couvent de Helgafill et, plus loin la région de l'abbaye de Hüsafeel.

Il veillait tard pour déchiffrer ses dossiers, au risque de se casser les yeux. Un soir, vers minuit, comme il avait étouffé sa chandelle, des coups sonores manquèrent de desceller la porte de la cellule. Les gonds grincèrent et la tête de Vieux Gunnarr s'avança dans l'entrebâillement, suivie du corps.

Le petit homme tenait une bougie de suif dans le poing et marchait en canard. Il posa le bougeoir au sol. Ses mains pendaient le long de sa culotte. Il avait pris cinquante ans dans la nuit. C'était signe d'une émotion. Eggert connaissait son Vieux Gunnarr : le bonheur le faisait vieillir. La peau de son visage prenait alors l'aspect lisse, marbré, livide qu'on voit aux peaux des moines ou bien aux vélins. Les lèvres tremblotaient et produisaient une salive épaisse. Eggert leva un sourcil :

— On ne frappe plus avant d'entrer ?

Vieux Gunnarr fit une courbette. Il répugnait à gêner le repos de l'assesseur mais l'heure n'était pas aux salamalecs. On n'allait pas se perdre en civilités.

— Pardonnez-moi, mon maître. Il est arrivé quelque chose. Quelque chose d'incroyable. Je me devais de passer outre aux protocoles.

— Eh bien, nous verrons la chose incroyable tout à l'heure. J'ai grand sommeil. Tu repasses la porte, tu retournes dans ta grange sans faire de bruit et je dors. On verra demain la chose incroyable.

— Non, dit Vieux Gunnarr fermement.

— Non ?

— Vous allez m'approuver, Votre Honneur, il y a urgence ! Acceptez-vous de m'entendre ?

— Vas-y, Vieux Gunnarr, vas-y, mais pas de bavardages !

— Vous avez vu cette dame, hier soir ? Nous avons un peu bavardé avec elle, monsieur le cornette Bodelsen, le gendarme Wamberg et moi-même, et c'est moi...

L'incendie de Copenhague

— Hier soir, Vieux Gunnarr, j'ai vu plusieurs dames, et c'est votre affaire. Je désapprouve mais je ne me mêle pas de vos vilenies...

— Je veux dire cette femme qui est grande, avec des gros bras, une grosse gorge, ronde et rose, une belle personne. Je vous l'ai montrée, elle ressemble à la Sulamite, vous savez, le Cantique des Cantiques...

Eggert sourit :

— Grosse ? Vieux Gunnarr : celle que tu m'as dite était grande, oui, mais mince, plutôt mince. Pas grosse du tout et pour tout te dire, je n'ai pas vu une belle gorge.

— Accordé, monsieur Pétursson, vous avez l'œil mais enfin, elle aurait pu être grosse, c'est ce que je voulais exprimer. Il ne faut pas s'empêtrer dans les détails. Et de toute façon, comment voulez-vous qu'elle ressemble à la Sulamite si elle est mince ?

— Mais je ne veux pas qu'elle ressemble à la Sulamite. Gunnarr, Vieux Gunnarr, tu me fatigues !

— Quand même, je l'appelle la Sulamite...

— Bien, dit Eggert d'une voix embrouillée, cette femme est aussi belle que la Sulamite. Si tu y tiens... Et c'est pour me dire ça et que tu as passé un moment avec elle que tu débarques ici avant le soleil. Mais que veux-tu que j'en fasse, de ta Sulamite ? Je t'aime bien, Vieux Gunnarr, mais quelquefois je me mords les doigts de t'avoir enrôlé, surtout que tu m'avais promis merveilles, des paquets de parchemins, et les parchemins, mon pauvre ami ! Allez, parle, parle et on éteint les feux.

— On n'éteint pas les feux, monsieur Pétursson, on les rallume parce que cette femme, mon Dieu, j'ai fait une petite noce avec elle.

— J'en aurais juré, Vieux Gunnarr, mais tu fais des petites noces avec toutes les femmes qui veulent bien

L'incendie de Copenhague

t'épouser une heure. Tu t'arrangeras avec le bon Dieu mais pour l'instant, tu files...

Vieux Gunnarr se déhanchait, passait d'un pied sur l'autre.

— Docteur, le bon Dieu me donnera sa pitié qui est infinie. Comme il connaît tout, il connaît pourquoi il arrive que je cède aux ivresses des sens, je dirais même aux enchantements des sens, car tout cela, mon prince, je veux dire les délices de la chair, ne laisse pas d'être enchantement, illusion...

— Je sais. Tu me l'as expliqué cent fois. Et si tu y cèdes volontiers, c'est que tu cherches les parchemins, mais c'est curieux, Vieux Gunnarr, c'est curieux, les parchemins, tu les cherches toujours au même endroit, dans les vêtements des femmes.

— Je pourrais m'offenser, dit Vieux Gunnarr. Vous ne m'ouvrez pas crédit. Vous ne songez qu'à la débauche. Vous ne considérez que le plaisir mais le plaisir, pfft... pfft... à peine un songe... Est-ce ma faute à moi si c'est dans les robes des femmes que se cachent les vélins ? Je suis « en amour commandé », monsieur, si j'ose l'expression.

Vieux Gunnarr était satisfait de sa formule. Il redit qu'il était « en amour commandé » et enchaîna :

— D'ailleurs, figurez-vous que cette grosse femme n'est pas une femme légère. Elle est grosse mais elle n'est pas légère. Elle n'est pas de ces pauvres créatures prêtes à vendre leur corps. Vous aurez tout de même remarqué qu'elle n'a pas l'allure d'une mendiante.

— Tu veux dire que tu l'as respectée ?

— Je l'ai respectée, oui, justement, mais elle m'a quand même jeté aux anges ! Et ces anges m'ont fait un gros cadeau.

Vieux Gunnarr se composa un air de mystère.

L'incendie de Copenhague

Appuyé au mur, il tenait les mains croisées dans son dos. Eggert était fourbu. Il entra dans le jeu de Vieux Gunnarr et lui demanda ce qu'il cachait. Alors, Vieux Gunnarr se mit à pivoter sur lui-même, avec une lenteur exaspérante, et finit par présenter, le dos tourné vers le chef de la mission, un chiffon noirâtre. Eggert prit ce chiffon, le lissa tant bien que mal sur sa main, chaussa ses lunettes et l'éleva dans la clarté de sa chandelle. La flamme grésillait. Sur le mur de torchis, la silhouette de Vieux Gunnarr faisait des simagrées.

Eggert attrapa une grosse loupe posée sur ses livres et observa le lambeau de cuir. Son expression changeait. Il jeta un regard affolé sur Vieux Gunnarr, puis de nouveau sur le chiffon et, à présent, sa figure était tendue, très blanche, incrédule.

— Attends, Vieux Gunnarr, attends !

Il sauta du lit tout en fourrant les pans de sa chemise dans ses chausses. Il saisit le bonhomme à bras-le-corps et le secoua. Comme il était très grand et maladroit, cassé en deux sous le plafond bas, il renversa une table sur laquelle Vieux Gunnarr avait posé son bougeoir. La chandelle tomba et enflamma la paillasse. Vieux Gunnarr poussa un juron. Il jeta un pot d'eau sur la couche et arracha violemment le paquet des mains d'Eggert.

— Dieu, hurla-t-il, Dieu ! Malheur !

— Qu'est-ce que c'est que ces feuilles ? cria Eggert. Encore une de tes farces ! Mais parle, parle donc ! Cesse tes miquemaques ! Où as-tu trouvé ça ?

Vieux Gunnarr ne répondit pas. Il tenait le paquet contre son nez en marmonnant des paroles incompréhensibles. Enfin il releva la tête et fit un petit bond sur place :

— Hosannah, monsieur Pétursson, hosannah ! Le bon Dieu nous protège, monsieur. Voyez : le trésor est

L'incendie de Copenhague

intact ! Pas trace de brûlure. Je dirais même : *Gloria in excelsis !* Les Puissances veillent sur nous.
— Tu réponds, Vieux Gunnarr ? Qu'est-ce que c'est que ça ?
— Je vous l'ai dit, monsieur, je ne m'isole pas avec les dames par concupiscence. Je remplis un devoir.
— Je sais, Vieux Gunnarr, tu me l'as dit. Tu es « en amour commandé » mais mon vieux, quand tu voles, quand tu mens, quand tu forniques, tu es toujours « en amour commandé ». Bien, et après ?
— Après, je vous sais gré de me faire confiance, dit Vieux Gunnarr d'une voix pédante. Nous cherchons des vélins, que je sache. Et les vélins, avec les siècles des siècles, sont devenus des souliers et des chemises, nous sommes d'accord sur ce point ?
— Oui, dit Pétursson.
— Et ce que vous tenez dans vos mains, docteur Pétursson, c'est un bout de chemise. Et sur ce bout de chemise, il y a quoi, je vous le donne en mille, je vous le donne en cent ! Il y a tout simplement un fragment de saga, un fragment de la saga de Njáll le Brûlé. Tout simplement. Voilà le travail ! Voilà ! Penserez-vous encore que je n'eusse pas dû vous alerter ?

Eggert avait arraché le paquet des mains de Vieux Gunnarr, le triturait, le déplissait, promenait sa loupe, maugréait.

— Où est-elle, cette femme, Vieux Gunnarr ? Fais-la venir. Immédiatement.
— Quelle femme ? dit Vieux Gunnarr.
— La Sulamite !
— La Sulamite, dit Vieux Gunnarr, mais oui, je vais la convoquer, et sans perdre une seconde. Toutefois, je dois porter un détail à la connaissance de monsieur l'assesseur. La Sulamite m'a faussé compagnie.

L'incendie de Copenhague

Le juge poussa un cri. Vieux Gunnarr eut un haut-le-corps.

— À mon âge, docteur Pétursson, et ces jeunes femmes sont très ardentes... oui... je l'avoue... je dormais...

— À mon âge ? À mon âge... Cesse tes contorsions, Vieux Gunnarr. Mais enfin, où s'est-elle procuré ça ? Elle te l'a dit ? Tu l'as interrogée ?

Eggert, si courtois, si affable, si discret et qui avait une vraie tendresse pour Gunnarr, saisit l'ancien prêtre brutalement, le fouilla au corps, lui donna des bourrades comme pour en faire tomber d'autres reliques. Vieux Gunnarr se dégagea en force.

— Docteur, dit-il, vous m'avez habitué à plus de considération. Ingratitude des choses ! Je mets la main sur le magot et l'on m'insulte. Avec tout le respect que je vous porte, monsieur, jugez-vous votre conduire raisonnable ?

— Mais tu te rends compte de ce que tu m'apportes là ?

— Je me rends compte. Je vous offre la saga de Njáll le Brûlé, rien que ça ! Rien que cela ! Je vous offre ce que nous cherchons depuis deux ans. Et qu'est-ce qui se passe ? Vous me malmenez !

— Mais enfin, pourquoi l'as-tu laissée filer ?

— C'est elle, mon maître, qui a filé, ne confondons pas. Moi, je suis ici. Ce n'est tout de même pas moi qui ai filé. Passez votre humeur sur elle. L'oiseau s'est envolé.

— Elle t'a parlé ?

— Pas un mot, monsieur Pétursson. Elle n'a pas dit un mot. Il y a des femmes, comme ça, qui ne disent pas un mot dans leurs débordements. Vous connaissez l'histoire de la sœur de Sarah dans la Bible qui préfère...

— Et elle a décampé ? Et toi tu ronflais. Mais pourquoi, enfin, pourquoi ?

Vieux Gunnarr alla à la fenêtre. La petite place ronde du hameau somnolait. Il n'y avait pas de lune mais le lavoir brillait et un chien aboyait du côté de l'église. On entendait aussi le remuement des moutons dans l'étable. Vieux Gunnarr fredonnait pour souligner son indignation.

— Allons, allons, dit Pétursson. Je me suis légèrement emporté mais tu conviendras que tes airs de complot...

Vieux Gunnarr se retourna, croisa les bras sur la poitrine et défia Pétursson du regard, le front levé.

— Monsieur Pétursson, je suis fâché et blessé à la fois. Mais l'affaire est grave. Je vous accorde mon pardon, monsieur.

— Accorde ce que tu veux mais où est-elle passée cette femme ? Il faut mettre la main sur cette femme.

— Puis-je placer un mot ? Écoutez : je n'ai pas perdu cette femme. Enfin, si, je l'ai perdue, mais c'est pour la retrouver. Je ne suis pas né de la dernière pluie. Je tiens à la prendre au nid et son nid, figurez-vous que je le connais. Elle m'a dit où elle gîtait.

— Mon pauvre ami : elle s'est moquée de toi, elle t'a raconté n'importe quoi. Ces femmes-là n'ont pas de maison. Ces femmes-là sont des oiseaux migrateurs. Comment veux-tu la prendre au nid ? Elle s'est moquée de toi !

— Elle ne s'est pas moquée de moi.

— Dans ce cas, tu es tombé dans un piège. Son nid, sais-tu ce qu'il y a dans son nid ? Il y a vingt manteaux bleus et vingt tromblons.

— C'est possible, monsieur, et ces tromblons sont chargés de bonne poudre et de gros plombs, j'en prendrais le pari et, même, c'est mon souhait. Nous cherchons les vélins ou nous faisons un jeu de société ? Vous l'avez dit vous-même à monsieur le cornette. Vous avez dit : « Dieu fasse que l'on nous tende un piège, nous nous précipiterons dedans si quelques coups de fusil sont le prix des manuscrits ! »

— On dit ça, oui, mais au fond... Où elle habite ?
— Elle vit à Teffavik, dans le château des Aiglefins.
— Teffavik ?
— C'est un domaine. Un grand domaine, de l'autre côté de la lande des Sources-Noires.

Eggert n'écoutait plus. Il avait pris son justaucorps, son chapeau, son balluchon et il donna l'ordre de convoquer sur-le-champ Jørgen, les gendarmes, les voituriers et les scribes. Vieux Gunnarr dévala l'escalier et quelques moments plus tard, Jørgen Bodelsen poussa la porte. Il avait les yeux rouges, il était en chemise et tenait ses bottes à la main. Eggert lui communiqua sa décision : on levait le camp. Direction : la plaine des Sources-Noires.

Le cornette prit fort mal la chose. Jamais la mission ne s'était écartée de l'itinéraire arrêté à Bessastadir. Si l'on commençait à zigzaguer et à improviser, on s'embrouillerait, c'était sûr, les mouches perdraient leur piste et par conséquent les manteaux bleus ne retrouveraient jamais la mission. Et les manteaux bleus étaient leur seule boussole, dans ces déserts. Au surplus, cette modification inopinée de l'itinéraire insultait aux lois militaires : à la guerre, un colonel prend d'assaut la ville que le général lui a commandé de prendre, même si cette ville est déjà tombée, voilà la force des armées, et c'est ainsi qu'on a vu traduire en conseil de guerre et même fusiller des officiers vainqueurs dont la victoire n'était pas prévue dans les plans du général en chef.

L'incendie de Copenhague

Eggert écouta et dit :

— Vous avez raison, monsieur Bodelsen, mais ici, le général, c'est moi !

Il considéra son adjoint de son haut et parla d'un ton qui n'appelait pas de réplique. Jørgen se tint coi : pour qu'un homme aussi aimable que l'assesseur cède aux mauvaises manières, il fallait qu'un événement soit advenu.

— En effet, monsieur Jørgen, dit Eggert, et le mot événement me paraît faible.

— Ai-je le droit d'être informé, monsieur ?

Pétursson jeta sur sa paillasse la feuille de vieux cuir.

— Monsieur Bodelsen, vous voyez ça ? Ça ressemble à un détritus et c'est un détritus. Mais ce détritus, c'est une saga ! Entendez bien, Bodelsen : voici notre premier vélin ! Cher Jørgen, ces sagas, vous disiez que les sagas n'ont jamais été écrites. Eh bien, ces sagas qui n'existent pas, vous en tenez un morceau dans votre main. La saga de Njáll le Brûlé ! C'est tout, Bodelsen ! Deux ans d'enfer, deux ans de damnation et la récompense ! Nous tenons le bout de la chaîne. Nous allons tirer dessus et toute la bibliothèque viendra. Alors, vous comprendrez, monsieur, que notre plan de marche soit un peu bousculé. Et que la mission doit décamper à l'instant. Oui. En pleine nuit, monsieur. En pleine nuit.

Jørgen s'était mis machinalement au garde-à-vous. Eggert lui exposa son plan. Le cornette allait réveiller son monde et dare-dare. Dans une heure, les chevaux et les mulets seraient sellés, les voitures encordées, on avait une longue route à couvrir et pas de flânerie... Jørgen claqua des talons.

En attendant que la troupe soit rassemblée, Eggert et Vieux Gunnarr se dirigèrent vers la partie basse du village. Ils s'assirent sur la margelle d'une fontaine, au

L'incendie de Copenhague

bord d'un escarpement, mais on avait beau écarquiller les yeux, on ne voyait pas à dix pas.

Une lumière serpenta dans les rues du village. Jørgen avait été vite en besogne. Le convoi s'approchait dans un grand tumulte de sabots et de roues. On voyait s'illuminer et s'éteindre des pans de maison, un puits à demi démoli, des buissons de ronces.

— Ces imbéciles vont réveiller le village, marmonna Eggert.

Jørgen, sa torche à la main, surgit devant la fontaine. Il était suivi de la colonne de chevaux et des deux charrettes.

Eggert avait honte de s'être fâché contre Vieux Gunnarr. Il lui donna une tape dans le cou comme on remercie un chien qui a levé une perdrix, et la troupe s'ébranla dans des grincements de roues, des claquements de langues et des jurons. Vieux Gunnarr savourait sa prouesse. Il poussait des gémissements de bonheur. La descente vers les fonds fut longue et la nuit se disloqua. En bas, les bêtes plongèrent sous une couche de vapeurs laiteuses. Elles avançaient prudemment, dans la crainte, semblait-il, de s'engloutir. Le sol devait être humide car les chevaux maintenant ne faisaient plus de bruit, ou bien c'était la brume, ils étaient comme des ombres blanches.

Chapitre XIII

Les cavaliers marchaient sous une épaisse couche de brouillard. Ils se suivaient en file indienne. Au-dessus de leur tête un voile phosphorescent fardait le soleil. Des restes de nuit stagnaient dans les fonds.

Vers midi, on revit le ciel. Vieux Gunnarr n'avait pas souvenir d'un pareil éblouissement à ce moment de l'année. Quinze jours après les nuits de fer et à la veille de la Saint-Olafr, on se baladait dans des lumières de juin et les anges trottaient à côté de la troupe.

Des bandes d'oies traversaient le bel azur, leurs appels montaient à la verticale, vacillaient et tournoyaient avant de retomber en pluie. Avec ses longs bras, le gendarme Brøgger se baissait pour cueillir les dernières baies de la saison et Jørgen, qui trottait à la tête du peloton, dit que le docteur Pétursson trouvait succulentes les myrtilles de l'Islande, il dit cela d'une voix très tendre et Eggert dit :

— Vous vous souvenez, monsieur Jørgen ?

Le cornette força l'allure. Il prétendait atteindre le col de l'Homme-Mort le même jour, y dormir. Vieux Gunnarr dit qu'il connaissait une cabane de chasseur, elle était probablement abandonnée car il n'y avait plus

L'incendie de Copenhague

de gibier. Personne n'avait escaladé le col de l'Homme-Mort depuis cent ans. L'ancien prêtre étalait sa science. Le lendemain, si le temps ne se gâtait pas, on verrait la mer sur la gauche et peut-être les îles Vestmann.

À la fin de l'après-midi, on arriva au pied d'une barrière de basalte qu'une gorge étroite éventrait d'un coup de sabre. Un vent d'acier mettait la montagne à vif. Des meurtrissures rouges couraient dans la muraille.

À mi-chemin de la grimpette, Jørgen sauta à terre car il avait repéré, à vingt mètres devant lui, un crottin de cheval. Il effrita le crottin dans ses doigts et dit qu'un cavalier était passé par là dans l'après-midi.

— Si j'ai bien compris, ajouta-t-il à l'adresse de Pétursson, monsieur Vieux Gunnarr nous a parlé d'un pays vide depuis cent ans. Monsieur Vieux Gunnarr dit n'importe quoi, comme d'habitude, et monsieur Vieux Gunnarr nous sert de guide, je crois bien... Voyez, docteur... en dépit de monsieur Vieux Gunnarr, nous avons de la société, ce crottin n'est pas l'œuvre du cheval du Saint-Esprit.

Vieux Gunnarr se rebiffa. Il usa du langage châtié qui lui servait dans les grandes circonstances.

— Je réitère que personne ne fréquente ce coupe-gorge. Si ce crottin est tombé d'un fondement, c'est de celui du diable. Même les vagabonds évitent ce passage, même les vagabonds ont peur, ils prennent par l'ouest, ils contournent la montagne par le chemin sur lequel j'ai expédié les charrettes.

Jørgen s'était remis en selle.

— Mon pauvre Vieux Gunnarr, tu gardes le derrière de tes diables pour les veillées, quand tu seras bien vieux, Vieux Gunnarr, tu raconteras ça à tes

L'incendie de Copenhague

petits-enfants, ils diront : « Grand-père est gâteux », ce sera de ton âge, mais avoue que tu t'y prends un peu tôt.

— Je m'entraîne, monsieur Bodelsen.

— Je m'entraîne, je m'entraîne, monsieur Bodelsen ! Mais Vieux Gunnarr, tu as du métier : dans le ventre de ta mère, tu radotais déjà !

— Et voulez-vous connaître ce que je disais dans le ventre de ma mère. Je disais : « Personne ne s'aventure dans ce cul du monde. »

— Et ta mère, Vieux Gunnarr, te répondait : « Sauf ce crottin ! »

— Ce crottin, monsieur, date de l'an mille.

Jørgen serra les genoux. Sa monture s'immobilisa en hochant la tête. Elle semblait perplexe. Le jeune homme lâcha la bride et le cheval cabriola sur place. Jørgen le laissa faire un peu de théâtre et porta le crottin à son nez.

— Messieurs, dit-il à la fin de son expertise, ce crottin est frais comme un œuf. Sentez, docteur, ça sent l'herbe, ça sent même la myrtille, et même la myrtille d'Islande qui est si savoureuse. Cette bête était ici il y a une heure. Vous comprenez ce que ça veut dire !

Il était à la hauteur de Pétursson.

— Docteur Eggert, ajouta-t-il, je vous présente mes regrets ; ce matin je vous disais que les longs manteaux avaient perdu nos traces. C'était une balourdise : les hors-la-loi sont toujours cramponnés à nous mais à présent, ils nous précèdent. Il va y avoir de la canonnade. Ce crottin a une heure d'avance sur nous. Chaque rocher, chaque bosquet peut dissimuler des tromblons : ils nous canarderont comme au manège. À moins que la nuit... mais la lune nous éclaire comme en plein jour. J'y vais !

L'incendie de Copenhague

Il prit un temps infini pour armer son pistolet. Un soldat du roi de Danemark, même dans les crépuscules, n'est pas avare de son sang-froid. Quand il fut établi dans ses étriers, il alluma une lanterne, l'attacha au bridon et poussa un cri affreux qui rebondit sur la barrière de basalte. Le cheval fit des manières. Il esquissa un galop, puis tenta du trot et opta finalement pour le pas car la pente était rude. La bête haletait. « En avant ! » beugla Jørgen, et il frappa la croupe du plat de son sabre. Le cheval encensa. Il adopta à contrecœur le galop de promenade. Monture et cavalier se dissipèrent.

La troupe mit pied à terre. Les palefreniers distribuèrent du picotin, les bêtes mâchonnaient le foin avec de gros bruits de mandibules. Des frissons cuivrés parcouraient leur peau à toute vitesse et le gendarme Wamberg avança l'idée que le coin était lugubre.

— Encore heureux que la lune soit pleine, dit le docteur Pétursson. Sans elle, on serait dans un conduit de cheminée.

Le gendarme Wamberg dit qu'il préférait les nuits noires. Elles anéantissent toutes choses, y compris les malfaisants, alors que la lune, les bleus et les blêmes de la lune engendrent les monstres. Vieux Gunnarr approuva. Après dix minutes, une déflagration claqua. Le gendarme Brøgger, qui faisait des flexions pour se réchauffer, s'immobilisa, redressa le torse, tira son sabre et se composa une posture militaire. Eggert le calma. Jørgen était un soldat d'expérience. Il allait revenir.

L'attente se prolongea. La nuit était muette. Vieux Gunnarr se ravitaillait en courage : le cornette ne pouvait pas rater sa cible, le cornette était le meilleur tireur de toutes les casernes du Danemark, sans doute il fouillait sa victime. Wamberg, qui était un pessimiste, dit :

— À moins qu'un fantôme ne l'ait étendu raide.

Les cavaliers étaient nerveux et les bouffées de la brise et les craquements de l'ombre n'arrangeaient pas les choses. Les palefreniers amassèrent des débris de bois pour construire le feu, la flamme aiderait Jørgen à retrouver son chemin.

— La flamme aidera Jørgen ? dit Wamberg. Et si elle aidait les longs manteaux qui l'ont zigouillé ?

Après une demi-heure, des cailloux roulèrent dans la pente. On se disposa au combat mais le cornette se fit reconnaître en élevant sa lanterne à bout de bras. Quand on vit sa figure, on comprit tout de suite qu'il revenait de loin.

Ce qu'il avait rencontré était répugnant. Au commencement, il avait cru à une illusion, une malice de l'angoisse, mais la lanterne avait illuminé une tête de cheval empalée sur un pieu. Le sang dégouttait du cou coupé et plaquait sur le lichen du violet et du visqueux. C'était certainement le cheval dont il avait recueilli le crottin sur le sentier. Jørgen avait manqué de vomir. Les soldats de l'Europe égorgeaient leurs ennemis mais ils ne torturaient pas les bêtes, ou bien c'est qu'ils mouraient de faim.

— Nous avons entendu une détonation, railla Vieux Gunnarr.

— Oui, monsieur Vieux Gunnarr : figure-toi que j'avais cru apercevoir une silhouette. J'ai tiré. Vigilance !

— Et il n'y avait pas de silhouette, c'est une chance, rigola Vieux Gunnarr.

Jørgen reprit son sang-froid. Il fit le bravache. À son avis, il n'y avait pas matière à se nouer les nerfs. C'était

L'incendie de Copenhague

tout simple : des voleurs de chevaux avaient emprunté le défilé et comme l'une des bêtes avait bronché, ils l'avaient achevée, c'est ainsi qu'on procède dans l'armée. Au pire, selon Jørgen, on avait retrouvé la trace des hommes aux longs manteaux. Et on allait les asticoter. Certes, la vision du cheval décapité était macabre, pourtant il n'y avait pas de quoi perdre le sens, disait Jørgen en tordant sa moustache et sa voix tremblait.

Pétursson écoutait sans mot dire. Il se tenait tout près du feu, la tête penchée en avant, les deux mains pressées sur son crâne, une de ces névralgies qui le sidéraient parfois. Il regarda bizarrement le cornette.

Il dit que Jørgen se trompait. Jørgen était un officier danois, il ne pouvait pas savoir. En réalité, les hommes qui étaient passés par là n'étaient pas des voleurs de chevaux. Ces hommes étaient des sacrificateurs. Ensuite, Eggert tisonna le foyer et se tut. Tout le monde parla en même temps et, pour un moment, dans les clartés mauves de la lune, dans les senteurs de charnier de l'automne, on ne savait plus quelles lèvres prononçaient les mots et à la fin on repéra la voix de crécelle de Vieux Gunnarr. Cette crécelle réclamait des détails sur la tête du cheval, elle voulait savoir si le sang était coagulé et surtout dans quelle direction les orbites du cadavre étaient orientées.

— Monsieur Vieux Gunnarr, dit Jørgen, je vous saurais gré de m'épargner vos remarques saugrenues.

Pétursson tendit la main vers son adjoint :

— Monsieur Bodelsen, dit-il, ce que demande Vieux Gunnarr n'est pas inepte, vous allez bientôt comprendre pourquoi. Si vous ne tenez pas à lui répondre, je vous serais obligé de me dire, à moi, de quel côté étaient dirigées les orbites.

L'incendie de Copenhague

Jørgen expliqua, de très mauvaise grâce, que les yeux du cheval fixaient, si l'on peut dire, le sentier sur lequel progressait la mission, « mais, ajouta-t-il, allez savoir, je n'ai pas vu des yeux, j'ai vu deux caillots de sang ». Et Vieux Gunnarr dit :

— C'est bien cela. Vous voyez, docteur Pétursson, les orbites regardaient vers le sentier ! Elles nous regardaient, nous ! Nous, les chercheurs de vélins !

Jørgen fit claquer son sabre dans son fourreau et marcha sur Vieux Gunnarr. Eggert l'agrippa au col et le força à s'asseoir.

— Du calme, Jørgen ! Et toi, Vieux Gunnarr, tu te tais un peu, d'accord ?

Il serra de nouveau ses tempes en grimaçant puis se tourna vers Jørgen :

— Un peu d'attention, Jørgen, je vous dois une explication : la tête de cheval empalée, dans les traditions du pays, cela prévient d'un meurtre. Vous vous moquez des sagas, Jørgen. Vous dites que les sagas n'ont jamais été écrites. Eh bien, vous voyez, les sagas existent puisque nous voilà dans une saga, vous comprenez ? Oui, Jørgen, les sagas sont pleines de cous coupés. C'est un rite. Un rite affreux. Une tête de cheval mort est empalée sur un pieu, on appelle ça le « bâton d'infamie » ou parfois le « bâton infâme ». Voilà pourquoi la position de la tête est déterminante. Les nécromants dirigent les yeux du cheval vers la personne qui doit mourir.

Jørgen éclata d'un rire fou :

— Et quoi encore, docteur Pétursson ? Et les dragons, monsieur, et les licornes, et les sorcières, et les balais des sorcières ? Et les hommes à tête de chien, et les hommes qui s'enveloppent dans leurs grandes oreilles, le soir, pour se réchauffer, vous n'avez pas tout

L'incendie de Copenhague

ça dans votre collection ? Et les lémures, et les revenants ?

Eggert déplia son long corps et se tourna vers le col de l'Homme-Mort. Les yeux clos, la tête renversée à la façon des aveugles, il se mit à parler d'une voix presque inaudible, comme en un songe, puis la voix gonfla et finit par emplir la nuit :

— Oui, monsieur Bodelsen : que vous le vouliez ou non, ce cheval est une sentinelle. Il marque le seuil des terres interdites, des terres abominables. Savez-vous ce qu'il baragouine, ce cheval ? Il nous avertit, monsieur Bodelsen, que le défilé de l'Homme-Mort trace une frontière : là-bas, sur l'autre versant, commence le royaume des ténèbres, le royaume de l'expiation et du sang !

Jørgen rejeta la tête en arrière. Il caressa sa moustache avec un sourire condescendant.

— Ce crottin de cheval ne se doutait pas qu'il allait semer tant de panique !

— Pardonnez-moi, glapit le docteur Pétursson, nous sommes en Islande, pas en Danemark ! Nous sommes en terre barbare. Nous sommes chez les sacrificateurs ! La civilisation est restée à quai, en Danemark, elle n'a pas débarqué sur ces rivages ! Ici, perdure le temps des sacrilèges, le temps des profanations ! Ecoutez, Jørgen, écoutez, car il parle, figurez-vous, ce cheval d'infamie, et savez-vous ce qu'il nous raconte ? Il dit que nous avons violé le mutisme des sagas. Que nous avons renoué les fatalités du sang, la chaîne inlassable du meurtre. Il proclame, oui, il proclame que nous avons souillé le trésor, il dit que nous serons châtiés pour avoir porté la main sur les parchemins, il dit que nous voici entrés dans les terres innommables, dans les terres paralysées, les terres irrémédiables de la vengeance !

L'incendie de Copenhague

Le docteur Pétursson s'arrêta brusquement. Il inclina la tête, serra les mains autour de son grand crâne comme pour le broyer. Puis il eut un geste désinvolte, renifla, et quand il releva le front, il était serein de nouveau. À peine paraissait-il un peu surpris et même légèrement irrité, ou plutôt honteux, d'avoir fait tant de chahut.

— Qu'est-ce qui m'arrive, dit-il avec un rire maladroit. C'est l'inconvénient de ces solitudes : elles sont belles mais elles portent à l'exaltation. Elles m'auront tourné la cervelle. Vous avez raison, Jørgen, reprenons-nous ! Le bâton infâme est une vieille histoire. Pas une chronique ne le signale depuis des siècles : pourquoi le ressusciterait-on aujourd'hui ? À moins que la recherche des sagas... Mais non, je déraisonne. Vous êtes dans le vrai, monsieur Bodelsen : des voleurs de chevaux sont passés par là. Au pire, les longs manteaux ont retrouvé notre fumet.

Jørgen posa délicatement un morceau de bois sur le feu. Un silence suivit que troublaient le piétinement des chevaux, le cliquetis des ferrures, les crépitements du feu et le vent de la nuit toujours. Jørgen donnait des petits coups exaspérés, de la pointe de son sabre, sur les pierres du foyer.

— À la bonne heure, docteur Pétursson, j'aime mieux ça. Revenons sur terre. L'an mille, c'est terminé, mais voyez-vous, à quelque chose malheur est bon : si les longs manteaux ont remonté notre piste, ça veut dire quoi : ça veut dire que l'an dernier, ils nous tenaient pour des pitres et ils nous laissaient tomber, et que cette année, au contraire, ils nous prennent au sérieux. Juste ? Mais pourquoi ? Pourquoi se mettent-ils à nous respecter ?

— Je vais vous le dire, pourquoi, dit Pétursson. Vous

L'incendie de Copenhague

savez que Vieux Gunnarr a mis la main sur la saga de Njáll le Brûlé. Ce n'est rien, des détritus, oui, mais ces détritus ont renoué le fil. Et les longs manteaux savent. Ils savent que cette femme, la Sulamite, comment s'appelle-t-elle, ta Sulamite, Vieux Gunnarr, elle a un nom ?

— Anna Brynhild, dit Vieux Gunnarr, Anna Brynhild Reinhadóttir...

— Bien. Donc Anna Brynhild nous a fourni la clef que nous cherchions dans le jardin du gros pasteur. Et les longs manteaux frappent. La mort de M. Todor avait coupé la piste. Les lambeaux de Njáll le Brûlé en ont renoué les brins. Vous comprenez, Jørgen ?

— Je comprends, monsieur Pétursson, mais il y a un détail qui ne colle pas : Vieux Gunnarr vous a apporté les vélins cette nuit même. Et les longs manteaux en seraient déjà informés ? Ça ne vous intrigue pas un petit peu, monsieur Pétursson ?

Eggert Pétursson se courba vers Vieux Gunnarr, l'attrapa par les deux oreilles, sans violence, comme un lapin. Puis il le lâcha et se donna des claques sur les épaules. Il releva le col de sa fourrure, dit qu'on grelottait, ce vent vous arrachait les joues, et il revint à sa position assise.

— Oui, dit-il, ça m'intrigue, moi aussi, ça m'intrigue même beaucoup. Comment les longs manteaux ont été si rapidement avisés de la trouvaille de Vieux Gunnarr ? Sauf si... mais j'y songe... sauf si dame Anna Brynhild elle-même les a avertis. Sauf si Anna Brynhild a tout manigancé. Tiens, Vieux Gunnarr, c'est cela. Plus j'y réfléchis et plus c'est cela. J'y pense en ce moment, en parlant. Et si c'était ta Sulamite, la mouche ? Et si la mort du gros pasteur...

Vieux Gunnarr ne fut pas désarçonné.

L'incendie de Copenhague

— Et si c'était le contraire, monsieur l'assesseur ? Et si dame Anna Brynhild s'efforçait plutôt de nous avertir, de nous alerter sur un danger, de nous protéger d'une embuscade dont elle aurait eu vent ? Ha ! ha ! On n'en sait rien, monsieur.

— C'est possible, dit Eggert. Tout est possible. Mais si tout est possible, le pire n'est pas à exclure...

Les gendarmes jetèrent quelques brindilles dans le feu. Ils trafiquèrent les braises. Des flammes jaillirent, très rouges, très droites car le vent se fatiguait. Les hommes se pressaient autour du feu. Ils étaient dans une bulle rouge et doré, à l'écart de la nuit, à l'écart des charmes, des maléfices. On entendit des glapissements de renard dans les fourrés et le vol moelleux d'un oiseau, un hibou, une chouette, et le vent se réveilla dans le col de l'Homme-Mort.

— Nous rebroussons chemin ? demanda Jørgen.

— Voyons, Jørgen ! dit Eggert.

*

On se hissa jusqu'à la cabane des chasseurs. Les palefreniers dénichèrent dans la souillarde des débris de meubles. Ils bâtirent un feu. Des tours de garde furent désignés mais on s'agita longtemps dans les fourrures. On pensait moins aux pistolets et aux poignards qui peut-être approchaient qu'à l'horreur dont Jørgen avait été le témoin, ces yeux blancs, ces yeux rouges, l'infamie...

Un peu avant l'aube, un des palefreniers éternua et réveilla son voisin qui était le gendarme Wamberg. Il dit d'une voix pâteuse que le cheval avait fait son crottin et puis qu'on l'avait égorgé. Ce cheval était un imbécile. Il aurait pu s'épargner la corvée de ce crottin,

L'incendie de Copenhague

c'était du luxe, il n'avait plus que quelques heures et il avait gaspillé plusieurs minutes à faire une crotte qui ne lui servirait plus à rien. Le gendarme Wamberg n'apprécia pas. Il enfonça la tête dans ses frusques en bougonnant, puis il sortit le nez et dit que ce cheval était consciencieux, voilà tout, et il eut un rire absurde.

Jørgen poussa un coup de gueule : on avait bon besoin de se refaire car demain la journée serait rude, mais Vieux Gunnarr s'était assis dans sa couche de feuilles mortes. Il avait envie de parler. Il raconta que, dans les temps héroïques, l'Islande ne se contentait pas d'égorger les chevaux. Elle pratiquait les sacrifices humains. Les bourreaux cassaient les reins de leurs victimes à coups de massue et contemplaient leur agonie. Le gendarme Wamberg écarta sa fourrure et dit que tout ça était fini, le christianisme était passé par là, Dieu merci, Christ merci, mais Vieux Gunnarr était lancé. Il fit un long discours.

— Parce que tu crois, mon gendarme, tu crois que Thor et le loup Freyrir qui est un grand vaurien, soit dit en passant, et Oddin et toute la clique ont déménagé le jour où les papistes ont débarqué dans le coin ? Tu te mets le doigt dans ton œil de gendarmes, Wamberg. Je sais, je sais, tu n'es pas seulement un gendarme. Tu es aussi un Danois, ça n'améliore pas ton cas, mais il n'y a pas de déshonneur à être danois, il en faut des Danois puisqu'il y a un pays qui s'appelle le Danemark, il faut bien le peupler, ce pays, tu comprends, Wamberg !

— J'entends rien. Je veux rien entendre.

— Alors, ouvre tes oreilles, Wamberg, parce que je vais te dire : ils se sont camouflés, les dieux, ils font le mort, comme des bousiers, comme les scarabées. Ils sont toujours là mais on ne les voit pas. Ce sont des anguilles, des fumées, ce sont des loutres. Des rusés.

L'incendie de Copenhague

Des insaisissables. Des invisibles. Tu ne peux pas pénétrer ces choses-là, Wamberg. Ouvre les oreilles : ici, les criminels, on les frappe de proscription. Ça veut dire que n'importe qui a le devoir et le droit de les abattre. Alors, qu'est-ce qu'ils font, les criminels ? Ils se sauvent dans les déserts, dans les glaciers. Et ils vivent là des dizaines d'années. Personne ne les aperçoit mais ils sont là, comme des ours. De temps en temps, ils sont obligés de quitter leur tanière : ils vont tuer une poule, voler du bois, ils dévalisent un grenier et puis ils rentrent dans leur trou. Eh bien, mon gendarme, Thor et ses petits dieux, c'est la même chanson : le pape de Rome les a frappés de proscription et ils sont partis aux solitudes, ils ont foutu le camp dans les glaciers. Ils vivotent depuis des siècles au fond de leurs cachettes, dans leurs puits de glace mais tous les dix ans, ils sortent, ils se requinquent parce qu'ils sont devenus maigres comme tout, les pauvres, et un dieu maigre, ça ne vaut rien du tout, c'est écrit dans la Bible... Et ils se refont une santé et avec quoi ils se refont une santé ? Avec le sang des sacrifices, tu comprends, mon gendarme ? Et le cheval au cou coupé...

Vieux Gunnarr s'arrêta net. Jørgen lui avait lancé à la tête un soulier mais le petit homme ne fut pas intimidé et dit que Wamberg, Brøgger et même monsieur le cornette seraient bien inspirés de ne pas poser les pieds n'importe où, demain matin, parce que rien n'est plus dangereux que de marcher sur un dieu, même un petit dieu mesquin et fluet, même un dieu affamé ou un dieu triste et rien n'est plus susceptible qu'un dieu, surtout quand il est triste. Est-ce que le gendarme Wamberg, tout Danois qu'il fût, avait entendu parler de l'aigle de sang ?

Wamberg s'emporta. Il s'était très bien débrouillé

L'incendie de Copenhague

jusqu'à l'âge de trente-sept ans sans connaître l'aigle de sang. Alors, Vieux Gunnarr allait la fermer.

— Bien, dit Vieux Gunnarr paisiblement, puisque tu insistes, je vais te donner la recette. Tu tues un ennemi...

— Non, vociféra Wamberg. Je ne tue personne. Et tu te tais, sinon je te tue...

— Ah, dit Vieux Gunnarr, mais si tu ne tues personne, comment tu fais pour me tuer ?

Wamberg se roula en boule dans sa houppelande.

— Après, continua Vieux Gunnarr, quand ton bonhomme est ratatiné, comment tu t'y prends ? Tu lui ouvres la poitrine d'un seul coup de poignard, comme ça, de haut en bas, d'un seul coup, c'est très important, tu sors les deux poumons et tu les déploies des deux côtés de la tête, au-dessus des épaules. Tu vois ? Tu te représentes, Wamberg ? Ça fait comme un aigle avec deux grandes ailes rouges. C'est pour ça qu'on dit l' « aigle de sang ».

— Et, dit Wamberg, ça se pratique encore ?

— Tout le temps, dit Vieux Gunnarr.

— Tout le temps ?

— Et le bâton d'infamie...

L'aube était venue. Une lumière grise sourdait entre les planches disjointes de la cabane. Les hommes étaient recroquevillés dans leurs hardes. Le gendarme Brøgger était plus recroquevillé que les autres à cause de sa longueur. Il finirait par devenir bossu. Vieux Gunnarr dit qu'il faudrait se mettre à douze pour le déplier mais Jørgen lui assena un coup très brutal et donna l'ordre du lever. Devant la cabane, il y avait une clairière ronde. Le givre était sur la forêt.

Vieux Gunnarr ouvrait la route. Il connaissait un sentier scabreux qui permit d'éviter la tête du cheval.

L'incendie de Copenhague

De l'autre côté du col, on pénétra dans un paysage interminable, une plaine scintillante qui devint noire et luisante après que le soleil eut fait fondre le givre. Vieux Gunnarr piqua des deux et l'on trotta au milieu d'une végétation ratatinée, un pelage de castor, plaquée au sol par les vents jamais reposés de l'Islande. Dans le milieu de la plaine coulait une rivière bleue enjambée d'un pont en arceau. Les chevaux étaient gais. La bourre d'herbes flétries leur plaisait et Eggert rebondissait sur sa selle. De temps en temps il se raccrochait à la crinière pour garder l'équilibre.

Après la halte de midi, on changea de paysage. La plaine se creusa et des bouquets de sapins et de chênes calfeutraient les contreforts de la cuvette. Un homme poussait un troupeau de moutons, il était assisté d'un chien turbulent. Des vaches paissaient dans les combes, et la tranquillité des choses, la torpeur des troupeaux, la paix du ciel, tout cela effaçait les effrois de la nuit. Jørgen avait repris son commandement, il était plein d'allant. Il marchait à côté de Pétursson.

— Jusqu'à hier soir, dit-il, nous chevauchions dans une géologie, je veux dire dans des cailloux, dans des sables, dans des basaltes, dans la lune. Ce matin, nous voilà dans une géographie.

Eggert dévisagea le cornette, il admira que son adjoint produise une idée aussi compliquée.

— Vous voulez dire, Jørgen, que la géographie, c'est quand il y a des couleurs ?

— C'est un peu ça, monsieur le cosmographe et géologue du roi, dit Jørgen vaniteusement, et il n'y a pas beaucoup de couleurs en Islande. C'est du gris, du bistre et du noir, votre Islande.

— Il y a beaucoup de couleurs à la belle saison, dit Eggert.

L'incendie de Copenhague

Jørgen dit :
— Est-ce qu'on peut dire que l'Islande est une géologie pendant l'hiver et une géographie au printemps ?
Eggert apprécia. Un peu plus loin, il dit :
— Est-ce qu'on peut dire que l'Eden et l'Enfer ont le même fournisseur de paysages ? Je crois, oui... mais ils n'emploient pas les mêmes peintures.

Le domaine des Aiglefins qui se dévoila dans les flamboiements du soir occupait le centre de la cuvette de Teffavik. Il s'organisait autour d'une puissante demeure, probablement ancienne car elle était faite de lourdes pierres grises mangées de ronces et de mousses, avec des murs incurvés qui lui donnaient l'apparence d'un navire renversé. Les toits de chaume étaient bien entretenus.

Autour de la bâtisse principale on comptait une dizaine de maisons plus modestes, souvent éventrées mais très actives, forges, moulins, entrepôts, étables et écuries. Elles étaient reliées au corps principal par des tunnels couverts de tourbe, moins par crainte du froid que pour empêcher les journaliers de se perdre quand le temps était à la tempête de neige.

Les cavaliers n'en croyaient pas leurs yeux. Après tant de journées blanches, noires ou ombreuses, ils nageaient dans les couleurs, l'émeraude des pâtures, le bleu corbeau des marécages, le cuivre des pierres et les friselis blancs de la rivière, les costumes bigarrés des paysannes qui gouvernaient leurs canards, les moires du crépuscules, le vert et le rose des nuées et vers le sud la mer était claire, avec ici et là des îlots à œufs et des centaines d'oiseaux pâles.

La grosse ferme régnait au milieu d'un bosquet de bouleaux dont les dernières feuilles cliquetaient dans la brise avec des bruissements de métal. Des hommes armés de mousquets et flanqués de chiens antipathiques montaient la garde autour de ces arbres. Quand ils avisèrent les intrus, ils sortirent leurs poires à poudre et les chiens montrèrent les dents. Ce fut un grand désordre. Les chevaux tournaient sur eux-mêmes. Celui d'Eggert se cabra.

Un homme accourait en agitant énergiquement les jambes. Il avait du mérite car sa taille était courte et il portait de hautes bottes de cuir, façon militaire, qui montaient jusqu'aux cuisses. Il était vêtu d'une veste de chasse et d'une culotte lie-de-vin. D'énormes lunettes chevauchaient un nez assez effilé dont le bout plongeait vers le menton et il avait des yeux de grenouille ou bien de lièvre, on en disputa la nuit suivante.

L'homme abaissa le fusil du chef des gardes et se présenta cérémonieusement comme le maître des lieux, Jón Harransson. Eggert descendit de cheval, s'inclina et dit que la famille Harransson était d'antique et belle réputation. Il avait lui-même, trente ans plus tôt, écouté les leçons de maître Harald Harransson à l'école épiscopale de Skálholt.

— Vous avez connu maître Harald Harransson, dit le petit homme. Eh bien, vous êtes en présence de son frère, monsieur. Il ne me ressemble guère, n'est-ce pas, et pourtant il devrait avoir l'obligeance de le faire, c'est la moindre des choses quand on est frères. Eh bien non ! monsieur mon frère n'en a fait qu'à sa tête. Il est plutôt grand et moi je suis plutôt petit, fort petit même, vous avez remarqué ?

— Maître Harald ! dit Eggart. Vous êtes le frère de mon bon maître Harald Harransson !

— Allez chercher ! continuait Jón. Pourquoi ma mère s'est-elle mis en tête, ou bien faut-il dire en ventre,

L'incendie de Copenhague

de faire un homme aussi réussi que mon frère Harald ? Et comment s'y est-elle prise, la chère femme ? Elle a dû faire des pieds et des mains, utiliser tous les ingrédients qu'elle avait à sa disposition dans ses entrepôts de femme. Le sûr, j'en prendrais le pari, c'est qu'elle avait vidé ses magasins quand elle a eu l'idée tout à fait inutile de me fabriquer à mon tour. Bah... elle a utilisé les restes, elle a bricolé tant bien que mal, honneur à elle, il n'est point nécessaire d'espérer pour entreprendre, comme dit le stathouder, mais enfin, je m'en serais passé...

Il se cassa en deux, ôta son tricorne empanaché d'une longue plume de faisan et caressa son crâne nu, lisse, gonflé dans sa partie supérieure.

— Même les cheveux, monsieur ! Où est-elle allée les dénicher, ceux-là ? Un stock qui lui restait après ceux de Harald ? Et je déteste porter perruque. Quoique ça, ils n'ont pas tenu plus de trente ans, monsieur... Monsieur ? A qui ai-je l'honneur ? Et l'estomac, et le foie, et les poumons, tout ça aurait besoin d'un coup de pouce, d'un peu d'encouragement. Bah ! *fatalitas !* Mais la pie-mère résiste. J'ai fière mémoire et du jugement, il me semble... L'injustice des choses... Ou bien, le hasard des choses, ma mère a fait ce qu'elle a pu. Je l'ai beaucoup aimée mais je vous posais une question, je disais : à qui ai-je l'honneur, monsieur ?

— Docteur Eggert Pétursson.

— Eggert Pétursson ! Pas possible ! Maître Pétursson ! Et en personne. Si je m'y attendais ! Je le crois bien que j'ai entendu parler de vous ! Mon frère vous admire. Il vous appelle l'érudit. Il se flatte qu'il a contribué à votre élévation dans les nobles disciplines de l'épigraphie, de la cosmographie et de l'histoire. Mais prenez garde, je sais tout de vous. Je vous connais par cœur,

L'incendie de Copenhague

monsieur Pétursson. On ne se méfie jamais assez. Je plaisante, je plaisante mais voilà une question philosophique et même métaphysique : plaisante-t-on jamais ?
— Ou bien plaisante-t-on toujours ?
— Je poserais la question sous une autre forme, dit Jón Harransson : est-ce qu'on ment jamais ? Est-il possible même de mentir ? Pour moi, je réponds : non. *Sufficit !*
Il retira ses lunettes. C'est à ce moment qu'Eggert se dit qu'il avait des yeux de lièvre, non de grenouille, tandis que Jón donnait des ordres à ses gardes.
— Vous pardonnerez à mes gens. Ils accomplissent leur devoir. Un bouleau ou un sapin, dans ces alentours, c'est un objet précieux. Et dix mille bouleaux, c'est la rivière Pactole du vieux Crésus... Je me demande ce que veut dire Hérodote quand il parle des fourmis de l'Inde qui se nourrissent d'or. J'ai mon idée mais nous verrons plus tard... *Sufficit...* Ce pays est plein d'affamés et de désespérés, enfin, non, il n'est pas plein, il est vide. Savez-vous qu'en cinquante années, un Islandais sur quatre a disparu, mais ça ne change rien : ceux qui restent sont des fauves. Voilà l'Islande. Il n'y a plus de bêtes dans les bois, elles ont été tuées ou boulottées, alors, fatal, les hommes sont devenus des bêtes, ils ont pris le relais. Je veux dire qu'il faudrait planter un soldat derrière chaque arbre, dans les pattes de chaque mouton, dans les plumes de chaque jars. Je dirais plus : il faudrait poster un autre soldat derrière chaque soldat pour qu'on ne vienne pas voler le premier soldat... Et puis aussi derrière chaque femme pour les empêcher de mourir parce que, à cette cadence, ce pays viendra à rien... On surveille bien les bouleaux, pourquoi pas les hommes ? Moi, voyez-vous, chaque fois que je vois un Islandais vivant, j'ai envie de l'entreposer

L'incendie de Copenhague

dans un musée pour que dans le futur, on sache comment c'était fabriqué, un Islandais... Sacrés gardes ! Ils auraient pu deviner que vous aviez une tête d'érudit et que les érudits ne sont pas des coquins... Mais vous me direz que, eux, ils ont des têtes de gardiens... *Sufficit*... Chacun sa tête...

Eggert crut que le bonhomme cherchait des effets comiques avec ses facéties, ses coq-à-l'âne, ses paradoxes, mais l'expression de Jón était glaciale. Il débitait ses drôleries d'une voix morne et les palefreniers poussèrent les chevaux vers l'écurie, on n'y voyait presque plus.

Eggert et sa troupe furent introduits dans la maison qui était vaste, un peu de bric et de broc mais propre. Il y passait des odeurs de bois, de sauge, de marjolaine et de grain séché. Collées au mur, des torchères brûlaient avec une fumée noire. Le maître de maison s'éclipsa. Il souffrait d'une colique, mais des tas d'autres troubles étaient enveloppés dans cette colique, Jón se connaissait, des coryzas, des engorgements de la plèvre, des rhumatismes, des hydropisies et même des maladies qui n'ont pas encore de nom et Jón détesterait de succomber à un mal dont il ne saurait point le nom. La gouvernante leur ferait préparer quelques bouillies et on avait des provisions d'hydromel.

Eggert chercha la gouvernante. Peut-être la jeune femme des parchemins, la Sulamite, n'était-elle pas une courtisane comme l'avait laissé supposer sa conduite impudente avec Vieux Gunnarr, peut-être elle était la gouvernante de Jón, tout simplement, et dans ce cas, oui, dans ce cas, Jón serait le protecteur des sagas et il faudrait ouvrir l'œil et le danger grandirait mais les gardiens avaient déjà déposé leurs armes, revêtu des uniformes de laquais assez délabrés, « ce sont des

L'incendie de Copenhague

laquais effilochés », songea étourdiment Eggert et ils dressèrent une table, tranchèrent du pain, versèrent de la bière au miel, du lait aigre, servirent de la caillebotte.

Des chambres avaient été ajustées pour Eggert et Jørgen à l'étage. Les deux hommes débattirent un instant des yeux de maître Jón, yeux de lièvre ou de grenouille ? Jørgen dit : « Vous nous avez foutu la frousse avec votre bâton d'infamie, et cette histoire des sagas qui se vengent, il fallait vous voir, monsieur Pétursson », et Eggert dit qu'il s'amusait mais il donnerait cher cependant pour connaître celui qui avait coupé, ou bien fait couper le cou du cheval.

— Vous pensez à maître Jón Harransson ? dit Jørgen.

— Je pense le moins possible.

— Je n'avais jamais entendu parler de votre saga, de ce Njáll le Brûlé.

— Le héros s'appelle Gunnarr, c'est drôle, Gunnarr de Hlidarendi. C'est une histoire de vengeance. Ce Gunnarr-là est condamné à l'exil. Il va à la mer, arme son bateau mais, à ce moment-là, Jørgen, il regarde la colline où se trouve sa ferme et il dit : « Ma colline est belle, jamais elle ne m'a semblé si belle ; je vais retourner à la maison et je ne m'en irai pas. » Il reste. Il est tué.

— Il sait qu'il va être tué ?

— Les sagas, monsieur Bodelsen, les sagas n'expliquent jamais rien. Personne, non, personne ne saura jamais si Gunnarr de Hlidarendi savait qu'il allait être tué.

— Et Njáll, ce Njáll le Brûlé ?

— Njáll ? on dit aussi Njáll le Juste ou Njáll le Sage ! Il meurt d'une manière abominable...

Les palefreniers et les scribes se reposèrent dans la salle commune sur des coffres qui couraient le long des murs et que les gardiens aménagèrent pour la nuit. Les lambris étaient décorés de scènes de chasse finement dessinées mais dégradées et presque invisibles. La nuit précédente avait été tourmentée, personne ne songea à veiller. Vieux Gunnarr demanda au gendarme Wamberg s'il savait que les vieux Islandais buvaient leur bière dans le crâne de leurs ennemis, mais Wamberg dormait, les palefreniers dormaient, les gendarmes dormaient.

Les scribes ne disaient rien, sans doute ils étaient éveillés, mais les scribes, Vieux Gunnarr respectait les scribes, il n'avait pas de plaisir à les taquiner.

Chapitre XIV

Le lendemain, le maître des Aiglefins fut invisible. Il était probablement enfourné dans son lit, le corps farci de coliques, de biles noires, de sérosités, de migraines, d'humeurs et de scrofules et il se vouait à des purgations, mais la journée fut aimable à cause des moutons rebondis égaillés dans les pâtures vertes et brunes, du ronronnement des moulins et du tumulte de la forge. Des corneilles flottaient au-dessus des croupes alanguies qui encadraient le domaine. Les paysannes chantaient des romances en remplissant leurs tabliers de faines. L'air était limpide et craquant, parcouru de reflets, d'étincelles. Les brises charriaient des odeurs de terre, on était au début d'octobre.

À la table du soir, le docteur Pétursson plaisanta avec ses compagnons mais son cœur était transi. La disparition de Jón Harransson le tracassait. La nuit précédente, il avait fait des rêves : Jørgen Bodelsen l'avait convoqué dans une église et l'érudit avait tout de suite fait amende honorable. Dès la première question, il s'était effondré. Il avait consenti que les parchemins et les vélins n'avaient jamais été chapardés pour la raison que les sagas, c'était une imagination, les sagas ! Le vol

L'incendie de Copenhague

des vélins sentait à plein nez l'attrape d'étudiants du gymnasium de Copenhague.

Jørgen Bodelsen avait accueilli la nouvelle avec allégresse et Eggert eut plaisir à s'humilier devant son adjoint. Du reste, il commençait à y voir clair : puisque les sagas, bien loin de rapporter des légendes, étaient elles-mêmes des légendes, les mystères s'envolaient. La raison refluait. Par exemple, les coups de mousquet pour rire des longs manteaux bleus se justifiaient puisque les voleurs de vélins n'avaient chipé dans les archives que du vide, ce qui expliquait au surplus que tant d'enfants islandais aillent nus et qu'ils aient si froid. Leurs mères leur avaient bien taillé des petites culottes ou des robes dans les parchemins, mais si ces parchemins n'existaient pas, alors, ils étaient habillés de quoi? De neige? De vent? demanda tristement le docteur Pétursson.

À cet instant, le gros pasteur Todor s'était avancé dans la nef maîtresse de l'église. On aurait juré d'un vitrail à cause du sang écarlate qui maculait son manteau. Sa tête était empalée sur un bâton d'infamie mais il souriait finement car son stratagème avait semé les messieurs de Copenhague. Il se flattait d'avoir joué un bon tour à Pétursson et à Jørgen en se faisant briser le crâne par ses affidés, de manière à dépêcher les ambassadeurs du roi sur une piste fausse.

Cependant Eggert, même en rêve, était un homme de devoir. Il avait demandé audience au château de Rosenborg et Sa Majesté Frédérik IV était entrée en grand courroux. Elle avait arraché de son habit noir tous les cordons et toutes les croix quand l'érudit lui avait confié une cassette contenant la seule trouvaille de la mission secrète : une goulée d'air nauséabond recueillie dans le cloître du couvent de Systrastapi, près

L'incendie de Copenhague

de Klaustur, ce couvent où deux religieuses papistes, pour faire allégeance au diable, avaient porté jadis une hostie au cabinet d'aisances.

Pétursson avait été condamné à la torture. Les bourreaux lui avaient emballé les pieds dans des brodequins de satin et Eggert avait aussitôt demandé grâce à Greta Sorrenssondóttir et confirmé au monarque que les sagas étaient une fadaise.

Le roi Frédérik IV fut désemparé. Sa figure s'aplatit. Un de ses chambellans la regonfla en lui soufflant dans l'oreille et Frédérik interrogea plaintivement : « Monsieur le marquis de Helsingør ? » Eggert se jeta sur le sol. « Majesté ? » avait-il répondu à tout hasard et le monarque avait repris : « Monsieur le marquis de Helsingør, si les sagas n'ont jamais été écrites, alors nous n'existons pas, nous sommes des peaux de veau ? » Le souverain recommanda au marquis de Helsingør de ne jamais, jamais divulguer la nouvelle. Si les sujets du roi apprenaient que le roi n'était qu'une ombre, ils auraient une grande peine car ils étaient assez roués pour en induire qu'eux-mêmes étaient des ombres et que faire, alors, de toutes ces ombres ? interrogea le souverain. Eggert proposa de les empiler les unes sur les autres.

Dans la suite, le rêve s'était éparpillé et Eggert en perdait le fil. Aussi, il l'oublia et se mit à pignoter dans son râble de mouton avant de prendre congé de Jørgen et des scribes. Il monta à l'étage. Comme il poussait la porte de sa chambre, un flambeau vint à sa rencontre dans le long couloir biscornu. Eggert mit sa main en visière. Peut-être le flambeau était-il dans les mains de la gouvernante et on allait enfin apprendre si la gouvernante de maître Jón Harransson et la Sulamite de Vieux Gunnarr, cette Anna Brynhild Reinhadóttir,

L'incendie de Copenhague

formaient une seule personne mais Pétursson se rappelait mal les termes de la Bible, il ne pourrait guère comparer, ce qui n'était pas un gros inconvénient car il découvrit non pas une femme mais un homme entortillé dans une longue robe d'apothicaire et coiffé d'un bonnet de coton surmonté d'un pompon violet.

Le bonnet et le pompon s'inclinèrent fort bas devant l'érudit qui reconnut le maître des Aiglefins, Jón Harransson et son nez recourbé. Harransson glosa : son accoutrement pouvait paraître saugrenu par ces journées suaves mais Jón connaissait son Islande, elle était sournoise, elle avait une allure fruste, l'Islande, mais elle vous lâchait le froid dans les pattes sans prévenir. À tout instant, l'hiver pouvait tomber des nues « comme une pierre » et Jón ajouta :

— Autant tailler une bavette, cher Pétursson. Je vous convie à une bavette.

*

Le cabinet de maître Jón était vaste, pourpre et noir. Chaque fois que Jón ajoutait une bûche dans l'âtre, les flammes allumaient des chamarrures, des bronzes, des bibelots d'argent ou de cuivre et des statues blanchâtres. De longues étagères couraient autour de la pièce, elles étaient encombrées de livres. Dans ce pêle-mêle figuraient aussi des flacons d'encre et des écritoires, des plumes de cygne, des cuvettes, des pots d'étain à couvercle et une tour de jul en pierre à savon dans laquelle, à travers la fente d'équinoxe, on apercevait une bougie à demi consumée.

Plusieurs rouleaux de parchemins s'amoncelaient sur une chaise à dossier droit. Eggert grillait d'envie de dérouler ces parchemins mais il craignait de se trahir et

L'incendie de Copenhague

de donner sa gorge à l'ennemi. Il résolut d'attendre que maître Harransson baisse la garde et l'entreprenne sur les sagas. Face à la fenêtre, un télescope visait un rond brillant ménagé au centre d'une vitre embrumée de toiles d'araignée et de brins de foin.

Sur le chambranle de la cheminée reposait un sablier. Une pellicule de poussière offusquait la bulle de verre. Jón nota le regard d'Eggert et s'expliqua : il interdisait à sa gouvernante de nettoyer le garde-temps car le temps, pfft, pftt, c'était aussi vain que cela, le temps, et pourquoi le garder ? Le meilleur service que l'on eût pu rendre au temps, dit-il d'une voix dégoûtée, c'eût été de le perdre, non de le garder.

— Monsieur Huygens eût été mieux avisé de manufacturer des « vide-temps » plutôt que des « garde-temps ». On parle bien de vide-goussets.

Après deux ou trois ricanements, Jón Harransson bourra une pipe et opina que le voile de poussière ne devait pas être trop épais. L'exercice exigeait du doigté. Jón préconisait une poudre très fine, un nimbe gris et nacré en même temps, opaque et pourtant transparent, ce qui n'est pas à la portée de la première gouvernante venue.

— Le but, voyez-vous, expliqua Jón Harransson, le but est qu'on soupçonne la présence du sable mais vaguement... Le sable, voyez-vous, témoigne selon les meilleures autorités scientifiques de l'écoulement des heures et même des minutes. Et je n'aime pas beaucoup ça. Pas de malentendus entre nous, Pétursson : je tiens à vous informer, à l'orée de notre entretien, que je suis hostile aux minutes, ce qui devrait vous mettre sur la voie : ce voile luisant qui feutre le ballon de cristal et qui estompe le sable me renseigne sur les années et même sur les siècles et, je vous l'avoue tout net, monsieur le

L'incendie de Copenhague

réciteur des lois, je préfère les siècles aux secondes... *sufficit*... J'échangerais, sans état d'âme, un siècle, même malingre, contre mille secondes, même dodues. Le beau titre d'archéologue que vous méritez me souffle que vous serez complice de mon innocente manie...

Et il dit encore « *Sufficit !* » en appuyant un doigt sur son nez.

Sur le parquet, un automate représentant un écrivain public et un domestique nègre voisinait avec un échiquier et un trictrac.

— Achille Langenbuscher, maître en mécaniques ! commenta Jón, et il manœuvra la clef plantée dans le ventre du nègre.

Le mannequin se perdit en courtoisies et frappa son tambour trois fois. Jón, debout sur une seule jambe, accroché d'une main à la cheminée, tendait l'oreille en comptant sur ses doigts.

— Trois coups, dit-il. Toujours trois coups. Ce petit nègre n'a pas beaucoup d'imprévisible.

Il ajouta avec un sourire fat :

— Mais je suis un homme tenace. Peut-être un jour frappera-t-il quatre coups, je ne sais pas, un engrenage qui cède... ou même mille coups... Vous imaginez !

Il se tailla un chemin au milieu des livres et des parchemins. Il était agile. Il dansait, il frôlait le sol. Eggert regarda le ventre rond de son hôte, emprisonné dans un pantalon cramoisi, et pensa que Jón était un automate de si fine fabrique qu'il n'avait même pas besoin de clef pour entraîner ses ressorts.

Jón annonça qu'il allait s'asseoir, s'assit et dit :

— Vous voyez, je m'assieds. C'est un de mes protocoles : toujours accomplir ce que l'on a proclamé. Un de mes amis, qui est huissier à l'Althing, m'a commu-

L'incendie de Copenhague

niqué cette règle. Et j'en suis comblé. Malheureusement, j'ai oublié son nom. C'est un gros.

— Serait-ce pas maître Gustafsson? dit Eggert.

Jón s'enroula dans un fauteuil monumental et désigna au juge un autre fauteuil, encore plus vaste, et tendu d'un riche velours noir. Après avoir vidé sa pipe, il admit qu'il ne jouait pas aux échecs car il détestait le mensonge, d'autant que les gens qui prétendent mentir ne sont que de sales menteurs car, il l'avait déjà suggéré la veille, il n'est même pas à la portée de l'homme de mentir mais les échecs avaient le mérite d'évoquer les Indes énigmatiques et mirobolantes, le roi Babur et ces fourmis mangeuses d'or dont parle Hérodote.

Jón était ainsi : il souffrait d'une curiosité sans trêve et jamais assouvie qui se composait avec une passion forcenée des voyages dans les pays lointains, surtout à la Chine, mais voilà, sa nature était malingre, comme il l'avait démontré la veille, il avait toujours une indisposition au chaud, toute une famille de maladies alignées les unes à côté des autres dans sa carcasse, comme des pots de mélasse ou de miel dans une armoire de l'office.

Eggert se disait : « Mais quand va-t-il se résoudre à parler des manuscrits? Cet homme est une araignée. Il file sa bave et sa toile. Il guette que je m'englue dans ses rets. Pourtant, il ne m'a introduit dans son cabinet que pour me parler des vélins. Eh bien, qu'il bâtisse son piège. Je n'ai pas à prêter main à mon égorgement. Je ne suis pas un pasteur Todor, moi. S'il a le projet de m'assassiner, qu'il se débrouille tout seul! »

Harransson passait en revue ses maladies.

— Je vais vous poser une devinette, monsieur l'épigraphiste. De toutes ces misères dont je suis le théâtre, et même l'opéra, laquelle vous paraît la plus funeste? Langue au chat? Je réponds? C'est la scrofule, mon-

L'incendie de Copenhague

sieur, et je le démontre : un engorgement du sang, un catarrhe, vous vous collez quelques sangsues sur la peau et le tour est joué. Rien de plus banal que de monter un petit élevage de sangsues, mais la scrofule, monsieur ? Dois-je vous rappeler la médication de la scrofule ? Ce n'est rien de moins que le roi qui a le privilège de lever les écrouelles. Alors, je vous le demande, monsieur Eggert : faut-il se lancer dans un élevage de rois ?

Eggert rit de bon cœur et Harransson se pavana. De temps en temps, il jetait un coup d'œil sur la vitre qui brillait dans les obscurités.

— Je vais prendre un exemple, dit-il. Posons que le noble Ingólfur Arnarsson, notre découvreur, ait été à la fois phtisique, goutteux et de sang pauvre, névralgique et lymphatique, bilieux et colérique, scrofuleux même, comme je me flatte que je le suis, et qu'il n'ait pas de roi sous la main, je gage qu'il n'eût pas repéré Snaeland, oui, oui, j'ai bien dit Snaeland puisque vous êtes après tout l'archéologue de notre souverain et je dis Snaeland, *sufficit*... Et que serions-nous, vous et moi, monsieur Eggert, et même ces moutons ou bien ces étoiles qui crépitent, là, dans la vitre, si nous n'avions pas été découverts par Ingólfur ? Je pose une question assez inquiétante : que serions-nous si nous n'étions pas ? Ah ! le grand saint Thomas, le bœuf de Sicile, s'est vidé la cervelle là-dessus. C'est ce que je dis quand la tempête souffle : où commence le vent, monsieur Pétursson, et qu'y a-t-il avant le vent ? Question abrupte, croyez-vous pas ? Je me plais à ces petits problèmes de physique, c'est mon cabinet de curiosités. Pratiquez-vous aussi la physique amusante.

— Un temps, dit Eggert, j'ai été le disciple de Bartholin mais pour tout vous avouer, sa physique n'était pas trop amusante.

L'incendie de Copenhague

— Bartholin ? Vous voulez dire le fils ? Thomas Bartholin ? Tiens donc ! Mais j'affirme, monsieur Pétursson, qu'il se trouve quelque part, dans la mer occidentale ou même orientale, des îles et des pays qui avaient tout pour être découverts et qui sont toujours cachés. Vous êtes le conservateur des « archives obscures » de Sa Majesté. Pourquoi refuser l'idée d'une « géographie obscure » ? Des pays, comment dire, clandestins ! Des pays à la subreptice. Ah, ma tête ! Et pourquoi ? Pour la raison que leur découvreur avait une santé aussi friable que la mienne. Est-ce que vous vous représentez, monsieur, ces gens et ces peuplades qui auraient dû être découverts et qui n'ont pas été découverts ? Est-ce qu'il n'est pas répugnant de n'être pas découvert ? Pour moi, c'est le grand *secretum*.

Il fit deux gestes réprobateurs du tranchant de la main et produisit à la va-vite une autre idée :

— Pour comble, ma vue est pauvre. Ça ne facilite pas la tâche du pérégrin. C'est pour cela que, comme explorateur, je suis un empoté. Je ne vais pas louvoyer, n'est-ce pas. On louvoie quand on parle beaucoup mais quand vous n'avez que quelques phrases à dire chaque année, vous n'allez pas gaspiller votre salive à ressasser des vanités, surtout un grand bavard comme moi, et donc je réitère : je suis un empoté. C'est pourquoi j'affirme : ce serait désolant. Je passerais au large d'un continent et je le raterais. Après tout, Ingólfur (Arnarsson lui-même, qui n'était pas une mauviette et dont les yeux portaient loin, il s'est arrangé pour ne pas apercevoir les îles Faeroe, c'est même pourquoi il est allé s'embosser dans la baie des Fumées à Reykjavik et nous a trouvés.

— Un autre navigateur nous aurait trouvés, dit Eggert.

L'incendie de Copenhague

— Pas sûr, pas sûr du tout. Et puis, osons une hypothèse : acceptons que je découvre un pays mais, monsieur Pétursson, avec mes yeux de taupe, je suis bien impropre à apprécier ce que j'ai arraché aux *terrae incognitae*. Je ne peux même pas trancher si ma découverte n'a pas été déjà découverte et un découvreur qui découvre ce qui est découvert, non, pitié ! Ah ! toutes ces idées se cognent là-dedans, dans les deux hémisphères, ça n'arrange rien, on risque un coup de sang. Je suis très pessimiste...

Du bout des doigts, il tapota les bosses de son crâne. Eggert compta sur un répit mais la bouche légèrement tordue et comme malade était infatigable.

— L'hiver continue à faire le pied de grue, dit-il joyeusement. Vous allez présumer, monsieur, que je suis un tantinet hypocondriaque. Et si vous m'interrogiez sur ce point, savez-vous ce que je vous opposerais ? Tenez : auriez-vous l'obligeance de formuler telle question ?

Eggert éluda. Il craignait un ridicule mais Jón renouvela sa requête avec insistance et Eggert consentit :

— Ne seriez-vous pas un peu hypocondriaque ? dit-il.

— Oui, monsieur, dit Jón avec colère, je suis hypocondriaque et je ne vois pas là matière à moquerie. C'est vous dire que vos allusions ne me troublent guère. Ne vous gênez pas, monsieur l'érudit, et si la chose vous agrée, vous pouvez même décréter que je suis *nervis dolens. Sufficit...*

Jón posa ses lunettes sur le bras du fauteuil et se saisit d'une loupe qu'il promena devant son œil. Eggert vit cet œil grossir d'un seul coup, comme une bulle de savon. Jón l'adjura de ne pas se tromper de gibier.

L'incendie de Copenhague

Eggert devait mesurer que son hôte, tout perclus et podagre qu'il fût, n'en gardait pas moins son alacrité et sa passion des voyages, bien qu'il ne fût jamais sorti de son île de Snaeland. Il était attaché à cette terre et plus cruellement encore aux Aiglefins, comme une chèvre à son piquet, à cause des tisanes, des emplâtres, des seringues et des sangsues alors qu'il ne souhaitait que d'aller à la Chine ou à la côte de Malabar. Il dévisagea son invité et fit un rictus bien qu'Eggert n'ait pas ouvert la bouche.

Il respirait bruyamment. « La plèvre », songea Eggert. Jón frétillait dans son fauteuil et énuméra tous les « suppléments », tout ce qui lui permettait de mimer, sans illusion certes, les charmes du voyage : un sextant, un sablier, une lunette astronomique de manière à faire le point, ce qui peut passer pour une extravagance de la part d'un homme coincé dans un fauteuil, mais au cas où Eggert aurait eu la délicatesse de s'en étonner, Jón aurait répondu sans faux-fuyants. Il aurait dit :

— Alors, sous le prétexte que je suis malade et cloîtré, je n'aurais pas la jouissance de faire le point, joli paradoxe et même jolie sottise, monsieur ! Un peu comme si l'on voulait insinuer que la noble invention de Galileus et de notre grand Tycho Brahé n'aurait pas été inventée, ne serait-ce pas ajouter le malheur au malheur ?

Il abaissa la tête dans son collet et attrapa ses derniers cheveux pour la redresser.

— Sommes-nous des êtres immobiles ? Je me refuse à m'y résigner. Est-ce que Copernic, qui était chanoine au demeurant, ne nous a pas instruit que la terre s'en va ? A l'infini... à l'infini... Et puis, ne négligeons pas un élément capital : n'oublions pas, monsieur Pétursson, que Snaeland est une île, ça change tout !

L'incendie de Copenhague

Il glissa de son fauteuil en remuant les fesses et trottina jusqu'à une étagère, choisit un ouvrage, l'ouvrit les yeux fermés et souffla. Une poussière s'éleva. Jón enfin allait parler des vélins et Eggert, qui attendait ce moment, souhaita pourtant qu'il se taise.

— Qu'est-ce que c'est ? dit Jón en feuilletant le gros volume. Un manuel italien de perspective. À mon estime, il est assez récent car vous n'y observez pas ces blocs de lettres massifs des premiers volumes imprimés. Voyez : des paragraphes et des blancs. Et c'est un in-octavo, non un in-quarto, donc un livre de notre siècle, enfin non, du siècle précédent car notre siècle est échu et ce serait une grosse imprudence et presque une entorse à la logique que de vivre dans un siècle échu ! Je ne comprends pas l'italien, pardonnez-moi, mais on ne peut pas tout connaître et nous en sommes aux confidences, je crois bien.

Il promenait le doigt le long des lignes noires. Eggert avait de la répulsion pour cet homme : la tête jaune, surélevée par le crâne, le nez mince et plongeant sur le bout, ces malices oiseuses, ces prévenances d'un autre siècle et ces irritations inattendues, ces bruits de glotte et ces citations latines, les ténèbres de cette chambre et ces lueurs rousses qui nimbaient le foyer, M. Harransson n'était pas de tout repos et pourquoi, se demandait Eggert, pourquoi le bonhomme avait-il feint la surprise la veille quand la troupe avait surgi dans le bosquet de bouleaux, pourquoi ces gestes grandioses et ces couinements exagérés ? Pourquoi ? Maître Jón avait fait un peu trop de comédie, poussé trop de jappements. Ces extases tendaient un traquenard et Eggert voulut en avoir le cœur net.

— Monsieur Harransson, ne voyez pas malice à ma question, dit-il prudemment, mais je parierais trois écus que vous étiez prévenu de notre arrivée. Quels desseins poursuiviez-vous, hier, en jouant la surprise ?

— Touché, cria joyeusement maître Jón. Touché ! Un coup au but. Je coule ! Ah, je coule ! À l'aide ! Mon frère maître Harald n'a pas surestimé vos capacités manœuvrières et je vous livre l'explication. Vous conviendrez, monsieur, que l'on se morfond assez dans nos propriétés. Nous sommes sevrés d'inconnu. Le temps, surtout dans des sabliers aussi engourdis que les miens, le temps croupit. Alors, je braque mes bombardes sur les monotonies. Je me confectionne de menues orgies et croyez-moi, j'ai du métier. Soixante ans de délaissement et quarante ans de calvitie. Je vous accorde que je me suis dépensé, hier, avec un peu de fioritures mais il faut toujours chercher le pourquoi. Eh bien, vous avez droit au mot de l'énigme : je me suis moi-même persuadé que j'ignorais la venue du conservateur des archives obscures. Vous m'accorderez que c'est puéril et que je n'y ai pas gagné grand-chose : une minute d'étonnement et encore, un étonnement d'artifice ; mais je vous rétorquerai : une minute, c'est bon à prendre. Tout bien pensé, elle n'a pas à pavoiser, l'éternité. Elle est, selon moi, très surfaite. De loin, elle impressionne, c'est vrai, mais si vous la scrutez de près, qu'est-ce que c'est ? Un tas de bonnes grosses minutes et rien de plus. *Sufficit !* Saint Thomas, monsieur, toujours saint Thomas !

Jón n'affichait pas la moindre gêne. Il déclara qu'il choisissait ses ouvrages, dans la bibliothèque, à l'aveugle. Il ouvrait une page au flair et, bon vent, il débarquait dans un nouveau pays. Il comparait un livre à un véhicule qui vous emporte au diable ou au paradis, à la côte de Guinée ou dans la compagnie des dauphins de Pline ou bien dans le Ragnarøkkr, le crépuscule des

L'incendie de Copenhague

Puissances. On ne sait jamais où l'on aborde et, pourtant, voilà le chagrin : on atteint toujours au même endroit.

Le vieil homme se rétrécit dans son fauteuil, une main sur la poitrine, la figure blême, et reconnut qu'il ne lisait couramment, outre le latin, que l'islandais et les langues nordiques, encore que ces dernières fussent des dégénérées assez consternantes si on les comparait au norrois et surtout à l'urnordisk. Il y trouvait sa récompense : le dépaysement était plus brutal quand il se mesurait à des langues inconnues, le français, l'espagnol ou le germain, mieux encore à des livres turcs ou cyrilliques dont il ne pénétrait pas même la graphie. Il était capable de passer des heures, des jours, des mois sur une page de grec ou de persan.

— Quoi ? dit-il.

— Ai-je parlé, dit Eggert avec une espèce d'effroi.

— Comment voulez-vous que je le sache si vous l'ignorez vous-même ?

Jón eut un sourire aigre et dit qu'une de ses amies très chères, qui résidait à Bessastadir, la distinguée baronne Blexen, usait d'une autre artillerie. Elle considérait de temps à autre qu'elle résidait au Danemark à Helsingør, à Helsingør, quelle idée, peut-être à cause de la famille du marquis de Helsingør qui n'existe pas même, mais elle était malicieuse comme un grain de poudre. La femme du gouverneur Unquist, qui était une personne de beaucoup d'allure et très héroïque, et qui s'appelait Greta, une vraie femme de saga et qu'il faudrait que le docteur Pétursson croise un jour ou l'autre, prétendait que la baronne Blexen était une tricheuse.

— Tricheuse, s'indigna Jón Harransson, tricheuse, la baronne Margrethe Blexen, entendez-vous bien ! Je

L'incendie de Copenhague

voudrais la voir, la divine et même sardonique Greta Sorrenssondóttir, si elle était tombée par maladresse dans le corps ruiné, dans la peau craquelée de la baronne Blexen, comme on tombe au fond d'un puits, je voudrais la voir !

Eggert dit qu'il connaissait la baronne Blexen et Greta Sorrenssondóttir. Jón balaya l'objection et reprit ses lunettes qu'il ajusta au bout du nez. Il poursuivit d'une voix menaçante.

— Cher ami, dit-il, il faut convenir que Snaeland forme un cas singulier. Ici, les livres, ou plutôt leurs formes manuscrites, ne se contentent pas de fomenter des voyages. Ils voyagent eux-mêmes.

Il posa sur Eggert un regard attentif, moqueur et féroce ensemble. Un regard du bleu de l'acier.

— Ils voyagent, nos parchemins, continua-t-il. Ils gambadent d'un bord à l'autre de Snaeland. Savez-vous ce que je dis, monsieur ? Je dis que les hommes et les femmes de Snaeland transportent leurs vélins sur leur dos, comme l'âne d'Esope le faisait de ses reliques. L'âne, c'est Snaeland et les reliques, mon Dieu, ce sont les livres. Et quand je dis sur leur dos, il serait plus juste de parler de leurs pieds, de leurs mains, de leurs ventres car les moutons ne donnent plus de laine depuis longtemps et il neige beaucoup dans ces horizons. Nous portons nos manuscrits comme les fourmis d'Hérodote charrient leurs grains d'or et comment l'eussiez-vous soupçonné, je vous interroge. Voilà ce qu'on peut dire de nos manuscrits. Je vous en bouche un coin, croyez-vous pas ?

Eggert l'interrompit. Harransson venait de lancer son attaque. Autant frapper à son tour !

— Vous ne me bouchez pas le moindre coin, monsieur Harransson ! Oui, je soupçonnais tout cela. Je soupçonnais que les vélins des sagas ont été volés et qu'ils sont réduits au rang de chausses et de souliers. Et je vais vous dire mieux : je sais que vous saviez que je savais. Quelqu'un, le diable peut-être, vous a averti que j'accomplis dans ces terres une mission obscure, que je suis muni des patentes de Sa Majesté avec le seul projet de sauver les manuscrits de nos antiques que les pauvres ont dérobés dans les archives. Vous le saviez. Monsieur Harransson, j'ai le regret de vous faire savoir que vous êtes un menteur !

Harransson lança violemment le volume italien dans le fond de la pièce. Une cruche d'argile explosa.

— Toujours votre terrible méfiance, Pétursson ! Je ne vous approuve pas. Je vous ai déjà supplié, il y a quelque moment, de ne pas flétrir mes modestes plaisirs. Ce sont des plaisirs bénins et je réitère. Je vous le demande en supplication, cher maître. Vous suggérez, si je vous comprends, que j'étais informé sur vos manigances. Mais voyons, Pétursson, j'en appelle à votre jugeote : comment les eussé-je ignorées ? Comment pouviez-vous supposer que la baronne Blexen et Greta Sorrenssondóttir ne m'eussent pas alerté sur vos trames et vos leurres ? Votre venin, monsieur, allez-y, que coule votre venin ! Encore une goutte de venin, cher Satan !

*

Cette mise au point faite, Jón se rasséréna et proposa un cessez-le-feu car il était impatient de poser une question décisive à l'érudit. Les humanistes européens se gargarisent du miracle de Snaeland puisqu'ils appellent ainsi les sagas. Et il faut accepter qu'il y a du miracle en l'affaire. Par quel enchantement, sous l'effet

L'incendie de Copenhague

de quels charmes, de quelles chimères, l'île de Snaeland, engloutie dans sa neige noire et colonisée par des rustiques et des brigands, des va-nu-pieds, des traîne-savates chassés de la Norvège, a-t-elle pu édifier pareil monument aux belles-lettres à une époque, entre le XIIe et le XIVe siècle, où toute l'Europe, Jón disait bien toute l'Europe, clapotait dans les barbaries scolastiques de l'âge de fer, avec les Grossetête, les Guillaume d'Ockham ou ce verbeux de Petrus Comestor ? Monsieur l'érudit possédait-il la réponse ?

Eggert fut à deux doigts de rompre. Il s'était précipité, tête baissée, dans la toile de l'araignée, il allait se faire croquer s'il ne prenait pas la fuite à l'instant, mais il était collé à son fauteuil. Maître Harransson détenait une puissance effrayante, peut-être un ingrédient du diable, à moins qu'il ne fût le diable même, et puis il abritait dans ses caves une vingtaine de gardiens qui avaient failli lâcher leurs chiens dans le bosquet de bouleaux la veille et qui étaient probablement en train de passer de longs manteaux bleus.

— Vos études d'épigraphie vous éclairent, je présume, dit Jón. Je serais intéressé de vous entendre. Quid de la merveille des sagas ? À vous, docteur !

Eggert improvisa. Il avança l'idée que les circonstances des premiers temps avaient conduit les proscrits de la Norvège, en deuil de leur terre natale, à réciter, à eux-mêmes et à leurs compagnons de chagrin, leur propre roman, l'histoire du pays qui était le leur et duquel ils se trouvaient endeuillés. Oui, disait Eggert qui était à présent très échauffé et qui se promenait entre les meubles en agitant ses grands bras, oui, il fallait se peindre ces gens de sac et de corde, tombés sur ce caillou, et ils ne savent même plus qui ils sont car il y a la neige, ne l'oublions pas, et la neige n'abolit pas seulement les couleurs et les terres mais les hommes également, car dans la neige qui est le néant, les hommes ne sont plus qu'une pincée de néant, et il y a le vent et la nuit, toutes ces nuits, et ce n'est pas un pays, c'est une tornade, c'est une tache vide, vide et noire, vide et blanche, et comme nul ne supporte le néant, ils s'emploient, les malandrins de la Norvège, à griffonner tous ces textes pour se remémorer qui ils sont, pour faire le point comme pourrait le dire plaisamment maître Harransson, pour perpétuer leur propre nom, leur propre langue, pour ne pas devenir pareils à des bêtes, parce que ces textes, on devait en convenir, ces textes ne forment guère que des généalogies, un interminable Landnamabok : un tel fils de un tel, fils de un tel, tout de même que la Bible énumère la litanie des familles et des parentèles et des clans, un peu, disait Eggert qui parlait au petit bonheur, au petit malheur, à la manière d'un enfant abandonné au fond d'une noire forêt et cet enfant hurle parce qu'un ours ou un loup rôde autour du feu du bivouac, et l'enfant redit bêtement son propre nom afin de ne pas mourir sans deviner qui il est et lequel fut son père, et laquelle sa mère, et c'est en ce sens, selon Eggert, que les sagas ne constituent pas un roman ou un poème mais un procès-verbal de tabellion, elles ressortissent au genre de l'annale, de la chronique, du document.

C'est pourquoi, aux yeux d'Eggert, les sagas appartenaient moins au registre de la littérature qu'à celui des comptes rendus de paroisse ou de justice, des calendriers et des computs, et c'est pourquoi aussi Eggert Pétursson n'aurait pas gaspillé un jour de sa vie pour retrouver des poésies volées et transformées en chemises et en manteaux pour les pauvres, alors qu'il trouvait

L'incendie de Copenhague

honorable et même convenable, et même sacré, de consacrer sa vie entière et sa mort par-dessus le marché à la quête des sagas car sans les sagas, eh bien... eh bien..., disait-il en cherchant ses mots, le Danemark ne serait qu'une ombre, et le roi du Danemark ne serait qu'une ombre aussi, et tous les habitants de ces terres, des ombres aussi, et que faire de toutes ces ombres sinon les empiler les unes sur les autres ?

Eggert eût aimé décrire les sagas comme des petites lumières, des chandelles ou des lumignons qui brûlent dans le noir pour éclairer le chemin bifurqué, le chemin blafard, pour mesurer l'écart, pour redire le patronyme des amis égarés, des familles égarées, du passé égaré, des naissances égarées et... de l'égarement égaré. Les sagas étaient moins des livres que des éphémérides, et il n'est pas un livre, maître Harransson devait s'en persuader, qui ne soit une Genèse, si bien que les belles-lettres n'existent pas plus que n'existent l'ironie ou le mensonge, si l'on y réfléchit, et au cas insensé où elles existeraient, elles ne seraient que futilités.

Eggert s'interrompit. Il était interloqué. Où avait-il péché pareilles sottises, et pourquoi ces phrases sans queue si tête, et pourquoi ces criailleries ? La terreur, à n'en pas douter, moins celle des longs manteaux bleus qui fourbissaient, Pétursson n'en doutait plus à présent, oui, qui aiguisaient leurs dagues dans les greniers de maître Jón, moins celle de la tête empalée du cheval au crottin que celle des limbes et de l'agonie de la terre. Il vit le visage subtil, le visage dévasté de son hôte s'éclairer et Eggert tremblait et Eggert comprenait que le sourire gourmand et doucereux de Jón était une annonciation de la mort.

*

L'incendie de Copenhague

— Bravo, dit Jón avec enthousiasme, bravo! Je retiendrai votre formule. Elle a le mérite d'apparier la Bible et nos sagas. J'irai même jusqu'à étendre votre réflexion et à refuser cette distinction que vous procurez entre les sagas et les belles-lettres. À mon sens, votre définition s'applique à tous les livres, y compris à la poésie, aux chants des scaldes, aux *Edda*, poétiques ou non, dans la mesure où les belles-lettres n'existent pas, pas plus que n'existe le mensonge, dans la mesure où les poèmes, les *Edda*, les *runir*, oui, tous les livres, toutes les écritures, et même un mot griffonné sur une feuille, et même une feuille vierge et même la poussière de Samarie, et même pas de feuille du tout, oui, tout cela n'est jamais qu'un testament, le rapport d'un greffier de cénotaphe, mais cela est une autre histoire...

Jón donna quitus à Pétursson et annonça qu'il réfléchissait.

— Enfin, non, je ne réfléchis pas, reprit-il bientôt. Je manque de loisirs, et la vie, comme vous eussiez pu le suggérer, est un incendie. J'accumule. J'engrange. Je fais provision de froment. Je mets ça dans mes caves, vos éphémérides, pour une nuit creuse, mais à mon tour, cher ami, très cher ami, je souhaite vous fournir un peu d'aliment pour vos vieux jours, si des vieux jours, quelque part, vous attendent. Ah! je triture cette calembredaine-là, dans mes nuits : vos vieux jours vous attendent, quelque part, et voilà la question, monsieur l'archéologue : à supposer que vous n'arriviez pas jusque-là, ce qui n'est pas exclu, compte tenu des périls que vous affrontez, je veux dire jusqu'à l'âge avancé où vous seriez susceptible d'avoir de vieux jours, que deviendront-ils, ces vieux jours? Connaissez-vous cet ancien prêtre qu'on appelle Gunnarr, Vieux Gunnarr?

L'incendie de Copenhague

J'ai relu saint Thomas : non seulement il ne procure aucune lueur mais même il ne soulève pas la question...

En ce qui concerne les sagas, Jón soutenait une autre thèse. Il prit un des rouleaux qui traînaient sur la chaise et le déroula en observant d'un œil de rapace les gestes incohérents d'Eggert et il dit que les poètes de Snaeland, s'ils furent tant féconds, les motifs en étaient banals. Jón Harransson entendait à cette occasion mettre au jour le rôle crucial des veaux et des moutons.

— Les moutons ? dit Eggert d'une voix blanche. Les veaux ?

— On échoue à imaginer, monsieur Pétursson, ce que fut Snaeland dans ces siècles. Aujourd'hui, c'est du rocher, de la lave, de la tourbe, de la lèpre, du blanc, du basalte, de la neige, quoi encore ? De la nuit. Des tonnes de nuit ! Un cimetière de nuits. Un ossuaire de nuits. Mais, dans les minutes augurales, quand Ingólfur Arnarsson et ses gibiers de potence abordent à nos grèves, c'est Canaan notre île ! Ha ! ha ! C'est la caravane de la reine de Saba, c'est la mine du roi Salomon, c'est le royaume de la Sulamite. Snaeland est feutrée de forêts, mon cher, d'herbes, de pâtures, et au fil des siècles, Snaeland meurt car Snaeland est morte, monsieur, même si la nouvelle est tenue secrète, mais je me disperse...

Jón tendit la main en tâtonnant et attira fermement Eggert vers son fauteuil, tout en baissant la voix, et les bûches lançaient des éclats rouges.

— Revenons à nos moutons. Quand les géants, quand les héros s'installent, c'est la Golconde. Il n'y a pas que cette forêt infinie de laquelle ne subsistent aujourd'hui que quelques loques. Non ! Dans les premières années, il y a aussi des troupeaux de vaches et de moutons, des milliers, des millions de bêtes, elles dévalent les collines comme des chenilles processionnaires, dans un piétinement furieux, dans un bruit d'averse, on ne voit même plus ces laves et ces bitumes et ces basaltes, *sufficit*, les collines sont blotties dans les laines, elles sont ensevelies sous ces toisons fumantes, sous cette « toison d'or » dont parle Eschyle et qui dévale les pentes dans un bruit de tornade, dans un bruit de geyser et d'iceberg, sous ces milliers de mamelles grasses et suintantes, car les femelles comme les femmes des hommes copulent sans cesse, Pétursson, ainsi l'a réglé l'Eternel, les femelles copulent sans trêve ni repos, et Snaeland est couverte de mamelles et de ventres en gésine, et tout ça fournit du lait, des océans de lait, des montagnes de viande et d'ossements, des tapisseries illimitées de laines et elles bêlent, les bêtes, elles mugissent, elles pâturent, elles engendrent, elles ajoutent à la géologie écorchée de l'île une sorte de pays supplémentaire, sans cesse en mouvement, en métamorphose et en gloire, et elles dispensent leurs pelages et leurs cuirs, leur lait et leurs menstrues, leurs toisons et leurs sabots et leurs os et leurs rotules pour vêtir les colons nus de Norvège et leurs enfants et leurs petits-enfants, c'est l'Eden avant que l'ange Gamaël et Lilith n'aient forniqué au grand ressentiment de Yahvé et n'aient plongé leur descendance dans les soufres de la Géhenne. Ce n'est pas à un savant de votre trempe que je clamerai les strophes illustres : « Chaque brin d'herbe dégouttait de beurre... » La Bible, dites-vous, et je vous dis : non, monsieur, les sagas... !

Jón devait avertir que sa voix, dès les prochaines minutes, allait se nouer de terreur car il ne se sentait pas le droit de dissimuler que Snaeland, même la Snaeland des premières heures, n'est pas seulement un paradis mais également un abattoir, un équarrissoir. Le sang

L'incendie de Copenhague

des douces bêtes de l'Eden, le sang de l'Eden serait-on en droit de dire, coule à pleins bords. Il écume sur la campagne. Il bouillonne dans ces villages aujourd'hui réduits à leurs chicots, il ruisselle dans les torrents, dans les gorges, sur le flanc des volcans, en faisant un bruit de déluge — et si le déluge, Jón le soulignait au passage, si le déluge était la montée du sang, non celle des eaux ? — et l'île s'enfonce sous une vapeur écarlate et crémeuse. Les rivières sont vermeilles. Le sang dégouline en cascades le long des escarpements, le sang et le lait, rappelons-nous, et Snaeland est une contrée pourpre et fétide, on boit le lait, on boit le rouge, on s'empiffre de viandes, d'artères et de veines et bien entendu, il y a également des amoncellements de peaux et de fourrures qui revêtent non seulement le corps de chaque paria norvégien mais l'île même, ses glaciers, ses neiges, ses volcans et ses landes, au point qu'on ne sait plus que faire de ces montagnes de cuir.

Jón prit une plume de cygne posée sur un sofa et se caressa le nez, puis le crâne. Il proposa à son hôte une petite pause et reprit tout de suite son espèce de mélopée car il était urgent de souligner qu'à ce point, monsieur l'érudit l'avait sans doute déjà pressenti, à ce point sont frappés les trois coups du grand malheur, Jón voulait dire du grand malheur des sagas.

Dans un premier épisode, on commence par tailler des vêtements pour chacun des colons. Les parias de Snaeland se revêtent d'une armure de beaux cuirs blonds, noirs, blancs, comme une armée de la Chine ou des Indes mais on a beau tailler, tailler sans fin des chausses et des toges, il reste toujours des millions de peaux, des millions de cuirs et c'est alors que se trame le motif, ce que Jón, cependant si rétif et même rebelle aux facilités du lyrisme, Jón si épris de vérité et de

L'incendie de Copenhague

rationalité, s'était permis de nommer, un peu plus tôt dans la soirée, le grand *secretum*.

Jón contrôla sa respiration, cracha dans la cendre de la cheminée, se lava la bouche d'un bol d'hydromel et dit qu'il eût préféré ne pas évoquer ce qui allait suivre mais la vérité était son implacable maîtresse et le mensonge n'était pas au monde.

— C'est alors, monsieur Pétursson, que s'avancent sur le proscenium les artisans fabuleux, les forgerons de l'alphabet, ceux que j'oserais qualifier pour peu que l'on m'y invite de divins. Ces artisans traitent le cuir. Ils tannent les dépouilles des veaux et des moutons. Ils les polissent à l'aide de chaux vive et de craie, ils les lissent aux lames de leurs dagues. Ils échafaudent des piles vertigineuses de parchemins. Et que faire de ces peaux, je vous le demande ? Se lève alors une armée de *godar*, de *bændr* et de moinillons, les Saemundr le savant, les Snorri Sturluson... Ils s'arment de leurs stylets et des cuirs et quand vous avez des cuirs et des stylets, que vous êtes exténué de prières par surcroît, que faites-vous, monsieur ? Vous écrivez. Vous composez des poèmes. C'est qu'ils n'aiment pas le gaspillage, nos clercs et nos *godar*, ils sont avaricieux, nos bons poètes, et ils ne supportent pas qu'un seul cuir demeure vierge, si bien qu'ils s'emploient à aligner leurs jambages sur la totalité des réserves de peaux mais attention, elles ne sont pas toutes pareilles, les peaux ! Elles ne sont pas toutes pareilles !

Harransson quitta son fauteuil et alla prendre, sous une table, un paquet de cuirs qu'il déplia avec délicatesse :

— Voyez donc, ami : il y a ces peaux-là, celles des veaux nouveau-nés, d'une finesse, d'une fragilité de voile ou d'écume, comme ces dentelles irisées, diaprées,

L'incendie de Copenhague

vous savez, que les araignées tendent dans la rosée des matins : ce sont les vélins et les vélins reçoivent les textes les plus délicats, les pages de poésie ; et puis il y a les autres peaux, tenez, en voilà une, et elles sont plus rudes, ce sont les parchemins qui sont les peaux des moutons âgés, plus résistants, des peaux de vieille carne couturées de cicatrices, de traces de combats, de désastres et de famines, et qui seront réservées à ces récits sauvages, pleins de hurlements et de chocs d'épée et de boucliers, que l'on appelle les sagas... Vous ne dormez pas, je suppose ?

— Je vous écoute. C'est vrai que je suis un peu engourdi, la nuit dernière n'a pas été fameuse, mais je vous écoute.

— Et ma nuit, Pétursson, vous ne pensez pas qu'elle a été un peu bousculée, ma nuit, avec plus de quatre maladies ? Je n'en fais pas un plat. Où suis-je ? M'auriez-vous donc interrompu ? Oui. Saugrenu, non ? Comme si les vélins ne pouvaient produire que de la poésie élégiaque, quasi féminine, avec des pâmoisons, des ritournelles, des soupirs alors que les parchemins, qui sont taillés dans la peau des vieux moutons endurcis, des vaches chenues, se spécialisent dans les sagas, ce qui vous met, j'en ai la conviction, sur la voie. Est-ce que vous êtes sur la voie ?

— Vous voulez dire...

— J'en arrive à ma proposition. Ces impérissables monuments que constituent les sagas, l'*Edda poétique* et même les rimes de Pontus, tout cela qui nous élève au-dessus des temps et de la moire des civilisations, ce n'est pas une fournée de *godar* crasseux, hébétés et incultes qui les rédigent. Non, Pétursson ! Les auteurs de notre irremplaçable librairie, à présent je suis en mesure de vous en faire la révélation, ce sont les moutons, les veaux et les vaches, et pouvez-vous affronter ces vacillantes vérités ?

Il laissa passer un long moment pour donner plus de lustre à sa péroraison :

— Je dis, moi ici présent, Jón Harransson, frère de maître Harald Harransson, je dis que les scaldes et les auteurs de sagas ne furent que les greffiers de la douleur du troupeau, de même que Jean et Luc et Matthieu furent les scribes, les plumes d'oie, les greffiers, les copistes du sang du Golgotha, ce sang divin qui, lui, est le véritable auteur des Évangiles. Est-ce clair ? Les clercs gravent sur ces fleuves de sang, sur ces carcasses écartelées, sur les viandes équarries, sur les corps suppliciés, ces mots inoubliables... et qu'est-ce que le mot si ce n'est la cicatrice du couteau des sacrificateurs sur la tendre et émouvante peau des agonies ? Qu'est-ce que le livre, monsieur, si ce n'est le stigmate du chagrin infini des veaux et son écho inlassable dans le cœur de charbon des hommes ? Avez-vous observé, Pétursson, que les sagas sont inaptes au sourire, à la gaieté, à la drôlerie ? Elles sont tonitruantes, guerrières, ténébreuses, cruelles comme des poux, elles sont, les sagas, la litanie du mal et le combat contre le mal. Et comme le mal, elles sont prophétiques car enfin, conçues dans le sein de l'Eden, dans les clartés émaillées des premiers jours, elles se vouent aux noirceurs, comme si elles étaient déjà saturées des froides clartés de la mort de Snaeland, cette mort de l'autre côté de laquelle nous avons planté notre campement mais que les hommes des origines ne pouvaient pressentir dans les aubes rosâtres de l'allégresse. Des poèmes de la mort ! Pire, monsieur, et voici l'hésitation ultime : les sagas ou plutôt ces bêtes massacrées auraient-elles aperçu, dans l'épaisseur des temps, le vide où nous descendons

L'incendie de Copenhague

aujourd'hui ? Ou bien ne serait-ce pas que nous, hommes des derniers jours, hommes des jours qui succèdent aux derniers jours, ne serait-ce pas que nous sommes modelés et guidés et condamnés à huis clos par les strophes des lumineuses épiphanies ?

Dans la pièce presque noire, Eggert dodelinait de la tête. Il ne dormait pas. Il avait envie de bâillonner cette bouche mauve de laquelle dégoulinait une vomissure de mots. Eggert n'avait pas l'habitude de haïr, il ne savait pas comment s'y prendre et que faire de cette colère dégradante qu'il éprouvait à l'égard du petit homme délirant et à coup sûr, se disait-il, à coup sûr les lèvres de Satan étaient en tout semblables à ces lèvres gluantes de mots.

Jón Harransson avait du respect, apprit alors Eggert, pour les vieux juifs. Ces gens-là tenaient pour impie de détruire leurs livres. Mais les livres périssent. Or, l'érudit soupçonnait-il ce que les Hébreux faisaient d'un ouvrage quand l'ouvrage était devenu vieux ? Ils lui réservaient des funérailles au cours d'une étrange cérémonie, près de la synagogue, dans un emplacement qu'on appelait la *ghénizas*.

Il suivait que Jón avait le devoir, *in fine*, de s'interroger si les pauvres hères de Snaeland qui ont mis à sac les librairies et les archives pour se vêtir de parchemins n'imitaient pas gauchement les préceptes des anciens juifs et de leurs sépultures pour livres défunts avec leurs *ghénizas* ? Dans la *ghénizas*, les feuilles se corrompaient, tombaient en poudre et serait-ce pas dire qu'on peut déchiffrer la poussière des livres, exhumer, dans un petit tas de cendres ou de terre, de sable ou d'excréments, les caractères meurtris et dissous, oui, en un mot, la poussière serait-elle lisible ? Et serait-il déraisonnable de déclarer que la poussière est l'autre nom de la poésie ?

L'incendie de Copenhague

Telle n'était pas, selon Jón, l'opinion de Sa Majesté Frédérik IV ni celle de Pétursson dont tout l'effort visait au contraire à suspendre la destruction des vélins et des parchemins — à suspendre le temps, par conséquent, ce qui dégage une forte odeur de sacrilège, car le temps est propriété des Puissances, non des hommes —, à arracher les manuscrits des épaules des Islandais avant que ces manuscrits ne soient réduits en ordures, en charogne. Et ma foi, cette attitude se défendait. Elle avait même des partisans et Jón connaissait des habitants de Snaeland pour se réjouir que les vélins, au lieu d'aller au néant, soient sauvés par l'érudit et ses amis et mis en sûreté dans les coffres ou les musées du roi du Danemark et n'était-ce point, si l'on avait honnêtement rapporté les faits à Harransson, ce qu'il disait ce prêtre, ce prêtre défunt, ce M. Todor dont on a retrouvé le crâne brisé dans son jardin et qui estimait que le livre est objet sacré et que nul n'a le droit d'assister sans révolte à sa profanation sur le dos des mendiants de Snaeland et ça ne lui avait pas porté chance.

— Oui, balbutia Eggert, oui, je vois, oui, M. Todor.

— *Sec contra... sed contra*, monsieur l'assesseur, je dis bien : « certains habitants de Snaeland », parmi lesquels M. Todor, se félicitent du décret de Sa Majesté Frédérik IV et de la mission obscure du docteur Pétursson, mais je ne dis en aucune façon : « tous les habitants de Snaeland » se félicitent, car j'ai le scrupule de vous avertir que d'autres personnes s'opposent farouchement à votre besogne. Je connais des prêtres, des rustiques, je connais des dames de haute lignée et des dames de noces, qui préféreraient voir les manuscrits pourrir et mourir, comme pourrissent les cadavres et même ces chairs en voie de putréfaction que l'on appelle les vivants, comme pourrit ce charnier qui fut jadis Snaeland. À croire, si l'on acceptait leur leçon, qu'un livre, même dévoré des vers, demeure un livre, inaccessible, certes, mais invulnérable, imputrescible et vermoulu, fétide et immarcescible et ils disent que même après qu'ils sont morts, les vélins demeurent lisibles. La *ghénizas*, vous dis-je, la *ghénizas*, le livre invaincu.

La voix, de plus en plus mécanique, de plus en plus sourde, flottait dans la pièce glaciale où le feu ne formait plus qu'un petit tas de braises voilées de cendres.

— Résumons, docteur Pétursson : les uns, dont vous êtes la main et l'épée, profèrent qu'il fut sacrilège de profaner, de voler les manuscrits et de les avilir au rang de vêtements, de chausses et de chaussures et qu'il est pieux de les arracher aux mendiants, de les protéger des malfaçons du temps en les serrant dans un château du Danemark. Les autres pensent au contraire que les vélins sont des linceuls et que nul n'a le droit de violer un linceul, que le destin du linceul est de partager la mort et les vers de la chair que, tendrement, il occulte.

« Mais, voyez-vous, Pétursson, tous ces gens, je veux dire vous-même et vos bourreaux, je veux dire le gros pasteur Todor comme les hommes aux manteaux bleus et comme le cheval d'infamie, tous, ils sont en somme d'accord. Tous, ils respectent les livres et tous ils tiennent que Snaeland périra le jour où les livres seront cendres, mais les uns entendent retarder l'agonie des manuscrits en les déménageant au Danemark et les autres préfèrent que la mort soit acceptée et choisissent de mourir dans leurs suaires de parchemins. Curieux, docteur ! Non ! Pas curieux ! Épouvantable ! L'histoire fatidique de cette île est sur son déclin, comme meurt la terre elle-même. Snaeland, notre belle île perdue, a parcouru sa propre fatalité, une torche éteinte au poing,

L'incendie de Copenhague

et Snaeland touche aux ultimes grèves. La délivrance est proche, Pétursson, bénie soit la fin des livres !

La figure étroite, le crâne énorme de maître Harransson faisaient une tache livide dans la pièce. Une main tisonna les braises, des étincelles claquèrent et s'éteignirent. Jón fit quelques pas, ses parchemins dans le poing, jusqu'à la lunette astronomique. La nuit était lisse avec des gerbes d'étoiles. L'étoile préférée de Jón était Arcturus car elle est lourde et rouge, mais l'été déclinait et Jón annonça un déluge dans les quarante-huit heures. Ce déluge serait bref. Avec ce froid et les vents de la Cimmérie, Snaeland disparaîtrait sous la neige en fin de semaine.

— Je n'ai pas à vous encombrer de conseils, cher Pétursson, mais si j'étais vous, je démarrerais dare-dare. Je sais bien que mon avis peut être pris en mauvaise part et que certains y verraient une ruse pour vous jeter dans la gueule du loup car pour l'heure, vous êtes mes hôtes, et, comme l'hospitalité est sacrée en Snaeland, vous êtes mes protégés : aussi longtemps que vous êtes sous mon toit, nul ne touchera à vous. Ensuite... Mais, alors, vous devriez ne plus jamais quitter ces lieux ? Impensable ! Et ne doutez pas que certaines personnes vous en veulent. Je ne serais pas étonné que votre escouade soit suivie à la trace par des brigands et des pétoires qui vous massacreront à la première occasion. Mémoire ! Les hommes de ce pays sont des fauves. Ils ne vous pardonnent pas d'avoir tripatouillé dans le trésor, même si vous avez trouvé plus de neige que de parchemins.

Eggert essaya de sonder M. Harransson :

— Nous avons trouvé quelques parchemins, dit-il.

— Oh, si peu, Pétursson ! Quelques feuillets de *Njáll le Brûlé* — oui, *le Brûlé*. Si peu que rien.

L'incendie de Copenhague

— Quelques feuilles de *Njáll ?* Vous savez cela aussi...

— Les nouvelles courent dans ce pays. La neige et le noir, le vide sont de bons conducteurs. Elles vont si vite, les nouvelles, que tout le monde est au courant avant même qu'un événement ait lieu. Ha ! ha ! ha !

— Donc, vous n'ignorez pas que nous avons été filés par des hommes en armes avec des longs manteaux bleus ? Comment en êtes-vous instruit ? Je me suis montré patient, maître Jón, patient et complaisant, et puis, le tableau que vous avez brossé des veaux et de leur sang m'a impressionné, je ne le cache pas. Mais vous avez commis quelques imprudences, monsieur. Comment savez-vous tant de choses sur la mission obscure ? Faites-moi grâce de vos malices, de vos zigzags ! Comment ? La mort du pasteur Todor ? La bande des longs manteaux, l'allusion à Vieux Gunnarr, à Greta et à Margrethe, à l'huissier Gustafsson même ! Répondez !

— Mais pourquoi, Pétursson, vous intéressez-vous seulement aux détails, jamais à l'essentiel ? Que ces hommes aient des longs manteaux ou pas de manteaux du tout, quel intérêt ? Et que le cher Todor ait une figure ronde ou non, mais quelle importance, je vous le demande ! Allons ! Allons ! Un peu de sang-froid, monsieur Pétursson.

— Je vous somme, tonna Eggert en saisissant le vieillard par son justaucorps, je vous somme de vous expliquer. Ou bien êtes-vous le maître de manœuvre ?

— Fichez-moi la paix, Pétursson. J'ai simplement dit que je ne serais pas surpris que des hommes en longs manteaux soient sur votre piste, c'est tout. C'est une hypothèse, rien de plus.

— Je serais en droit de me méfier, les longs man-

L'incendie de Copenhague

teaux, la saga de Njáll le Brûlé, le cheval infâme...
— Eh bien, méfiez-vous de moi si la chose vous convient. Tenez, ramassez ma pipe, je vous en prie, vous l'avez fait tomber avec vos grossièretés. Merci, monsieur Pétursson, elle s'en tire mieux que Todor, elle n'est même pas éraflée, brave pipe! Qu'y puis-je? Moi, ce que je considère comme mon devoir, c'est de vous mettre en garde, j'obéis à mon programme, comme les sangliers se doivent de déterrer les truffes, comme les mouettes se doivent de pondre leurs œufs. A chacun son établi, à chacun ses outils. Je vais même vous suggérer quelques pistes. Selon moi, les parchemins volés sont restés à proximité des *scriptoria,* donc des couvents. Venez à la fenêtre. Vous distinguez... Non, vous ne distinguez rien. Les étoiles sont là mais presque blanches, ce soir... Enfin, s'il faisait un peu de jour, vous apercevriez ce pic, le pic du Lépreux, et là se dressait jadis un atelier de scribes. Je ne serais pas étonné que dans les fermes de la région les femmes aient confectionné des chausses et des culottes, des souliers. Peut-être la fin de *Njáll le Brûlé* se promène-t-elle là-bas, sur des derrières de vieilles femmes, mais il y a un mais, ces gens-là, croyez-moi, ne se laisseront pas dépouiller. Et l'on tue vite, dans la région.
— J'ai deux coffres, monsieur Harransson, bourrés de vêtements acheminés du Danemark et j'ai deux sacoches de rixdales.

Jón se dérida. Il se renversa en arrière, sortit son ventre et le caressa d'un air béat. Il éclata de rire :
— Des rixdales? Des lainages du Danemark? Vous dites des rixdales? Monsieur Pétursson, reprenez-vous! Est-ce qu'un sauvage du pays des Bantous se laisserait écorcher de sa peau couverte de tatouages contre des louis d'or? Vous auriez beau lui promettre de lui

donner une autre peau, une peau toute neuve, une peau de marquis de Helsingør ou même de roi, vous vous retrouveriez avec une sagaie dans le ventre. Voyons... voyons... J'ai pourtant fait un effort, Pétursson, mais je me demande si je n'ai pas usé ma salive en vain. Tout à l'heure, j'ai proposé une comparaison. J'ai parlé de suaires, les sagas sont des suaires. Et vous savez, dans les légendes, quand on veut arracher un suaire à un mort... couic! Le mort, on dit cela, le mort saisit le vif.

Il ajouta qu'il était temps de se reposer. Les jambes lui rentraient dans le corps, déjà qu'elles n'étaient pas longues... Au moment de quitter la pièce, il prit Eggert par une épaule, le regarda anxieusement.

— Méfiez-vous, dit-il, méfiez-vous de chacun. Méfiez-vous de vous-même. Peut-être êtes-vous occupé à vous tendre à vous-même une embuscade ? Vous voyez, ce fer à feu, là, accroché à la poutre maîtresse. C'est un fameux outil : selon que vous l'utilisez d'une manière ou d'une autre, il imprime soit le signe de Thor, soit le signe de la croix du Christ. Pas mal, non ? Méfiez-vous, voilà mon testament. Méfiez-vous de tout le monde.

— De vous ?

Le vieil homme leva les bras, en signe d'impuissance.

— Que voulez-vous que je vous réponde ? La question est insoluble. Supposez que je vous invite à vous méfier de moi, vous vous méfierez, n'est-ce pas ? Mais si je vous dis de ne pas vous méfier, vous vous méfierez encore plus. Alors, que puis-je pour vous ? Méfiez-vous, ne vous méfiez pas, broutilles !

— Avouez, maître Harransson...

— J'avoue... Mais que voulez-vous que je vous

L'incendie de Copenhague

dise : je ne sais même pas, moi, si je dois me méfier de moi ! Alors ? Cher ami, je compatis, et pourtant je suis limpide. Oh, et puis, à quoi riment ces bavardages ?

Il avait allumé une torche aux dernières braises, posa sa loupe sur un tabouret, caressa de la main les parchemins, dit qu'il avait été par moments légèrement véhément et même grandiloquent, mais il fallait pardonner à un homme très solitaire et qui n'avait pas souvent l'occasion de rencontrer des érudits de prestige. Il enfonça son bonnet jusqu'aux yeux, rejeta le pompon violet en arrière et quitta la pièce. Dans le corridor, il fit une pause. Les flammes de la torche passaient sur sa figure. Il s'adossa au mur et, quand Eggert l'eut rejoint, il parla les yeux baissés :

— Tout est bien. Il n'y a point de lignes droites. Il y a des ronds. Dans le ciel les étoiles vont en rond. Voyez les peaux de veau et de mouton : leur première fonction, c'était d'être transformées en chausses et en souliers. Par malencontre, il y a eu cet accroc que je vous ai dit, cet embrouillamini : les *godar* se sont mis en tête de barbouiller leurs bêtises sur ces peaux et les peaux, au lieu de servir aux souliers et aux chausses, ont reçu les sagas et ont été entreposées dans les *ghénizas*. Or, qu'advient-il aujourd'hui, Pétursson, au moment même où je suis avec vous dans ce couloir ? Les peaux sont chipées par des paysans en haillons et transformées en culottes et en chausses. Autrement dit, Pétursson, les vélins, qui avaient été sottement détournés de leur rôle de culottes par les littérateurs des âges héroïques, reviennent à leur vocation première : les revoilà chausses et souliers ! Tout est bien. Il n'y a pas de ligne droite, il y a des ronds... Oui, oui, je bâille mais c'est qu'il est bien tard aussi. Je forme le vœu que vous passiez une meilleure nuit, Pétursson.

L'incendie de Copenhague

Il fit encore un peu de politesse et serra Eggert dans ses bras. Il écrasa une larme :

— Je vous aime bien, Pétursson. Vous êtes un juste... Vous êtes un sage... Ma protection s'étend sur vous. Vous pouvez prendre la route sans crainte... Enfin, je crois.

Le lendemain, Eggert secoua ses hommes. Le ciel était chargé et Jón Harransson avait annoncé un déluge. Il fallait rallier Bessastadir en droiture.

Chapitre XV

Encore une nuit agitée et le cornette Bodelsen sonna une espèce de boute-selle. Une pluie froide avait lavé le ciel et le ciel était vert. Le déluge de Jon Harransson faisait faux bond. Cet homme était un vantard. Il ne connaissait pas même ses nuages mais on n'allait pas regretter de lui brûler la politesse. Harransson était tout en esquives, en fraudes, complots, sapes et détours, et Eggert n'aimait ni son nez, ni son crâne, ni son haleine, ni ses chicots, et ni le pompon violet de son bonnet de nuit.

Pourtant, dans la matinée, l'horizon s'obscurcit. Des plaques mauves et brunes lui donnèrent le grain du marbre. Au début de l'après-midi, et comme les chevaux descendaient vers le lac de Kledarvatn en bronchant dans les rocailles, des trombes d'eau s'abattirent. La pluie faisait luire les monticules qui gonflaient la plaine. Le lac était noir, avec des milliers d'éclaboussures. Des cygnes se laissaient porter par la brise. Ils étaient désabusés et prétentieux, comme dans une gravure. Des taches vert-de-gris s'arrondissaient sur les parois des hauts massifs qui verrouillaient la cuvette.

Pétursson n'épargnait pas ses hommes. Le cornette

L'incendie de Copenhague

Bodelsen qui se piquait d'avoir mené tant de charges héroïques et d'avoir grandi dans des lumières d'épopées, était à la dérive, il souffrait de sa jambe. Pétursson n'était pas un fort cavalier mais il avait du courage. Couché sur l'encolure de sa bête, le buste aplati, les genoux serrés, il ouvrait la bouche, l'air lui manquait et, s'il venait à défaillir, il faudrait le ligoter à sa selle comme Bodelsen, un jour d'exaltation militaire, avait dit que font les officiers en débandade qui récoltent dans les champs de pommes de terre et de betteraves, au milieu des chevaux démontés, des cadavres de généraux afin de les ficeler à leurs bêtes, dans le vain espoir de galvaniser les derniers morceaux de soldats en état de marche.

Aux abords de Bessastadir, après trois jours de chevauchée, ils croisèrent des errants. Chaque année, quand l'automne revenait, des misérables traversaient la lande du gibet et se postaient aux abords de la Résidence, tout près des herses et des ponts-levis, pour crocheter un peu de mangeaille. Les exempts les insultaient et leur lançaient des pourritures à travers les barreaux.

L'arrivée de la mission fut discrète. Le palais était à l'envers. Les courtisans se consacraient aux préparations de la fête des Neiges. Cette fête était une autre toquade de l'épouse du gouverneur qui s'était mis en tête que les anciens, les géants comme elle disait d'un air aguicheur, saluaient les premiers flocons de l'hiver avec ferveur, avec furie même. Les siècles maudits avaient suivi et le rite fut oublié. Greta Sorrenssondóttir s'était promis de relever la coutume tombée.

La nuit de Greta obéissait à des protocoles étroits : il convenait de la célébrer au moment exact où descendaient les premières neiges. Les flocons étaient tenus

L'incendie de Copenhague

d'apparaître cette nuit-là, ni avant ni après, ou bien l'année serait un deuil.

Avant de fixer une date, Greta consultait. Tout faisait signe : le bronze ou le fané des crépuscules, les écoulements de la brise, le déplacement des bancs de flétans, le vol des oies et des canards, les criailleries des eiders dans les falaises de Bjonrfjördhur. Chaque indice était pesé sur des balances subtiles. Les flatteurs feuilletaient de vieux almanachs et des manuels de prédiction astrologique. On interrogeait les soirs. Les dames étaient à bout de nerfs : quand elles ne scrutaient pas les lunes et les lacs, elles mettaient la dernière main, avec leurs chambrières, à leurs attifements.

Quelques courtisans dont l'esprit était porté au mal s'appliquaient à dérégler les calculs de Greta. Ils la harcelaient d'avis de fantaisie. Le gouverneur Unquist ajoutait son grain. Il se piquait de prévoir le temps à l'odeur du ciel car le ciel avait une odeur, il n'en démordait pas, et la neige sentait le fer, à la rigueur l'étain ou le cuivre, en tout cas un relent de forge froide.

— Et puis, concluait-il en faisant briller ses ongles sur les velours de son fauteuil, ne barbouillons pas les choses au pire. Ce bal est une amusette de femme. Entre nous, les anciens ne l'ont jamais connu. La nuit des neiges est née dans la cervelle vivace de mon épouse et les Puissances ont d'autres tracas. Le ciel ne dégringolera pas sur nos têtes si les flocons ont vingt-quatre heures de retard.

Agitant la main pour qu'étincelle la grosse émeraude passée à son index, luxueux et frissonnant, sur ses lèvres un sourire chargé d'en dire long, le gouverneur enlaçait lascivement la taille de son épouse.

— Je ne jurerais pas même, disait-il, que mon épouse accorde foi à ces superstitions. Mais vous connaissez les

L'incendie de Copenhague

femmes : elles ont des romanesques. La mienne s'afflige de n'être pas citée une seule fois dans les sagas. Vous vous rappelez le scalde : « Il n'adviendra pas de saga de moi », et il pleure. Mon excellente épouse est comme ce scalde, elle pleure, et elle a raison de le faire : je tiens cette négligence des scribes pour une insulte. Greta attend qu'un vieux gribouilleur de vélins quitte son éternité pour accrocher son nom à une strophe... Ce serait la moindre des politesses et nous ne sommes pas exigeants : même un scribe tout petit ferait l'affaire...

Il fouillait dans ses poches avec une mine de comédie et tendait ses mains vides.

— Mais voyez, chère Greta, je n'ai point de scribe dans ma culotte.

Greta tirait plaisamment l'oreille de son époux, comme on gronde un garnement. Les courtisans subissaient cent fois les facéties du gouverneur et cent fois ils se pâmaient et cent fois Henrik Unquist roucoulait.

Mgr Arsson, qui se transportait au palais dès les premiers gels, à la Saint-Olafr, soutenait la contradiction : il se prenait de bec avec Henrik Unquist et ces joutes lui chauffaient le sang. Il défendait deux idées : que la fête de Greta était signalée dans plusieurs *rimur* et aussi que la neige sent la neige et non le fer, elle sent la neige, un point c'est tout. Le coadjuteur, quant à lui, préférait épier les bruits. Il était constant que la première tempête soit précédée d'un silence.

— J'en reviens toujours, disait-il en levant le nez, à ce que les Pères de l'Église appellent le silence du temps, ou bien le trou du temps... Le trou du temps... Ces vieux bonshommes avaient de ces trouvailles ! Mais il y a doute sur le mot temps, Excellence. Pensaient-ils au temps qui passe ou bien au froid, au vent, à la pluie ? Je pose la question ! Tranchons pour le temps qui passe

L'incendie de Copenhague

mais dans ce cas, j'objecte, cher Unquist, car enfin, à quel moment le temps peut-il commencer s'il n'y a point de temps ?

Henrik Unquist gonflait les joues. La baronne Blexen se hérissait :

— Monseigneur Halldór, je vais te dire ce qu'il y avait avant le temps : il y avait déjà un gros évêque qui racontait des calembredaines en se rôtissant la bedaine et en bavant sur sa croix pectorale !

L'évêque souriait finement. Certaines fois, pour exaspérer la vieille baronne, il la bénissait d'un signe de croix un peu bâclé.

— Tu ne crois pas si bien dire, Margrethe, et sais-tu qu'il m'arrive de lui en vouloir, à cette croix pectorale, Dieu me pardonne ! Oui ! j'envie les taffetas et les colifichets qui fourrent le cœur féminin. Ils sont plus moelleux que les calvaires de la prêtrise mais pour moi, c'est trop tard, j'ai écopé de la condition d'homme et je fais ma journée. La théologie n'est pas une science des ruelles. Certains soirs, quand j'ai trop lu mes bons pères, je suis harassé, harassé !

Et il défiait Margrethe, l'œil mi-clos, tout en fourrageant entre les chenets. Et l'on entendait le clapotis de la pluie sur les vitres.

Dans les journées qui précédaient la grande nuit, l'excitation était au comble. Les femmes choisissaient les soieries, les moires et les orfèvreries qui enchanteraient les salons. Greta tenait que sa fête avait valeur de présage. Qu'elle s'achève sans neige et l'année serait chagrine ! Au contraire, si les toits de la Résidence, le lendemain matin, étaient ouatés de blanc et de cristal, alors, de grandes joies succédaient.

Cette année-là les pronostics étaient médiocres. Greta craignait d'avoir arrêté une mauvaise date. Le

L'incendie de Copenhague

ciel était chargé mais les nuages n'avaient pas ces profondeurs de plomb qui augurent les tempêtes. Dès le début des réjouissances, le gouverneur passa la tête à la fenêtre, ses narines palpitèrent et il se composa une figure consternée. Il ne flairait pas ce goût de fer ou de cuivre qu'il disait que la neige sent.

Les serviteurs présentaient leurs plateaux de gâteaux, de crèmes et de lait suri, offraient des cornes emplies de bière ou d'hydromel. Les invités grignotaient et papotaient mais le cœur n'y était pas. Les premières danses manquèrent d'enthousiasme. Les couples s'obligeaient à glisser devant les deux grandes baies ouvertes sur le froid. Chacun avait la vanité d'être le premier à signaler les flocons.

Vers les dix heures, le découragement gagna. Le ciel était inerte. Au centre du salon, un groupe de jeunes gens et de dames jabotait. Un officier assez joli fomentait une petite cabale. Il dit que Greta pouvait commander à tout, à ses dames de compagnie, à ses lévriers, à ses laquais et même aux amours de son époux, mais les vents étaient des rebelles. Ils soufflaient à leur envi. Du reste, les deux dernières fêtes s'étaient conclues sur des échecs. Plusieurs anomalies en étaient résultées : des naissances de veaux aveugles, la mort d'un empereur à la Chine, des cygnes couverts de poils et sept soleils dans un seul ciel.

Les dames goûtèrent et le jeune homme continua : une troisième bévue réveillerait les volcans. Les rivières déborderaient et les derniers moutons de l'Islande auraient la maladie du charbon et la peste ravagerait le pays.

— N'oubliez pas, gloussait-il, c'est ainsi que l'Apocalypse a commencé : des fleuves de feu, des invasions de sauterelles, des pluies de sang. Des pluies de sang, ça

L'incendie de Copenhague

n'a l'air de rien, ces petites choses-là, un mauvais moment à passer mais justement, ce moment ne passe pas et le Maudit entre en scène...

Le valet de pied du gouverneur se porta au secours de Greta : un vieux paysan, connu pour son esprit et bourré de sentences climatiques, lui avait certifié le matin même que le rendez-vous serait honoré car des goélands avaient traversé le Hvalfjördhur à tire-d'aile. Une femme fit un sourire à l'élastique : un pêcheur l'avait assurée du contraire. Un coup de vent se lèverait vers la minuit pour nettoyer le ciel et disperser ces nuages gras qui écrasaient les lointains. La nuit serait pure.

Greta, si orgueilleuse à l'habitude, si glorieuse, faisait contre mauvaise fortune bon cœur. Sublime et languide, adossée à un haut buffet de chêne, une main reposée sur la poitrine, entre dentelles et peau, la joue lisse comme un galet et l'œil en extase, elle affectait d'ignorer les préparatifs du ciel, soit qu'elle voulût afficher sa confiance ou bien superstition. Elle avait posé sur ses lèvres un sourire sans fin mais d'imperceptibles crispations de la bouche trahissaient une panique. Elle caressait les grosses boucles blondes et négligées de sa chevelure qui venaient au-dessous de l'oreille avec quelque tortillons épandus sur ses épaules.

Elle ne retrouverait sa morgue qu'après que les premiers flocons auraient frôlé les carreaux. Alors, elle donnerait le signal des extravagances : on échangerait des vœux, on chanterait, on gigoterait sur des musiques, on ferait des bouffonneries, on lancerait les bonnets par-dessus les moulins.

Modestie, civilités, décence et pudeur, tout irait à l'encan car la fête, lorsque le succès la couronnait, jetait la société de Bessastadir dans les dissipations. Les jeunes hommes et les jeunes femmes en attendaient des plaisirs innommables. Des romances se nouaient à toute allure. Des couples, formés comme par mégarde tant ils étaient mal appariés, s'égaillaient dans les étages. Ils n'avaient point la nécessité de se dissimuler.

On assistait à de curieux spectacles : des femmes chastes et même rechignées oubliaient leur réserve. Les audacieuses se flattaient que leur inconduite fût publiée. Les amoureux s'unissaient dans des boudoirs dont les fenêtres demeuraient ouvertes, sur les recommandations de Greta, au motif que les géants des sagas s'aimaient dans la glace. Des amours froides se consommaient jusqu'au matin. On plaisantait sur ces accouplements : on parlait d'amants de neige.

L'épouse du gouverneur ne faisait pas obstacle aux débauches. Elle les bénissait. Un voyageur lui avait rapporté que les soupers donnés par Mme de Sévigné et son cousin Rabutin pour la marquise de Chevreuse s'épuisaient en orgies. Rien n'était plus aristocratique à ses yeux et les désordres de Bessastadir, disait-elle, valaient ceux de Versailles. Elle prêchait d'exemple et si le gouverneur cédait lui aussi aux frénésies, elle était au ciel.

Elle citait les sagas et l'*Edda poétique*. Une croyance germanique pardonnait aux ivresses. Dans les banquets, au temps des héros, la bière coulait à flots, les guerriers et les jarls étaient saouls comme des vauriens au matin de la nuit des neiges, mais leurs excès demeuraient impunis : vilenies, insultes, obscénités même, s'effaçaient comme elles étaient dites et nul n'avait l'idée d'en exiger réparation :

— Les péchés sont ainsi, décrétait Greta, ils fondent dans la bière et dans les vins. Ne faites pas barrage aux plaisirs, je vous en conjure : le pire des sacrilèges, si

L'incendie de Copenhague

vous le commettez comme vous buvez, ne sera pas consigné dans le grand livre d'Oddin.
Et elle présentait sa coupe d'argent à son majordome.

*

Eggert s'était fait tirer l'oreille. Il n'aimait pas les mondanités, les femmes l'embarrassaient et la longue chevauchée depuis les Aiglefins l'avait rompu. La figure sournoise de maître Jón le hantait : il pensait au cheval d'infamie, aux longs manteaux bleus, aux lambeaux de *Njáll le Brûlé* et il interrogeait les allusions incompréhensibles de Jón Harransson. La fête des Neiges se passerait d'Eggert. Le cornette Bodelsen s'était fâché. Il avait demandé de l'aide à la baronne Margrethe. La vieille dame s'était mise en campagne.

La baronne avait représenté à Pétursson que dame Björk ne sortait de ses léthargies qu'à l'occasion des fêtes et des bals. Eggert se souvenait-il de la nuit de la Saint-Jean et que la jeune femme l'avait conduit dans la cabane des charbonniers ? Pétursson avait pincé les lèvres : à ses yeux, dame Björk était une coquette un peu plus grasse que les autres, voilà tout, et le cœur d'Eggert avait choisi de somnoler.

La baronne avait fermé la bouche avec un bruit de boîte :

— N'en parlons plus !

Et elle avait repris son travail au crochet. Mais elle n'était pas battue, elle avait ouvert un autre front.

— L'an dernier, avait-elle dit d'une voix suave, nous avons eu la bonne surprise de voir arriver, au milieu de la nuit, devinez qui ? La gouvernante de Jón Harransson. Elle s'appelle Anna Brynhild Reinhadóttir. Elle était seule. Jón Harransson n'était pas là. Je l'aime

L'incendie de Copenhague

beaucoup, Jón Harransson, mais il est aussi actif qu'une éponge, celui-là. Est-ce que vous connaissez Anna Brynhild Reinhadóttir, monsieur Pétursson ?

Pétursson sursauta :

— Dame Anna Brynhild assistera à la fête ?

— L'an dernier, elle était là.

— Ah !

*

Eggert se présenta avec un peu de retard. Il ne vit d'abord rien. Dans le brasillement des chandelles et des torches, les invités se pressaient, avec des visages avides. Jørgen Bodelsen, le nez au vent, était déjà sur la brèche. Il repérait ses proies. Eggert était seul. Il fut au moment de regagner sa chambre, se retint de le faire et aperçut demoiselle Björk, dame Björk. La jeune femme le regardait. Ses yeux étaient larges. Elle était seule, grasse, blême, et comme exilée dans sa beauté. Elle avait choisi une robe fort basse des épaules. Sa gorge était dénudée, semée de mouches d'argent au-dessus d'une écharpe mousseuse fermée d'un cabochon de bronze.

Eggert pensa aux odeurs d'herbe fraîche de la nuit du belvédère. Il leva sa coupe d'hydromel. Björk le fixa de ses yeux impassibles et détourna la tête très lentement, puis elle se dirigea vers la fenêtre. Pétursson se demanda ce qu'il faisait là, avec cette coupe dans les mains.

Mme Margrethe, très droite sur une bergère de brocart cramoisi et environnée de jeunes filles ardentes, sauva Eggert du ridicule. Elle le convoqua d'un doigt sec. Eggert se fit un chemin entre les couples et s'inclina respectueusement devant la vieille dame qui lui tendit

L'incendie de Copenhague

son gant à baiser et désigna d'un haussement de la tête dame Björk.

— Ne vous fiez pas aux apparences, dit-elle d'une voix aiguë. Notre assoupie est comme une autre. On la croirait bien loin mais elle est là, je la connais. Elle pétille et elle grésille, mais elle joue les ingénues. Elle croit qu'elle donne le change. C'est une enfant. Je croise les doigts, cher ami.

Eggert se balançait inutilement d'avant en arrière et jetait des regards désemparés autour de lui car la baronne parlait de sorte que ses suivantes ne perdent pas une syllabe. Les jeunes filles étaient radieuses. Elles faisaient voler des regards rayonnants autour d'elles et se délectaient des audaces de la douairière. Margrethe mâchonna une pastille et dit avec sa rudesse un peu ordurière de vieille femme :

— Vous avez raté notre caillette à la Saint-Jean, si, si, vous savez bien, dans la cabane. Cette nuit-là, croyez-moi, vous pouviez conclure. Ne gaspillez pas votre deuxième chance. Les tours de bonté du destin ne se reproduisent pas, Pétursson. Les Puissances vous offrent une occasion de rattrapage. Que la neige tombe et Björk est dans le sac...

Les demoiselles se récrièrent. Elles étaient choquées et heureuses, la baronne prétendit doubler son succès :

— Un flocon, et la dame tombe dans votre escarcelle ! Couic !

Margrethe piaffait, soufflait dans son plastron, mesurait les effets de ses impudences sur la figure de ses suivantes. Eggert cherchait à s'éclipser sans trop d'inconvenance et, comme son esprit ne lui fournissait rien, il se tenait plus raide qu'un mannequin de couturière. Il trouva enfin une issue. Greta Sorrenssondóttir passait à portée et n'était-il pas séant, dit-il à la

L'incendie de Copenhague

baronne Margrethe, de présenter ses devoirs à l'épouse du gouverneur ? Margrethe abaissa les paupières.

*

Greta Sorrenssondóttir fit des grâces. Elle y mit tant de fougue qu'Eggert soupçonna une complicité entre les deux femmes et que la baronne Margrethe l'avait livré à Greta Sorrenssondóttir comme on livre un colis. « Pourvu que Greta ne s'avise pas à son tour de me jeter dans les bras de dame Björk ! Je finirais par croire que la mission secrète dont m'a chargé Sa Majesté Frédérik consiste à servir de délassement, ou peut-être de paillasse, aux dames de Bessastadir. »

La femme du gouverneur l'attira dans une petite pièce ronde et mal éclairée de laquelle on dominait la cour d'honneur, les deux pilastres de granit du pont-levis, le beffroi et le papillotement des torches que deux rangs de serviteurs, habillés comme des généraux danois, brandissaient à bout de bras.

Greta releva les rideaux et soupira. La neige tardait, mais la nuit était à son commencement et le ciel s'embrumait. Puis elle fit semblant d'étouffer un cri de surprise.

— Mon Dieu, dit-elle, voyez qui s'avance, là.

Eggert se pencha, il ne voyait rien et Greta lui jetait des regards de biais.

— Mais si, dit-elle, voyez donc : là, cette femme, cette femme qui passe la poterne. Eh bien, la chance est pour vous. C'est mon amie Anna Brynhild, Anna Brynhild Reinhadóttir. Du diable si je l'attendais, chère Anna Brynhild ! Est-ce qu'elle n'est pas touchante, on dirait une apparition. Ou bien un songe. N'est-ce point votre sentiment ?

L'incendie de Copenhague

Elle caressa Eggert du regard.

— Mais, suis-je étourdie, docteur Pétursson, vous la connaissez. Vous m'avez bien rapporté que vous aviez passé quelques jours chez Jón Harransson, aux Aiglefins. Et qui dit Jón Harransson dit Anna Brynhild.

— Chère madame, dit Eggert avec un peu d'humeur, je ne vous ai pas dit que j'avais fait étape chez Harransson. Comment l'eussé-je fait ? Je n'ai pas eu l'honneur de vous entretenir depuis notre retour. Vous étiez à vos préparatifs.

— Ah ! je me serai trompée ! Vous ne connaissez pas Anna Brynhild ? Vous n'étiez pas chez Harransson ?

— J'étais chez Harransson. J'ai passé deux jours aux Aiglefins mais je ne vous en ai pas touché mot, ou bien c'est ma tête qui se fatigue. Au surplus, je n'ai point vu dame Anna Brynhild. Et enfin, madame, si votre amie est aussi séduisante que vous le dites, comment aurais-je imaginé qu'elle fût l'épouse de Jón Harransson !

Greta renversa le cou.

— Monsieur le bibliothécaire plaisante ! Qu'est-ce que vous me contez là ? Vous nous accommodez de drôles de ménages. Anna Brynhild accordée à maître Jón ! Ah, je n'ai jamais rien entendu de plus cocasse. Voyons, Pétursson, Anna Brynhild est l'une de nos plus jolies femmes, elle ne rivalise peut-être pas avec votre Björk dont la beauté est suprême, mais Anna Brynhild est moins grasse et elle a plus de piquant, elle roupille moins souvent aussi, vous verrez, vous verrez, elle ne roupille même pas suffisamment, disent les jeunes officiers, et le cher Jón Harransson, je ne vais pas être désobligeante, c'est un homme de qualité, mais c'est une qualité un peu... déformée... Il y a partout des langues mauvaises et savez-vous ce que racontent ces langues ? Elles racontent que Jón Harransson a été livré en tas à sa naissance et qu'on continue à chercher dans quel ordre il eût fallu le monter. Bah... je ne pratique pas la médisance. Si j'occupais la position de mon mari, savez-vous ce que j'ordonnerais ? Je mettrais volontiers les médisants dans la prison et alors, il faudrait que je m'enferme moi-même et, voyez-vous, je n'aimerais pas habiter une prison... Aussi je ne médis jamais.

Eggert se réduisit à rire. Greta fit claquer ses bracelets.

— Mais je consens que dame Björk et dame Anna Brynhild ont un trait commun : elles sont mariées l'une et l'autre mais elles n'ont point de maris. Il faut dire que celui d'Anna Brynhild, ah, pitié ! c'est un homme. Voilà tout ce qu'on peut en dire. C'est tout. Et puis non, on peut en dire autre chose. Il ne supporte pas l'oisiveté, le mari d'Anna Brynhild. Imaginez ! Quand ses domestiques ont fini leur tâche, ils sont tenus de bouger les bras sans arrêt. Je l'ai visité une fois dans son domaine, une seule fois, c'est beaucoup, croyez-moi, c'est un balourd. Et vous avez toujours trois laquais autour de vous qui font tourner leurs bras sans arrêt, vous croyez que vous êtes tombé dans le royaume des moulins à vent, vous cherchez le vent qui fait tourbillonner tous ces bras de laquais...

Elle prit une des torchères accrochées au mur, entrouvrit une lucarne et tendit le bras. Les flammes grésillèrent, la nuit était en panne. Greta éleva le flambeau et scruta la bulle d'or en protégeant ses yeux de la main.

— Non, dit-elle, pas la plus petite neige et je ne vois même plus mon amie Anna Brynhild. Savez-vous, docteur, qu'aux temps des héros, le jarl, le jarl, c'était le gouverneur en somme, le jarl était comptable du climat. Si la pluie venait sans préambule, on lui en tenait rigueur.

Elle eut un rire très cruel.

— Dieu merci, les choses ont changé. Mon époux est bien impropre à gouverner les nuages. Les vents encore moins ! Vous le voyez diriger les tornades ! Il ne gouverne même pas sa femme. Il eût été vite déchu de son état et devinez ce qui était réservé au jarl si les pluies ou les volcans abîmaient les récoltes : direction les falaises de Thingvellir, les chutes de l'Öxará, et la mare aux noyades... Mais je plaisante... Je n'ai pas envie que mon époux soit noyé. Il est déjà phtisique... Si en plus il était noyé... Bien... pas de médisances... Nous parlions d'Anna Brynhild. Je ne sais pas si son junker la soumettait aux mêmes obligations que ses domestiques, je veux dire si elle était tenue de faire tourner ses bras quand elle ne faisait rien. Je n'en serais pas épatée. Mais alors, elle eût virevolté sans interruption car elle ne fait jamais grand-chose, la chère femme. Vous savez, Anna Brynhild est un délice mais elle aime surtout son lit, enfin elle aime beaucoup de lits, et ce n'est pas un bon endroit pour bouger les bras, dans un lit on ne peut pas bouger tout à la fois, qu'est-ce que vous me faites dire là ? Vous êtes un démon ! Du reste, je la mets toujours en garde.

Elle s'interrompit et d'une voix complice :

— Anna Brynhild est une téméraire. Savez-vous, docteur Pétursson, que l'Islande possède un tribunal des mœurs, et les adultères, eh bien les adultères, c'est la potence. Bien sûr, vous le savez, vous êtes notre juriste... non, non, je ne suis pas ivre, deux cornes de vin à peine, disons trois, mais je ne comprends pas cette neige, qu'est-ce qu'elle peut bien fabriquer ?... Je parlais des bras qui tournent. Serait-ce pas pourquoi Anna

L'incendie de Copenhague

Brynhild a dit bonsoir à son gros junker il y a deux ou trois ans de cela, elle lui a dit bonsoir, et elle a oublié de revenir le lendemain matin... Elle est très distraite. Il paraît qu'il continue à l'attendre, c'est un benêt. Et depuis ? Ah, j'ignore, elle est fantasque, Anna Brynhild... Je la vois, je ne la vois pas...

Greta replaça la torche dans son applique et revint à la fenêtre.

— Il fait très froid. Penchez-vous, je vous prie. Tenez, la voilà. Voilà dame Anna Brynhild, mais dépêchez-vous à la fin... Elle pénètre sous le péristyle.

Eggert porta la tête en avant. Greta se retourna vers lui. Ses yeux étaient bleus, froids et bleus :

— Anna Brynhild ne se contente pas d'être jolie femme. Elle sait bien des choses. Il n'est pas fortuit qu'elle soit du dernier bien avec cette tête fêlée de Jón Harransson.

— Et que voulez-vous que je fasse de Jón Harransson ?

— Que de contorsions, dit Greta d'un ton patient, vous cherchez bien des parchemins, que je sache. Vous me permettrez d'aller droit au but. Nous ne sommes pas à l'instant de nous bercer de sornettes. Le mensonge exige du temps et ce soir, le temps est court. Cessez de bâiller devant cette dinde de Björk. Elle est belle mais c'est une dinde.

Elle posa la main sur la tunique de Pétursson.

— Et rappelez-vous : cette nuit les dieux pardonnent aux ivresses... Vous seriez bien inspiré de saluer Anna Brynhild. Je vous invite à le faire...

*

Pétursson ne salua pas Anna Brynhild car une voix éperdue, une voix de femme, signala la neige. Il y eut du

L'incendie de Copenhague

tumulte, des exclamations, des congratulations et une puissante poussée vers la baie centrale. Une dizaine de personnes se massèrent sur la demi-terrasse en forme de lune qui surplombait la nuit et applaudirent. Des paillettes luisantes montaient et descendaient dans les torches. Les serviteurs firent rouler des tonneaux de vin d'Allemagne et emplirent les coupes. Le gouverneur engagea l'épouse du bailli de Suyd Lendiga pour un menuet. La fête s'emballa. On jetait des cris. On s'embrassait. Les jeunes filles sautaient sur place.

Greta posa les lèvres sur les lèvres d'Eggert, très longuement :

— C'est la règle, on appelle ça le baiser de la neige.

Elle courut au salon. Pétursson, éberlué et tout en fièvre, la suivit. Il aperçut Mme Margrethe qui s'était fait rehausser à l'aide de gros coussins et chantonnait à mi-voix. Ses souliers ne touchaient pas au sol, ils rythmaient la danse. Elle pianotait des doigts sur ses cuisses sèches comme pour les gronder de ne savoir plus se bouger.

Le contrôleur des finances de Bessastadir commença une manœuvre. C'était un homme comme un bœuf. Il progressa, coudes au corps, tête en avant, en direction de dame Björk. Quand il fut à la toucher, il écarta rudement Jørgen Bodelsen qui s'apprêtait à inviter la jeune femme. Dame Björk ne fit pas de façons et ouvrit les bras. Le contrôleur des finances l'attrapa au vol et Bodelsen pâlit.

Dame Björk avait rejeté ses tresses blondes sur la nuque et tournait avec l'inquiétante légèreté de certaines femmes trop grosses, elle allait sur du vide. Quand les musiques firent silence, le contrôleur des finances ploya un genou, expédia un compliment et ajusta son lorgnon à la recherche d'une autre demoiselle. Dame Björk continua à onduler. À peine savait-elle que son cavalier s'était éclipsé. Jørgen Bodelsen en profita pour donner une autre charge. La jeune femme tournait toujours sur elle-même mais Bodelsen essuya une nouvelle rebuffade car dame Björk esquiva le cornette et se porta vers le docteur Pétursson. Elle dénoua son châle. Eggert se demanda si c'était celui de la Saint-Jean, il était blanc, et la jeune femme lui avait dit, cette nuit-là, qu'elle croyait qu'elle le remorquait et cela les avait fait rire.

*

Anna Brynhild Reinhadóttir faisait son entrée qui ne passa pas inaperçue. Elle confia sa pèlerine à un laquais et se lança sur la piste. Elle dandinait gauchement. Elle n'avait pas la nonchalance et l'élégance épuisée et le bel ennui de dame Björk. Belle, élancée et pourtant pataude, voilà Anna Brynhild, et tous les hommes la convoitaient, c'était un spectacle, et par quelle magie, se demandait Eggert tout en conduisant le corps livré et si chaud de dame Björk, par quelle magie ou bien par quelle félonie une personne de la beauté d'Anna Brynhild avait-elle pu céder à Vieux Gunnarr?

Dès la fin de la danse, dame Björk s'éclipsa sans ajouter un mot. Eggert se mit à la quête de Jørgen. Il avait bon besoin de ses lumières : le cornette était un expert en corps féminins. Il saurait débobiner cet écheveau de dames. Il aurait quelque idée sur les stratégies, les ruses et les entourloupettes, les maléfices ou les bontés de la baronne Blexen, d'Anna Brynhild, de Greta Sorrenssondóttir et même de cette dame Björk qui, maintenant, s'abandonnait à un commerçant de

L'incendie de Copenhague

Hambourg, avec la même tendresse, la même immodestie et la même docilité qu'elle avait montrées à l'instant dans les bras de Pétursson, et comment connaître ce qui se tramait sous ce visage en hypnose ? Malheureusement, Bodelsen fut introuvable. Il faisait certainement l'amant de neige dans un boudoir. Le cornette ne choisissait pas son butin. Toute femme était bénie. Il ne distinguait pas une princesse d'une souillon. Eggert l'aimait bien.

Un trio se mettait en place. Il était très saccadé. Eggert fut entraîné dans cet entrecroisement de corps. Il sautilla comme chacun, changea de partenaire, effleura les épaules de dame Björk, en conclut qu'il était hors de son caractère, le vin sans doute, perdit Björk de vue et quand la musique s'interrompit, il était à la hauteur d'Anna Brynhild Reinhadóttir.

La neige tombait à gros flocons. Elle tendait un voile léger devant les fenêtres. Les torches des laquais brûlaient dans la neige, on croyait qu'elles étaient très loin, dans la campagne. Quelqu'un prit la main d'Eggert et c'était Anna Brynhild.

— Greta Sorrenssondóttir est aux cieux, dit Anna Brynhild en se trémoussant, on parlera longtemps de sa fête, croyez-vous pas ? Ah, j'ai trop dansé. Je dois m'asseoir un peu. Je suis une miette.

— Non, dit Eggert, non je ne crois pas.

— Mais si, monsieur, je suis une miette, j'ai trop dansé, j'ai un peu bu, si, si, je dois m'asseoir.

— Je voulais dire, prononça Eggert avec hésitation, qu'on ne parlera pas longtemps de ce bal. On n'en parlera pas du tout.

Anna Brynhild ferma les yeux et se blottit dans un fauteuil. La nuque contre les coussins, longue et mince, forte, elle cherchait son souffle.

L'incendie de Copenhague

— Ah, dit-elle, je comprends. Vous voulez dire qu'avec ces vins et ces liqueurs, on ne se souviendra de rien. C'est pratique, le vin. Je vois. Vous pensez que cette nuit existe mais seulement en ce moment. Après, pfft... Pas plus de trace qu'une figure dans un miroir. Pas bête. C'est pour ça qu'on peut faire ce qu'on veut. C'est comme si on ne faisait rien mais quand même on fait quelque chose, on y gagne...

Eggert s'assit à son tour et leva un doigt sentencieux :

— Et si les nuits fondaient, mademoiselle ? La neige fond. On ne lui en veut pas de fondre. Et si les nuits fondaient...

— Il y a des contes comme ça, ma grand-mère était une vraie tirelire de contes, elle en avait dans toutes ses poches. Une fée vous donne une maison dans une forêt, un chevalier, tout le frusquin, et vous devez consommer dans l'heure, sur le pouce, comme on dit, parce que dès la minuit, le charme finit et vous vous retrouvez avec vos guenilles, et il ne reste rien, il ne s'est rien passé... Comment vous dites ? La nuit a fondu... Eh bien, on va guetter les douze coups.

— Minuit a sonné il y a un moment déjà.

— Ah, où ai-je la tête ? J'ai entendu, oui, le carillon du beffroi. Maintenant je me rappelle, je l'ai entendu mais je n'y avais pas prêté attention. Non, ce n'est pas ça. J'ai entendu mais c'était comme si la sonnerie avait retenti il y a très longtemps, il y a mille ans au moins, oui, c'était une sonnerie orpheline, en retard, je ne sais pas, moi, mais n'oubliez pas, certaines fées sont des écervelées. Elles accordent aux bonheurs un petit sursis, elles font durer le jeu, par exemple jusqu'au lever du jour. Et dans ce pays, monsieur le professeur, on dit que nos fées sont un peu tête en l'air. Il n'empêche. Au matin, c'est fini et comment saurez-vous si le prince

L'incendie de Copenhague

vous a embrassée ? Il ne reste rien. Un peu de poudre d'or au bout des doigts...

Eggert, décidément ivre, prit la main d'Anna Brynhild et souffla sur ses doigts.

— Pas de poudre d'or, mademoiselle.

— Oui, mais les toits sont tout blancs, dit la jeune femme. Demain matin, il n'y aura plus de pays. Enfin, un autre pays sera descendu à sa place. La neige est le cauchemar de l'Islande. Greta en fait un sortilège. Savez-vous pourquoi j'aime Greta ? Elle n'aime que le plaisir.

— Je ne crois pas que Greta n'aime que le plaisir.

— Vous êtes ivre, vous ! J'ai bien le droit d'être un peu ivre, moi aussi, mais vous êtes dans la justesse : elle n'aime pas que le plaisir. C'est mon amie mais c'est une personne, comment expliquer, une personne terrible. Douce, mais tout à fait terrible. Vous êtes un professeur. Je le regrette. Je ne regrette pas que vous soyez un professeur, il en faut. Non, je veux dire que j'aime mieux les gens que je ne connais pas. C'est plus distrayant. Et puis, connaître, ça a l'air de quoi ? Est-ce que je peux savoir la couleur du chat que vous aviez quand vous étiez enfant ? Ou bien si votre père était méchant ? Vous comprenez ? Connaître quelqu'un, il y faudrait des années et quand vous commencez à connaître, vous êtes âgé, si âgé, vous ne vous rappelez rien du tout. Alors, ça ne vaut pas le coup.

Eggert acquiesçait. Il avait la tête lourde.

— J'aurais été bien aise de vous accueillir chez Jón Harransson, disait Anna Brynhild. C'est un bon homme. Il est un peu dérangé, dans sa tête, non ? Il ne vous a pas trop empoisonné ? Il parle latin et moi, le latin, mais qu'est-ce que vous voulez que ça me fasse

L'incendie de Copenhague

puisque je ne l'écoute pas. Il dit n'importe quoi. J'avais été obligée de visiter une cousine, enfin, je dis que c'était une cousine mais l'Islande est petite. Tout le monde croise tout le monde. Vous savez ce que je raconte ? Je raconte que c'est l'avantage des îles. Un peu de patience et la personne que vous devez croquer passe à votre portée.

Elle eut un rire car le mot « croquer » avait surpris et même choqué Eggert.

— Pardonnez, dit-elle. C'est pour rire. C'est vrai que moi, dès qu'un rire est dans les environs, je saute dessus et en avant ! C'est pour ça que je dis « croquer », mais je n'aurais jamais cru que vous feriez une tête longue. Vous avez une tête longue, d'ailleurs. Pardonnez-moi et puis, quoi ? Nous croquons beaucoup ici. Mais qui croque l'autre ? Alors, prudence ! Des fois, c'est le croqué qui croque...

Elle frissonna.

— J'aime beaucoup le froid. Regardez ma main. De la glace.

Eggert s'efforçait de distinguer les traits. Il voyait la femme de profil. Elle avait un visage aigu et la lèvre supérieure avançait, cela lui donnait un air de bête de la forêt et, quand elle se tourna vers lui, ses yeux étaient sauvages.

— Vous ne vous blesserez pas, dit-elle, mais je n'ai plus rien à vous dire. J'aurais bien aimé parler avec vous mais je n'ai plus rien à vous dire.

*

Au matin, les couples continuaient à se déhancher, une compagnie de somnambules. Au moment des adieux, le gouverneur se dressa en haletant et traversa

L'incendie de Copenhague

l'enfilade des salons à petit pas, une main dans l'entrebail de son jabot pour calmer son cœur, une autre main accrochée à l'épaule de Greta qui l'enveloppait de silences tendres. Les courtisans, les officiers, les femmes suivaient. La compagnie se campa sur le péristyle. Le gouverneur fit un pas de côté et trôna sous un parapluie que tenait à bout de bras un géant. Une neige bleue couvrait le sol. Le chef de la garnison donna un ordre. Les gardes rallumèrent leurs torches et la neige miroita.

Eggert traversa la grande cour en diagonale car il devait contourner la tour ronde du beffroi pour aller au pavillon dans lequel il logeait avec Jørgen Bodelsen.

Il aperçut dame Björk. Elle était immobile, au pied de la tour, mais elle n'attendait personne. Elle paraissait intriguée. Son visage était de neige. Des flocons brillaient sur les parements de sa cape et quand elle aperçut Eggert, elle fit un signe de la main, mais Eggert ne réagit pas car il aperçut le contrôleur des finances, celui qui avait ravi dame Björk à Bodelsen, qui se dirigeait vers la jeune femme avec énergie. Dame Björk salua le contrôleur. Son buste ne bougea pas, elle tourna la tête comme le font les serins car les serins ont un cou très flexible et quand l'homme fut passé, elle se mit à marcher doucement en jetant des regards en arrière, dans la direction d'Eggert. Elle trébuchait sur ses escarpins. Des rafales de vent très violentes se levèrent. Les flocons piquaient comme des clous. Ils faisaient un bruit de grêle et on était obligé de se protéger la figure d'une mantille ou d'un chapeau. Dame Björk baissait la tête et Eggert la perdit de vue, il devinait des silhouettes, des tremblements, et puis plus rien et dame Björk était un de ces tremblements.

L'incendie de Copenhague

Le beffroi, les pignons du palais, la flèche mutilée de l'église, les bâtiments mêmes de la Résidence flottaient dans la blancheur. Les torches des laquais étaient comme des feux sur la mer.

Chapitre XVI

Quand il fut devant son logement, Pétursson leva les yeux. Est-ce que Jørgen serait dans ses couettes ? Jørgen était un fripon, les femmes le faisaient malade. Un carré de lumière jaune brillait en haut de la bâtisse, sous les combles, le dortoir des domestiques, ces types qui faisaient du tapage le soir, le matin aussi. Ils avaient des voix énormes. Debout avant les autres et couchés après tout le monde, mal élevés et vantards, gueulards, et d'une gaieté inadmissible, ils chantaient et ils s'insultaient. Quand ils étaient saouls, ils étaient infatigables, ils pouvaient beugler toute la nuit. À jeun, c'était pire : ils chantaient encore plus faux.

La fenêtre de Bodelsen était noire. Eggert ôta son gant et chercha sa clef mais ses doigts étaient gourds. Il se tortilla pour fouiller le fond de ses poches. L'air était propre et comme filtré par la neige. Eggert entendait que ses bronches se dépliaient à chaque goulée.

Il fut tiré de ses hébétudes par un frôlement sur sa main, une patte de chat dans le noir, un mouvement de satin et on lui parlait, on s'amusait un peu de lui, une voix de femme.

— Nous nous connaissons, je crois bien, disait cette

L'incendie de Copenhague

voix. On n'y voit pas plus que dans l'enfer mais c'est quand même le matin et le matin, même dans l'enfer, les damnés se disent bonjour. Bonjour, monsieur l'academicus !

C'était une personne gouailleuse et sans beaucoup de gêne. Elle se réjouissait d'avoir mis la main sur le professeur, elle aurait pu le perdre au milieu de tous ces flocons.

— C'est vrai que vous n'êtes pas un flocon. Je vous l'avais bien dit, monsieur le professeur, quand nous étions à danser : dans une île, il suffit d'un peu de patience... Bonjour, monsieur le docteur.

— Bonjour, dame Anna Brynhild, dit Eggert.

Il ajouta :

— Dans une île, un peu de patience et on croque, c'est comme ça dans les îles ?

— Je ne vous le fais pas dire. Mais tout à l'heure, quand je vous ai expliqué ça, vous avez tiré le nez... Est-ce que vous tirez encore le nez ? Je ne vois même pas votre figure. Et si ce n'était pas vous ?

— Je crois bien que c'est moi.

— Et moi je crois bien que monsieur le professeur a la tête dans le royaume de la lune. Je crois bien que monsieur le professeur songe à une jolie frimousse. Il m'aura confondue avec une dame très dodue et qui ne dit jamais un mot, mais moi je parle tout le temps et je ris tout le temps... Et vous n'allez pas dire que je suis une femme dodue ? Ce n'est quand même pas ma faute si je ne suis pas dame Björk. Je ne peux pas tout faire à la fois. Je ne peux pas être moi et dame Björk ensemble. Ça vous apprendra. Il ne faut pas égarer les femmes, monsieur le professeur, surtout en hiver et quand il y a du vent et de la neige en même temps, on ne les retrouve pas. Dame Björk, en allée !

L'incendie de Copenhague

Elle passa devant Eggert et gratta à la grosse porte. Un instant, elle colla l'oreille au bois et elle dit que le laquais ronflait. Eggert dit que ce n'était pas grave, il avait retrouvé sa clef. Il tâtonna autour de la serrure mais Anna Brynhild lui prit le bras. Elle logeait à deux pas de là.

Les pavés de la cour étaient glissants à cause de la neige. La jeune femme précédait Pétursson. Comme elle se déhanchait, elle avait peut-être une jambe plus courte que l'autre, comme Bodelsen, ou bien elle était ivre. Elle s'accrocha à Eggert.

— Quand il fait très froid, dit-elle, on a le droit de se soutenir à un cavalier, on ne prête pas aux racontars, surtout la nuit et surtout le matin. À midi aussi. C'est marqué dans la loi de Thingvellir.

Une bourrasque souleva la neige, des paillettes blanches filaient vers le haut en sifflant et la jeune femme dut forcer sa voix :

— Est-ce que ce n'est pas marqué dans la loi de Thingvellir?

Elle s'arrêta devant un bâtiment modeste de deux étages. La porte n'était pas verrouillée. Anna Brynhild la poussa du dos, prit une torche qui pétillait dans le corridor et grimpa un escalier en colimaçon jusqu'à l'appartement que lui avait ajusté son amie Greta Sorrenssondóttir. Elle insista sur le « mon amie ». La chambre était un peu vermoulue, quelques meubles peints, des fauteuils de tapisserie, du salpêtre aux murs, une table-écritoire et des fourrures sur le sol. Anna Brynhild alluma des chandelles. Autour étaient les ténèbres.

Dans l'âtre, des braises luisaient. Eggert disposa des brindilles sèches et se mit à genoux pour souffler.

L'incendie de Copenhague

— Vous êtes assez habile pour les feux, dit Anna Brynhild. Mais ça n'empêche pas, je claque des dents.

Eggert demanda comment elle pouvait aimer le froid et claquer des dents sans arrêt. N'avait-elle pas dit tout à l'heure qu'elle aimait le froid ? Cette question prit la jeune femme au dépourvu.

— C'est vrai, monsieur Pétursson, ça peut paraître une contradiction mais cherchez un peu : si je n'avais pas froid, comment je saurais que j'aime le froid ? Je ferais comme les petites jeunes filles qui tombent amoureuses d'un jeune homme dont elles n'ont jamais entendu parler, vous savez qu'elles sont comme ça, les petites jeunes filles. En plus, je ne grelotte pas sans arrêt. Vous exagérez, mais vous n'exagérez pas trop. Je reconnais que je tremble. Je ne sais pas à quoi ça sert. Probable que j'aime ça. À votre avis, est-ce qu'on tremble de froid ou de peur ?

— Vous avez peur ?

Elle jeta son chapeau dans le fond de la pièce.

— Si en plus on n'avait pas le droit d'avoir peur ! Surtout l'hiver. Mais l'avantage de l'hiver c'est qu'on allume de grands feux dans les cheminées. Est-ce que l'hiver vous plaît beaucoup, monsieur Pétursson ?

Pétursson soufflait sur ses braises, il n'avait pas envie de parler et il faisait confiance à dame Anna Brynhild, elle était de taille à soutenir toute une conversation à elle seule.

— Moi, j'aime beaucoup, disait-elle, je vais vous expliquer. L'hiver, quand vous vous promenez le soir, vous apercevez des choses derrière les fenêtres, des formes, des fantômes. Vous vous dites qu'il y a plein de gens et vous ne savez pas ce qu'ils font, vous vous demandez qui c'est, vous n'êtes jamais seul. Mais l'été, les gens vont se promener partout et les maisons sont vides.

L'incendie de Copenhague

Eggert retira son manteau et se remit à son feu. Anna Brynhild continuait :

— Mais ce n'est pas tant ça. L'hiver, on se prélasse dans les fourrures. On boit des tisanes. On ne se croit pas obligé d'aller sur les routes comme dans la belle saison et puis on n'est pas pressé parce que l'été ça passe à toute vitesse mais l'hiver, ça n'en finit jamais et je trouve que c'est réjouissant. On a plein de temps, toutes les choses durent longtemps. C'est ça. L'hiver, tout est lent. C'est pour ça qu'on dit que c'est la saison des amours...

Le feu crépitait et Eggert se releva péniblement en prenant force sur ses bras. Anna Brynhild était élégante, fine et brune mais forte aussi et elle avait l'accent épais des femmes de la campagne qui fréquentaient chez son grand-père, à Ovenbecke.

— Est-ce que vous m'écoutez, disait Anna Brynhild. Si je parle pour moi, je peux me taire, vous savez. Ce que je dis, c'est que l'hiver est la saison du confort. On est là et ça suffit. On a le nez aux carreaux. On croit qu'on assiste à un spectacle. C'est vrai. Dans votre chambre, vous avez très chaud et c'est comme si vous étiez à la côte des Cafres ou bien chez les Turcs, mais en même temps, il y a une lucarne, vous regardez dans la lucarne et vous voyez un pays tout blanc et vous comprenez que vous êtes à mille lieues de chez les Turcs, on peut dire à mille lieues de l'endroit où vous êtes. C'est surprenant et c'est ça qui me plaît en hiver.

Elle serait capable de passer tout un hiver dans sa chambre pourvu que celle-ci soit tiède, qu'il y ait une grande provision de chandelles et qu'on entende les loups, mais il n'y avait presque plus de loups, maintenant, dans ce maudit pays de glace, pourvu aussi que

L'incendie de Copenhague

les flocons tombent sentencieusement devant la fenêtre.
— Sentencieusement ? dit Eggert.
— Lentement, si vous préférez.
— Lentement.
— Le mieux, c'est le matin, mais le matin, ici, c'est le milieu de la journée, c'est comme ça par chez nous l'hiver. Et à ce moment-là, la lumière de la chambre est un peu brillante et un peu bleue, je ne sais plus où je suis, et ça me plaît beaucoup. Est-ce que vous approuvez ? Les gens sont étonnés quand je dis ça.

Elle voulait faire un aveu mais elle allait commencer par s'asseoir. Chez Greta, quand ils avaient dansé ce menuet, elle avait dit qu'elle ne lisait pas mais elle lisait. Si on lui fournissait une bonne neige bien crémeuse et un grand lit, un feu, et si on lui préparait des tisanes avec beaucoup de miel, elle pouvait lire des journées entières.

— Mais au printemps, vous ne me ferez pas ouvrir un livre. Je n'y comprends rien.
— Vous les comprenez mieux en hiver ? dit Eggert.
— Vous vous moquez, monsieur Pétursson. Ce que je voulais dire, c'est que je ne comprends pas pourquoi je ne lis pas en été mais vous faites comme si je disais une stupidité. Souvent, vous faites ça. Ce n'est pas très aimable à vous ! Vous avez l'air gentil mais je trouve que vous êtes très taquin, pour un professeur, surtout que vous n'avez pas l'air taquin. C'est ça qui trompe son monde. Moi je ne suis pas professeur mais en hiver je lis, je lis. Tandis qu'au printemps, c'est un coup de canon. À peine il commence et il est fini. Je vais vous dire un secret : l'été, ça n'existe pas. Vous sortez un matin, vous le cherchez et il a décampé. Enfin, il y a encore des morceaux d'été qui pendent dans les arbres, dans les rivières. Je vous ennuie ?

L'incendie de Copenhague

— Je vous écoute.

— Ce que je fais, en été, vous voulez savoir : je cueille des fleurs. Je les mets dans des pots d'étain ou de cuivre et elles se flétrissent, à la fin elles n'ont plus de couleurs mais je fais comme si elles avaient des couleurs. Je les observe et je les peins dans ma tête, je leur ajoute du rouge ou du bleu, comme ça je les conserve très longtemps, des fois jusqu'en décembre, jusqu'en janvier mais après j'ai plus de peinture dans ma tête parce qu'on a regardé trop de neige depuis l'automne et on ne se souvient plus du rouge ou du vert ou du jaune, c'est ça, et je ne suis pas femme à tricher. Ce serait tricher de continuer à les peindre quand vous n'avez plus de couleurs en réserve. Pas mal, non ? Et vous ?

Elle allait et elle venait, elle parlait à tort et à travers, sa voix était vive et apeurée, mutine, très gentille mais apeurée. Elle ne tenait pas en place. Elle était tout en déclics, elle déplaçait un bibelot, une théière, une perruque, une paire d'escarpins. À de certains moments, Pétursson la perdait de vue car elle allait dans le fond de la pièce, elle sortait du cercle de la lumière et elle s'amusait comme une gamine, on ne la voyait plus. C'était un jeu : elle appelait mais d'une toute petite voix, comme de loin, de loin, et cela la faisait rire et cela lui faisait peur et quand elle revenait, elle avait un visage tout en joie mais ce visage ne contenait pas seulement de la joie, il était plein d'effroi. Elle approchait de la cheminée, ses yeux étincelaient, des yeux fauves.

Elle se tut, apaisa sa respiration et s'accroupit, les jambes écartées, la robe relevée jusqu'aux genoux, les mains vers le brasier.

— J'aurais bien voulu vous voir chez Jón Harransson quand vous êtes passé aux Aiglefins, vous savez, ma cousine me réclamait. Vous étiez avec Gunnarr?

— Vieux Gunnarr?

— Vieux Gunnarr? Et puis quoi encore? Il a trente ans, Gunnarr.

— Gunnarr fait le pitre, dit Eggert. Il dit qu'il est vieux. Il veut une très longue vie et comme les longues vies ont forcément une longue vieillesse, le meilleur moyen c'est de commencer à être vieux tout de suite. C'est ce qu'il dit. Il commence sa vieillesse très tôt, voilà sa tactique. Il aime faire l'intéressant. On dit que c'est une mouche du gouverneur. Je ne sais pas. De temps en temps, il se casse en deux et retire son chapeau. Mais il a vraiment peur de vieillir.

Anna Brynhild frappa dans ses mains.

— Drôle d'idée! Mais moi, c'est juste le contraire. Je préfère une très longue jeunesse. Chacun son idée. D'ailleurs je suis jeune. Et vous, monsieur le professeur?

— Je suis un peu vieux.

— Pas si vieux, dit Anna Brynhild.

— Vous le connaissez bien, Vieux Gunnarr?

— Oh, si peu que rien, mais tout le monde le connaît, par chez nous.

— Vous avez passé un moment avec lui.

Anna Brynhild se renfrogna.

— Ça y est. Je m'y attendais à celle-là! J'en étais sûre que vous me feriez toute une histoire.

— Je ne vous fais pas une histoire.

— Eh bien, la belle affaire! Vous voulez dire que je ne suis pas une vertu? C'est très aimable à vous, vraiment, de dire ça à une dame. Merci pour le compliment!

L'incendie de Copenhague

Elle se cassa en deux et délaça ses bottines sans se presser, comme on gagne du temps.

— Oh, et puis ça, la vertu, je ne suis pas bonne en vertu. À l'école de la paroisse, on me disputait tout le temps à cause des garçons. Mais je me demande bien pourquoi il y aurait des filles si ce n'était pas parce qu'il y a des garçons. Moi, je crois beaucoup en Dieu, il sait ce qu'il fait, celui-là. D'ailleurs, je ne suis pas restée longtemps à l'école. Je préférais la couture et puis j'ai épousé un homme. Moi, je veux être jeune et ma nature est très savoureuse.

— Savoureuse ?

— Langoureuse, si vous aimez mieux.

— Langoureuse.

— Vous me coupez tout le temps et voilà ce que vous y gagnez : vous m'effarouchez. Je ne sais plus quoi dire. C'est comme tout à l'heure, quand on dansait, je ne sais pas quoi vous dire.

— Mais, Anna Brynhild, je comprendrais très bien que vous ne disiez rien.

— Ah, c'est ça ! C'est trop facile ! J'ai toujours envie de parler. C'est mon inconvénient. S'il fallait que j'attende d'avoir quelque chose à dire, je ne parlerais jamais. Alors je tourne à l'envers. Je parle et, des fois, je trouve quelque chose à dire.

— Beaucoup de gens s'y prennent comme vous, vous savez. Tout le monde.

— Mais moi, ça se comprend parce que j'ai un époux et il ne parle presque pas. Je ne peux pas parler toute seule, quand même. Il est riche mais pour ce que je le vois... Il vit seulement pour amasser des rixdales. Il est à Hambourg, il est à Lübeck, partout où il y a des écus, et même quand il revient, j'ai un mari muet... Il ne s'occupe pas de moi. Pourtant, je suis sûre qu'il ne dort

L'incendie de Copenhague

pas seul quand il est au diable. Je m'en fiche bien. Ces villes où il va, je ne sais même pas où elles sont, je sais même pas si elles existent de vrai, alors, les femmes qui sont dans ces villes... c'est comme rien du tout, comme des pailles, comme des reflets, ces femmes-là, mais au moins quand il est avec moi... Je veux dire que je ne me conduis pas plus mal que les autres dames.

— Mais vous mentez un peu, Anna Brynhild. Vous ne voyez jamais votre époux. Vous n'habitez pas chez lui.

— J'ai seulement dit que je ne le voyais pas souvent. Et ça, c'est vrai. Ça fait trois ans que je ne l'ai pas vu, mais qui sait si l'an prochain, je ne le verrai pas ? Personne ne connaît ce qui va arriver. Vous êtes d'accord ?

— Oui.

— Enfin, des fois, je sais ce qui va arriver. Par exemple, en ce moment, je sais ce qui va arriver.

— C'est pour ça que vous avez froid ?

— J'ai un peu froid.

— Je comprends.

— Je compte bien que vous comprenez ! Il ne manquerait plus que ça qu'en plus de tout vous me compreniez pas, oh, et puis, vous n'êtes pas mon pasteur, vous n'êtes pas mon directeur de conscience...

Elle s'était assise commodément dans un grand fauteuil de bois, le visage liquide à cause des lueurs d'huile de la flamme. Un de ses ongles était cassé. Elle disait « sentencieusement » pour « silencieusement », elle faisait des fautes en parlant, elle se trouvait « savoureuse » et cela voulait dire « langoureuse », peut-être elle boitait. Eggert regardait la nuque, les boucles sombres. Il avait envie de la prendre dans ses bras car son visage était dans la clarté des chandelles et

L'incendie de Copenhague

pourtant elle était comme dans la nuit. Eggert avait bien pris Björk dans ses bras, l'autre été, à la Saint-Jean, le jour de l'écharpe blanche, il arriverait à prendre celle-là. Elle se mettrait en boule et elle serait tiède mais il manquait d'expérience. Aussi, il prit un ton revêche.

— Vous avez donné à Vieux Gunnarr un paquet de vieux parchemins, dit-il.

Elle leva le front. Son visage était blanc, les lèvres retroussées sur les dents, comme une bête à l'affût ou bien au piège.

— Je l'attendais, celle-là. Vous ne me laisserez jamais en tranquillité, monsieur Pétursson. D'abord mon époux et puis ce Vieux Gunnarr et maintenant vous me sortez les parchemins.

Pétursson prit le menton de la jeune femme dans ses doigts et l'obligea à le regarder :

— Vous avez donné à Vieux Gunnarr des parchemins.

— Et qu'est-ce que vous voulez que je fasse de ces trucs-là, moi ? C'est rien du tout. C'est de la serpillière. On ne voit même pas les lettres qu'il y a dessus.

— Quelqu'un vous les avait confiés ? Je ne vous en veux pas, Anna Brynhild, mais dites-moi seulement qui vous avait confié ces parchemins.

— Et qu'est-ce qu'il y a de mal ?

— Ce n'est pas mal.

— J'aime mieux ça. Vous croyez pas que je suis assez ennuyée avec ce qui m'attend ? Il ne faut pas être rancunier avec moi parce que j'ai l'air de rire, et je ris, mais je suis une personne très chagrine.

— Je ne suis pas une personne méchante.

— Je le sais que vous n'êtes pas méchant du tout. Vous êtes très gentil, tout le monde le dit, et c'est

justement ! Pourquoi est-ce que je suis très malheureuse ? A cause de ça !
Elle avait parlé d'une voix atroce.
— Très malheureuse ? dit Eggert. Vous voulez dire très menteuse ?
— Je voudrais bien savoir comment le monde marcherait si on ne mentait pas, si tout le monde ne mentait pas tout le temps ?
Et Eggert dit :
— Oui.
Et la jeune femme s'étira en tendant ses bras au feu. Elle fredonnait. Elle parlait.
— Je me sens bien, mais avec toutes ces danses et tous ces cavaliers et puis ces boissons, je dois avoir les yeux tout rouges. Est-ce que j'ai les yeux rouges, monsieur Pétursson ? Par exemple, est-ce que j'ai des yeux de lapin ?
— Vous n'avez pas des yeux de lapin, dit Eggert, ou bien d'un lapin qui aurait des yeux couleur de noisette.
— C'est bien ma chance ! Il n'y a pas de noisettes par chez nous. Je n'en ai jamais vu. Il n'y en a même pas dans ce sale pays. Je ne saurai jamais comment sont mes yeux. Vous ne voudriez pas que je fasse dix jours de bateau et que j'aille à l'Écosse seulement pour voir des noisettes ?
Elle dit qu'elle avait envie de pleurer mais pas à cause des noisettes, les noisettes la faisaient rire au contraire. Puis elle se leva, repoussa sa chaise et tourna sur elle-même et sa robe gonflait parce qu'elle était d'une laine légère et elle avait une jambe un peu courte probablement.
— Vous êtes très grand, dit-elle, surtout pour un professeur. J'ai remarqué que les professeurs n'ont pas beaucoup de taille mais vous êtes un grand professeur.

L'incendie de Copenhague

Il en faut. Encore heureux. Moi je suis grande mais moins grande que vous. On pourrait s'embrasser facilement mais je ne sais pas si vous aimeriez ça ? Peut-être que vous n'aimeriez pas ça...

Eggert passait les doigts sur le visage tendu. Elle ferma les yeux.

— Vos doigts bougent, dit-elle, vos doigts bougent, faites-moi toute la figure, comme ça, c'est comme si vous me dessiniez. Je trouve bien que vos doigts bougent. On dirait qu'ils se débrouillent tout seuls, c'est leur idée, c'est leur envie et ça me rassure. J'en ai bien besoin. Sinon, attention, je me mets à frissonner. Une contrariété et ça y est, je vous fais un frisson, ce n'est pas plus compliqué que ça, j'en ai fait d'autres...

Eggert avait posé les lèvres sur le front de la jeune femme. Elle avait une figure exiguë, un nez insolent parce qu'il était retroussé et elle se dressa sur la pointe des pieds pour montrer qu'elle avait presque la même taille que le docteur.

Elle lança la main derrière son cou et fourragea pour défaire la broche qui retenait son collier de pierres jaunes. Elle le plaça sur une table et dit qu'Eggert ne l'aidait pas beaucoup : « Les femmes ne peuvent pas tout faire, quand même... Elles peuvent pas être au four et au moulin, quand même », et elle se laissa aller en arrière puis se traîna sur les fourrures et disparut dans l'obscurité. Elle prit sa voix lointaine : « Et puis, après tout, pourquoi se cacher toujours, ce n'est pas ma faute si vous êtes un intimidé », et elle revint et ôta ses vêtements. Sa peau était fragile, le corset avait imprimé des marques, une espèce de calligraphie. Elle lissa son ventre comme pour cacher le lacis des traces.

— Dites quelque chose, dit-elle furieusement.
— Vous croyez qu'il faut dire quelque chose ?

L'incendie de Copenhague

— Je ne sais pas. Si vous préférez, ne dites rien.

Elle prit les lunettes d'Eggert, les posa par dérision sur le bout de son nez et se plia en avant pour considérer son ventre avec une expression doctorale. Eggert regarda machinalement les griffures roses, elles s'effaçaient et il les couvrit de sa grande main comme pour les retenir. Elle attira Eggert :

— Maintenant, je vous ai capturé, dit-elle. Vous êtes à moi. Vous êtes mon larcin.

*

Et ils s'aimèrent à la volonté de la femme. Elle dit : « Je vous croque », puis : « Nous sommes dans une île. » Elle lui prenait les mains et les plaçait sur ses seins et sur ses reins à tour de rôle. Elle secouait la tête et sa figure était lisse comme une eau, comme une aube, et elle resplendissait et quand elle avait hurlé trop longtemps, elle levait les bras au-dessus de sa tête et semblait dormir. Des secousses passaient dans son corps, comme des foudres, disait Eggert, et elle disait « comme des foudres ».

Elle n'acceptait ni rémission et ni consolation parce que, disait-elle, les hommes ravagent le corps des femmes et nous sommes tous nés, hommes et femmes aussi bien, c'était son idée, nous sommes tous nés d'un soldat d'une vieille guerre, d'une guerre en perdition, d'un soldat qui a profané la chair des servantes et des dames dans une grange ou même dans la souillarde des cochons, dans un rut incompréhensible mais bienfaisant aussi, et tous les hommes et toutes les femmes viennent d'un guerrier qui va mourir et d'une femme forcée et maintenant ce guerrier et cette femme sont dans les cimetières depuis si longtemps qu'on ne connaît même pas quelle tombe il faudrait orner, surtout qu'on ne sait pas s'ils avaient forniqué en Autriche ou bien en Tartarie mais ils avaient forniqué, c'était le principal car ils avaient eu du plaisir, mais elle était compatissante, elle, Anna Brynhild, et elle aimait bien penser à toutes ces amours de soldats et de pauvresses, ces amours de nuit, d'aveugles, et à toutes ces armées victorieuses ou défaites et à toutes ces femmes grosses qui avaient dans leurs flancs des petits enfants de soldats vainqueurs ou vaincus, de soldats brutaux et grossiers comme tout mais tellement seuls après tout, et c'était au tour d'Eggert de la profaner et de la souiller et de la fracasser et de la meurtrir et de la jeter à l'extase comme on étrangle un condamné ou bien comme on jette une ordure le matin et si elle disait des choses sans suite c'est qu'il y avait une porte, et de l'autre côté, de l'autre côté du seuil rôdaient les spectres et elle n'avait pas à se repentir car elle devait aller jusqu'au bout de son supplice et de son forfait, jusqu'au bout de l'expiation, et la chair des filles est délaissée car les filles sont inassouvies et elle voulait aimer sans trêve jusqu'au jour où il faudrait faire son bagage et elle avait très peur quand elle était à l'abandon. Ensuite elle somnolait et ensuite elle rouvrait les yeux, elle découvrait l'ombre, les chandelles dont la fumée empestait, les braises de la cheminée, la cendre, les cendres bleues, et le lendemain, dans les lueurs hagardes de midi, la neige était onctueuse.

Bien plus tard, elle se leva et alla à la fenêtre. Eggert s'éveilla. Elle dit :

— Je suis glacée.

Eggert lui désigna ses vêtements mais elle secoua la tête et Eggert dit qu'on allait rallumer le feu et elle dit :

— Non !

L'incendie de Copenhague

Des coups désordonnés ébranlèrent la porte. Des pas sonnaient dans l'escalier. Eggert interrogea Anna Brynhild du regard. Il lui tendit une couverture qu'elle jeta à terre pendant que les coups redoublaient. Eggert fit jouer le loquet. Deux gendarmes entrèrent dans la pièce. Ils riaient car ils étaient pleins de neige. Ils s'époussetèrent et rirent de plus belle quand ils découvrirent que la femme était nue. Ils étaient suivis d'un personnage solennel vêtu d'une pelisse en peau de chat.

Eggert reconnut l'huissier avec lequel il avait devisé dans le petit cimetière de Thingvellir au début de son séjour. C'était en été car les tombes de basalte brillaient au milieu de l'herbe verte et de toutes les fleurs du monde et il s'appelait maître Gustafsson.

L'huissier fit un sourire résigné. Il perdait le souffle et chuintait quand il parlait. Il dit : « Allons-y, monsieur l'assesseur ! », et il déballa son nécessaire, sa plume d'oie, son encre et ses sceaux car il lui revenait de rédiger le constat. Tout en moulant ses lettres, il précisa que le procès en adultère serait appelé devant le tribunal des mœurs dès la prochaine session. C'était pour lui une épreuve très amère car l'homme qui avait rendu honneur et noblesse au Thing allait comparaître devant cette même justice qu'il avait rétablie.

— C'est l'injustice des choses, commenta-t-il sobrement.

Et Eggert dit :

— L'injustice de la justice.

Il demanda à maître Gustafsson qui lui avait donné l'ordre de faire ce constat.

— Bessastadir.

— Mais qui, à Bessastadir ?

— Bessastadir.

— Et vous avez reçu vos instructions quand ?

L'incendie de Copenhague

— Il y a trois jours, monsieur Pétursson.
— Trois jours ? Tiens ! Alors, tout était prévu !

En attendant le procès, Eggert était libre bien qu'il lui fût interdit de quitter le territoire, mais où serait-il allé, dans une île, ce n'était pas une grosse liberté. L'huissier désapprouvait mais il était officier de Sa Majesté et il suppliait Pétursson de lui donner son pardon. Les deux gardes furetaient dans le fond de la pièce, soulevaient toutes les tentures comme si une seule femme nue ne leur suffisait pas.

*

Quand les trois hommes eurent décampé, Anna Brynhild se cacha la figure dans les mains. Eggert lui demanda pourquoi elle avait fait ça. Il n'avait point de colère. Il s'informait. Il posa une main sur la poitrine de la femme et Anna Brynhild cria.

— Vous ne pourriez pas vous fâcher, dit-elle, vous ne pourriez pas me gronder, ou bien me battre, je ne sais pas, moi...

— En plus, il faudrait que je vous batte ! dit Eggert. A quoi bon ? C'est fait, l'hiver ne va pas tourner à l'envers.

— Ça m'aiderait. Ça me faciliterait.

— Que l'hiver tourne à l'envers ?

— Moquez-vous encore. Ça me faciliterait que vous hurliez.

— Je n'ai jamais été très enclin à la colère. Je manque de métier, je manque de souvenirs. Et puis, pourquoi faudrait-il que je vous aide, Anna Brynhild ?

— Donc, vous me jugez. J'en étais sûre. Les hommes sont comme ça. Ils ne pensent qu'à eux. Il faudra que je me débrouille toute seule, une fois de plus. Dites-moi au moins une chose : est-ce que vous vous doutiez ?

— Je crois, oui, enfin, il me semble que je crois.

— Ou bien vous croyez ou bien vous ne croyez pas !

— Je crois.

— Quand nous nous sommes caressés, vous vous doutiez ?

— Oui.

— Vous me trouviez un peu facile pour une dame ?

— Ce n'est pas ça. Non. C'est hier matin, après la fête, quand vous avez dit devant la porte : « Le matin les gens se disent bonjour... », oui, c'est là que je me suis dit, mais je ne sais pas pourquoi...

— Mais alors, pourquoi vous êtes venu dans ma chambre ?

— Ça aurait changé quoi ? Quand quelque chose doit arriver, ça arrive et d'ailleurs, il n'arrive jamais rien. Tout est là depuis toujours, tout est, comment vous expliquer, tout est replié et recroquevillé, et ça se déploie quand ça veut, voilà tout, ou plutôt quand ça doit se déployer, c'est comme les fleurs de myrtilles, ou les fruits, ou les livres, chaque chose en son temps. Et puis...

— Mais enfin, on dirait que ça vous est égal !

— Non, ça ne m'est pas égal mais il n'y a rien à dire. Alors, comme j'ai beaucoup de temps, à présent, je me demande pourquoi vous avez fait ça.

— Vous ne croyez quand même pas que c'est moi qui ai manigancé tout ça. Les parchemins à Vieux Gunnarr ? Moi, les parchemins, je n'en avais jamais vu.

Pétursson se prit la tête entre les mains comme pour faire entrer ses doigts dans son crâne. Il arpentait la pièce à grands pas, la pièce dévastée et pleine des vêtements de la femme, et il se mit à hurler.

L'incendie de Copenhague

— Vous ne pensez qu'à vous, Anna Brynhild ! Vous voyez, je peux être en colère mais je ne suis pas en colère contre vous. Je ne suis en colère contre personne. Ne vous montez pas la tête, Anna Brynhild ! Je le sais bien que vous n'êtes pas pour grand-chose là-dedans. Le coupable, ce n'est pas vous. Personne ne le connaît, le coupable. Ce n'est pas Greta, pas la baronne et pas le gouverneur ou ce vieux fou de Harransson. Même pas cette mouche de Vieux Gunnarr, une mouche n'est jamais coupable, c'est une mouche... Vous voulez que je vous dise : le coupable, il ne sait même pas qu'il est coupable, voilà mon idée...

La femme approuva.

— Le coupable, reprit Eggert d'une voix inquiète, c'est Sa Majesté Frédérik IV qui m'a confié cette mission. Et puis non ! le coupable, c'est l'homme qui a eu l'idée de piller les parchemins. Ce sont les vieilles mendiantes qui se sont fait des cottes avec la saga de Njáll le Brûlé. Non, je ne sais pas. Je ne sais rien.

Anna Brynhild voulut le faire taire en posant la main sur sa bouche. Il ramassa sur le sol la jupe de la femme avec sa chemise et les jeta au loin :

— Ça devrait être défendu, hurla-t-il, de faire des chefs-d'œuvre : ces gens-là sont des irresponsables. C'est trop facile, après tout, de faire des chefs-d'œuvre. Les gens écrivent une histoire, comme ça, pour passer le temps, parce qu'ils ne savent pas que faire avec leurs peaux de veau, des bêtises, des histoires sans queue ni tête, et ça devient un machin impérissable et même incorruptible et mille ans plus tard, c'est toujours là et on n'arrive pas à s'en débarrasser, c'est de la glu, les vélins, c'est comme, vous savez comme quoi, c'est comme le péché : un homme aime une femme et ça dure encore, de la glu, le péché, de la glu ! C'est ça : les hommes et les femmes, les bouleaux, les renards, les abeilles, oui, toutes choses disparaissent, au trou, au cimetière, mais les histoires, c'est tenace, ça ne crève jamais, c'est du chiendent, les histoires. Les gens sont insouciants, vous dis-je. Ils ne pensent jamais aux conséquences, mais je suis un peu fiévreux, Anna Brynhild, les coupables ce ne sont même pas les *godar* et les clercs qui ont écrit sur les vélins...

Il prit la main d'Anna Brynhild.

— Vous savez ce qu'il raconte, votre Jón Harransson, le vieux fou, le vieux fou... Il dit que les coupables ce sont les veaux et les moutons... Il dit que ce sont ces bandits qui ont été chassés de la Norvège, qui ont été entassés dans un bateau, et les vents les ont poussés ici. Il y aurait eu un vent contraire, ce jour-là, et ils n'auraient pas trouvé l'Islande. Il a raison, le coupable, ce sont les vents de ce jour-là, il n'y aurait pas eu de vent et je n'aurais pas fauté avec vous, vous voyez, et il faudrait que je vous en veuille ?

Il leva une main. Anna Brynhild se colla contre lui, ventre et seins et épaules. Il lui touchait les cheveux, la nuque, les cheveux. Elle dit :

— Ça ne vous ennuie pas de me toucher encore un peu ?

Il dit que ça ne l'ennuyait pas. Elle se blottit contre lui. Elle parla d'une voix très rapide, très petite, dans son cou.

— Je suis bien punie.

— Punie ?

— Punie ! Je veux dire : je ne pouvais pas deviner que je serais contente de vous aimer.

Elle s'habilla. Elle descendit l'escalier. Eggert se pencha à la fenêtre, le froid était rude et la neige tombait. La jeune femme traversait la cour. Elle boitait.

L'incendie de Copenhague

Eggert ne s'était pas trompé, elle boitait. Elle trébucha sur les pavés. Elle agita la main mais elle ne se retourna pas et Eggert ne sut pas à quel moment il la perdit de vue. On voyait la trace de ses souliers dans la neige et puis on ne voyait plus les traces.

Chapitre XVII

La machinerie de la justice, si gourde cependant, et plus familière des assassinats perpétrés aux temps des héros que des vilenies du jour, se mit en branle. Elle était poussiéreuse, elle grinçait mais les magistrats, les huissiers, les commis aux écritures, les exempts et les greffiers s'en donnèrent à cœur joie : ils se démenèrent comme une peuplade d'écureuils dans une cage, ils graissèrent les engrenages, ils fourragèrent dans les archives de Thingvellir et les grandes roues paralysées s'émurent.

Greta Sorrenssondóttir ne cacha pas sa répugnance. L'acharnement des prêtres, des envieux et des dévots lui levait le cœur. Elle flétrissait les torpeurs de son époux : le docteur Pétursson et la gracieuse Anna Brynhild Reinhadóttir n'avaient fauté que par étourderie, par naïveté. S'ils avaient commis un péché, c'était celui de l'innocence, Greta ne reculait pas à le dire, mais la Providence veillait et les méchants seraient frappés : le fiel brûlerait ceux qui le crachaient.

Chaque soir, le dîner achevé, Greta pérorait sur ces thèmes : si le docteur Pétursson et Anna Brynhild devaient expier, alors, toute la société de Bessastadir méritait les fers. L'Islande n'était pas un modèle de décence et puisque les délices de l'amour étaient des crimes, eh bien les habits brodés et les vieilles démangeaisons que Greta réunissait, la nuit venue, dans son salon vert, perdraient leurs têtes sur des billots graissés de sang, au pied du Lögberg.

Greta citait en exemple les pays de l'Europe : les cours les plus excellentes étaient des cours libertines. Le maréchal Henri Turenne de La Tour d'Auvergne mâchonnait beaucoup de filles de noces dans ses camps de guerre. Quand il signait une capitulation dans le Palatinat avec un gouverneur ennemi, il couchait, c'est le cas de le dire, susurrait Greta en se pâmant un peu, le corps de la gouvernante dans le texte de la reddition, mais il avait sauvé la couronne de France à Turckheim.

— Pour moi, concluait Greta, je préfère un soldat débauché et vainqueur à un chaste soldat en débandade !

Le coadjuteur de Skálholt croyait qu'il devait se fâcher. Il exaltait la religion réformée. Le royaume de France pouvait se complaire aux sentines, mais son exemple n'était pas bon. Paris, depuis la tuerie de la Saint-Barthélemy et les massacres de protestants, était une cité fétide et régnait sur la province des latrines et des chaises percées. Les papistes y avaient abaissé les mœurs et le grand Turenne eût mérité la roue. Comme il en eût perdu les bras, il eût retrouvé sa taille véritable qui était courte !

Le prélat cita le poète français Malherbe qui avait exprimé avec brio l'égalité de chacun devant les courroux de Dieu.

— *Et la garde qui veille aux barrières du Louvre n'en défend pas nos rois !* dit-il de sa voix de goudron.

Greta Sorrenssondóttir déploya son éventail pour

L'incendie de Copenhague

faire sentir qu'il y avait du grotesque dans ce prélat : Monsieur de Malherbe parlait de la mort, non de la justice, mais l'évêque eut le dernier mot :

— La mort, madame, ne se distingue pas de la justice.

Des messagers furent dépêchés vers le domaine de Gelfahild, dans le Kaldidalur, en vue de recueillir les doléances de l'époux d'Anna Brynhild Reinhadóttir. C'était Noël, le vent venait du Pôle. Il aveugla les cavaliers et un sergent se perdit dans les glaces. Cette mort fit présage, mais les présages ne sont pas pratiques car ils s'interprètent et l'on disputa si les Puissances soutenaient l'érudit Pétursson ou bien le condamnaient. Pour comble, le sacrifice du sergent fut infructueux car le mari d'Anna Brynhild ne savait pas même que sa femme l'avait humilié, il resta silencieux et les cavaliers rentrèrent bredouilles.

Un procureur danois, illustre par ses sévérités et d'une éloquence hors d'âge mais étourdissante, fut mandé de Copenhague de sorte que six semaines après la fête des Neiges et la consommation de l'adultère, le palais annonça que le tribunal des mœurs était prêt à châtier le forfait du réciteur des lois, le très honorable Eggert Pétursson.

Le docteur Pétursson fut extrait de son appartement en fin de matinée. Les gardes le conduisirent, en compagnie de dix malandrins, jusqu'à la construction de planches et de toiles de vathmál, en bordure de l'Öxará, que des charpentiers avaient rafistolée. Toute la bande fut placée dans un coin de la tente, à la droite de la table des juges. De l'autre côté du hangar, derrière une barricade à moutons, s'entassaient les femmes coupables des mêmes indignités.

Eggert trouvait le temps long. Il s'exerça à reconstituer les couples illégitimes. Il n'obtint pas de résultats car les figures de ces hommes et de ces femmes étaient pareilles et stupéfaites. La baronne Margrethe n'avait pas tort : les humains sont tous identiques. C'est une illusion que de les dire dotés d'une figure ou d'un destin. Ils se ressemblent comme des fourmis et Pétursson se demanda ce que ces chairs grises avaient bien pu faire ensemble. Un des débauchés portait un long manteau bleu. Eggert aperçut Anna Brynhild Reinhadóttir. Privée de ses falbalas, et après quelques semaines de gruau, elle n'était pas plus pimpante que ses voisines.

Eggert eût pu aimer n'importe laquelle de ces créatures ou bien aucune et tout était égal. Il se réjouit d'avoir choisi la solitude et que son tempérament fût nonchalant car enfin, comment choisir une femme si toutes les femmes sont égales ? Il suffit d'une nuit, d'un soir de beuverie ou de nostalgie, d'un crépuscule ou d'une neige, et l'on cède aux transports des sens et cinquante ans plus tard, on continue de picorer dans l'écuelle d'une inconnue ! L'huissier et les gendarmes l'avaient protégé de cet inconvénient. Ces réflexions le portèrent à rire. Ses compagnons de misère le dévisagèrent. Les tourments, la honte, la neige auraient fatigué la cervelle de l'érudit.

Eggert s'envoyait de grandes claques dans le dos car le poêle ne réchauffait que la partie réservée au gouverneur et aux juges. La tempête qui avait commencé un mois plus tôt pendant la fête de Greta était oubliée mais le vent descendu du Langjökull avait durci la neige. Quand les toiles qui aveuglaient les ouvertures se soulevaient, on apercevait le cimetière de Thingvellir. Entre les travées immaculées, les tombes ressemblaient à des blessures. Sur les montagnes de métal, un faible soleil de milieu du jour rebondissait. La pointe de la chapelle faisait une ombre. L'air était acide, plein de bulles claires.

Le gouverneur, flanqué de ses chambellans et de ses courtisans, fit une entrée grandiose. Il avançait à pas mesurés et dédaigneux comme on disait que Louis XIV dodinait sur ses cothurnes, un gant de cuir à la hauteur de la bouche dans la crainte d'une de ces quintes de toux qui le rompaient par intervalles. Il adressait des signes furtifs à toutes ses connaissances, un sourire suffisant aux lèvres. Sa figure était diminuée, sous une grosse perruque filasse, et il avait enduit ses joues de taches écarlates. Il s'essuyait les lèvres. Son nez s'était effilé. Jamais il n'avait paru si noble.

Les assistants de justice et les courtisans gagnaient leurs places dans un tumulte de tabourets. Eggert connaissait toutes ces têtes. Il les avait déjà vues, trois ans, quatre ans plus tôt, le jour de l'ouverture solennelle de la session du Thing, dans cette même étable de justice, mais le temps les avait détériorées. À cette époque, Eggert était plein d'entreprise, il avait la charge de restaurer la justice de l'Islande, de prendre à la gorge les canailles, de rétablir les mœurs et surtout de sauver de la pourriture le trésor des sagas, et maintenant il était vaincu et les appareils de justice qu'il avait remis en état l'agrippaient dans leurs pinces. Le juge Pétursson occupait le banc de l'infamie et les parasites du palais étaient grimés en bourreaux. Le monde marchait sur la tête, le monde allait à l'envers, la vie était une fête des fous, une fête de l'âne.

Le cœur d'Eggert était tranquille. Il n'avait plus à prendre de décisions. Son destin s'était échappé de lui comme une fumée dans un soir des automnes. Eggert rêvait. À peine existait-il. Le vent le poussait à sa guise.

L'incendie de Copenhague

Le vent choisissait pour lui. Le docteur était sans volonté, sans regret ni attente, sans promesse et sans lendemain et c'était comme une paix.

Les officiers et les dames si chatoyants, si aimables et si bavards naguère sous le soleil de juillet 1702, étaient à présent, dans les clartés exténuées de ce janvier, entortillés dans de grosses fourrures. Ils formaient un troupeau de moutons ou de renards, ils reniflaient et ils grognaient et ils bêlaient. Leurs visages étaient aigus et affamés, réduits à des yeux fardés de suie et de poussières.

Dès que le gouverneur fut calé dans son fauteuil, les greffiers lurent toutes sortes de documents puis l'accusateur danois s'avança vers la longue planche derrière laquelle s'alignaient les perruques des juges. Il proposa d'emblée que le cas de l'academicus fût disjoint. C'était un être maigre et exaspéré. Il agitait les bras. Les pattes d'hermine tournoyaient autour de son cou. Il criait, c'était effrayant, et comme un des juges faisait le geste de se protéger les oreilles, il se cambra, dirigea les yeux au ciel et termina sa plaidoirie en interrogeant les nuages qui défilaient à toute allure dans les déchirures du toit.

Selon lui, il était équitable et nécessaire que ses anathèmes fussent portés aux limites de l'île, dans les fjörds venteux du Nord, dans les rocailles acérées du volcan Hekla, dans les glaciers mortels du Vatnajökull et même dans ces mers boréales qu'il décrivit, à l'ébahissement de l'auditoire, comme les repaires obscurs de l'infini et de l'irritation de Dieu.

— Oui, tonna-t-il, cette voix qui vous adjure par le truchement de ma gorge, formons le vœu qu'elle se mêle à la plainte indicible des pétrels et des vagues et que la nuit des mers murmure à la fois l'indignité des accusés et la fureur de Dieu !

L'incendie de Copenhague

Il se courba, secoua sa tête comme la hure d'un sanglier et soutint la thèse que les peines doivent s'accorder à la vertu des coupables. Dieu n'était Dieu que d'étendre sa miséricorde sur les malveillants, les criminels et les pervers. De ses épées rutilantes, Dieu avait mission de supplicier les hommes que leurs bontés et leur vertu avaient commis à la garde du troupeau. Le procureur usa de la Bible pour établir que les vilenies ourdies par ceux qui ont mission d'édicter les lois, le droit et les décences annonçaient mystérieusement l'Antéchrist dont tant de maléfices sur cette terre insultée présageaient la venue.

À ce point le gouverneur Henrik Unquist sursauta. Des ricanements vibrèrent à travers la salle. L'accusateur s'interrompit, plongea la main, comme par méprise, dans son encrier et se barbouilla la figure de noir, on apprit plus tard que c'était un de ses trucs :

— Voyez, hurla-t-il, voyez les habiletés du mal. Voici que ma figure est souillée d'une encre impie et vouée au grotesque. Comment imposerai-je le verdict des Puissances ? *Vade retro, Satana !* Ton mufle fétide, ô Bête ! nous en contiendrons les assauts et nous reconduirons le Malin aux sombres grottes ! Un jour, un jour prochain tinteront les sonnailles des légions du Christ ! Croyez, mes amis, croyez que cette session du Thing ne figure, dans les calculs innommés de la Providence, que l'annonciation des derniers jours. Nous livrons les premières escarmouches de la bataille ultime !

Le public était abasourdi. Il ne s'attendait pas à voir les cavaliers de l'Apocalypse débouler en grand appareil dans le prétoire. L'avocat qui succéda à la barre parut fade. Il prêcha la modération, la compassion et cita la parabole des Pharisiens mais il n'était pas de

L'incendie de Copenhague

taille. Il avait une voix ébréchée, le souffle court et une éloquence de pauvre.

Le gouverneur Unquist approuvait avec la même componction les avocats qui soutenaient les prévenus et ceux qui les accablaient. Sans doute il ne voulait pas peser sur la décision des juges, ou bien il se morfondait. Cette impartialité le poussait à hocher la tête sans désemparer, à la manière de ces anges de plâtre que les pasteurs logent dans leurs églises pour recueillir les oboles des fidèles. Vieux Gunnarr avait dit un jour à Eggert que le cou des anges finirait par se rouiller car les statuettes ne recevaient plus la moindre rixdale depuis des dizaines d'années. Chaque fois que le gouverneur toussait, les plaidoiries s'interrompaient et Eggert levait poliment la tête comme si la session avait pris fin par surprise.

Les hommes de robe, les greffiers, les prévôts et les perruques grommelèrent pendant quelques heures puis, après un semblant de délibération, le marteau du juge s'abattit sur la table de chêne et le gouverneur cracha dans son mouchoir. Le juge lissa sa perruque, considéra ses ongles et communiqua la sentence. Eggert Pétursson était condamné à six mois de forteresse en Danemark.

Greta Sorrenssondóttir éleva une main à la hauteur de son cœur et parut reconnaissante que l'envoyé du roi ait échappé à la potence. Elle joignit les doigts pour remercier le Ciel, abaissa les cils dans l'excès de son bonheur et fit un signe à Eggert. Les courtisans l'imitèrent. Eggert répondit à chacun. Il aperçut dame Björk. Elle le regardait avec tendresse, dame Björk.

Le procureur ramassa ses papiers. La figure fermée, aigri de colère, il reprit la parole pour trancher le cas des autres prisonniers. Il surprit encore : puisque le

L'incendie de Copenhague

berger des âmes échappait à la potence, le procureur refusait de punir les autres prévenus.

— Tiendrait-on pour agréable, dit-il dans un murmure, que des malheureux sans mœurs fussent jetés aux enfers quand les vertueux sont rédimés ? La vertu n'a-t-elle pas des devoirs desquels le vice est dispensé ? Dieu ne doit-il pas châtier les bons et recevoir en son sein les mauvais, n'est-ce pas là l'abominable, le sublime privilège de la miséricorde divine et son énigme ? Faudrait-il consentir que la justice a pour vocation de meurtrir les brebis égarées et que soient embrassés les bons bergers ?

Les juges furent incrédules et impressionnés. Ils prononcèrent des peines douces, quelques semaines de cachot. Anna Brynhild Reinhadóttir s'en tira moins bien car elle avait forniqué avec la vertu, non avec le vice. Elle fut condamnée à quatre mois de forteresse. Eggert ne la verrait plus. Il la chercha. Elle était écrabouillée entre deux gardes.

Des gendarmes prétendirent assujettir des chaînes aux poignets du professeur Pétursson mais Greta Sorrenssondóttir obtint que cette avanie lui fût épargnée. Tous les condamnés furent entassés dans un bâtiment attenant à Bessastadir. Eggert y passa des journées sereines. Ses camarades étaient gais, égrillards et insouciants. Ils le remerciaient car sans lui, disaient-ils, c'était la corde pour les hommes et la mare aux putains pour les femmes. L'homme au long manteau bleu était amusant et fraternel :

— Dans trois mois, disait-il, ma Sigrid sortira de prison et en avant pour la bête à deux dos...

Un jour, Eggert eut envie d'interroger cet homme sur la mort du gros curé. Le secret des parchemins, celui de la longue traque, du cheval d'infamie étaient emmagasinés dans cette tête-là mais ensuite, il n'y aurait plus de

L'incendie de Copenhague

secret et alors, s'il n'y avait plus de secret, que resterait-il de ces trois années épouvantables ? Aussi Eggert se dit : « À quoi bon ? » Il attendrait que l'homme au long manteau se découvre. Et comme celui-ci ne se découvrit pas, Eggert pensa encore : « À quoi bon ? »

Une fois, un des prisonniers dit qu'il avait été dénoncé par la femme avec laquelle il avait couché. Un autre détenu dit que les femmes étaient ainsi. Dans *Njáll le Brûlé*, Gunnarr de Hlidarendi, qui est le meilleur des hommes, se bat avec ses ennemis. La corde de son arc est coupée. Gunnarr se tourne vers son épouse Hallgerdr et lui demande une mèche de ses cheveux pour bricoler une autre corde à son arc.

— Et vous savez ce qu'elle dit, Hallgerdr ? Elle dit : « Tu m'as giflé un jour. Alors, ça m'est égal qu'ils te coupent le cou. Je ne te donne pas mes cheveux. » Et Gunnarr est zigouillé !

Eggert dit que non, dit que les femmes sont bonnes. D'ailleurs, quand Njáll le Sage est dans sa maison en flammes avec ses fils et sa femme Bergthora, Bergthora refuse de quitter la maison et elle dit, Bergthora : « J'ai été mariée toute jeune avec Njáll. Je lui ai promis que je partagerai son bonheur et son malheur. »

La cheminée tirait mal. Il faisait un froid de canard. Un matin, Eggert se regarda dans un morceau de miroir.

Chapitre XVIII

Le docteur Pétursson fut transféré à Höfn. Un bateau appareilla à la fin du mois, vers midi. Le ciel était sombre. Il éclairait une mer plate et onctueuse. Des îlots flottaient, les vagues étaient gluantes. Le bateau peina à franchir la passe et la nuit arriva.

Après une traversée éternelle, sous des ciels de plus en plus clairs, le vaisseau atteignit le port de Køge. Eggert fut dirigé sur Copenhague où le commissaire du roi procéda aux formalités d'écrou. Il fut pris en charge par deux gendarmes qui l'escortèrent jusqu'au relais de poste. Il observa les rues et les édifices de la capitale. La lumière venait du nord.

Des gens qu'il avait connus ou croisés jadis trottaient et depuis cinq ans ils avaient couvert les mêmes itinéraires, le matin et le soir, pour se rendre à leur office ou à leur entrepôt. Ils s'étaient disputés avec leurs femmes ou avaient eu des coups de cœur, comment savoir ? Ils avaient connu des soucis à cause de la mine renfrognée d'un chambellan, de la baisse des cours du seigle et de l'apparition d'une ride à la commissure des lèvres. Et c'était comme si Eggert n'était pas au monde.

La malle de poste quitta la ville par la Rådhustraede.

L'incendie de Copenhague

Les chevaux galopaient vaillamment bien qu'ils fussent lourds et maladroits. Leurs sabots faisaient du tintamarre quand ils traversaient un village aux rues pavées et ensuite, ils trottaient dans la poussière, le silence. Ils allaient tête basse. Une vapeur sortait de leurs naseaux et Eggert s'assoupit.

Quand le gendarme le réveilla, il découvrit sa nouvelle résidence, entre Hornbaek et Helsingør, une forteresse intimidante mais assez belle car le soleil mettait le feu au Kattegat et les pierres étaient blondes. Les entours étaient lugubres avec des prairies noires, une terre malheureuse, des bosquets de bouleaux défeuillés. Le gendarme dit que le printemps serait très beau. Le ciel était infini car des nuages fins, enduits d'une glace rose, flottaient à des hauteurs vertigineuses. Les eaux de la mer toute proche bougeaient tout le temps.

Eggert épia la venue du printemps, le gendarme avait promis qu'il serait beau. La mer clapotait dans un golfe rond à un jet de pierre de la forteresse. Certains jours, elle bouillonnait. Des filaments de bave blanche dégoulinaient sur les rochers. Quand le temps se salissait, de hautes vagues boueuses explosaient contre les falaises qui bouchaient la baie du côté de l'ouest.

Après les désordres de l'équinoxe, le vent tomba. Les eaux étaient muettes et du bleu des songes. Dans cet air limpide, on croyait que les lames léchaient les assises de la forteresse. On ne discernait plus la fêlure entre la mer et le ciel. Eggert se tenait à la fenêtre. La nuit, il pensait qu'il touchait ces étendues fraîches en passant la main entre les barreaux de fer. Il se barbouillait de couleurs. Des gouttes scintillantes dégoulinaient de ses doigts.

Le commandant de la prison était une personne très affable, avec un corps disloqué et une figure tout en

L'incendie de Copenhague

profil car il ne regardait pas Eggert en face, par modestie, ou bien crainte d'être ébloui par l'illustration de son pensionnaire. Il était perdu d'admiration et se présentait comme l'ami des muses. La preuve : il connaissait la plupart des communications savantes que le professeur Pétursson avait publiées dans des annales allemandes ou danoises. Il les commentait avec une ardeur merveilleuse. Eggert ne savait plus où se mettre.

Le docteur Pétursson jouissait d'un régime de faveur. Le commandant plaça sa propre bibliothèque, qui n'était pas négligeable, à sa disposition, et la chambre d'Eggert sentit la même odeur que toutes ces librairies et tous ces cabinets dans lesquels il avait exténué les plus belles années de sa vie, cuir, papier et blattes, et c'était une bonne odeur.

Eggert se jeta sur ces imprimeries. Il se gobergea. Sevré de lectures depuis longtemps, tant il est vrai, songeait-il distraitement, qu'on ne peut en même temps chercher des vélins et les lire, il faisait bombance. Goulu, inapaisé et sans patience, il s'empiffrait. Tout servait à son bonheur : les almanachs populaires comme les romans de chevalerie, les rustiques fables du Moyen Âge et les traités des sagesses antiques, les manuels de convenance ou de pédagogie, les chroniques de voyages et le roman d'Alexandre et les épopées italiennes, les thèses de théologie, de géologie, de botanique, tout faisait ventre. Même, il avala des ouvrages de sciences secrètes, alchimie, astrologie, marteau des sorcières et opuscules de maître Albert, qu'il tenait pour des délassements de charlatans.

Il tomba sur une pile d'ouvrages consacrés à l'Islande, aux sagas, à la prosodie des *Edda* et à l'art des scaldes. Il fut heureux, les dévora et s'ennuya. Le

L'incendie de Copenhague

directeur montra du chagrin. Il était lui-même dévot de la langue norroise, bien qu'il fût de nation danoise, car cette langue était vénérable, mère de toutes les langues et elle formait le germe et la matrice ensemble des trois autres cultures nordiques. D'une voix résolue, et galvanisé par son audace, il avança la thèse que les sagas et l'*Edda* constituent le squelette immarcescible de l'idiome sacré des premiers jours, de cette parole divine que les Suédois et les Danois avaient dans la suite humiliée. Dès qu'il eut débité cette longue période, il tourna le dos au docteur Pétursson et se planta face à la mer. Eggert l'approuva du bout des lèvres et le commandant s'enhardit à déplorer qu'une partie des manuscrits des sagas aient disparu.

— On m'a raconté cette histoire, dit le docteur Pétursson indolemment. À écouter ces messieurs de Bessastadir, les vélins et les parchemins auraient été volés mais je n'en crois rien, monsieur, j'entends raison garder, et puis, nous possédons les textes, n'est-ce pas l'essentiel ?

— C'est l'essentiel, je vous l'accorde sans barguigner, dit le commandant, et pourtant ce n'est pas à un épigraphiste, à un érudit de votre envergure que je plaiderai la beauté, je dirais volontiers le pathétique, du manuscrit. C'est une beauté, comment traduire, menacée. Qui nous communiquera, si les vélins sont en effet dilapidés, docteur Pétursson, qui nous dira le tremblement des mains du scribe qui a griffé ces chroniques sur les peaux, qui nous dira leurs repentirs, leurs troubles, leurs étourderies, leurs maladresses ? Et les ratures, monsieur le bibliothécaire, et les ratures ? Que pensez-vous des ratures ?

Eggert consentit que les ratures faisaient entendre des voix incertaines et qui se sont tues et qui sont

L'incendie de Copenhague

mortes et que le vélin en somme ressuscite, comme s'il permettait d'abolir la mort. Le commandant dit « Oui ». Il quitta sa fenêtre. Il fixait Pétursson de ses petits yeux tristes.

— Me permettrez-vous, dit-il, de vous confier mes sentiments les mieux protégés ? En l'absence de ces vélins, je suis saisi d'une espèce de transe, une panique, comme si... comme si tout cela était une... j'allais dire une hâblerie, une fanfaronnade, une farce, c'est un sentiment désagréable, oui, comme s'il manquait une brique et que toute la maison s'effondre, comme si aucun stylet n'avait jamais gravé les sagas... comme si, pardonnez le sacrilège, oui, comme si les sagas n'existaient pas... Et si les sagas sont un songe, alors, le monde, alors, nos pauvres vies, des ombres aussi ? Voyez-vous, je me dis que si le Christ revenait sur la terre, les Évangiles...

Épouvanté et enchanté à la fois par l'audace de sa proposition, il s'était avancé vers Eggert et il continua à voix sourde :

— Si au moins, monsieur Pétursson, on exhumait le cadavre du Christ... Voilà qui me taraude ! Oh, soyons raisonnable : je me contenterais d'un simple morceau de sa tunique...

Eggert voulut le réconforter, posa gauchement la main sur son dos. Il dit que ces histoires de vols de sagas étaient des légendes forgées par des érudits ou des clercs, des clercs inconsolés, dit-il bizarrement, des fables aussi hallucinées que les monstres marins signalés jadis dans la mer Baltique par l'évêque Olof Magnus, ces *kraken*, ces serpents...

Le directeur pouvait dormir sur ses deux oreilles : les vélins n'avaient pas été profanés. Il est vrai que plusieurs avaient disparu, plusieurs *Edda*, la saga de

L'incendie de Copenhague

Njáll le Brûlé, peut-être la *Laxdoela Saga* ou quelques autres, mais pourquoi imaginer le pire, le vol et le sacrilège ? Ce qui s'était produit était plus trivial : le temps avait eu raison des vélins car le temps est un grand maître, un grand mangeur, il bouffe tout, le temps, il bouffe les hommes, les arbres, les bêtes et les vélins, voilà le temps. Les peaux de veau étaient fragiles, elles avaient succombé, elles étaient en poudre et le vent les avait disséminées, mais elles étaient incorruptibles, invaincues, elles flottaient dans les nuées qui roulent sur l'Islande ou bien elles étaient mêlées à la terre. Elles avaient fait retour à leur origine et tout était bien, tout obéissait aux plans de Dieu.

— Vous suggérez, interrogea craintivement le gouverneur, que les manuscrits sont indestructibles ?

— Je veux dire que le Christ lui-même n'est pas le manuscrit. Et qu'avant le Christ, il y a autre chose.

— Avant le Christ, autre chose ? Docteur... docteur, je veux croire...

— Avant, il y a du vide, du rien. Mais, notez le paradoxe : dans ce rien il y a quelque chose : le Christ, justement. Il est caché, le Christ, dans ce rien, il faudrait trouver un autre mot que caché, peut-être blotti, ou enveloppé ou encoconné, enfin, une espèce de nymphe ou de chrysalide pourrait-on proposer, mais sans une telle hypothèse, monsieur, je veux dire s'il n'y avait pas du Christ avant le Christ, comment se serait-il arrangé pour advenir, le Christ ?

— Ah, oui... oui... Ces choses-là sont difficiles et bien téméraires...

— Le Seigneur Christ boite entre l'éternité et le temps, je ne vois pas de blasphème à le dire.

— Le Fils de Dieu, tout de même, le Christ boiterait ? Monsieur, je redoute, je n'ose...

L'incendie de Copenhague

— Et avant les sagas, poursuivait Eggert d'un ton soudain exalté, avant les sagas, c'est le même casse-tête, il y a les runes, et avant les runes il y a des cris et avant les cris il y a le silence et dans ce silence, il y a, ratatinées, repliées, recroquevillées, les runes, donc aussi les sagas. Alors, le manuscrit original des sagas, monsieur le gouverneur, je doute, je doute qu'on ait le droit de parler d'un manuscrit premier. Il n'y a point d'origine parce que... parce que... il n'y a pas de manuscrit.

Le commandant était suffoqué.

— Je veux croire à un sophisme...

Eggert se frotta le crâne, longtemps, comme pour en extraire des mots.

— Non, monsieur, pas de sophisme mais cela est obscur, je vous l'accorde, et je m'exprime mal. Ma conviction est que les sagas sont partout, comme elles étaient avant que les clercs les consignent. Je vais dire mieux : avant le Christ, le Christ était partout, dans les mers, dans les terres et les astres, il était l'infini ou l'indifférencié, comme vous voulez, et puis le Christ de chair apparaît. Il se concentre dans une espèce d'éclair, sous la forme du Fils de l'homme. Et du coup il se retire de son propre infini, il se réduit à cent livres de chair. Et sa mort, monsieur, le Golgotha, la croix, c'est quand il redevient infini. Je veux dire que les sagas cessent d'être au moment précis où les *godar,* sottement, les calligraphient.

— Ah... si je vous accompagne, dit le directeur d'une voix inquiète, le Christ *était* avant sa naissance, il *était* également après son agonie, et entre ces deux moments, il n'*est* pas. Mais alors, monsieur, sa vie réelle, sa vie sur la terre, serait donc le moment précis où, expulsé de l'infini, il a pris congé de sa fonction divine. C'est épouvantable, monsieur Pétursson, vous me poussez au vertige, car enfin c'est justement sur cette période de sa vie sur la terre que toute notre croyance repose, ah ! monsieur, vous accorderez que ces choses-là ne sont pas confortables, vous me donnez bien de la tablature.

— Ce n'est qu'une hypothèse, dit Eggert qui tremblait un peu.

*

Le soir, Eggert poussait sa table sous la fenêtre pour profiter des clartés de la mer et s'obligeait à lire et n'avait pas envie de lire. Les lettres se brouillaient devant ses yeux à mesure de l'ombre. Il les regardait fondre, se dissoudre, il ne les distinguait plus et peut-être ne se reconstitueraient-elles pas le lendemain, avec le jour.

Une fois, vers le mois de mai probablement car les chênes et les ormes qui couronnaient la falaise étaient couverts de feuillages, une fois il constata qu'un ouvrage de théologie était ouvert devant lui et il ne le lisait pas. Il écoutait le bruit de ventouse des vagues, le pétillement des écumes sur les galets. Il ne voyait pas les galets. La théologie l'assommait. Il prit un autre volume mais il ne comprenait pas ce qu'il lisait. Une longue flamme rouge courut sur l'horizon et embrasa la crête des rochers.

Le lendemain, il reprit son livre et considéra les lettres sans même chercher à deviner ce qu'elles racontaient. Elles étaient enchevêtrées. Jadis, elles avaient formé des mots, des phrases, des chapitres mais le vent ou la rumeur des vagues ou les tournis du soleil avaient dérangé leur ordonnance. Il passa des heures à suivre leurs entrelacs et il se rappela Jón Harransson et ses

L'incendie de Copenhague

livres hébreux ou cyrilliques. Il s'éloigna de la fenêtre, s'assit sur sa couche et compta les brins de paille qui feutraient les toiles d'araignée de la petite imposte donnant sur le couloir de la prison.

Il se garda d'avouer au commandant de la citadelle que les livres lui tombaient des mains, comme des détritus. Le brave homme s'en fût affligé. Eggert, déjà, regrettait de lui avoir parlé du Seigneur Christ, l'autre jour. Le lendemain, la femme qui s'occupait de la chambre se présenta comme chaque matin. Elle s'appelait Hannah, Hannah Gress, et Eggert n'avait jamais demandé à Anna Brynhild Reinhadóttir si son prénom s'écrivait avec un H ou non. Hannah Gress était une paysanne jeune dont le visage était simple et son âme était simple. Elle portait un grand tablier dur et riait à tout propos en écrasant sa bouche rouge avec trois doigts pour garder son sérieux, mais c'était un combat douteux car le rire fusait quand même avec des froufrous de volière.

Eggert la pria de ne pas débarrasser la lucarne du couloir de ses toiles d'araignée. Hannah pouffa, plaça ses trois doigts sur la bouche. Elle avait peur que le gouverneur ne lui fasse des gronderies mais Eggert se moqua d'elle et dit que pour une fois il n'avait pas envie de lire et comme la femme s'était appuyée sans mot dire sur son balai, sans que son visage de grosse jeune fille trahît la moindre émotion, il fut rasséréné. Hannah était commode car elle écoutait avec attention et approuvait toujours du menton en frottant ses mains à son tablier.

Chaque matin, il attendait l'arrivée de la femme. Pendant qu'elle nettoyait la cellule, il bavardait. Au bout d'un moment, elle s'asseyait sur un tabouret. Elle prit l'habitude de tricoter, Eggert soliloquait mais

Hannah tricotait avec un art si accompli qu'elle n'avait pas besoin de surveiller ses laines.

— Vous avez perdu une maille ! disait Eggert et Hannah souriait et Eggert eût donné un royaume pour ce sourire.

Hannah eût pu travailler dans le noir. Eggert dit :

— C'est tout à fait comme moi. Je suis si fort pour lire que je lis dans la nuit.

Et Hannah porta un doigt à sa tempe pour dire qu'il était un peu lunatique.

Eggert dit :

— Je pourrais lire sans livre.

La jeune femme posa avec soin son ouvrage sur la paillasse. Elle semblait découragée. Aussi Eggert lui expliqua que tous les livres sont remplis de mots et Hannah fixa la fenêtre, comme pour déchiffrer dans la lumière livide de la chambre les mots que le docteur venait de prononcer. Eggert suivit machinalement le regard de la jeune femme puis il tourna les yeux vers la mer et se demanda s'il ne cherchait pas la trace, lui aussi, de ses propres paroles et il porta la main à la tempe, comme l'avait fait Hannah car il se sentait un peu bizarre, en effet. La femme rit par solidarité. Elle ferma les yeux, comme si elle avait fini un chapitre et Eggert dit que toutes les chroniques souffraient du même travers. Elles étaient encombrées de mots. Les mots grouillaient comme des crabes dans leurs rochers, est-ce que Hannah n'était pas de cet avis ?

— Comme des crabes, confirma Hannah.

Elle était conciliante. Eggert ajouta que l'inconvénient, c'est que tous ces mots font du vacarme.

— Il faudrait en supprimer beaucoup, murmura-t-il. On ne laisserait que les mots qui ne font pas de bruit, ou bien à peine un petit bruit, le bruit d'une neige, pas davantage. Est-ce que vous avez remarqué, Hannah, que certains mots ne font pas plus de bruit qu'un flocon de neige ? Presque rien... Est-ce qu'on peut même parler de bruit ? Le début du bruit...

Pour une fois, Hannah éleva une objection. Sur les mots, elle était sans opinion, mais pour la neige, elle estimait que la neige ne fait pas de bruit. Parfois, il y a du tintamarre mais c'est la faute du vent, pas de la neige. Eggert dit :

— Peut-être.

Hannah plaça ses trois doigts en travers de ses lèvres, en silence cependant, car à présent, elle économisait son rire, elle se contentait de faire le signe du rire et Eggert, le soir, se sentit seul et regarda le golfe, les barques amarrées le long du quai, le bulbe verdâtre, vert-de-gris plutôt, du beffroi et le toit rouge des maisons luisait encore après que la nuit était venue. Dans le beffroi, on apercevait des fenêtres. Quelqu'un se promenait avec sa chandelle car les petits carreaux s'éclairaient et s'éteignaient et Eggert était bien et ce lieu était doux.

Les journées se ressemblèrent. Elles se suivaient docilement. Elles se remplaçaient comme les figures d'une ronde d'enfants, comme les années, elles se noyaient les unes dans les autres, elles étaient des bonnes à rien puisque toutes les journées composaient une même journée inerte et « comment mourir ? » dit-il le lendemain à Hannah. Hannah écarquilla des yeux incrédules et dit « Comment mourir ? ».

Le matin, le soleil peignait les ombres du beffroi, de l'église, les toits du village puis il éveillait le fond de la baie et à midi la clarté était si violente que les bateaux devenaient noirs et finissaient par se dissoudre comme des moucherons dans un feu. On devait patienter jusqu'au soir avant de les voir resurgir, à l'autre bout de

L'incendie de Copenhague

la baie, dans le remuement des vagues mais ils étaient alourdis par le poids de leurs prises et avançaient lentement, si bien que les eaux, violettes alors, étaient visqueuses et même dures.

Chaque jour se succédaient des gestes et des bruits, le claquement des sabots des gardiens, le cliquetis de leurs gros trousseaux de clefs dans le couloir, le repas de poisson et de pommes de terre, une visite effarouchée de l'ami des muses, une promenade dans la cour avec des jeunes hommes patibulaires mais Eggert les aimait bien, les conversations avec Hannah, le tintement allègre des carillons du village, la soupe du soir avec un gros morceau de pain trempé.

Eggert goûtait ces monotonies. Les après-midi coulaient comme on caresse les oreilles des chats, sans y penser. Le tohu-bohu des choses expirait au pied de la forteresse. Le dessin de la baie, de la falaise, marquait les frontières du monde et pourtant, non, pensait Eggert quand les mois eurent passé, non, il n'était pas vrai que les jours fussent les mêmes. Chaque réveil était sans comparaison et chaque goutte de la mer était différente de toutes les autres gouttes si on l'examinait sous la lentille d'une de ces machines que l'Italie avait imaginées. Jón Harransson possédait une de ces machines et Hannah confirma que toutes les gouttes sont différentes.

Au milieu du mois d'avril, les enfants attendirent devant la porte de l'école, c'était une petite construction jaune qui devait servir également d'étable et Eggert, qui avait besoin de se distraire, se persuada que les vaches et les chèvres, les chèvres surtout, qui paissaient autour du bâtiment avaient des têtes d'érudits. Le maître d'école était absent et les enfants partirent en se chamaillant le long de la grève. Ils piaillaient sans

L'incendie de Copenhague

doute mais la mer était agitée et faisait plus de boucan qu'eux.

Le maître d'école revint le lendemain emmitouflé dans une grande écharpe blanche. Des artisans construisaient une maison de bois à l'extrémité du quai. Des bandes d'oiseaux s'élevaient tout d'un coup au-dessus de la falaise, on aurait dit des plumes, des paresseuses, voluptueuses plumes, mais ils tombaient soudain dans la mer, ils étaient étourdis et chaque jour était unique et irremplaçable, et Eggert regrettait la quiétude des premières semaines, il avait tellement aimé que les matins et les crépuscules fussent égaux et maintenant ils ne se ressemblaient plus et tout parlait de la vie et du déclin de la vie.

Un enterrement fut célébré. Eggert se demanda quel corps, parmi les corps des villageois, était empaqueté dans la carriole qui s'en allait vers l'ouest, même pas vers un cimetière car on n'apercevait dans la lucarne ni sépulture ni croix celtique ni gazon, et le corps défunt cahotait vers le soir, il serait inhumé dans les beautés du soir.

Un autre souci tarabusta le détenu car, dans la bourgade, un homme jeune, étranger à coup sûr ou bien nouveau venu, qui portait une casquette à galons rouges et une vareuse de matelot allait faire ses emplettes, chaque matin, dans la boutique de la grande place, à côté de la maison du bailli et un peu plus tard il revenait, puis une jeune fille le rejoignait. Les deux jeunes gens se rencontrèrent de plus en plus régulièrement mais ils étaient effarouchés l'un autant que l'autre. Le garçon fumait sa pipe et tripotait sa casquette noir et rouge et la demoiselle allait tête basse en regardant ses chaussures. Ils étaient jeunes.

Un jour ils s'embrassèrent, ils suivaient un chemin de

L'incendie de Copenhague

sable, non loin de la place, et c'est là, à l'abri de tous les regards, qu'ils s'embrassèrent à petits coups, comme des fauvettes et tout au long du printemps le prisonnier s'inquiéta si les deux enfants réussiraient à s'unir un peu sérieusement avant que son temps d'enfermement soit écoulé et s'aimeraient-ils encore, une fois que le regard d'Eggert les aurait libérés et Eggert se dit qu'ils étaient sous sa protection ou bien sous sa loi et ne retourneraient-ils pas à leur solitude, à leur détresse, à leur délaissement si Eggert ne les surveillait plus, mais les deux jeunes gens, depuis qu'ils avaient découvert le chemin de sable, mettaient les bouchées doubles et la semaine suivante, ils se dirigèrent vers la petite forêt qui couronnait la falaise et qui était vert et blanc à cette saison et pleine de frissons le soir.

Avec la nuit, Eggert les perdit de vue mais le lendemain soir, quand ils reprirent la route de la falaise, il fut persuadé qu'ils allaient s'aimer car la jeune fille dansait en marchant et faisait tourner quelque chose ou bien un panier autour d'elle, et le garçon ne fumait pas la pipe. Eggert dit à Hannah que les oiseaux de la mer n'étaient jamais les mêmes et Hannah, comme chaque fois qu'une idée lui plaisait, leva le nez et déchiffra les mots qu'Eggert, dans l'air reposé de la cellule, avait abandonnés et elle ramassa son tricot.

Le commandant de la forteresse fit savoir à son illustre prisonnier que le cornette Jørgen Bodelsen avait reçu de la chancellerie une autorisation de visite. Il se courba et ajouta avec confusion :

— Toutefois, docteur, le règlement est le règlement. Je le regrette. J'en suis l'otage moi-même. Une heure, c'est tout, et les gardiens le raccompagneront.

Eggert ne se tint pas de joie. Il eut peur de cette joie. Il avait apprivoisé son infortune. Il s'était bâti un refuge

L'incendie de Copenhague

au grand large des tornades, une île, ou plutôt une autre sorte d'île, il s'était calfeutré dans sa solitude, mais Jørgen s'annonçait avec une escorte de fantômes. La nuit fut longue et Eggert s'endormait à peine quand le fracas des chaînes le réveilla. La porte s'ouvrit. Le cornette s'avança, blond et jeune, une apparition, sanglé dans un justaucorps noir, les bras ouverts comme s'il s'était exercé depuis des mois à embrasser son ami.

Jørgen avait quitté le port de Höfn quinze jours plus tôt. Il avait obtenu de reprendre sa charge de juriste à la direction des armées et il plissa ses yeux si bleus quand Eggert lui parla des demoiselle de la Vindebrogade.

— Elles m'attendaient, dit-il, mais ce n'étaient pas les mêmes demoiselles. C'est le désavantage des demoiselles, ça ne dure pas mais elles sont toutes les mêmes.

— En somme, dit Eggert, vous ne changez jamais de femmes mais ce ne sont jamais les mêmes femmes.

— Et vous, dit Jørgen en montrant les amoncellements de livres, vous n'avez pas changé de plaisirs non plus.

— Je lis, je lis.

— Ça ne vous fatigue pas ? dit Jørgen. Moi, un livre par an, c'est le bout du monde.

— Je pourrais lire tout le temps, dit Eggert, je pourrais lire mille livres, cent mille livres.

Le cornette apportait des nouvelles de l'Islande. Le gouverneur Unquist était décédé, quelques jours après le procès, mort de consomption, mais son successeur n'avait passé que quelques jours à Bessastadir car il préférait résider à Copenhague et le souverain ne s'était pas opposé à ce souhait qui, probablement, lui agréait. Eggert demanda si Greta Sorrenssondóttir avait l'intention de s'incruster dans le palais du gouvernement et

L'incendie de Copenhague

Jørgen ne savait pas mais peut-être la belle Greta allait-elle se chiffonner et se rider comme l'avait fait la baronne Blexen et dans soixante ans on la découvrirait, menue et noire et effarée, avec de minces lèvres violettes et des bourrelets sous le menton, tapie dans une encoignure du bâtiment.

Autres nouvelles : Vieux Gunnarr avait repris son bâton de vagabond. Jørgen l'avait croisé dans une taverne d'Eyrarbakki où il enseignait les règles de la prosodie latine à un auditoire de poivrots et de mégères. Il était dépenaillé et d'une gaieté assourdissante. Il faisait plus de bruit qu'une meute de chiens. Eggert dit que le gouverneur Unquist n'était pas un méchant homme. Il était nonchalant, prétentieux, égoïste mais ce n'était pas un méchant homme.

— C'était une poupée de son, dit Jørgen avec mépris. Greta Sorrenssondóttir le faisait tournoyer. Même ses amours, c'est elle qui les gouvernait. Il était chaste ou libertin, gentil ou bien méchant, sur commandement de sa femme.

— Vous croyez que Greta est une femme méchante ?

Jørgen fut interdit car la voix d'Eggert chevrotait. Il dévisagea le bibliothécaire avec inquiétude.

— Greta ? Vous voulez dire que Greta a tout manigancé ?

— Non, je ne veux pas dire ça, dit Eggert.

— Vous pensez à cette Anna Brynhild Reinhadóttir ?... Tout de même !

— Je ne pense à personne. Je vais vous expliquer. Je veux bien que des hommes, des femmes aient mis leurs doigts dans les rouages mais non, non... Vous n'allez tout de même pas croire que Judas a combiné la mort de Jésus ?

— Je ne vous parle pas de Jésus, dit Jørgen. Qu'est-ce que vient faire Jésus ? Vieux Gunnarr vous aura contaminé, monsieur Pétursson.

Eggert laissa passer un silence.

— Je ne sais pas ce qui me prend, dit-il d'une voix sérieuse. En ce moment, c'est vrai, je pense souvent au Christ, la mer, l'isolement... Vous avez lu l'Evangile de Jean. Le Seigneur, le soir de la Cène, le Seigneur fourre un morceau de pain dans la bouche de Judas et il crie : « Et maintenant, va, fais ce que tu as à faire. » Vous vous rappelez ?

— Et ça veut dire ?

— C'est la parole la plus affreuse, la plus mystérieuse qui ait jamais été prononcée parce que vous savez ce qu'elle annonce ? Elle annonce que Judas, eh bien, Judas c'est Jésus. Elle proclame, oui, Jørgen, je suis un peu énervé, mais convenez... elle dit que Judas et Jésus, c'est le même homme. Le même Dieu. Et c'est très cruel.

— Ça y est, cria Jørgen. Vous allez me parler du destin, des Nornes ? Vous lisez trop, Eggert.

— Le destin ? Quel enfantillage, Jørgen ! Le destin, c'est bon pour les dieux : Thor est soumis aux lois fatidiques, le Christ Jésus aussi, mais les moucherons, mais vous, mais moi, le hasard s'en sort très bien tout seul, il n'a pas besoin du destin. Le destin, voyez-vous, le destin existe, je vous approuve sur ce point, mais il est sans emploi, il se tourne ses pouces de destin...

Le cornette n'était pas enclin à la philosophie. Il rompit la conversation :

— Après votre arrestation, dit-il, vous avez été enfermé avec un homme qui avait un long manteau bleu, je l'ai vu.

— Oui, dit Eggert. J'ai tout de suite compris que c'était un de nos lascars. C'était un garçon assez gentil, très éveillé même.

L'incendie de Copenhague

— Il savait tout, ce type-là. La mort du gros curé. La cachette des vélins. Le cheval au cou coupé. Tout.

— Vous imaginez bien que j'ai eu l'intention de lui parler... Et puis, vous savez ce que c'est, les jours passent...

— Docteur Eggert, vous êtes resté quinze jours dans cette cabane. Et vous n'aviez rien à faire.

— On dit ça, répondit Eggert, mais justement, c'est quand vous n'avez rien à faire que les jours passent...

Puis l'érudit alla vers la fenêtre et tendit la main entre les barres de fer vers le village qui était propre comme une peinture neuve dans les blondeurs du matin, avec les filets de pêche étendus sur la grève, pleins de brillances, des gouttes d'eau ou bien de minuscules poissons pris dans les mailles. Un homme très âgé qu'Eggert aimait bien tirait une embarcation avec l'aide de deux enfants et cela faisait une trace brune dans le sable.

— Cinq ans, dit Jørgen.

— Vous m'en voulez?

— Le plus difficile c'est de comprendre que cela a duré cinq ans. Nous étions partis pour trois mois, vous vous souvenez? Vous vous souvenez, la taverne du Cochon Noir, vous m'aviez dit trois mois ou cinq ans. Cinq ans...

Eggert dit :

— Ce furent de belles années.

— Ce furent de belles années?

Jørgen s'assit sur l'unique tabouret de la cellule, celui où Hannah avait l'habitude de tricoter. Il posa sa jambe raide sur le lit.

— Nous n'avons pas trouvé beaucoup de parchemins, dit-il.

— Je vous ai raconté cette histoire qui m'est arrivée

L'incendie de Copenhague

dans les archives de Parme ? Vous l'ai-je racontée ? Ma tête se mélange et chacun de nous n'a pas tellement de souvenirs, alors on les rabâche. Comme la baronne Blexen. Ma cervelle s'égare un peu. Ou bien je l'ai racontée au gouverneur Unquist mais c'est pareil, n'est-ce pas ? Nous sommes tous emmêlés, comme un tas de bras et de jambes et de cœurs qui gigotent ensemble et je crois que je remue mon pied quand c'est le vôtre qui bouge, j'ai compris cela, Jørgen, c'est une bouillie. Oui, je deviens comme Mme Margrethe ou bien comme sera Greta dans un demi-siècle. Vous me parlez de tout le monde. Vous ne dites rien de Mme Margrethe.

— Je l'ai vue la veille de mon départ. Elle tenait salon. Elle m'a dit que nous nous reverrions bientôt car elle doit passer l'été à Helsingør. Elle a baissé.

— Le gouverneur pensait qu'elle avait cessé de vieillir depuis belle lurette.

— Ce n'est pas tout à fait exact. Elle a des yeux immenses, un peu comme les chats, vous savez, leurs yeux sont de plus en plus grands à mesure que la nuit arrive.

— La nuit ?

— La nuit.

— Elle va toujours à Helsingør ?

— Elle y va, oui, dit Jørgen. De plus en plus souvent. Elle ne tient plus en place. Parfois, elle passe à Helsingør une journée à peine. Et en plus, elle dit que ces voyages, ça la fatigue ! Elle pleure, aussi, mais c'est bizarre, elle pleure en silence.

— De toute façon, dit Eggert, le gouverneur est décédé. Alors, si c'est à lui que j'ai rapporté l'histoire des cartulaires de Parme, il vaut mieux que je vous la dise, sinon cette histoire, personne ne la connaîtra et moi je peux disparaître... qui sait ?

L'incendie de Copenhague

— Oui, dit Jørgen.
— Ça se passait à Parme. Je déchiffrais des *cartularia* et j'entendais le charivari des mandibules, des insectes qui croquaient les livres, les phrases, les lettres, et je travaillais, croyez-moi, Jørgen, je travaillais comme un Egyptien. C'était une course de vitesse entre les cancrelats et moi, une guerre, nous nous disputions le même papier. Je m'interdisais de dormir parce que si les cancrelats gagnaient, s'ils finissaient avant moi, des textes du Moyen Âge auraient disparu et alors...
— Et alors ?
— Mais, Jørgen, s'il n'y avait pas de bibliothèques, comment voulez-vous que les hommes meurent ? La mort ne serait plus au monde. Voilà comme je vois les choses, Jørgen Bodelsen : les cimetières, c'est comme les librairies. Je me suis dit ça l'autre nuit mais la nuit, on dit n'importe quoi pour que la nuit passe.

Le gardien entra dans la pièce. Le temps était écoulé. Le cornette agrippa sa jambe à pleines mains, la posa à terre et se redressa en brossant du coude son grand chapeau à plumet.

— C'est terrible, dit Eggert.
— Qu'est-ce qui est terrible ?
— C'est terrible.

Eggert accompagna son adjoint jusqu'à la porte et attendit que le pas claudicant s'éloigne dans les couloirs. Il se campa sur son tabouret, face à la mer. Le ciel était grand. La lumière tournait, la lumière coulait et le soleil allait dans le soir. Il ressemblait à ces énormes lunes dorées ou roses qui croisent, dans les crépuscules de l'été, elles sont élimées et mal visibles, un peu de couleur pâle dans le noir, elles sont usées, on croit qu'on voit le vide qui passe de l'autre côté du disque transparent.

L'incendie de Copenhague

Les événements grouillaient. Eggert siégeait sur son tabouret du matin au soir, il ne prenait même plus la peine d'ouvrir un livre, encore moins de faire mine de le lire, il ne lirait plus jamais mais il n'arrivait pas à enregistrer tout ce qui se passait dans le village. Il pensait à ces manèges de papier dont on observe les figurines à travers une fente lumineuse et si on les fait tourner de plus en plus vite, les gestes se précipitent et, à la fin, toutes les images se confondent et il n'y a plus d'images.

Les hommes et les femmes s'aimaient, souffraient, travaillaient ou se réjouissaient et le prisonnier, malgré son acharnement, échouait à tenir le registre de leurs journées. Il les fréquentait de moins en moins. Le maître d'école était souvent absent, malade sûrement, et quand on le voyait, il chancelait, il n'avait pas l'air pressé ; ces maladies, on s'en remet mais ce n'est qu'un sursis.

Les deux amoureux avaient emménagé dans une baraque au fond de la baie mais si loin qu'ils étaient absents, il y avait à parier que la jeune femme attendait un bébé. Un gamin prit en chasse le chat jaune du pasteur et s'efforça de l'écraser à coups de pierres. Il regardait si personne ne le surveillait, il n'avait pas idée que, depuis la prison, on pouvait le surprendre. Des chevaux de labour à gros paturons blancs et jaunes tiraient sur la plage des cargaisons de varech. Hannah dit qu'à partir de novembre, quand les froids arrivaient, on aveuglait la fenêtre avec des volets de bois, c'était ainsi chaque année mais Eggert ne serait plus là en novembre.

Un peu plus tard, Hannah annonça à Eggert que son temps de détention touchait à sa fin. Il n'en avait plus que pour un mois. Le commandant l'avait dit et une

larme roula sur la grosse face épanouie de Hannah. Eggert dit :
— Vous m'excuserez, Hannah. Il ne faut pas m'en vouloir mais si ma peine est achevée...

Hannah fit son rire et Eggert aperçut près de l'église une femme dont la longue robe grise claquait autour de ses jambes, ce qui annonçait les tempêtes de la fin du printemps.

La femme frappa du poing contre la porte du presbytère mais Eggert avait remarqué que le pasteur avait pris la malle-poste deux jours plus tôt et par conséquent, il ne fut pas surpris que la femme se remette en route. Elle avançait en zigzag, à croire qu'elle cherchait les endroits où le vent soufflait moins fort. À cause de ce vent et de cette robe envolée, on pouvait penser qu'elle était pleine d'audace. Elle s'arrêta et se tourna vers la prison mais son visage était caché d'une mantille. Elle leva une main en direction de la citadelle et Eggert demanda à Hannah si elle connaissait cette femme, il ne l'avait jamais vue encore, il ne l'avait jamais vue dans le village et Hannah ne savait pas, elle n'allait jamais dans la prison des femmes qui occupait l'autre aile de la bâtisse.

Les tempêtes grondèrent. Le ciel glissait comme une étoffe précieuse et la mer était folle, avec des jaillissements d'écume, des miaulements d'aigle. Le gouverneur vint solennellement ouvrir la chambre d'Eggert avec deux de ses greffiers. Il forma le vœu de revoir Eggert en des occasions plus réjouissantes car il avait aimé disputer de philosophie avec son hôte et il est très salubre de frotter son intelligence à d'autres intelligences, même et surtout plus déliées. Aurait-il l'honneur d'être reçu par l'érudit à la Bibliothèque royale de Copenhague ?

L'incendie de Copenhague

Eggert expliqua qu'il attendait de la clémence de Sa Majesté une mission à la Bibliothèque vaticane et qu'il localiserait enfin ce *Codex islandorum* qu'il avait traqué en vain pendant des années, en Norvège, en Suède, en Allemagne, en France et à Rome déjà. Il prit son balluchon et se retrouva devant la haute porte de bois de la prison.

Il avait espéré cet instant. Il allait pouvoir toucher les pierres granuleuses du beffroi et vérifier si les paillettes lumineuses dans les filets de pêcheurs étendus sur la grève étaient des gouttes d'eau ou bien des poissons, croiser l'instituteur et le vieil homme à la charrette mais il tourna tout de suite sur la gauche, de manière à éviter le village, et il marcha toute la journée jusqu'à la bourgade voisine où il attendit la malle de Copenhague.

Dans la capitale, il prit pension dans une auberge de la Vester Voldgade qui l'avait abrité quand il étudiait à la Schola Antiquorum. Les patrons étaient morts mais leurs successeurs paraissaient débonnaires. Chaque matin, Eggert se reprochait son oisiveté. Il s'étonnait de ne pas aller au château pour se présenter à l'un des officiers du roi et obtenir son pardon ainsi qu'un ordre de mission pour la Bibliothèque vaticane dont il s'était juré de faire l'inventaire du moindre cafard jusqu'à mettre au jour le *Codex islandorum*.

Il fit la connaissance d'un marin qui attendait d'appareiller pour l'Islande et qui prenait ses repas dans une taverne proche de la pension. Ce marin s'appelait Sigurd. Il était de bonne compagnie, très serviable mais chagrin car il avait une grosse verrue sur le nez depuis quelques mois et il plaisait moins aux femmes, sauf aux femmes publiques mais elles étaient chères et ce n'était pas la même chose. Il ne fit pas de simagrées pour introduire Eggert sur son bateau, moyennant quelques monnaies tout de même, ce qui lui permettrait de gagner les faveurs d'une de ces femmes qui patientaient le soir dans les ruelles proches du port. Il invita Eggert à l'accompagner dans son entreprise mais Eggert était fatigué et puis les femmes ! Par politesse, il présenta ses devoirs à la femme choisie par le marin et il rentra à l'auberge.

Le jour de l'appareillage arriva. La mer était dure. Le vent frappait le rafiot par le travers et Eggert s'était recroquevillé dans sa cale au milieu des sacs de froment. Quand la tornade fut passée, on courut par petite brise sous des ciels calmes et languides mais Eggert eut des malaises car l'air manquait dans la cambuse empuantie d'odeurs de cordages mouillés, d'huile de requin et de céréales gâchées, avec l'odeur aussi de ses propres vomissures, et il passa deux années encore en Islande.

Chapitre XIX

Vieux Gunnarr avait un peu vieilli mais pas trop. Il s'en était assez bien tiré. C'est la récompense des figures fanées. Le temps n'y pose pas. Du reste, il commençait à toucher la monnaie de ses machinations. Il avait apporté tant de zèle, au début de sa vie, à prendre de l'âge qu'à présent il se sentait en mesure de ralentir.

Il caressait un nouveau dessein. Quand il aurait avalé la moitié de sa destinée, vers les quarante ans, il s'exercerait à rajeunir. Il serait le premier humain, annonça-t-il vaniteusement à Eggert, capable de renverser les calendriers. Comme il avait débuté par le grand âge, il contenait une réserve inentamée d'adolescence, il y mordrait à pleines dents.

À son habitude, Vieux Gunnarr guettait l'effet de ses saillies sur son maître qui trottinait à côté de lui, les pieds traînant dans la poussière, sur un cheval assez pessimiste, bridé d'une ficelle et dont les manières étaient bonasses. Eggert laissa courir un instant et approuva. Vieux Gunnarr fit son plongeon en avant, vers le pommeau de la selle. Eggert le rabroua :

— Tu es un ambitieux. Le bon Dieu te punira : les

L'incendie de Copenhague

Puissances n'aiment pas que les hommes tripotent dans le temps.

Et il cita le pape Silvestre II qui avait inventé l'horloge mécanique et ça lui avait fait belle jambe : c'était un nécromant. Vieux Gunnarr dit :
— Et si j'étais un nécromant ?
— Tu es un nécromant ? dit Eggert.
— Comment je le saurais ?
— Tu t'en douterais.

La veille, dès son débarquement à Stykkisholmur, Eggert avait croisé la piste de l'ancien prêtre. La chance l'avait soutenu. La rafiot avait abordé par une nuit étincelante. La bourgade dormait, elle semblait un fantôme. Eggert avait poussé la porte d'une gargote, une espèce d'écurie. Une marchande de poisson lapait un bol de lait de chèvre ou d'eau-de-vie.

Elle avait aperçu Vieux Gunnarr une semaine plus tôt, une semaine ou deux semaines, allez savoir, c'était un troll ce bonhomme-là, et même un vagabond, et les soirées de juin n'avaient pas de fin, les jours étaient entrelacés.

— Et je ne dis rien des nuits, avait-elle continué d'une voix lasse, les nuits, pfft... Tu as même pas le temps de mettre le bonhomme dans ta grange et voilà le jour et tu lèves ton camp... tu vois...

Eggert voyait, mais avec circonspection car la femme avait des bras écaillés et grattait une tignasse de chanvre. Une autre femme, plus avenante et de meilleure cervelle, dit qu'elle avait soif et Eggert fit rouler une pièce de monnaie sur la table. La femme posa la main dessus, prestement, une patte d'épervier, gloussa et donna des nouvelles de Vieux Gunnarr qui faisait le valet dans la ferme du Selarvatn à deux lieues du port. Il remuait le fumier et logeait dans la soue aux cochons mais c'est vrai, il fallait se manier, l'oiseau ne tenait pas en place, peut-être nichait-il déjà ailleurs, à Blönduós, à Akranes, aux enfers.

Le lendemain, une carriole allait du côté du Selarvatn. Eggert fit le trajet à côté d'un panier de pommes de terre et d'un lot de casseroles. À midi, il était devant la ferme. Il s'engagea dans une cour ensoleillée. Vieux Gunnarr gouvernait une petite bande de veaux et de vaches et il râtelait une charretée de foin. Après avoir dévisagé longuement l'arrivant, il s'appuya sur son râteau. Il le prit de très haut :

— Qu'est-ce que tu veux, toi ?

Eggert dit qu'il s'appelait Eggert. Vieux Gunnarr jeta son râteau sur le tas de fumier, fit une volte et lança son bonnet en l'air.

— Docteur ! Merde alors pour Vieux Gunnarr ! Docteur Eggert Pétursson !

Il avait cramponné l'épaule d'Eggert et la malaxait. Il dit :

— Vous êtes pour de vrai !

Eggert expliqua. Il portait des guenilles. Six mois de forteresse n'arrangeaient pas les fanfreluches mais ce n'était pas cela : sa peine était assortie d'une interdiction de séjour en Islande, à moins d'une dérogation royale, et il n'avait pas vu le roi. Aussi il n'avait pas intérêt à tirer la moustache du tigre.

— Chut, ajouta Eggert en faisant le geste de coudre ses lèvres. Tu ne m'as pas vu.

— Chut, dit Vieux Gunnarr. Je ne vous vois pas. Je vous regarde. Je ne vous vois pas. Vous n'existez pas !

— Tu ne crois pas si bien dire. Je n'existe pas puisque personne ne sait où je suis. Mais je n'ai pas regret. Ni vu ni connu. Personne ne se méfiera. Personne ne saura. Nous n'aurons pas toutes les dames

L'incendie de Copenhague

de Bessastadir, tous les évêques de Skálholt, tous les coquins du Kaldidalur à nos trousses chaque fois que nous éternuerons.

— Vous n'allez pas me dire, Excellence...

— Si, Vieux Gunnarr, je vais te dire.

— Vous allez me dire : les parchemins ?

— Tu croyais que je revenais pour voir Vieux Gunnarr dans sa soue aux cochons ?

Vieux Gunnarr lança encore son bonnet en l'air.

— Je comprends, dit-il. Nous avions une mission obscure, l'ennui c'est que tout le monde la connaissait. C'est bête, pour une mission obscure. Et la voilà, la vraie mission obscure ! Coucou, la voilà ! J'aime ça : la meilleure cachette pour une action secrète, c'est une deuxième action secrète : une mission obscure enveloppée dans une mission obscure ! Compliments ! Vous n'êtes pas né de la dernière neige, docteur Pétursson !

Vieux Gunnarr fit sa figure de sac à malice.

— Je vais vous avouer, docteur : depuis six mois, je me presse la tête pour savoir qui a ourdi cette histoire de coucherie avec la Sulamite, pardon, je voulais dire cette histoire d'adultère ! J'ai songé à tout le monde, mon maître. J'ai pensé à Jón Harransson, au gouverneur, à la Sulamite, et même à la très noble Greta Sorrenssondóttir. À dame Björk aussi. Il n'y en a qu'un seul à qui je n'avais pas pensé.

— Un seul ? Tu veux dire que tu n'as pas pensé à toi, Vieux Gunnarr ?

— Bien sûr, j'ai pensé à moi, docteur Eggert. Après tout, je suis une mouche du gouverneur et, par conséquent, la chose n'était pas impossible, mais je me suis bien ausculté et vraiment, non, vraiment, après enquête, je me suis mis hors de cause.

— Alors, dit Pétursson, si ce n'est pas tous ces gens-

L'incendie de Copenhague

là, qui donc m'a conduit au lit de dame Anna Brynhild, contre ma volonté en plus ? Qui donc ? Dis-le à la fin !

Vieux Gunnarr joua avec ses rênes. Il voulait se faire prier mais comme Eggert n'insistait pas, il passa à l'aveu :

— Jamais, mon maître, je n'aurais pensé à vous !

— À moi ?

— Allons, allons ! dit Vieux Gunnarr avec un clin d'œil qu'Eggert trouva détestable, allons, nous sommes dans le même sac, monsieur l'academicus, nous n'allons pas faire des simagrées. Faites plutôt tourner votre jugeote ! Comment j'aurais pu imaginer que vous vous étiez tendu un traquenard à vous-même ? C'est pourquoi je dis : j'admire le travail. Bien joué !

— Tu t'expliques ?

— C'est la première fois que je vois ça : se fourrer soi-même en prison pour s'évader ; cocasse, pour se tirer des flûtes ! Vous voilà invisible. Félicitations, monsieur Pétursson. Et vous avez gaulé la Sulamite au passage et c'est une jolie personne. Vous raflez toute la mise !

Eggert étendit une main devant lui, dans l'espoir de calmer le petit type.

— Vieux Gunnarr, dit-il sévèrement, tu déraisonnes. Qu'est-ce que tu chantes ! C'est ça, ta trouvaille ? Je me suis surpris moi-même en délit d'adultère ? Je vais te dire, Vieux Gunnarr : tu sais qui a cassé le crâne du pasteur Todor ? Tu sais qui a tué le pasteur ? C'est le pasteur lui-même, mon vieux, pour brouiller les pistes...

— Monsieur le docteur plaisante, dit Vieux Gunnarr outré de tant de légèreté, pauvre Todor ! Il était bien trop bête pour concevoir le plan que vous dites !

— Eh bien moi, Vieux Gunnarr, je suis comme le pasteur. Trop bête pour me surprendre moi-même en délit d'adultère ! Si, si, j'insiste : je ne me suis même pas

L'incendie de Copenhague

rendu compte que je m'étais moi-même mis la main au collet...

— Et alors, dit Vieux Gunnarr avec conviction, qu'est-ce que ça change ?

C'est à ce moment-là que l'ancien prêtre, soulevé de plaisir, avait expliqué au docteur Pétursson son nouveau programme et qu'il avait le projet de rajeunir.

— Donnant, donnant, avait-il dit. J'échange une vieillesse contre une jeunesse, mon maître. C'est pour ça que je me suis planqué, que je me suis enseveli dans cette ferme. Oserais-je évoquer le prince des poètes, j'ai nommé Orphée, et qu'est-ce qu'il fait, Orphée ? Avant les musiques divines, une retraite sous la terre ! Ça facilite le boulot !

Eggert avait du mal à suivre. Vieux Gunnarr précisa alors que le pauvre Job vivait dans une soue à cochons, lui aussi, avec même des tessons de verre sous les fesses, et ça ne l'avait pas empêché de s'introduire dans la Bible. Voilà son truc : il s'abaisse pour triompher, Job.

— Peu importe, conclut-il. Je suis votre homme. En route !

Ils se procurèrent deux chevaux sans apparence ni charme mais compréhensifs, un vieux plutôt guilleret mais parfois sur l'œil, un jeune plutôt décoloré. Vieux Gunnarr les avait caressés dans un pré, leur avait raconté des histoires, les bêtes étaient sensibles. Eggert ne goûtait pas ces façons de malandrin mais pour Vieux Gunnarr, il n'y avait pas vol. Les chevaux lui portaient de l'amitié, il n'allait pas les décevoir. D'ailleurs, quand Balaan avait passé le licol à son âne... et Eggert dit :

— Oui, oui, Vieux Gunnarr, Balaan...

La campagne était un charme à cause des fleurs et des couleurs, une campagne en émail, et Vieux Gunnarr faisait danser son vieux cheval. Il était plein de

L'incendie de Copenhague

souvenirs. Il racontait la traque des hommes aux longs manteaux bleus, la tête et le sang du cheval d'infamie, les gronderies et les sarcasmes du cornette Jørgen Bodelsen, ses fraîcheurs aussi, les pleurnicheries des négociants de Höfn le jour où les assesseurs avaient flanqué à la mer les tonneaux de froment moisi et la vallée inondée avec ce chien noir qui nageait comme un malheureux pour rassembler son troupeau de moutons noyés.

Il n'épargnait aucune péripétie, si bien qu'Eggert doutait parfois si tout cela avait eu lieu ou bien si c'était le produit des rêves, des solitudes et des délires de Vieux Gunnarr car enfin, demanda l'érudit, pourquoi faire la chronique de ces aventures si on les avait réellement vécues ?

— Ah, expliqua patiemment Vieux Gunnarr, Homère ressasse bien la guerre de Troie. Est-ce que ça signifie que la guerre de Troie n'a pas eu lieu ? C'est le contraire, docteur Pétursson : c'est parce que Homère la raconte qu'elle a eu lieu. Et la religion de Christ, eh bien, elle n'existerait pas sans les Évangiles ! Sans les Évangiles, nous serions des païens, voilà ! Ergo, c'est parce que je vous remémore le cheval au cou coupé que ce cheval a eu le cou coupé. Vous me l'accorderez ! Et le roi David, est-ce qu'il aurait épousé la fille de Saül si les Écritures...

— Oui, oui, le roi David... mais, Vieux Gunnarr, tout ce que tu baragouines, je connais tout ça par cœur. J'étais là aux Aiglefins, et j'étais là quand les longs manteaux nous canardaient, mon vieux, et quand le gros curé s'est fait briser le crâne, tu te rappelles que j'étais là. Tu ne vas pas me raconter ma vie.

— Et pourquoi je ne la raconterais pas, monsieur ?

— Mais je te le dis : puisque j'étais là.

L'incendie de Copenhague

— Il y a des choses, dit Vieux Gunnarr en se rengorgeant, que j'ai faites, et ça s'est envolé de mon crâne, d'accord ? On ne peut pas tout se rappeler, les cervelles exploseraient. Mais voyez combien les dieux sont avisés. Ils ont tout prévu : ces épisodes que j'ai oubliés, eh bien, peut-être que quelqu'un d'autre se les rappelle. La mémoire, mon maître, ma mémoire est entreposée un peu partout, un peu dans ma tête mais aussi dans cent autres têtes... Quand le Blanc Christ dit : « Aimez-vous les uns les autres », c'est bien cela qu'il veut signifier, il signifie : vous êtes les autres...

— Tu as raison, Vieux Gunnarr, tu as raison, je te donne quitus une fois pour toutes. Même si tu me disais que nous sommes aux Indes occidentales, je dirais que tu as raison, mais en attendant tu la boucles. Tu la boucles parce que je n'ai pas envie de me mélanger avec toi : mes souvenirs sont dans ma tête. Et si quelques-uns se sont échappés pour tomber par exemple dans ta tête à toi, eh bien, je les plains, ces souvenirs, ils auraient pu trouver un meilleur logis, et de toute façon, même si tu possèdes quelques-uns de mes souvenirs, tu les gardes pour toi... Moi, tu sais, les souvenirs...

Vieux Gunnarr baissa le nez. Il avait de la peine. Il aimait bien repenser à cette période qui lui avait beaucoup plu, mais à qui eût-il pu s'en ouvrir ? Le cornette, les palefreniers, les scribes, tous avaient pris le large et même la Sulamite, et même le pasteur Todor, et même les hommes aux longs manteaux. Il ne restait plus que le docteur Pétursson.

Certes, Vieux Gunnarr ne pouvait pas nier que ces histoires étaient aussi celles de Pétursson et qu'il était inutile, par conséquent, de les lui repasser sous le nez sans arrêt, c'était un désavantage, Vieux Gunnarr en avait conscience, mais la perfection n'est pas au monde.

Pourtant, puisque le professeur était hostile au passé, Vieux Gunnarr promit de se mieux contrôler. Il se tairait.

— Tu te tairas ? dit Eggert d'une voix méfiante.

— Je me tairai, oui, docteur, j'en prends l'engagement solennel et je n'ai qu'une parole. Je me tairai de temps en temps.

De ce jour, Vieux Gunnarr se surveilla mais il adopta une autre tactique. Sous le couvert de chercher les parchemins, il poussait sournoisement son cheval sur les sentiers que la petite bande avait arpentés les années précédentes. Au lieu de remâcher ses souvenirs, il les visitait et même il les mettait en scène, comme les pèlerinages, chaque année, pensa Eggert quand il s'en rendit compte, reproduisent le Golgotha ou l'Ascension, parce que, songea encore l'érudit, les hommes ne peuvent pas vivre sans mémoire.

Les mêmes combes et les mêmes torrents, les anciens escarpements et les vieilles gorges défilaient. Vieux Gunnarr faisait étape, le soir, comme par hasard, dans les masures ou sous les avancées de rochers qui les avaient abrités naguère. Le matin, il se débarbouillait dans les mares où le cornette Bodelsen s'était miré cinq saisons, dix saisons plus tôt.

Comme il était scrupuleux, il ne patrouillait, dans cette fin de l'été 1706 puis dans les rousseurs de l'automne et dans les neiges crissantes de décembre et dans les onctueuses neiges de février, il ne patrouillait que dans les landes ou les grèves ou les gorges qu'ils avaient hantées au cours des automnes ou des hivers 1702 ou bien 1703 ou bien 1704, ou bien 1705, réservant pour plus tard les régions qu'ils avaient explorées dans les printemps et les étés en allés, les réservant pour le moment des fleurs et de l'exubérance des oiseaux, et heureux encore, avait grondé Eggert quand il avait décelé les ruses du bonhomme, heureux que le vieux pantin ne se mît pas en tête de susciter des brigands mais Vieux Gunnarr arrêta net sa bête, noya son regard dans les lointains et objecta qu'à la rigueur il pourrait recruter une compagnie de coquins car l'Islande était farcie de coquins mais comment se fournir en longs manteaux, surtout de couleur bleue, et en pétoires de la guerre de Trente Ans ?

Vieux Gunnarr adjura le docteur Pétursson de montrer un peu d'indulgence : on ne pouvait reconstituer que le brouillon, ou les vestiges ou les décrépitudes de ce qui avait été mais en aucun cas le passé lui-même, ne serait-ce qu'à cause de l'absence du cornette Bodelsen et parce que le gros Todor était sous la terre, avec sa tête d'œuf de cygne, de sorte que Vieux Gunnarr, n'en déplaise au docteur Pétursson, et au déni de toute apparence, repassait par les mêmes chemins moins pour renflouer le passé que pour attester que le passé était vraiment défunt comme le précise Horace avec son *Carpe diem* et le docteur Pétursson, qui avait l'impression irréelle et un peu énervante de poursuivre ce matin-là, dans les collines enneigées de février, la discussion qui l'avait opposé, combien d'années plus tôt, au coadjuteur de Skálholt, à ce Mgr Halldór Arsson, le jour où la baronne Blexen avait raconté l'invraisemblable histoire de cet homme qui avait coupé la tête de son frère ou même sa propre tête afin d'entrer en propriété d'un rocher fréquenté par les pétrels, le docteur Pétursson donc répondit que non, répondit que le passé n'est jamais mort et même que le passé n'est probablement jamais passé, dans la mesure où le passé est déjà passé quand il advient.

L'hiver se prolongeait avec des neiges rapides,

aériennes, puis lourdes comme le plomb. La nuit gagnait et le désert gagnait. La quête des vélins devenait une manie, une activité que l'on pratiquait par devoir ou par inertie, alors que le docteur Pétursson savait bien qu'il n'y avait pas de vélins, en dépit de l'étrange renflouement de deux feuilles de *Njáll le Brûlé*, peut-être apocryphes, si rusées semblaient Greta, Björk, Anna Brynhild et Margrethe, et les sagas elles-mêmes, qui pouvait jurer que les sagas avaient jamais été gribouillées ?

Pétursson, un soir triste, se compara à ces canards à qui les paysannes tranchent le col et qui sont si écervelés, c'est le cas de le dire, qu'ils ne s'en rendent pas compte et qu'ils s'obstinent à marcher dans la cuisine enduite de leur propre sang, mais Vieux Gunnarr n'aima pas que le docteur tourne à moquerie leur aventure, surtout dans un crépuscule, et surtout au plein de l'hiver, au milieu de ces neiges qui étaient elles-mêmes pareilles à d'indomptables souvenirs, et il supplia son maître de lui faire confiance car il avait son idée pour mettre la main sur le dépôt sacré.

Eggert était entortillé dans ses capotes pour lutter contre le froid pénétrant et il dit :

— Tu as encore une idée, Vieux Gunnarr ? Mais où est-ce que tu vas les dénicher, toutes ces idées ?

Vieux Gunnarr se vexa et il remisa son idée mais il ne la sacrifia pas et il fit allusion à elle tout au long de cette fin d'hiver blanchâtre, au long du printemps, puis dans la beauté des midis de juillet, dans les champs de myrtilles d'août, et encore dans les boues puantes d'un nouvel automne mais il ne la délivra, cette idée, qu'après les pluies, et même après les neiges, ou plus exactement à la fin des neiges de février, une après-midi, après avoir fait griller un lapin sur un feu de bois flotté, dans la côte de l'Homme-Mort, non loin de la tête coupée et pourrie aujourd'hui du cheval.

— Sans prétention, dit Vieux Gunnarr en plantant les dents dans la cuisse du lapin, les études de théologie et de philosophie, les lectures des livres saints surtout ont fait tomber beaucoup d'écailles de mes yeux. Ce n'est pas à vous, monsieur Pétursson, que je vais dévoiler les mystères de la lecture.

— Dévoile, soupira Eggert en se réchauffant d'un peu d'eau-de-vie.

— La lecture, docteur Pétursson... Je prétends, moi, ici présent, ancien élève de Skálholt, qu'il n'est point d'objet, sur la vaste terre de Dieu et des anges, capable de rivaliser avec un in-folio. Et je vous soumets une question : quelle est la différence entre la vie et les livres ? Et si vous me dites que la vie est tissue de réalité et les livres de mots, moi je réponds : non.

— Non ? dit Eggert.

— Non.

— Tant pis, dit Eggert.

On leva le bivouac mais Vieux Gunnarr s'obstinait. Il tripota les oreilles de son cheval afin de l'exciter car la pente était forte, on arrivait au col.

— Je vais vous mettre un pied à l'étrier, dit Vieux Gunnarr. La vie, vous ne la rattrapez pas quand elle a filé. Une journée échue, vous ne la rembobinez pas.

— Ah bon ! dit Eggert.

Et ils avaient basculé de l'autre côté du col, dévalé un champ de rocailles et Vieux Gunnarr retenait sa vieille bête dans les escarpements car elle avait tendance à gambader et à semer celle d'Eggert dont la paresse et la désinvolture augmentaient de jour en jour, à croire, avait dit Eggert au commencement de l'été précédent, un jour de soleil miséricordieux, à croire que la gaieté grandissante du cheval chenu de Vieux Gunnarr et son ardeur redoublaient la paresse du jeune et nostalgique bidet de Pétursson.

— Mais, avait repris Vieux Gunnarr une fois arrivé au pied de la falaise, le livre, c'est autre chose. Le livre, quand vous l'avez lu, vous pouvez le rouvrir à n'importe quelle page, il se remet en marche comme un brave mulet quand vous le tirez de son écurie et vous pouvez relire ce que vous avez déjà lu. Voilà. Il n'y a pas d'énigme. Pour le livre, le passé n'est jamais passé, jamais mort ni enterré.

— L'autre jour, tu disais le contraire, dit Eggert. Tu disais que le passé est passé.

— Mais l'autre jour, c'est du passé déjà.

— Justement.

— Ah oui... Je m'embrouille, vous avez mis le doigt sur la plaie, mais ne comptez pas sur moi pour ne pas me contredire, docteur, le monde est plein d'incompatibles. J'examinerai votre argument mais aujourd'hui, nous avons le couteau dans la gorge et je passe. Notez ceci, mon prince.

— Je ne suis pas un prince. Ou bien les princes ont mal au cul quand ils vont à cheval...

— Patience... Nous allons nous arrêter. Patience. Il y a une cabane à deux portées de fusil. J'ai juste le temps d'achever ma démonstration. Notez ceci, mon prince. Il n'y a pas de bons livres et de mauvais livres. Il y a des livres, c'est tout. Tous les livres se valent et tous ils sont pareils. I-den-ti-ques ! Quelques-uns prétendent que certains livres enferment des vérités ou des beautés alors que d'autres sont médiocres. Et moi, je dis non ! Tous les livres sont les mêmes. Tous les livres sont illisibles car je prétends qu'il n'y a qu'un seul livre. Et j'ajoute : ignorants, mauvais lecteurs, lecteurs pédants et lecteurs cuistres ! Non. Le propre du livre, la grande merveille, c'est que vous pouvez le rouvrir, comme je l'ai dit, à n'importe quelle page. Telle est la spécialité du livre.

— Et qu'est-ce que tu veux que je fasse de cette spécialité ?

Vieux Gunnarr porta son cheval à la hauteur d'Eggert. Il se pencha sur sa selle et chuchota dans l'oreille de l'assesseur, les yeux en éveil, d'une voix imperceptible, comme s'il avait craint d'éventer sa trouvaille, comme si la faible brise qui rebroussait les neiges avait pu emporter son secret.

— Ma découverte ? Je m'emploie à user de la vie comme on use du livre. Ma tactique consiste à feuilleter ma propre existence, mon propre destin, comme on feuillette un *volumen*, à ouvrir ma vie à une page quelconque et à relire cette page. L'autre jour, docteur, vous avez prétendu que je vous cassais la tête en remâchant nos anciennes aventures mais quand je fais ça, savez-vous ce que je fais, docteur ?

— Quand tu fais ça, Vieux Gunnarr, tu m'ennuies !

— Vous n'y êtes pas. Je dois une fois de plus vous aiguiller : quand je fais ça, docteur, je cherche la page.

Vieux Gunnarr bomba le torse. Son aplomb crispait Eggert qui n'avait pas franchi les mers, couché avec une femme, choisi la condition de gueux et risqué une nouvelle prison pour se nourrir des fadaises d'un prêtre déchu. Il avait joué son honneur et sa vie pour mettre au jour des parchemins, non pour ressasser monotonement ce qui avait eu lieu et qui était aboli.

— Car c'est aboli, vociféra Eggert d'une voix éraillée.

Il était dressé sur ses étriers, très grand et très cassé, et il interpellait moins Vieux Gunnarr que les monticules luisants, ourlés de rose à cette heure du soir, qui gonflaient la plaine des landes noires.

— Monsieur le réciteur des lois sort de son humeur, dit dédaigneusement Vieux Gunnarr.

— Je te dis que c'est aboli, Gunnarr, Vieux Gunnarr, c'est du rien, hurlait Eggert. C'est perdu, tombé dans la trappe et c'est mort. La mort est morte, Vieux Gunnarr, comme est mort le présent, mort comme Harald à la belle chevelure et mort comme Njáll le Brûlé, comme les scaldes et comme les veaux et comme les scribes, et comme cet instant-ci, toi et moi, à pousser nos bidets dans les caillasses, c'est du néant aussi car le présent est déjà révolu, alors tes vélins, mon pauvre ami, tes vélins...

Vieux Gunnarr estima que les hurlements de son maître appelaient une halte. Il tira sur la bride. Il se tassa sur la selle puis il battit l'air de la main, comme pour purger cette émouvante soirée de fin d'hiver des plaintes d'Eggert.

— Quand je ressasse, dit-il en détachant les syllabes comme on s'adresse à un élève attachant mais mal doué, quand je ressasse, je veux dire quand je repasse par les mêmes sentiers, autant vous mettre dans le secret à présent, je cherche la page. Si vous avez perdu votre chemin, qu'est-ce que vous faites ? Vous rebroussez chemin jusqu'au dernier embranchement et vous prenez la route que vous aviez délaissée. Irréfutable !

— Où tu veux en venir ?

— Et si vous relisez une page que vous avez déjà lue, vous remarquez toujours des idées qui vous avaient échappé la première fois. Ergo, dans ces années que nous avons partagées, avec le cornette Jørgen et tous vos gens, il y a des pages que nous avons lues en sautant des mots. Dix fois, nous avons frôlé le magot, je le

L'incendie de Copenhague

sentais, ce magot, comme on sent le sein d'une femme sous la chemise. Dix fois, nous avons caressé le trésor mais nous avons manqué une ligne, un mot ou même une virgule, ça suffit, une virgule, et nous avons tout compris de travers et c'est pour ça que nous avons fait buisson creux et c'est pour ça que nous avons le devoir, vous et moi, les deux rescapés, ou peut-être les deux naufragés, de chercher la page, de la relire, de renflouer les mots, ou le mot, ou la virgule que nous avons sautée...

— Il y a beaucoup de pages. Il y a des millions de virgules.

— Docteur, il y a une page entre les pages... Nous l'avons déjà arpentée, cette plaine, nous avons déjà contourné ces gros rochers noirs, vous les aviez comparés à des tortues ou à des baleines échouées, et ensuite ?

— Ensuite, rien !

— Ensuite, une cuvette bien cultivée et au milieu de cette cuvette, une rivière et le domaine des Aiglefins, il est vrai que c'était la belle saison, c'était la fin de la belle saison, et maintenant il fait froid.

Eggert se raidit.

— Tu n'as tout de même pas l'intention de me traîner chez Jón Harransson !

Vieux Gunnarr fit pivoter son cheval à petits coups de talon dans le ventre tout en travaillant les rênes.

— Bien, docteur, dit-il sèchement, je n'insiste pas. Nous rebroussons chemin. Bien ! Je ne me vexe pas. Je suis déçu, c'est tout. J'abandonne. Voyez, mon cheval est comme moi, il abandonne, il a déjà tourné bride. Nous rentrons. Nous ne repérerons jamais les vélins. Nous n'honorerons pas les patentes du roi Frédérik IV. Nous n'accomplirons jamais la mission obscure. Nous n'irons pas aux Aiglefins mais vous vous mordrez les doigts, monsieur Pétursson. La page que nous avons mal lue, je peux vous le dire, à présent que « les temps sont venus », c'est Jón Harransson.

— Tu sais ça, toi ?

— C'est Jón Harransson mais n'en parlons plus : on caille sur nos bidets. Voilà la cabane. On va un peu dormir. J'aurai tout fait pour retrouver les vélins mais j'ai compris, j'ai compris, vous ne voulez pas mettre la main sur les vélins. Vous ne croyez plus aux vélins. Vous ne croyez pas que des *godar* ou les clercs du XIIe siècle ont calligraphié des sagas. Une chose m'épouvante, monsieur : je me demande si vous y avez jamais cru.

— J'y ai cru, Vieux Gunnarr, et j'y crois encore.

— À la bonne heure mais c'est encore pire parce que je vais vous dire, monsieur Pétursson : vous avez peur !

— Je n'ai pas peur de Jón Harransson, crois-moi.

— Non, docteur Pétursson, vous n'avez pas peur de maître Harransson. Vous avez peur de retrouver les vélins !

Eggert chercha le sommeil. Il était mal à l'aise. À l'aube, de rares flocons de neige tournoyaient, la dernière neige de l'hiver sans doute et, après tout, ils avaient tout le temps puisqu'ils trottaient au hasard et que personne ne les poursuivait et qu'ils n'avaient plus rien à faire puisque les vélins... il suffisait de se dire que le hasard les menait chez Jón Harransson... Vieux Gunnarr ne fut pas surpris. Il coupa une tige de saule et cingla les flancs de son cheval.

Au début de l'après-midi, ils aperçurent le domaine des Aiglefins, tout à fait semblable, à travers cette petite neige, à un dessin dont l'encre eût bavé parce que le papier était un peu mouillé, le bois de bouleaux et de

L'incendie de Copenhague

chênes, une troupe de jars, le bâtiment de la forge et la grande et noble maison de pierres roussâtres. Le chef des gardiens les reconnut et les fit entrer dans le grand hall où l'on avait sans doute fait brûler des branches de genévrier car l'odeur était agréable.

Le gardien passa une tenue de majordome et les introduisit dans la chambre de Jón Harransson qui était dans un fauteuil à tapisserie, au milieu du même bric-à-brac, sabliers, télescope, poussières, mêmes chiffons et mêmes in-folio, mêmes ombres.

Chapitre XX

Dans ces ombres, Jón Harransson observait son échiquier d'un œil soucieux. Il était silencieux, sans un mouvement, avec à peine un froissement des sourcils, histoire de dire qu'il savait qu'un étranger entrait dans sa chambre. Le menton calé dans les deux mains, il semblait moins occupé de pousser une pièce que de surveiller les frasques des éléphants, des fous et des pions.

Il était vêtu à son ordinaire, d'une robe d'apothicaire, mais son bonnet de nuit avait évolué. Le pompon était cramoisi et il réclama un peu de respect car, commenta-t-il sans tourner la tête, il attaquait l'épilogue de la bataille.

— C'est un duel au dernier sang, mettez-vous à ma place : je n'ai pas d'adversaire et je connais très mal les règles du jeu, alors, si je ne suis pas à l'affût, j'inclinerai à la triche.

Il se massa les yeux du pouce et souligna que l'échiquier venait des Indes, ce qui ne favorisait pas la victoire.

— J'attendais votre visite, monsieur Pétursson. J'attendais même celle de votre acolyte dont mon amie

L'incendie de Copenhague

Margrethe Blexen m'a si souvent parlé, rappelez-moi son nom, je vous prie... J'y suis, Gunnarr et même Vieux Gunnarr. Vous avez réussi à le semer ? J'avais confiance que vous repasseriez un jour ou l'autre. Il y a quoi ? Un peu plus d'un an et il faisait beau, je crois. Quelle histoire ! J'étais dolent ! J'ai dû vous faire des discours un peu longs, pardonnez-moi, la fièvre.

Depuis, il avait accumulé les désagréments, urée, dyspepsie, cataracte, goutte, tout le fourbi, écrouelles aussi et toujours pas le moindre roi sous la main. Le gouverneur Henrik Unquist était trépassé et Jón Harransson lui-même n'était pas valeureux, mais il prenait la chose avec constance.

Il fatiguait sa fatigue. Il ne quittait guère la chambre. Il usait ses journées à croustiller devant l'âtre, comme un cochon au four, et la nuit il émigrait dans son lit. Le médecin lui accordait quelques semaines, une artère était offensée et ce serait le dernier couac, à moins que ce médecin ne fût qu'un médicastre. Le malheur, c'est que Jón ne savait que faire de ces semaines.

— Je tue le temps, dit-il aigrement. Je tue le temps mais le temps me tue. Et le pire, c'est que nous gagnerons tous les deux. Pas de quoi se hausser du col : nous en sommes tous là, croyez-vous pas ?

Il releva la tête. Dans les éclats du feu, Eggert aperçut la figure naine, avec le nez aigu, le crâne exagéré, l'air toujours furieux et le mauve des lèvres.

— J'y vois de moins en moins. Les choses que je vois, elles défaillent. Par exemple, vous, vous défaillez. C'est à votre accent que je vous ai identifié mais les yeux, je crois que j'ai commencé à les fermer pour gagner du temps. Il y a tant de choses à faire quand on passe, j'ai la crainte d'en oublier certaines, alors je prends un peu d'avance, je déblaie le terrain.

L'incendie de Copenhague

Il se mit en boule dans le fond de son fauteuil et remonta ses lunettes sur le front en rouspétant. Ensuite, il avança la main et toucha celle d'Eggert. Eggert était indécis. Il considérait les doigts fins, translucides et qui tremblotaient. Jón avait des ongles bombés et durs.

La porte s'ouvrit. Un domestique apportait un pot à feu. Il alluma des torches et les accrocha à leurs appliques. Eggert fixait les doigts raides de Jón, puis les siens et il remarqua qu'ils étaient déformés. Sa mère avait des mains abîmées à la fin de son âge, repliées comme les griffes d'un rongeur. Le pouce d'Eggert commençait à se rabougrir. Il n'y avait jamais prêté attention mais cette nuit il en était frappé. Il souffrait du même mal que sa mère. Quand il était petit, il embrassait souvent la main de sa mère.

Jón Harransson fit du potin. Il leva le nez, soit qu'il eût repéré la présence de Gunnarr — mais Gunnarr faisait moins de tapage qu'un pou —, soit qu'il luttât contre le sommeil.

— Je me demande si je ne m'endors pas, dit-il avec un rire de la gorge.

Eggert souhaita une nuit paisible à Jón mais Jón lui serra le bras. Il saurait gré à son hôte de lui consacrer un peu de temps. Il avait des choses à lui dire.

— Je sais, je sais. Vous opposerez que j'aurais pu vous les dire, ces choses, quand vous avez fait étape ici l'an dernier puisque c'était le motif de votre halte aux Aiglefins, est-ce que je me trompe ? Est-ce que vous n'aviez pas éprouvé le besoin de me voir précisément à propos des vélins ? Du reste, j'ai mémoire que nous avions parlé en abondance des vélins mais autant vous l'avouer, j'ai couvert un long chemin cette année et je vous dois réparation. Vous n'avez pas fait le deuil des vélins, je présume ?

L'incendie de Copenhague

— Je n'ai pas oublié ma mission.

— Votre mission, monsieur Pétursson, votre mission ! Pas de vanité, je vous en conjure. Vous vous juchez sur votre mission comme un coq sur son fumier mais nous avons tous une mission, Pétursson, il n'y a pas matière à se vanter. J'en avais une aussi l'an dernier, quand vous avez fait halte aux Aiglefins.

Jón parlait d'une voix tranchante. Il croisait et décroisait ses jambes.

— Vous avez droit à quelques gloses. Voyez-vous, cher ami, toute ma vie, je me suis fait le serment de défendre les vélins. Par tous les moyens. Je dis bien « tous les moyens » et je suppose que vous m'entendez ! Je m'exprime avec une certaine difficulté, vous en prendrez acte et vous pouvez me poser des questions. Le fait est que je tenais à ces manuscrits. Je me sentais leur protecteur. Je m'étais juré que nul ne les détruirait, même pas Sa Très Sérénissime Majesté, mon très gracieux seigneur héréditaire, mon très respecté et bien-aimé roi, comte de Holstein et prince de Snaeland et de la Cimmérie, même pas l'archéologue de ce roi, M. Pétursson !

— Pourquoi diable voudrais-je détruire les vélins, monsieur Harransson ? Je me suis donné à tâche de les sauver.

— Les sauver en les volant ! Ne me faites pas rire, Pétursson ! Puis-je vous demander d'approcher la chandelle que le valet a posée sur la petite table. Je n'aime pas le noir.

Pétursson déplaça le bougeoir.

— Reprenons au commencement, dit le vieil homme. Votre débarquement avec votre escorte à Eyrarbakki, en ce mois de juin 1702, m'avait turlupiné. J'ai certaines accointances dans ce pays, je ne parle pas des

L'incendie de Copenhague

« mouches », non, j'ai des confidents à Bessastadir principalement et vos chevauchées n'étaient pas discrètes, avouez-le. J'étais informé sur vos randonnées. Dans les débuts, je vous ai vu comme une plaisanterie. Vous ne faisiez que des bêtises. C'est pourquoi j'ai joué votre jeu : les bandits avec leurs longs manteaux et leurs mousquets étaient une plaisanterie aussi et puis, avec le temps, j'ai démonté votre tactique. Il m'est devenu apparent que la bêtise était votre arme. Et pour la bêtise, vous étiez imbattable, ce qui signifiait que vous étiez un adversaire fort coriace. Et alors... Mais si vous voulez faire une question, monsieur Pétursson, je me détendrai un peu.

Il se leva en se soutenant les reins de la main et trottina jusqu'à la fenêtre devant laquelle il se campa quelques moments puis regagna son siège.

— Alors, quand mes mandants, j'allais dire mes Argus, ont perçu le danger, il me revenait d'attaquer, n'est-ce pas ? Et j'ai attaqué. Enfin, je me vante. C'était un leurre, ces rouleaux de *Njáll le Brûlé* que je vous ai fait tenir par le double truchement de ma chère Anna Brynhild et de la mouche, oui, j'appelle ça un leurre, mais s'agissait-il de me leurrer ou de vous leurrer ?

— Ou de nous leurrer tous les deux ?

— Exact, Pétursson. J'ai perdu la main, ou plutôt, j'ai été doublé. Doublé, oui, j'en étais encore à pousser mes plans quand j'ai appris ce qui s'était passé pendant la nuit des Neiges chez le gouverneur, cette dégradante accusation d'adultère. Je vous confesserai que, dans un premier temps, je me suis réjoui. J'ai cru la partie gagnée. Je vous voyais déjà dans la mare aux noyades et les vélins avaient vie sauve... et puis quelqu'un s'est mis à la traverse : pas de gibet, pas de mare aux noyades, ce procès raté : six mois de forteresse ! Ridicule... J'ai mal

L'incendie de Copenhague

compris pareille indulgence et je soupçonne quelque fourberie en haut lieu, soit à Copenhague, soit à Bessastadir... et voilà qu'au bout de six mois, vous ressortez de votre forteresse, cher Eggert, vous nous revenez de Danemark, comme un bois flotté sur nos plages, mais dites-moi, cher ami, vous doutiez-vous de ces agitations ?

Eggert se doutait, oui, mais il avait un devoir à remplir et il était ainsi réglé qu'il remplissait ses devoirs. Et Jón lui permettrait-il d'avouer ce qu'il avait toujours celé à tous, même à son adjoint, le cornette Bodelsen ?

— Même à la mouche ?

— Les mouches savent tout, c'est leur état, dit Eggert.

— Mais ce n'est pas une très bonne mouche.

Eggert eut un geste insouciant.

— Les instructions royales étaient sévères, dit-il. J'étais ici en mission obscure. Mais dès mon installation à Bessastadir, j'ai fait en sorte que la mission obscure soit connue de tous.

— Tiens donc, cria Jón, mais dites-moi, vous risquiez gros !

— Un instant, monsieur Harransson. J'étais échoué dans ce pays et je n'avais pas le moindre indice, je ne savais pas du tout qui je cherchais. Alors il fallait que je prenne le rôle de gibier si je voulais attraper mes chasseurs. Je n'avais pas d'autres pistes, d'autres guides que les gens qui voulaient m'égorger. Vous connaissez *Perceval* et les gouttes de sang dans la neige.

— Je vous arrête, dit Jón. Les gouttes de sang, dans votre cas, ne vous auraient conduit qu'à vous-même puisque c'était votre propre sang qui était promis à couler. Ha ! ha ! ha ! Comique : en remontant la piste,

L'incendie de Copenhague

vous seriez arrivé à vous-même! Voyons, monsieur Pétursson!

— Non, maître Harransson, je me suis mal exprimé : les gouttes de sang, c'étaient les bandits aux longs manteaux bleus, c'étaient les attrapes de Greta Sorrenssondóttir, les lassitudes de Son Excellence Unquist, les perfidies de l'évêque, les grommellements de la baronne Blexen, le corps d'Anna Brynhild Reinhadóttir...

Jón avait placé une main en éventail sur son oreille pour ne pas perdre une parole.

— Et le pasteur de Skálholt, ajouta-t-il joyeusement, n'oubliez pas le gros prêtre! C'était un brave homme mais aussi quelle mouche l'a piqué? Quelle mouche! Tiens, je ne vous le fais pas dire!

— Vous me disiez à l'instant que cette mouche était une mauvaise mouche, dit Eggert.

— Les mouches sont un grand mystère, monsieur, mais quel besoin aussi avait-il de remuer le voile du tabernacle, ce M. Todor, et il en a perdu la vie. Quoique ça, Pétursson, votre calcul était osé mais ingénieux. Et vous nous avez donné du tintouin à Greta Sorrenssondóttir et à moi.

— Greta?

— Enfin, Anna Brynhild.

— Ces débris de *Njáll le Brûlé*? Vous dites Greta.

— Vous n'écoutez rien, dit Harransson avec colère : *Njáll le Brûlé*, je vous l'ai dit, c'est moi et c'était anodin. Non. Greta, c'était le corps d'Anna Brynhild Reinhadóttir. C'est ainsi, docteur : Anna Brynhild était dans la main de Greta, oui, oui, et puisque vous vous intéressez à la vénerie, Greta a retiré le capuchon et elle lui a dit, à son faucon, elle lui a dit : « Fonce! »... Vous ne le saviez donc point?

— Greta?

L'incendie de Copenhague

— Attention, Pétursson ! Je n'ai pas dit que Greta voulait votre vie ! Je croirais le contraire, plutôt, mais je vais à tâtons dans ma route. Je me demande si elle n'a pas un petit faible pour vous, Greta, elle est si belle, elle a bien le droit d'avoir des faibles, vous n'allez pas lui en tenir rigueur ! Ce serait un comble !

Il sortit la langue, se lécha le bout du nez, comme un chat et reprit d'une voix ferme :

— C'est plutôt moi qui devrais lui en vouloir, à Greta. Je lui en ai fait reproche, voyez-vous, car je suis presque convaincu que Greta m'a trompé : Greta, selon moi, a fait le plan de vous sauver la vie et elle vous l'a sauvée, monsieur Pétursson. Elle vous jetait dans la gueule du loup mais c'était peut-être, je dis bien peut-être, nous sommes dans les ténèbres, c'était pour vous tirer du gouffre. Telle est ma proposition. Une impression, plus exactement, mais point déraisonnable. Songez aux chirurgiens. Parfois, s'ils veulent arracher un malade à la mort, ils coupent la jambe ou même la tête — oui, même la tête comme le disait la baronne Blexen au coadjuteur Halldór Arsson, cette histoire de barque, vous vous rappelez, le type qui décapite son frère pour avoir l'îlot... ou qui se décapite lui-même, je ne me souviens même plus...

Eggert poussa une espèce de jappement. Il jeta au vieil homme un regard menaçant :

— Je vous attrape sur le fait, une fois de plus, monsieur Jón Harransson ! Vous n'étiez pas présent à Bessastadir le jour où la baronne a raconté cette histoire de cou coupé. Vous vous égarez dans vos stratagèmes...

— Monsieur Pétursson, ne m'interrompez pas sans cesse.

— L'histoire de Mme Margrethe et de son rocher ne tenait pas debout, s'opiniâtra Eggert.

L'incendie de Copenhague

— Permettez, Pétursson : il eût suffi que le stratagème de Greta rate, que le corps d'Anna Brynhild Reinhadóttir ne remplisse pas son office, je veux dire que vous ne cédiez pas à ses séductions, et vous retombiez dans mon royaume et vous étiez livré aux longs manteaux, Pétursson. Couic ! Décapité : un érudit au cou tranché, aussi tranché que le pêcheur de Margrethe. Aussi tranché que le cheval d'infamie.

Il passa très rapidement la main sur sa gorge et éclata de rire en répétant, entre deux quintes :

— Comme le cheval... embroché sur un pieu...

— Vous voyez, hurla Pétursson, vous vous trahissez encore : les manteaux bleus, l'histoire de Margrethe et maintenant le bâton d'infamie.

— Mais enfin, Pétursson, vous découvrez la lune ? Ne vous ai-je pas dit à l'instant même que je devais protéger les vélins par n'importe quel moyen. Ce n'était pas le moment d'avoir des scrupules ! Le feu était dans les soutes !

Pétursson repoussa sa chaise avec violence et se dressa.

— Asseyez-vous, dit aimablement Jón. Je n'aime pas beaucoup les désordres.

Eggert prit un pistolet et une poire à poudre qu'il avait repérés sur les étagères, entre les rouleaux de parchemins. Il les plaça de force dans la main de Jón :

— Ce que vous avez à faire, faites-le, et vite, monsieur !

Harransson cracha dans la cheminée et se pencha en avant tranquillement, absorbé par le spectacle des bulles de salive qui se ratatinaient sur les braises.

— Évangile de Jean, dit-il gaiement, vous vous prenez pour le Christ, cher Eggert. Vous êtes un orgueilleux. Et je serais Judas ? Quelle vanité ! Puis-je

L'incendie de Copenhague

vous prier de remonter cette couverture sous mon menton et permettez que je me soutienne à vous car je glisse dans ce fauteuil et mes reins sont médiocres. Là, parfait, je vous remercie, j'ai souvent un peu froid, mais vous, vous êtes ridicule avec vos grands mots : cette poire à poudre est vide, ce pistolet n'a plus tiré depuis un siècle et d'ailleurs, j'ai horreur de tuer moi-même. Et puis... ne vous ai-je pas informé au début de cette petite bavette que j'ai couvert un long chemin...

Pétursson posa le pistolet sur la table. Jón dit :

— À la bonne heure, et maintenant, prêtez l'oreille, vous verrez, c'est assez curieux !

Il expliqua que, désormais, il considérait tout cela avec un certain enjouement car plus rien n'avait d'importance et la mort est ironique. Depuis quelques mois, depuis que son cœur allait l'amble, il avait changé de théâtre. Les couleurs s'estompaient. Les bruits s'étouffaient. Jón vivait dans un univers de caresses, de frôlements où passaient des formes noyées dans une tiédeur, dans du visqueux, du nuage. Certains soirs, il se flattait qu'il se trompait du tout au tout : ce n'était pas lui, Jón Harransson, qui s'escrimait à mourir. C'était le monde, plutôt, qui était en train de décliner. Une ruse, peut-être, une tactique de la peur car tous les hommes sont pareils quand ils en viennent aux portes de la mort : la terreur ! Alors, plutôt que de consentir qu'on se défait, on se persuade que c'est le monde qui passe et l'on en attend d'avoir la vie gagnée. Quoique ça, Jón le regardait, ce monde, comme on regarde un homme qui marche au loin et au bout d'un moment, ce n'est plus un homme, c'est un reflet et puis, plus de reflet. C'est une trace mais la trace de quoi ? Harransson s'interrompit, montra la chandelle qui brûlait sur sa table et poussa un mugissement d'une énergie surprenante :

— Si j'étais une trace, Pétursson, croyez-moi, et que je sois la trace de rien du tout, j'aurais honte ! Avez-vous entendu parler d'un état plus choquant que ça, car enfin, le propre de la trace, la noblesse de la trace, c'est de conserver la mémoire de quelque chose, non ? Pas la mémoire de rien !

Il était de plus en plus courroucé, de plus en plus enfiévré. Une fois, il avait vu un dessin italien, c'était tout à fait ça, à peine un dessin, un paysage rattrapé par le peintre au moment ultime, au moment où il devient soluble, et même invisible, telle était selon Jón la grande question, le grand *secretum*, et le peintre italien à sa manière avait tracé le portrait de la mort. Et certes, Harransson devait reconnaître que tout cela est regrettable mais assez divertissant tout de même et il dit à la fin, de sa voix encore nouée de fureur :

— C'est même ce que je préfère dans la mort.

Et puis :

— Mais je vous dois quelques précisions. Je vous ai dit tout à l'heure que ma vue avait baissé, que je n'y voyais presque plus. Je me suis d'abord inquiété mais notre amie la baronne Margrethe Blexen m'a ouvert les yeux. Ha ! ha ! ha ! Ouvert les yeux, étrange, non ? Il faut dire que Mme Margrethe patrouille dans les mêmes déserts, je suis très proche de Margrethe en esprit, certains jours je me demande si elle n'est pas moi, à moins que je ne sois elle. En tout cas, c'est grâce à elle que j'ai compris : mes yeux, Pétursson, mes yeux sont intacts. Tout est en place, rétine et prunelle et le tintouin, comme des soldats à la revue. Mais vous m'opposerez qu'ils voient de plus en plus mal. Eh bien, savez-vous ce qu'elle m'a dit, Margrethe ? Elle m'a dit

L'incendie de Copenhague

que si ses yeux ne voient plus rien, c'est qu'il n'y a plus rien à voir. Nuance ! Simplement, Mme Margrethe est mieux outillée que moi. Elle s'en tire très bien avec ce marquis de Helsingør qu'elle s'est forgé, mais moi, je ne connais pas de marquis de Helsingør, je n'ai pas de Helsingør à mon service. Ce n'est pas très clair mais si vous croyez que c'est clair pour moi ! La lumière s'abaisse.

Il demanda à Eggert de ranimer le feu et il reprit d'une voix légère, et comme victorieuse :

— Vous avais-je dit, lors de notre précédent colloque, que j'avais toujours eu l'idée de me faire inhumer dans un suaire taillé dans une de ces sagas, dans un de ces manuscrits de saga ou d'*Edda*. Eh bien, croyez-moi si vous le voulez. Je n'y songe plus du tout et cette idée me répugne : enterrer rien du tout dans rien du tout ? Idiot et même inconvenant ! Une bulle de savon dans une bulle...

— Maître Harransson, dit Pétursson, vous m'avez déjà raconté ces histoires de suaires. Je vous saurais gré d'en venir au fait. Vous m'avez annoncé des révélations et vous rabâchez.

— Tiens, on se fâche ? On veut avoir l'avantage, la maîtrise, mais cher ami, je suis le maître, avez-vous compris que je suis le maître ? Enfin, je consens que je me suis un peu diverti. Je reprends.

« Je parlais de la visite que vous m'avez faite il y a un an. Eh bien, en ce temps-là, comme on dit dans *Perceval*, en ce temps-là, j'avais à cœur de faire échouer votre mission, quitte à vous zigouiller, enfin à vous faire zigouiller, je déteste le sang... Bien. Nous sommes d'accord. Et vous, vous étiez dans la seringue mais je ne sais pas ce qui a bien pu se produire : en tout cas, quand vous êtes tombé dans le piège, je veux dire quand *Njáll le Brûlé* vous a conduit ici même, j'ai eu un moment de distraction ou de paresse, ou de commisération, allez chercher, et je vous ai laissé filer, vous vous souvenez, mais j'avais tout mon temps : vous étiez ferré comme un poisson et ce n'était que partie remise : je vous sentais vous débattre, je vous savais à l'abîme, Pétursson, le trébuchet était en place... Je n'avais qu'à prendre patience. C'était même assez distrayant... Oui, je dormais sur mes deux oreilles. Je jouissais...

— Et puis ?

Harransson fixa longuement le docteur Pétursson et se remit à vociférer :

— Mais vous le savez bien, Pétursson. Tout était prêt pour le sacrifice mais il s'est passé ceci que je n'avais pas prévu : vous avez passé la nuit avec dame Anna Brynhild et vous m'avez glissé entre les pattes, oui, vous avez coupé le fil, enfin, c'est cette garce de Greta Sorrenssondóttir qui a coupé le fil, voyez, ça vaut la peine de faire l'amour à une femme, si vous avez fait l'amour, ce dont je ne suis même pas assuré, le corps de la belle Anna Brynhild vous a tiré du gouffre. Répondez, je vous en prie ! Vous avez passé la nuit ?

— Vous le savez, dit Pétursson froidement.

— Et que voulez-vous que ça me fasse ? Les femmes, au point où j'en suis ! Où en étais-je ? Je me demandais si je vous avais dit que prendre les sagas sur le dos des vieilles femmes, aux pieds des bébés, sur le derrière des laboureurs et les ramener au Danemark pour les réunir dans un petit musée, un petit musée inutile comme tous les musées, mon Dieu, moi qui ai tellement aimé les tableaux, mais dans le coupe-gorge où je patrouille, les musées, oui, vous avais-je dit que tout cela me semblait répugnant ? À cette époque, il y a un an à peine, Dieu comme le temps passe, cela me semblait un forfait, d'arracher à nos paysans ces bribes de sagas, un véritable crime. Un peu comme si des explorateurs du pays des Tupinambas ou des Zoulous se mettaient en tête d'écorcher les nègres afin de prélever les tatouages qu'ils se gravent sur la peau, et qui sont fort beaux, ma foi. Ce serait ignoble, ce serait absurde d'écorcher les nègres, et savez-vous pourquoi ce serait ignoble, d'écorcher les nègres, monsieur Pétursson ?

— Si vous voulez me faire dire qu'il ne faut pas tuer..., commença Eggert.

— Vous n'y êtes pas, Pétursson : ce serait absurde parce que des nègres sans peau, ce ne serait plus des nègres ! Ha ! ha ! Vous ne vous y attendiez pas, à celle-là !

Jón remonta ses lunettes sur son front, observa l'échiquier.

— Tant pis, dit-il d'un air dépité. Mais ce n'est pas cela, l'important. L'important, c'est qu'aujourd'hui tout cela m'est égal. Ce n'est plus mon affaire. Je vous ai laissé entendre que la maladie, ou plutôt mes galanteries avec la mort ont changé pas mal de choses dans ma tête parce que, comprenez donc, j'ai commencé le grand déménagement. Et aujourd'hui, voyez-vous, que les vélins soient ici ou bien là, que les vélins soient dans des berceaux crasseux, qu'ils soient brûlés comme le pauvre *Njáll* ou qu'ils se décomposent, qu'ils aient existé ou non, qu'ils s'effilochent sur les fesses des paysans ou qu'ils se décolorent dans un musée de Copenhague, ou qu'ils gisent dans des tombes, allons, Pétursson, un peu de sérieux, qu'est-ce que vous voulez que ça me fasse ? Dans le défilé où me voilà poussé, vous savez, les sagas, pfft, les sagas !

— Les sagas, maître Jón, elles existaient avant vous et elles perdureront après vous.

— Vous objectez ? Vous allez me dire que si, moi, je passe, les autres demeurent et qu'il serait convenable de défendre les vélins pour ceux qui sont encore en vie, et pour ceux qui viendront après, dans les siècles des siècles, un monument de l'humanité, j'ai nommé les vélins, mais enfin, puisque je me tue à vous dire que je meurs et que même les vivants je les confonds tous désormais, alors les autres... ceux qui ne sont pas encore vivants et qui seront un jour des morts, vous imaginez ! Comment voulez-vous qu'il y ait des siècles des siècles ? Et qu'est-ce que ça veut dire, les vélins, quand vous êtes mort, quand vous êtes vous-même devenu un vélin, je veux dire, indéchiffrable, *sufficit*. Dans quelques jours, docteur Pétursson, le rêve aura pris fin, j'entrerai dans la réalité. Et c'est bien la raison pour laquelle vous trouverez dans ma cassette toutes les indications qui vous permettront de mettre le grappin sur le trésor. Enfin, la liste de tous les parchemins qui n'ont pas encore été détruits par les paysans qui en ont fait des culottes et des chemises.

Harransson parlait lentement. Les chandelles étaient consumées. Demeuraient les pourpres et les bruns des dernières flammes. Parfois, le vieil homme reprenait son souffle, il jouait avec ses lunettes ou avec l'un des bibelots placés à sa portée, un paquet de vieux papiers barrés d'une ficelle en croix, une plume d'oie et il se caressait le nez avec cette plume, un des compas posés sur la petite table. Eggert était pétrifié. Il se demandait si maître Jón lui tendait un nouveau piège mais il n'osait pas le questionner, de peur de déclencher un autre déluge de mots sans suite. Harransson éternua soudain et regarda les barbes de sa plume d'oie d'un air indigné.

— Attention, dit-il, ne pavoisez pas trop vite car il y

L'incendie de Copenhague

a un « mais » ! Oh ! un très petit « mais » : je ne crois pas que je puisse échapper à la nasse et pourtant, je suis bien obligé de tout prévoir. Mon devoir est donc de vous prévenir, Pétursson, qu'au cas, presque impensable, où je retrouverais sinon la santé, du moins un peu de force, et donc un sursis, alors, nous reviendrons *de facto* aux dispositions précédentes et je me remettrais en campagne, je recommencerais à lancer mes longs manteaux à vos basques, et même, vous me le pardonnerez car je ne doute pas que vous approuvez mon comportement, à vous faire couper le cou. Couic... comme je le disais tout à l'heure sous une forme plaisante.

« Mais franchement, Pétursson, je n'y crois pas beaucoup. La machine part en morceaux. Prenez cette cassette, sur la cheminée. La réserve des manuscrits a été raflée dans le couvent de Kirkjubaer, il y a quoi, un siècle, et depuis ils se baladent sur les hommes et les femmes. Il ne doit pas en subsister beaucoup mais enfin ça vaut la peine d'essayer. C'est pourquoi j'ai consigné, dans l'éventualité de votre visite, tous les lieux où il y a une chance, même infime, de découvrir ceux qui demeurent. Vous apercevrez une collection de poids de cuivre, sur la cheminée, et à droite il y a un pichet d'étain, la cassette est là, tout contre le sablier, c'est aussi simple que ça. J'ai toujours été frappé par cela : une chose paraît inimaginable et puis vous faites cette chose et vous vous demandez où était l'obstacle. »

Eggert s'était dressé et passait une main sur la cheminée.

— Non ! hurla Harransson. Non. S'il vous plaît, docteur ! Après tout, je suis encore le maître, ne vous en déplaise ! Ne touchez pas à cette cassette. Vous auriez l'impression déplorable de me voler et vous êtes mon

L'incendie de Copenhague

hôte. Nous allons procéder autrement. Demain, monsieur Pétursson, si je suis encore en vie, j'aurai le plaisir de vous accompagner jusqu'aux bouleaux, ce sera mon adieu, je vous confierai la cassette et je vous souhaite une bonne nuit... Évidemment, si demain matin je ne suis plus en vie... je ne pourrai guère vous la confier, la cassette. C'est un risque...

Vieux Gunnarr se glissa sans bruit jusqu'à la porte, suivi d'Eggert, et le lendemain ils firent savoir à leur hôte qu'ils prendraient la route au milieu du jour. Jón Harransson descendit peu après et assista aux préparatifs de départ, sans animosité ni émotion.

Il était vêtu avec soin du même costume, exactement, que celui qu'il portait l'année précédente, la veste de chasse vert bouteille, les hautes bottes de cuir, le jabot de dentelle et le chapeau mordoré, un accoutrement raffiné mais mieux adapté à un jour de l'automne qu'aux clartés glacées de cette fin d'hiver. Il se plaignit du froid. Il tendit la cassette à Eggert et lui souhaita bonne fortune. Eggert pencha son grand corps et l'embrassa. Jón dit : « Je vous porte une vive estime. En un sens, je suis soulagé. C'est un des rares bons côtés de la mort. Elle apaise. Je veux dire que j'avais déjà grande estime pour vous l'an dernier et que ce n'était pas très commode, j'avais plus que de l'estime, j'avais de l'amitié », et il posa son crâne contre l'épaule d'Eggert, il était pareil à un gamin collé au grand corps de l'érudit.

Eggert se mit en selle. La bête dressa les oreilles, avant de secouer la tête dans tous les sens et de faire des petits sauts sur place. Jón Harransson avisa Vieux Gunnarr qui trottinait, virevoltait, encourageait la monture d'Eggert. Il le salua avec courtoisie puis il s'approcha de Pétursson et là, avec une vivacité inatten-

L'incendie de Copenhague

due, il lui agrippa la main. Pétursson se pencha vers lui et se laissa triturer et ensuite, il voulut se dégager mais chaque fois qu'il croyait avoir desserré l'étau, Jón Harransson refermait sa griffe. Les deux hommes combattirent un long moment. Pétursson tapotait la main légère, timidement, mais l'autre ne relâchait son étreinte que pour faire une autre prise et il tirait Pétursson avec une force effrayante, comme s'il avait voulu le faire tomber de son cheval, sans méchanceté, pour le garder auprès de lui, et il regardait le cavalier avec des yeux implorants.

À la fin, il parut découragé et dit :

— Même vous, Pétursson, même vous...! Pas une main amie...

Il rejeta délicatement la main de Pétursson, il dit qu'il avait un peu envie de pleurer.

Les chevaux prirent le trot. Au bout de l'allée de bouleaux, Eggert serra les rênes et se retourna sur sa selle. Il aperçut le corps cambré, malingre, le corps attendrissant dans son absurde costume d'été, une tache vert et rouge, et puis grise, dans la calme lumière de midi, et deux gardiens avaient pris le petit homme sous les aisselles et les trois hommes grimpaient paisiblement les marches du perron.

Chapitre XXI

Accoté au bastingage, une main au tricorne et l'autre en visière, Vieux Gunnarr parlait de Ninive, de Babylone et de Qarakorum. Il adorait les villes mais il n'en avait jamais vu. Aussi la capitale du Danemark l'enthousiasmait. Sa magnificence éteignait les plus brillantes cités de l'histoire et elle surgissait à la surface des eaux. Elle sentait le sel et l'abîme.

À l'entrée de la passe, des bateaux se balançaient. Le ciel était très haut, liquide. L'illustre ville était comme de l'or. Elle étincelait à l'infini, jusqu'aux bords bleuâtres de la terre.

Il y avait foule sur les quais et Vieux Gunnarr en conclut que le Danemark s'apprêtait à tuer le veau gras pour le retour de l'enfant prodigue. Eggert sifflota en tirant sur les mèches de sa perruque. Il ne savait pas même si Sa Majesté Frédérik IV lui avait pardonné sa fugue en Islande après les six mois de forteresse et il imagina son sort : le roi commanderait une fête en son honneur, procéderait à la remise grandiloquente des vélins aux collections de l'Athéneum, lui passerait au cou le ruban rouge et blanc du Danebrog et ensuite ? Ensuite, la prison.

L'incendie de Copenhague

Vieux Gunnarr emprunta une lunette à un marin. Cette lunette lui fit une tête de corsaire. Il décrivit le spectacle à Eggert : on apercevait des charrettes lâchées en cul, des chiens osseux et déprimés, jaunes pour la plupart, des chevaux d'une hauteur anormale, des portefaix, des pyramides de barriques, des matelots, des hommes en guenilles, des restes de légumes pourris, des flaques de sang noir et des lueurs de soleils mouillés. Des mouettes se disputaient. Plusieurs messieurs circulaient de groupe en groupe, mis comme des chevaliers, coiffés de chapeaux lustrés ou pelucheux et se soutenant de cannes enrubannées. Ils jetaient des ordres laconiques. Des commis à longues jambes gainées de velours rouge ou noir gambadaient autour d'eux, les bras chargés de livres de comptes reliés de cuir. Des femmes se promenaient sur de hautes chaussures. Ce n'était pas la fleur des pois, selon Vieux Gunnarr.

La chaloupe s'ouvrit chemin au milieu d'une multitude d'embarcations qui tournaient comme des abeilles autour des vaisseaux et leurs sillages étaient inextricables. Quand elle fut à sa bitte, Pétursson attrapa Vieux Gunnarr sous les aisselles et le déposa sur le quai, au milieu des homards et des mareyeurs. À tout hasard, Vieux Gunnarr avait épousseté sa redingote et fourré une pipe dans sa bouche mais personne ne le remarqua.

— Tu vois, dit Eggert, ça ne fait pas un gros comité d'accueil.

Eggert n'en avait pas chagrin. Il avait toujours fréquenté l'ombre. Même, il regrettait la forteresse de Hornbaek et parla de la femme de charge, cette Hannah qui tricotait si bien, mais ajouta qu'il ne pouvait pas séduire une demoiselle nommée Anna Brynhild, la déshabiller et la caresser chaque fois qu'il enviait le dénuement des prisons. Vieux Gunnarr ouvrit un œil éberlué. Sans doute l'academicus plaisantait, ou bien le chagrin...

Après un peu de préambule, un officier se présenta au nom de Sa Majesté Frédérik IV. Il ressemblait à une cérémonie. Il était composé d'un visage gonflé et luisant, d'un ventre plat, d'un air fat et d'une barbe de soies de porc piquées dans des joues roses. Vieux Gunnarr ôta son chapeau à cornes mais refusa de confier au cocher les trois caisses renforcées de coins de fer qui contenaient la collection des vélins. Il prit les coffres lui-même et les éleva en se déhanchant sur le plateau de la voiture.

Dans la calèche, l'officier fit patte de velours. Il joua le bonhomme et se tapota les joues du bout des doigts. Le roi accordait du prix aux manuscrits car ceux-ci tombaient à pic. Dans l'Europe entière, la mode était à l'imitation du grand monarque de Versailles et les souverains rivalisaient de fastes. En quelques provinces, ces prétentions touchaient au ridicule. L'officier cita un duché de l'Allemagne, grand comme une souris, dont le prince se nourrissait de betteraves et, s'il donnait un banquet, il grimait son jardinier en majordome et sa lingère en favorite.

D'autres princes étaient de plus fine fabrique. Le duc de Hanovre avait planté dans ses jardins un jet d'eau d'une grandeur incroyable et un observatoire truffé d'instruments optiques ; après quoi, il avait capturé, dit l'officier d'un air fin, le meilleur savant du moment, M. Leibniz, qui était un familier de MM. Huygens, Boyle et Newton, rien de moins, et qui calculait à toute vitesse. À Dresde, le grand-duc Auguste le Fort, qui s'était d'ailleurs allié à Frédérik IV pour repousser cet halluciné de Charles XII, achetait des inventeurs de porcelaine, des tiares de rois assyriens et des tableaux de Cranach pour les entasser dans ses palais.

Le chambellan consentait que ces ambitions n'étaient pas communes mais elles étaient frivoles et même mesquines si on les mesurait aux vélins que l'academicus avait déterrés en Islande, de sorte que Sa Majesté Frédérik IV était en mesure de faire la nique à tous ses royaux cousins.

— Imaginons, claironna l'officier à la fin, que le monarque de la Grèce exhume les parchemins du grand Socrate.

Vieux Gunnarr eut un air protecteur : Socrate n'écrivait point. Socrate parlait. Le chambellan promena sa main sur son ventre, jeta un coup d'œil à l'horloge du beffroi, comme pour vérifier l'heure où il avait proféré une bourde, et dit :

— Raison de plus, monsieur Vieux Gunnarr, la trouvaille serait encore plus inouïe.

Et il se tint quitte de sa jobarderie. Il enchaîna sur les dispositions arrêtées par le palais royal. Dès que le bailli du Suyd Lendinga avait communiqué à Rosenborg les prouesses du docteur Pétursson et de monsieur Vieux Gunnarr, le souverain avait délivré des instructions. Non seulement il effaçait le souvenir de l'humiliante aventure de l'adultère, mais encore il avait fait accommoder des appartements, au deuxième étage d'une demeure patricienne, dans le quartier noble de la ville, au coin de la Nybrogade.

À l'entresol, une salle de dimensions enviables accueillerait les collections dont l'academicus était institué le conservateur, avec le concours de monsieur Vieux Gunnarr. Une gouvernante et un valet régleraient le domestique. Ils donneraient des soins au jardin sis derrière l'hôtel et qui abritait une mare sur laquelle nageait un cygne noir. Ce jardin était très verdoyant, très épanoui en cette saison. L'hiver, les pelouses grises et les arbustes nus étaient tristes mais le chambellan estimait que certaines mélancolies engagent à la philosophie.

*

Les journées suivantes furent encombrées. Le retour de Pétursson et de Vieux Gunnarr distrayait la capitale. Les salons pétillaient. Quelques esprits portés au mal raillèrent les allures crépusculaires du docteur Pétursson, l'égarement de ses yeux et les étourderies de ce long corps hétéroclite qui semblait lutter avec les éléments même par bonace. Ils firent allusion à l'emprisonnement d'Eggert car enfin, cet homme réputé pour la dignité de ses mœurs et ses déconvenues avec les femmes, n'était-il pas saugrenu qu'il soit tombé dans les rets d'une friponne et que les exempts l'aient pris « la main dans la friponne », comme un lapin en son terrier ?

Ces sarcasmes firent long feu. Le docteur Pétursson était sans ennemis : son honnêteté, sa science, sa modestie étaient connues et la constance qu'il avait montrée dans l'accomplissement de sa mission disposait en sa faveur. Ses gaucheries attendrissaient les dames. Les jaloux rentrèrent à toute vitesse dans leurs petits souliers.

Le premier dimanche, Eggert, qui avait souffert en Islande de sacrifier trop souvent ses devoirs religieux, projeta de se rendre à l'office, à Holmens Kirke, une ancienne forge d'ancres de marine que Christian IV avait transformée en église pour les marins de sa flotte.

L'incendie de Copenhague

Eggert voila ses intentions mais la nouvelle fut vite publiée. Eggert soupçonna cette mouche de Vieux Gunnarr qui faisait des grâces à toutes les lingères du quartier et il grognassa quand il vit que la meilleure société de la capitale se pressait dans la nef.

Le pasteur consacra son prône au mystère des Saintes Écritures, manière de garnir son prêche d'allusions aux vélins. Il interpella très crânement l' « ennemi du genre humain » qu'il appelait aussi l' « homme noir », « messire claque-squelette » ou « monseigneur l'ignorant », et proposa que les livres doivent, à la ressemblance de Notre-Seigneur Christ lui-même, se vouer au désert, quarante jours ou quarante siècles, c'est tout un, avant de remonter au jour. Une légende germanique du Harz nous instruit que l'or occupe le centre du globe et que ses pépites s'élèvent, au hasard des siècles, vers la croûte terrestre.

Le pasteur fut légèrement frénétique. Il jugea troublant que le renflouement des vélins intervienne comme le royaume de Danemark supportait les humeurs de cette Suède pour longtemps infectée des fureurs glacées que le roi Charles XII, même après qu'il avait été défait par les Russes, et même emprisonné des Turcs, avait communiquées à son peuple.

Ensuite, le prêtre ouvrit les bras, paumes tournées vers la voûte, et se trouva muet. On le crut en panne. Les fidèles patientèrent. Les vitraux peignaient leurs figures. La ville faisait du brouhaha, un roulement de charrette, des caquetages de volaille, des appels de marchands d'oignons. Une brise se leva. Le pasteur se rejeta en arrière, tendit un doigt vers l'abside et tonna :

— Tel est le vélin de Dieu, frères, un vent de fin silence !

Sur le parvis de l'église, après l'office, Eggert fut

envahi. On se battait pour ses sourires. On louait son audace et son énergie. Le pasteur sortit du temple en se caressant les mains. Il saluait les fidèles à la va-vite, de la tête. Il entreprit Eggert sur les sagas. L'academicus tenait-il compte que les sagas, si elles relatent les exploits des païens, ont été rédigées bien après 999, donc par des chrétiens?

— Oui, dit le docteur Pétursson.

— Prenez la *Heidarviga Saga*, continua le prêtre, ici et là je flaire des tournures cléricales. Par exemple, la phrase correspondant à la locution latine *in loco dicitur*, voilà qui sent l'écriture ecclésiale à plein nez, monsieur Pétursson!

Eggert dit oui.

Un magistrat admira que les empires tombent en déshérence quand les poèmes perdurent. Il ne dissimula pas que la réussite de M. Pétursson était, à l'aune de l'éternité, de plus grande conséquence que la défaite de Charles XII à Poltava, en l'année 1709, devant les légions de Pierre le Grand, que celle de Périclès sur les multitudes jaunes de Darius ou même que celle de sainte Geneviève sur des barbares encore plus jaunes.

Eggert dit oui. Il se réduisit à sourire et n'écouta que d'une oreille. La mer montait et descendait dans les branches d'un gros orme plein de feuilles et d'oiseaux. Le vent apportait des odeurs de goudron, de varech et de pâtisseries. Les fidèles faisaient appeler leurs carrosses.

Une dame s'approcha de Vieux Gunnarr. Elle était vêtue sans luxe mais avec goût et pas mal de provocation. L'échancrure de sa robe de dentelle noire était close d'un fermail placé fort bas et, quand elle écarta la mantille dont elle avait protégé sa modestie dans la chapelle, elle avait des seins gras et blancs. Vieux

Gunnarr la regarda comme on regarde une magie et passa la main sur sa figure à plusieurs reprises, tout en écrasant au passage son nez, pour en balayer les rides. « Dame Björk ! » dit-il à la fin et il répéta : « Dame Björk ! » et la femme lui demanda en confidence de ne pas déranger l'academicus, elle passait par là, c'était un hasard, et elle allait filer mais Eggert Pétursson s'était enfin débarrassé du curé et se dirigeait vers Vieux Gunnarr. Il s'arrêta, la bouche ronde.

Dame Björk était escortée d'un chien de faible taille mais extrêmement remuant et d'une demoiselle d'une figure réjouie, ce qui n'est pas ordinaire chez les chaperons mais peut-être cette demoiselle était la sœur de dame Björk. Elle était grosse, elle aussi, lourde, mais elle ne manquait pas d'entrain. Ou bien dame Björk serait-elle pas la duègne et l'autre femme sa maîtresse ?

Depuis l'Islande, dame Björk n'avait pas perfectionné sa conversation. Elle était muette et Eggert était muet. Il débita péniblement un compliment sur les travaux de dentelle et de broderie du grand salon de Bessastadir.

— Ne vous moquez pas, dit dame Björk en rougissant, et sa voix était enfantine.

Eggert revit les deux femmes et le petit chien, le dimanche suivant puis les autres dimanches. L'été finissait. Les feuillages de l'orme se desséchaient et faisaient un bruit de métal. Eggert mimait l'indifférence, il rabrouait les curiosités de Vieux Gunnarr mais il attendait le retour des dimanches avec fièvre.

Dame Björk était placide, inerte et laiteuse. Elle habitait le silence. Sa compagne se nommait Birgitta et bavardait pour deux ou trois. Un soir, Vieux Gunnarr avait bu beaucoup de bière. Il était occupé à déclouer une caisse de vélins et il se demanda à voix haute si

Birgitta ne faisait pas l'amour aussi à la place de sa maîtresse. Eggert eut un geste d'ignorance.

Birgitta brûlait de jeter un œil sur les vélins. Rendez-vous fut marqué. Les deux femmes et le chien passèrent une après-midi dans la maison de la Nybrogade, juste avant les pluies. Les scarabées et les hannetons et toutes les petites bêtes de la pelouse avaient fini leur saison. Dame Björk s'apprivoisait et dit trois phrases. Birgitta en dit davantage. Elle déplora que les vélins fussent en piètre état. Ils étaient noirs comme du charbon et tout froissés. Le cuir se rompait aux pliures. Bien malin qui déchiffrerait ces brouillaminis. Elle préférait le jardin.

Le dernier soleil de l'automne était tiède. Dame Björk se promena paresseusement parmi les gardénias et les touffes d'aneth, parmi les arbres défeuillés, une main nonchalante devant sa figure, comme si elle avait tenu une ombrelle et qu'on fût au printemps. Son pied était cambré et précautionneux, et quand elle marchait dans les feuilles tombées, elle était si légère sur ses souliers dorés, grosse et légère, cela arrive, qu'on craignait qu'elle ne chancelle. Elle ressemblait à ces danseuses de porcelaine en équilibre sur une jambe et toujours on croit qu'elles se brisent. Parfois, elle s'arrêtait et remuait la main. Le soleil était comme un gros écu. Dame Björk levait la tête.

Les visites des deux dames et du chien devinrent routine. Quand le frais arriva, des brumes emmitouflèrent la grande ville. Dame Björk passait de longs moments dans la salle de l'entresol. Elle regrettait les fleurs, les bruits de l'été. Elle aimait les fleurs mais les pluies soulevaient des odeurs de terre qu'elle appréciait aussi car cela lui évitait de se déplacer et comme Vieux Gunnarr s'étonnait, elle expliqua que les pluies, la neige ou même la sécheresse lui permettaient de parcourir la terre et elle était plutôt casanière.

Par exemple, l'été précédent, elle avait respiré des vents chauds et elle avait arpenté des déserts. L'automne lui livrait les plaines humides de la France et du Hainaut et comme elle était à la fois curieuse et oisive, elle y trouvait avantage. Cet hiver, si la neige venait, le Groenland et même le pôle Nord seraient bien capables de faire un petit tour par ici. Elle avait une voix craintive, très appliquée et comme interloquée.

Le docteur Pétursson classait ses manuscrits, avec l'aide de Vieux Gunnarr, dans un coin de l'entresol qu'ils avaient organisé en atelier. Il déroulait les rouleaux avec des soins subtils et la jeune femme se penchait sur le pupitre. Les débris de parchemins étaient durs et cassants. La moindre maladresse, un geste vif, un éternuement les eussent pulvérisés et dame Björk retenait son souffle car il eût été dommage que ces écritures, après de si longues attentes, se brisent au moment où elles émergeaient. Pétursson dit : « Eh bien, elles se briseraient ! », et après un temps de réflexion il ajouta que le pasteur de Holmens Kirke confectionnerait sur-le-champ un autre prêche, encore plus majestueux que le premier, et le rire de dame Björk était joli comme un papillon de mai.

— Pourquoi vous donner tant de peine, dit-elle une autre fois, la moitié des lettres sont effacées par la sueur et la crasse de ces malheureux qui en ont fait des culottes au lieu de les lire, vous êtes bien bon !

Eggert lui parla des palimpsestes. Certains ateliers, en manque de parchemins, réemployaient les vieilles membranes. Les scribes les lavaient pour les purger du premier texte et copiaient un nouveau poème. Dame Björk trouvait que c'était dommage : qui sait si ces poèmes lavés n'étaient pas les plus beaux ?

— Rassurez-vous, dit Eggert, le texte disparu est toujours là. Il n'est pas visible, pas lisible non plus, mais il est là, n'est-ce pas l'essentiel ? Les philosophes prétendent que rien ne se perd. Le texte rôde. Il n'est pas aboli. Au lieu d'être, il a été, quelle différence ? Il est là.

— Mais si vous ne lisez plus, la belle affaire !

— Quand un orchestre a fini son morceau, reprit Eggert, il n'y a plus de bruit mais la musique continue de bruire. Et qu'est-ce que c'est les dentelles que vous faites ? Des trous !

Birgitta battit des mains :

— Toute une bibliothèque dans le creux d'une seule main !

— Je dirais les choses autrement, dit Eggert. Je dirais que c'est un peu comme si le Grand Océan gardait trace des sillages de tous les bateaux.

— Une librairie fantôme, dit dame Björk.

Cette idée lui convenait. Le docteur voulait-il suggérer que les vélins retrouvés en Islande étaient des fantômes ? Et que les années, au lieu de nettoyer les anciens poèmes comme le docteur avait dit que faisaient les moines, les avaient enduits de crasse, de suie, pour les masquer, ce qui n'empêchait pas que les vieilles calligraphies étaient toujours présentes et qu'on les réveillerait si on les dépliait comme on ouvre les pétales des roses ? Elle se pencha sur le lutrin et minauda.

— Je n'entends rien. Ils ont de toutes petites voix. Ce ne sont pas de gros fantômes.

Elle se redressa. Elle tenait le buste légèrement en arrière.

L'incendie de Copenhague

— C'est comme les hommes et comme les femmes, dit-elle, il y a cinq histoires, cent histoires écrites sur la peau de chacun de nous, elles sont pleines de griffures et de moisissures, de saletés, de ratures, on ne sait plus ce qu'elles content, elles sont ahuries et cependant, je vous comprends, monsieur Pétursson, elles sont là, elles sont là... elles baragouinent et, pour moi...

Elle n'acheva pas. Elle revint à son tambour de broderie qu'elle avait dressé sous une fenêtre et les rayons de l'automne étaient obliques.

Certains jours, dame Björk avait envie de se promener dans cette ville si grande. Eggert lui enseignait les monuments, les placettes biscornues, les entrepôts de négoce, les hautes maisons tarabiscotées des régents et des banquiers. Il lui montra le château de Rosenborg, l'église Saint-Nicolas, la tour Ronde qui était si riche en instruments astronomiques, et il lui expliqua à tout hasard comment fonctionnait la Bourse. Dame Björk était docile mais elle languissait. Elle préférait les marchés, les plages, les ruelles qui s'entrelacent autour du port. Elle se fatiguait et l'on faisait halte dans une taverne.

Elle observait les bateaux. La mer était verte et souvent folle à cause des jaillissements d'écume et d'autres fois elle était triste, blême, et elle se gonflait et s'aplatissait, comme un gros animal fourbu. La lumière de l'hiver était aussi fine que de la soie. La grande mer glaciale était une dépendance de l'enfer, dame Björk voyait les choses ainsi car l'enfer est un lieu glacé et les eaux étaient glacées.

Eggert ne trouvait pas que ces tavernes fussent convenables à une femme de sa condition. Elle répondit avec bonne humeur qu'elle n'avait plus de condition. Son époux l'avait quittée, c'était arrivé, c'était comme un mystère et il n'y aurait plus de limite à sa solitude car on ne pouvait pas rembobiner une pelote défaite et du reste, elle n'avait pas envie de la rembobiner, ce n'est pas qu'elle n'aimât pas son époux, mais elle se rangeait aux mystères et maintenant elle était une femme déconsidérée, une femme sans vertu, une femme de mauvaise vie et cela était insignifiant. Ce qui était bien, c'est qu'elle avait tout perdu, elle n'avait plus rien à perdre. Elle aimait n'avoir pas de condition. Elle n'était plus rien. Elle était tout.

Elle parlait volontiers d'Anna Brynhild Reinhadóttir car elle la trouvait très élégante et très espiègle, et puis Eggert avait aimé Anna Brynhild, donc Björk l'aimait aussi, mais Eggert doutait s'il l'avait aimée car tout cela avait filé comme un songe et l'aventure s'était mal terminée, cet adultère, cette forteresse. Mais dame Björk se buta. Eggert avait aimé Anna Brynhild, même s'il ne le savait pas, puisqu'il avait fait six mois de prison et risqué le déshonneur pour quelques heures du corps d'Anna Brynhild et on ne sacrifie pas sa vie pour une femme qu'on n'aimerait pas. Eggert dit avec surprise :

— Vous croyez ? Je n'avais pas pensé à cela. Mais si vous le dites... Après tout...

Un soir, comme Vieux Gunnarr était allé acheter une carotte de tabac et un morceau de viande, ils se demandèrent à quel moment dame Björk s'était établie dans la maison de la Nybrogade et la femme dit de sa voix dolente « C'était un soir ». Et Eggert dit qu'il s'était aperçu que dame Björk était là, il se rappelait, la journée avançait, un de ces crépuscules d'ivoire qui émeuvent le cœur, un de ces soirs pitoyables aux cœurs délaissés, mais était-ce le printemps ou bien le début de l'automne, en tout cas le ciel était froid et acide et sans

L'incendie de Copenhague

doute était-elle là depuis quelques semaines déjà, dame Björk, il n'en jurerait pas, elle faisait si peu de remue-ménage, elle était si douce et on entendait les hannetons dans les herbes.

Elle protesta qu'elle ne s'était jamais installée à la Nybrogade. Elle était venue à la Nybrogade, comme elle y venait régulièrement et Birgitta était repartie car elle devait s'occuper de sa mère et dame Björk ne s'en était pas vraiment aperçue, elle s'en était un peu aperçue mais pas beaucoup et avait oublié de s'en aller, voilà toute l'affaire, conclut-elle en souriant.

D'ailleurs, elle n'avait pas les mêmes souvenirs qu'Eggert. Elle pensait que cela s'était produit non pas à l'automne mais au milieu de l'été, pourquoi pas au milieu du deuxième été, car la lumière était violente et somptueuse ce jour-là et le jardin était décoloré comme une bougie miroite dans une pièce ensoleillée.

Eggert entourait la jeune femme de ses longs bras, il n'était que tendresse, bonheur aussi, dame Björk était entrée en tapinois, à pas de velours, elle serait toujours là, elle s'était coulée dans la maison un peu comme l'âge s'était niché dans Eggert qui était un vieil homme et dame Björk se récriait mais il lui avait montré sa barbe qui était grise et ses gestes étaient gauches car ses mains étaient comme celles de sa mère, toutes crochues, et tremblaient légèrement, il s'en était rendu compte peu de temps auparavant, trois ans lui semblait-il.

Dame Björk se moqua de lui et dit « Bon ! Bon ! » comme on s'adresse à un vieillard têtu et elle dit qu'à partir de ce jour, on allait l'appeler « Vieil Eggert ». Eggert lui jeta un regard de reconnaissance. La paix était dans son âme, la paix serait toujours auprès de lui sans qu'on sache non plus comment elle s'était faufilée, les paix sont ainsi, malines et minuscules, farouches, peureuses, oui, un beau jour il avait pensé qu'il était heureux, exactement comme dame Björk s'était avisée qu'elle habitait la Nybrogade et Björk dit qu'il y avait bien des saisons de cela car ses cheveux de jeune femme, Eggert s'en souvenait probablement, étaient blonds comme une gerbe de blé ou plutôt comme une gerbe de soleil à cette époque-là, à l'époque de Bessastadir, brillants et pareils à un casque de miel, mais à présent ils avaient perdu leur éclat et ils étaient si fins que le moindre mouvement de l'air les faisait voleter mais non, corrigea-t-elle après un temps, non, elle était jeune encore, assez jeune.

Elle était à ses broderies et Eggert n'en finissait pas de mettre en ordre les trésors des copistes de Kirkjubaer, de Helgafill et de ce couvent de Hüsafeel qui régnait au bord d'une gorge vertigineuse, de tous ces couvents si actifs, si vivants jadis. Eggert donnait l'impression d'accomplir ces besognes par devoir, par habitude, sans protestation, sans exaltation ni espérance.

Il parlait à dame Björk de ses broderies. Elle était assise devant son métier, la main suspendue en l'air, comme naguère dans l'air oublié de Bessastadir. Le canevas avançait et dame Björk se rappelait-elle que la baronne Margrethe la taquinait toujours et prétendait que les motifs se composaient tout seuls, dans la nuit, avec l'aide des anges car il y a des anges spécialisés dans la broderie et ces anges-là sortent la nuit ?

Un bout de forêt et un moulin à vent s'étaient dessinés en douce dans les dernières semaines, sur le rond de la mousseline, avec du vent dans les arbres mais un vent si ténu qu'à peine il remuait les feuilles et jamais dame Björk ne saurait peindre l'automne sur son tambour parce que l'automne remue toujours, avec de fortes tempêtes, et dame Björk avait répondu à une moquerie par une autre moquerie car Eggert disait déjà de telles sottises en Islande.

Eggert s'en sortait en disant que les personnes d'âge aiment bien radoter. Les anciens sont ensevelis dans leur propre mémoire et vient un instant où un homme, mais une femme pareillement, n'est plus qu'un monceau de souvenirs dans lesquels on pioche pour confectionner de nouvelles journées avec les journées en allées et c'est pourquoi les choses qui adviennent et qui sont neuves cependant ont déjà la patine et l'éclat cireux, caressant des choses défuntes, des choses abolies et dame Björk avait-elle remarqué que la neige et même les pluies tombent dans la mémoire ?

Björk disait qu'Eggert n'était pas plus actif qu'elle. Il déplissait et dépliait et restaurait et classait ses manuscrits depuis des années et il y avait toujours d'autres rouleaux dans les caisses et Sa Majesté était bien indulgente qui ne montrait pas d'énervement mais Eggert dit que le roi Frédérik IV qui avait organisé la chasse aux sagas était un homme âgé à présent, qu'il avait de lourdes charges sur les bras, que les vélins étaient le cadet de ses soucis, que sans doute il ne se rappelait même plus la mission obscure, car celle-ci était obscure et les vieillards mélangent tout.

— Nous sommes ici, dit-il brusquement, près de la mer, et nous ne choisissons rien et je trouve que c'est agréable. Tout est bien. J'ai la conviction que tout est bien. C'est très simple, voyez-vous : il suffit d'acquiescer, d'acquiescer à tout et alors le monde est une beauté et cette beauté se dévoile timidement, timidement...

Ils avaient gardé l'habitude de se promener. Ils descendaient vers le quartier du port et s'asseyaient dans leur auberge favorite, toujours la même. Ils y étaient entrés par hasard, dans les premiers mois, et ils n'avaient jamais eu l'idée d'en chercher une autre bien que celle-ci fût aveugle et sale, nauséabonde, à cause de ses carreaux de peaux de phoque huilées mais dès que le printemps revenait, on ouvrait la porte qui donnait sur les vagues dorées du port. Les patrons de l'auberge étaient nouveaux car les premiers étaient très âgés et avaient cédé le négoce à leur fils qui ne paraissait jamais reconnaître Eggert et la femme.

Les années tournaient sans tapage, mornes, comme l'interminable mer, comme les saisons sont les mêmes, elles font leur pluie, leur neige, leur soleil et elles disparaissent et elles reviennent sans laisser d'empreinte et les musiques s'achèvent et l'on dit : « Déjà l'hiver » ou bien : « Déjà l'automne » et l'on a beau scruter les moires du soleil sur les maisons qui s'érigent et qui s'effondrent, sur les visages qui s'en vont et sur les visages qui entrent dans le décor, le monde est un inconnu.

Eggert se rappelait l'école de Skálholt car le magister avait une moustache fine comme un trait de charbon ou même comme un coup de fouet. À la fin de la matinée, le maître frappait sur un tambour et à ce moment-là, l'été, une tache de soleil jaune illuminait le mur de la cour, juste au-dessus d'un arbrisseau très chétif et cela voulait dire que c'était la fin de la récréation et Eggert ce jour-là dit à dame Björk qu'il venait juste de sortir dans la cour, après une leçon de théologie, et bientôt il apercevrait la tache de soleil plaquée sur le mur, il entendrait le roulement de tambour et ce serait la fin de la récréation. Une récréation un peu longue.

À la sortie de l'église, le dimanche, ils étaient de plus en plus rares, ceux qui avaient assisté au retour triomphal de l'érudit et de Vieux Gunnarr. Le curé prophétique avait été nommé dans une autre paroisse et deux nouveaux curés avaient passé. Dans les après-midi, il arrivait cependant qu'un érudit de Vienne, de Bologne, de Montpellier ou même du Vatican visite les collections et s'extasie.

Dans ces cas-là, le docteur Pétursson n'était pas avare d'explications. Il était content de parler des règles de la prosodie ancienne, de l'*Edda poétique* du grand Snorri Sturluson, de la saga de Njáll le Brûlé, de ces quelques chiffons qu'ils avaient trouvés et ensuite tous les autres vélins étaient venus à la queue leu leu, ou de la *Gísla Saga Súrssonar* qui racontait l'aventure de ce voyou de Gísli Súrsson, mais les hôtes étaient décontenancés car l'érudit parlait d'une voix étale, feutrée et comme ignorante de ce qu'elle disait et après qu'Eggert les avait reconduits courtoisement jusqu'à la porte, sans oublier de leur faire admirer les pelouses du jardin ou bien le chatoyant parterre de zinnias et de roses, le vieux cygne noir aussi, ils ne revenaient jamais.

Eggert comprenait ce que dame Björk avait dit un jour car les cheveux de la femme étaient légers et frissonnaient aux plus pauvres brises. Il avait envie de la prendre dans ses bras, de la bercer longtemps et même toujours, de poser des baisers sur ses joues, sur ses paupières abaissées et de lui dire qu'il la remerciait. Certains jours, elle avait un regard transparent, invisible et si elle lui demandait à quoi il songeait, non, il ne songeait à rien ou plutôt si, et même il lui demandait pardon, car il cherchait à retrouver la couleur de la redingote de l'appariteur le jour où il s'était présenté à l'université de Copenhague, lui, le petit Islandais en exil, ou bien comment son père se penchait légèrement en avant, dans les dernières années, quand il s'était mis à devenir sourd et qu'il marchait une main agrippée à sa canne.

Björk était énorme. Ses seins étaient vastes et tremblaient et s'effondraient sous ses corsages, sous ses robes, et débordaient. Elle faisait un quintal et quand elle marchait, elle était de plus en plus aérienne bien que, engoncée dans ses étoffes immenses, elle bougeât à peine. Elle pivotait sur elle-même et on pensait à ces grands voiliers qui sont obligés de hisser toutes leurs voiles pour changer de cap et qui finissent par virer de bord mais si lentement qu'on croit que c'est la terre, plutôt, qui tourne autour du vaisseau immobile et Eggert contemplait le visage invraisemblable, d'une fraîcheur, d'une bonté et d'une douceur qui ne sont pas au monde, pensait-il, les longs cils de satin, la courbure invulnérable de la joue, et il la convoitait sans cesse, il convoitait sa chevelure ou bien ses hanches et ses seins et elle devait avoir des jambes majestueuses, des cuisses gigantesques, molles, blanches.

Elle lui dit qu'elle avait désiré d'avoir un enfant mais elle n'avait jamais osé l'avouer, crainte de l'embarrasser, et il était bien tard et Eggert lui fit des remontrances car il avait le vœu d'avoir un enfant, lui aussi, il le désirait si fort, et dame Björk lui demanda pourquoi il ne l'avait pas avoué et il n'avait pas osé le faire car il n'avait jamais touché le corps de dame Björk, même dans la cabane des charbonniers, à Bessastadir, et il n'était pas déluré du tout pour toucher le corps des femmes. Cela les fit rire et ils furent tristes pendant plusieurs jours.

Les premières années, ils avaient reçu des nouvelles de Bessastadir car Vieux Gunnarr était malheureux et ne manquait jamais de prendre position sur le port chaque fois qu'un navire en provenance de Höfn ou de

L'incendie de Copenhague

Battendar ou d'Eyrarbakki était annoncé. Jón Harransson était mort et cela n'avait rien de surprenant puisque le maître des Aiglefins n'avait pas fait assassiner l'érudit. L'huissier qui avait accueilli Eggert à son arrivée pour la session inaugurale de l'Althing en ce lointain 1702, et qui l'avait pris en délit d'adultère trois ans plus tard et qui s'appelait maître Gustafsson, avait eu de l'avancement et il officiait, bien qu'il fût né au bord du Breidhafjördhur, dans un district de la Fionie.

Vieux Gunnarr eut des nouvelles d'Anna Brynhild Reinhadóttir. Au sortir de la prison, elle avait repris la vie de ménage avec son époux, celui qui obligeait ses valets à tourner les bras quand ils n'avaient rien à faire. Elle l'avait accompagné à la cueillette des œufs et avait trébuché au sommet de la falaise de Vik. Son corps était passé devant son époux qui était accroché au bout de sa corde. Eggert et dame Björk en avaient eu de la peine car les nouvelles arrivaient avec beaucoup de retard et fortuitement, si bien qu'ils avaient continué à parler d'Anna Brynhild bien longtemps après qu'elle était morte et ils déploraient que Vieux Gunnarr leur ait appris ce malheur car ils auraient pu maintenir la jeune femme dans une ombre de vie quelques saisons encore.

Dame Björk, qui aimait beaucoup Anna Brynhild car Anna Brynhild avait aimé le docteur Pétursson, avait pleuré et se demanda si la baronne Margrethe dont ils avaient toujours plaisir à s'entretenir, dont ils se remémoraient les frasques, les manigances, les perversions et les éclats ne serait pas morte, elle aussi, sans qu'ils le sachent parce que Vieux Gunnarr, avec le temps, relâchait le guet et ratait parfois l'arrivée des bateaux d'Islande.

La mort d'Anna Brynhild troubla Jørgen Bodelsen, qui restait très attaché à son ancien chef et le visitait

L'incendie de Copenhague

deux ou trois fois par an. Les deux amis partageaient de longues et belles soirées en buvant du clairet d'Allemagne et en grignotant des friandises. Jørgen flirtait sans vergogne avec dame Björk car il désirait toutes les femmes, il n'y pouvait rien et comme dame Björk le grondait et lui disait qu'à son âge il eût été convenable de se faire une conduite, il dit qu'au contraire il était trop tard pour changer. Il craignait de ne plus jamais changer parce qu'il avait tellement l'habitude, quand il voyait une robe, de la soulever qu'il était fatigué à l'avance à l'idée de ne pas le faire, il avait été manufacturé une fois pour toutes, il n'allait pas tout reprendre de zéro et que ferait-il de sa chasteté ?

— Dans ces conditions, avait dit dame Björk placidement, faites le galant et même vous me caressez un peu si cela vous fait du bien. Moi, ça m'est égal.

Il n'était plus le jeune officier fringant et impertinent de Bessastadir. Il était un monsieur important et couvert de décorations, en charge de toutes les affaires juridiques du royaume, mais il aimait mieux les femmes. Une autre fois, il annonça que la femme du gouverneur Unquist était remariée. Elle ne résidait plus à Bessastadir. Elle dirigeait une exploitation dans le sud du pays, dans la région de Picknokop, avec son nouvel époux, l'un des plus riches junkers de l'Islande, elle avait un enfant qui s'appelait Henrik et Eggert s'amusa à imaginer que Jørgen Bodelsen avait eu un sentiment pour la belle Greta. Jørgen dit qu'il l'avait courtisée en effet. La première fois, c'était justement au matin de la fête des Neiges, au moment même où Eggert aimait Anna Brynhild Reinhadóttir et ensuite, il l'avait revue maintes et maintes fois.

Eggert demanda à son ancien adjoint dont il parlait maintenant comme d'un ami si l'épouse du gouverneur ne lui avait pas avoué qu'elle avait elle-même combiné le piège d'Anna Brynhild, cet adultère, et Jørgen tomba de son haut. Non, Greta n'avait jamais évoqué cette malheureuse histoire.

— Même dans les voluptés ? interrogea Eggert naïvement. Vous savez, on m'a toujours dit que les femmes, dans ces moments-là, que les femmes...

Et Jørgen avait éclaté de rire car son ami ne connaissait rien aux femmes et de toute façon, non, il eût mis sa main au feu que Greta n'était pour rien dans le traquenard car c'était une personne loyale, très éprise de son époux et qui respectait infiniment le docteur Pétursson. Eggert dit alors à Jørgen qu'il se trompait. Greta avait bâti de ses propres mains le trébuchet mais il ne fallait pas l'en blâmer. Elle avait protégé Pétursson de la potence ou plutôt des hommes aux manteaux bleus, Jón Harransson le lui avait juré et les gens qui meurent ne racontent pas de mensonges.

Jørgen se vexa. Il n'aimait pas que Greta lui ait menti et il dit vivement à Eggert qu'il vaudrait mieux chercher du côté de Vieux Gunnarr, qui ne lui avait jamais inspiré confiance. Et Eggert dit :

— Vous voulez dire que le maître de tout ce jeu aurait été Vieux Gunnarr ?

— Oui, dit Jørgen.

— Je ne crois pas, dit Eggert. Je crois plutôt qu'il était l'un des conspirateurs, mais il ne savait pas à quoi il conspirait et il y en avait tant qui tiraient sur toutes ces ficelles. Et ces ficelles étaient si embrouillées, personne, non, personne...

— Je vous avoue, dit Jørgen d'une voix cassante, que la présence de Vieux Gunnarr ici me surprend, je dirais même qu'elle me choque.

— Oui, dit Eggert, oui, vous avez raison. Mais

L'incendie de Copenhague

j'aime bien Vieux Gunnarr. Et tout ça a si peu d'importance, voyez-vous.

Eggert et Björk se mirent en tête de rendre visite à la baronne Blexen car celle-ci, quelques années plus tôt, à la grande réception que Greta Sorrenssondóttir avait offerte en l'honneur de la mission, c'était peut-être en juillet ou bien en août de l'année 1702, oui, ce jour-là Margrethe avait convié Eggert Pétursson et Jørgen Bodelsen à un thé dans sa maison de Helsingør. Eggert et dame Björk prirent la poste par une journée de printemps. Le ciel était une grande flaque luisante avec des nuages blancs qui ressemblaient à des poussins et le vent les mettait en fuite.

À Helsingør, ils repérèrent sans difficulté, non loin de la Strandgade, la noble bâtisse de brique avec ses toits pointus, au bord d'une place entourée de frênes. Eggert connaissait bien cette place car Mme Margrethe la lui avait décrite cent fois et il en avait vu une partie sur le grand tableau de la maison natale de la baronne, celui qui ornait la chambre de Bessastadir et c'était sur cette place que le bourgmestre de Helsingør, l'été, offrait à ses administrés, jadis, des soirées de musique. Des employés tendaient des guirlandes de lampions. Entre deux énervements de trompettes, on entendait la mer.

À la fin du concert, le père de Margrethe, qui était charnu et bavard mais pas très haut de taille, disait généralement que les employés du bourgmestre allaient balayer toutes les notes produites par les bugles, les violines et les trompettes et les serreraient dans un hangar pour la prochaine saison. Margrethe vouait un culte à son père qui était très débonnaire mais quand il débusquait une idée qu'il pensait originale, il la réservait à toutes occasions, jusqu'à épuise-

L'incendie de Copenhague

ment, et comme on ne voulait pas le blesser on riait chaque fois, de sorte qu'il ne se rendait pas compte de son rabâchage.

Il aimait beaucoup sa femme, la mère de Margrethe. Cet amour était si intense et tellement pur qu'il se sentait incapable de le trahir et il multipliait les aventures galantes sans crainte de blesser son excellente épouse car enfin, disait Margrethe, comment eût-il torturé une femme qui était le vrai bijou de sa vie ?

En ce temps-là, quand les musiciens faisaient leur tintamarre, les feuilles des frênes étaient rouges, on les voyait à l'envers dans le miroitement des lampions. Margrethe portait une belle robe à col de dentelle et elle battait des mains car un petit singe dansait sur sa boîte dans un costume de velours à passementeries d'or et suçait son pouce. Ensuite, comme elle était belle et attirante, comme elle se trouvait belle, elle avait épousé un riche commanditaire de sel, s'était prise pour une reine, avait changé d'amour, avait résidé à Rome, à Copenhague et enfin à Bessastadir où elle était devenue dame de compagnie de la femme du gouverneur Lakness qui était très chaleureuse, et elle s'était lassée de toutes ces neiges, de toutes ces nuits de neige, s'était rapatriée à Copenhague ou plutôt à Helsingør, mais la neige lui manquait, elle avait besoin de neige et de nuit, et elle avait partagé son temps entre les deux pays.

Eggert et dame Björk passèrent leur après-midi sur la place qui était toujours plantée de frênes. La porte de la grande maison de Helsingør était fermée alors que sur le tableau qui occupait la chambre de la baronne à Bessastadir le peintre l'avait entrouverte et agrémentée d'une couleur jaune et parfois, quand la flamme des bougies se tordait, on aurait juré que quelqu'un passait dans ce corridor en tenant une lanterne à la main.

L'incendie de Copenhague

Eggert expliqua à dame Björk que la baronne était furieuse que la porte du tableau reste toujours entrouverte et il dit encore, un peu pour rire : « Au fond, la baronne avait raison : il vaudrait mieux que la porte du tableau de Bessastadir soit fermée, mais que celle que nous voyons ici soit ouverte. C'est le monde à l'envers », et ils reprirent la poste pour Copenhague et dame Björk était dépitée de n'avoir pas aperçu la baronne mais Eggert dit qu'elle était peut-être là quand même, elle était si maligne, la baronne.

Après cette expédition belle et un peu triste, ils ne voulurent plus recevoir de nouvelles de l'Islande et interdirent à Vieux Gunnarr d'aller sur les quais. Vieux Gunnarr ne protesta pas. Il ne connaissait plus les marins et les nouvelles de sa terre ne le concernaient plus, mais c'était un stratagème, selon dame Björk, Vieux Gunnarr avait tant de douleur qu'il voulait se persuader que l'Islande s'était dissipée comme une vapeur.

Au surplus, le caractère de Vieux Gunnarr s'aigrissait. Il s'apitoyait sur lui-même : il avait fait une fausse manœuvre car à présent, il était vraiment vieux, si bien que sa ruse avait fait long feu et qu'il aurait seulement gagné d'être vieux deux fois plus longtemps que les gens du même âge que lui.

Le sûr est qu'il détournait les conversations chaque fois que l'Islande revenait sur le tapis. Un jour, Eggert avait fait allusion d'une voix négligée à sa fonction de « mouche » du gouverneur Unquist et Vieux Gunnarr avait fait le bête.

Vieux Gunnarr ne voyait pas ce que l'academicus voulait signifier mais Eggert était revenu à la charge le lendemain car il était important de savoir si Vieux Gunnarr était le complice de Jón Harransson comme

L'incendie de Copenhague

Jón Harransson le laissait entendre et si la découverte du vélin de *Njáll le Brûlé* était une mise en scène réglée par Jón, par Vieux Gunnarr ou par Anna Brynhild, ou même par Greta. Et Vieux Gunnarr avait marmonné que les mouches, mon Dieu, les mouches... Et il avait dit qu'Eggert aurait mieux fait de lui poser la question plus tôt, la veille par exemple, car maintenant, il ne se rappelait plus très bien les détails.

— Et d'ailleurs, dit Vieux Gunnarr, qu'est-ce que ça change ?

— Oui, dit Eggert.

*

Puis il y eut l'incendie de 1728. Dans les premières heures, Pétursson n'avait pas prêté attention aux flammes, après que Vieux Gunnarr avait donné l'alarme, car ces cités de bois sont toujours exposées à de tels malheurs. Comme le feu gagnait, il avait plaisanté et demandé à dame Björk si les reflets rouge et noir du ciel n'allaient pas lui faire mélanger les couleurs de sa broderie et dame Björk craignait de les mélanger en effet mais ce n'était pas grave car elle posait toujours ses couleurs un peu au hasard. Elle avait piqué son aiguille dans la crête d'un perroquet.

Eggert avait lissé de la main une feuille de la *Bardar Saga Snoefellsass* mais Vieux Gunnarr restait sur ses gardes. Vers les dix heures, l'ancien prêtre s'était fâché contre l'insouciance du docteur car la nuit était tout illuminée et les vents soufflaient justement vers la Nybrogade.

La ville grondait. Hommes et femmes, enfants, et les chiens, les mulets, les poules, les chèvres, tout était dans la rue. Des charrettes chargées de ballots et de meubles fonçaient à toute allure, en rebondissant sur les pavés, mais le brasier faisait un boucan terrible et les roues cerclées de fer se déplaçaient sans bruit. Des soldats couraient dans les lueurs d'abord lointaines du feu, puis très proches, et des flammèches crépitaient au-dessus des arbres.

Vieux Gunnarr montrait un sang-froid de général romain. Il décrocha les manuscrits de leurs murs, en commençant par la saga de Njáll, qui était la première et la plus belle pièce de la collection, et les rangea dans leurs caisses. Eggert l'encourageait. De temps en temps, il se penchait à la fenêtre pour juger des progrès de l'incendie et dame Björk s'affolait.

Eggert estima que la Nybrogade n'y couperait pas cette fois mais qu'il ne fallait pas peindre les choses en noir. Les soldats auraient raison du sinistre avec leur sable et leurs carrioles pleines de fumier et de gravats. Pourtant, quand les flammes furent à quelques centaines de pas, quand elles sautèrent par-dessus les rues, Pétursson perdit enfin de son flegme. Il se décida à déménager le métier et toutes les broderies de dame Björk tandis que Vieux Gunnarr trimbalait les premières caisses de vélins dans l'escalier.

La fumée roulait au-dessus de la maison et Eggert toussait, mais il avait trempé un chiffon qu'il pressait sur sa figure pour se protéger et quand il eut sauvé les broderies, il fut soulagé et rejoignit Vieux Gunnarr dans le jardin. Les deux hommes entreposèrent leurs fardeaux à deux pas de la mare où le cygne se démenait en jetant des cris de frayeur.

Des tourbillons gras et soufrés enveloppaient les quartiers proches de la mer. De l'autre côté de la rue, un entrepôt disparut en un clin d'œil. Eggert regagna la maison. Vieux Gunnarr voulut le suivre mais il ne put

L'incendie de Copenhague

pas franchir la porte car les flammes ronflaient dans la cage de l'escalier. Dame Björk fit le tour de la bâtisse et grimpa sur une échelle qu'elle avait dénichée dans la cabane des jardiniers. Elle se retrouva à l'entresol.

Eggert se tenait au milieu de la grande pièce. Il était assis sur un tabouret. Dame Björk l'attrapa par le bras en hurlant et voulut le pousser vers l'échelle mais à ce moment-là, une flamme courut le long des murs et embrasa deux feuilles de la collection. Eggert écarta dame Björk, assez vivement, et cria à son tour. Il dit que les deux textes étaient en train de brûler et plus tard, bien plus tard, dame Björk lui dit qu'il avait regardé les ravages de l'incendie et que même, il donnait l'impression de lire les lettres qu'on pouvait déchiffrer, encore que malaisément, dans les débris charbonneux.

Quand les vélins furent consumés, Eggert sortit ses lunettes et considéra assez longtemps le petit tas de cendres. Il se fâcha contre dame Björk car elle risquait, avec toutes ses robes et ses dentelles, de brûler comme de l'amadou, mais dame Björk hurla, l'échelle était en flammes et maintenant, on ne pourrait plus jamais sortir.

Ils entendirent un grand fracas. Vieux Gunnarr, une hache à la main, venait de faire sauter une porte toujours fermée de l'entresol et jusqu'ici épargnée par le feu. Dame Björk cherchait sa respiration. Vieux Gunnarr et Pétursson la traînèrent jusqu'à la porte défoncée et la firent glisser le long de l'escalier. Elle était vraiment très grosse.

Ils se retrouvèrent tous les trois dans le jardin mais ils ne purent atteindre la rive de la petite mare car la cabane du jardinier n'était plus qu'un amas de poutres rougeoyantes. Le feu avançait sur la pelouse. Les roses brûlaient. Vieux Gunnarr plongea la main dans les braises pour sauver quelques bribes de vélins. Toutes les caisses furent calcinées et Eggert fouilla dans les cendres mais la plupart des manuscrits étaient détruits.

*

La Haute Cour de justice ouvrit des poursuites contre le docteur Pétursson et le docteur Pétursson assura qu'il n'avait jamais jeté un brandon sur le toit de la maison de la Nybrogade, contrairement à ce que prétendaient la plupart des habitants du quartier. Il présenta sa défense sans énervement. Il dit qu'il comprenait que les voisins aient pu croire à sa faute car les vélins étaient un trésor et à présent il n'y avait plus de vélins.

Il parlait calmement, tout à fait comme s'il n'avait pas été en cause, tout à fait comme si ces événements affreux s'étaient produits deux ou trois mille ans auparavant.

Un officier du palais requit l'indulgence des juges car le docteur Pétursson, dans la douleur de voir anéantie l'œuvre de sa vie, n'avait plus toute sa raison. Eggert se dressa à son banc et demanda respectueusement aux magistrats s'il donnait le sentiment d'avoir perdu le sens. Un avocat plaida en faveur d'Eggert. À ses yeux, il n'était pas très sérieux d'imaginer qu'un homme ait passé huit ou dix années de sa vie dans la neige, dans la nuit et le vent de la nuit, afin de sauver des pièces qu'il eût détruites dans la suite.

Le juge abandonna l'accusation, décréta que le docteur Pétursson n'avait pas mis le feu à la Nybrogade mais s'étonna que l'érudit fût resté inerte quand le trésor avait brûlé alors que, d'après certains témoins, il n'avait pas hésité à exposer sa vie pour arracher aux

L'incendie de Copenhague

flammes un métier à tisser et des broderies et Eggert, quand il eut passé huit mois en prison, à Copenhague, et quand la porte s'ouvrit devant lui, aperçut dame Björk et porta la main à sa poitrine.

Dame Björk avait emménagé dans un autre logis, très petit, modeste aussi, car ils étaient désormais sans grandes ressources, mais entouré d'un jardin, moins beau que celui de la Nybrogade, et Eggert dit que c'était un jardin. Il était heureux et elle était heureuse. Ils se promenaient dans la ville mais ils sortaient moins souvent que jadis car ils étaient un peu âgés maintenant et puis les fenêtres de leur petite maison donnaient sur la mer et ils regardaient la mer.

Du même auteur

Aux Éditions Albin Michel

UTOPIES ET CIVILISATIONS
Flammarion, 1977 ; rééd. Albin Michel, 1991.
LES FOLIES KŒNIGSMARK, *1989.*

Chez d'autres éditeurs

ANARCHISTES D'ESPAGNE
*en collaboration avec Jean Bécarud,
Balland, 1970.*
LES PIRATES
Balland, 1969 ; rééd. Phébus, 1987.
LA RÉVOLUTION SANS MODÈLE
*en collaboration avec
François Châtelet et Olivier Revault d'Allonnes,
Mouton, 1975.*
ÉQUINOXIALES
Flammarion, 1977.
UN SOLDAT EN DÉROUTE
Gallimard, 1981.
LE SINGE DE LA MONTRE
Flammarion, 1982.
LA BATAILLE DE WAGRAM
Flammarion, 1986.

*La composition de cet ouvrage
a été réalisée par l'Imprimerie BUSSIÈRE,
l'impression et le brochage ont été effectués
sur presse CAMERON dans les ateliers de B.C.I.,
à Saint-Amand-Montrond (Cher),
pour le compte des Éditions Albin Michel.*

*Achevé d'imprimer en août 1995.
N° d'édition : 14075. N° d'impression : 2354-94/679.
Dépôt légal : août 1995.*